商周國學叢刊

李清照集

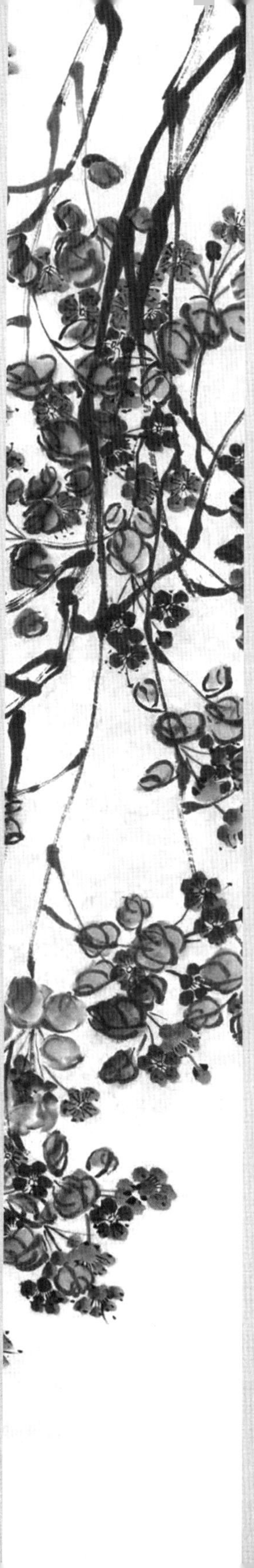

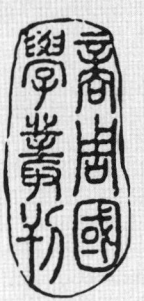

編輯人語

做為女性詞人，李清照是特殊的，她文采過人，出類拔萃。清代沈謙《填詞雜說》中將她與李白、李煜並舉，稱「詞家三李」。除了詞、詩、文方面的創作之外，她還曾寫下宋代第一篇條理清晰，有系統、有見地的文學批評專論：《詞論》。這也是中國文學史上第一篇女性文學批評文章。我們從她的文章、詩作中推斷，李清照性格耿直剛強，《詞論》中談起北宋諸詞人，哪怕是歐陽修、蘇軾這樣的大家，也直指缺點，半點不委婉。在當時理學興盛，提倡禮教，女性受到壓抑的時空環境中，李清照的存在真是一個異數。

她在詩、詞、文章方面都有受人喜愛的作品，其中以詞作最具代表性，深深影響了南宋乃至明清的詞壇。她的文學創作變化與人生遭遇息息相關。十八歲時嫁給了太學生趙明誠。從她晚年追昔所寫下的《金石記後序》一文可以看出，喜好蒐集書畫、古器、碑拓的趙明誠，與妻子情投意合。後來趙明誠擔任太守時，更是展開整理、研究，將收藏編纂成書的著述工作。夫妻兩人同心協力，將豐厚的收藏整裡成冊，長夜消遣往往是校勘藏書、展玩字畫，指著書堆中的書卷，比賽讀書記憶。

然而金兵南下，汴梁城破，李清照「甘心老是鄉矣」的美好被戰爭破滅。隨著戰火延燒、情勢惡化，他們捨棄部分收藏，逃往南方。緊接著趙明誠猝然病故，變亂中，半生收藏之物經歷火災、官兵分贓、宵小偷盜，失散殆盡。李清照撰寫《金石錄後序》時年逾五十，在經過長年逃難與無數失去，南宋偏安的朝廷終於穩定下來，此時重看當年與丈夫合力編纂的《金石錄》，「手澤如新，而墓木已拱」，真是淒涼已極，字字血淚。

但正是因為跌宕的遭遇，讓她的作品從年輕時安閒美好，著重閨情與相思，描寫自然風光，轉而為沉鬱憂傷，寫離亂生活，充滿了對往事、故鄉的追憶，更不乏有「南渡衣冠少王導，北來消息欠劉琨」、「生當作人傑，死亦為鬼雄，至今思項羽，不肯過江東」這般強烈表達強烈抗敵意願、雄傑之氣的詩句。

李清照的偉大，在於一個強調女子無才便是德的社會裡，她在著述、詞學主張、金石研究等等方面的成就，不僅是女子中的翹楚，更不弱於男性。她的詞作喜好採用淺俗、尋常之語，並非粗俗，而是口語中提煉出來，明白省淨，富有表現力的文字。她獨樹一格，自成一體，表現出女性優美情調，活潑、清新、高潔且渾成。南宋朱彧《萍洲可談》中曾說「本朝婦女之有文者，李易安為首稱」、明代楊慎《詞品》中評價她「宋人中填詞，李易安亦稱絕冠」，到了近代，文學家胡適先生在《國語文學史》中提起李清照，評價她為「女文豪」，稱許她的「白話詞真是絕妙的文學，怪不得她在當日影響了許多人。」可見其文學地位。

值得一提的是，本書校注者王仲聞先生，乃國學大師王國維次子，長於唐宋詞學，博學強記，以驚人之力、過人的細心，整理校注李清照集，其內容之完善、嚴謹、權威，被稱為「古籍整理之典範」。所整理的《李清照事迹年表》極為細緻，輔以閱讀，更能感受李清照一生變化。

陳名珉（商周出版編輯）

目錄

卷二：詩

卷三：文

附錄

卷一　詞

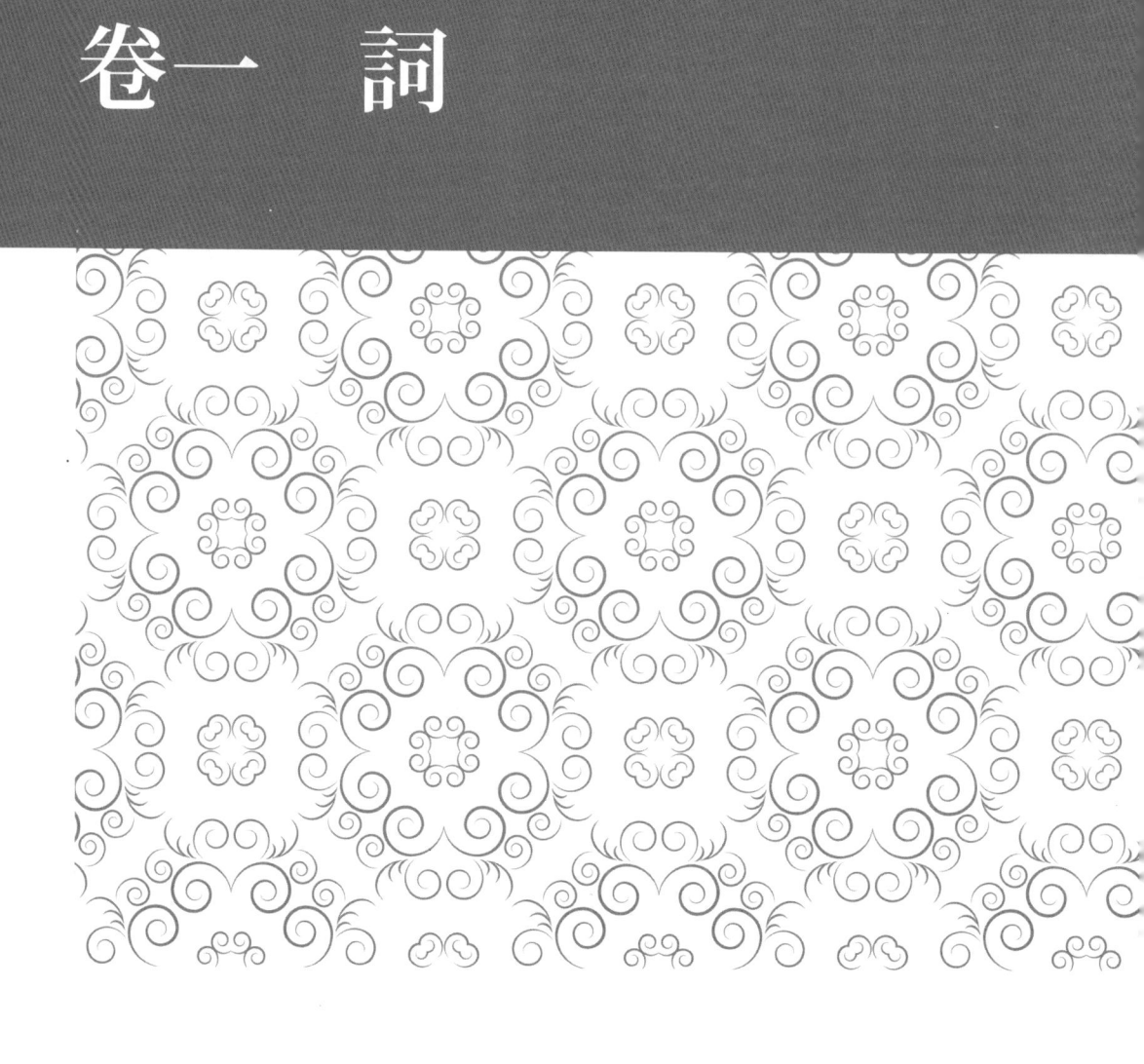

南歌子

天上星河[1]轉，人間簾歷代詩餘作「翠」。幕垂。涼生枕簟淚痕滋。起解羅衣，聊問夜何其[2]？翠貼蓮蓬小，金銷藕葉稀。舊時天氣舊時衣，祇有情懷、不似舊家[3]時！○樂府雅詞卷下 花草粹編卷五 歷代詩餘卷二十四 三李詞藝藝館詞選乙卷

【注釋】

1. 星河：天河之別名。梁王鑒《七夕》：「隱隱驅千乘，闐闐越星河。」唐謝偃《明河賦》：「氣象萬殊，緬星河而盡列。」
2. 夜何其：《詩．庭燎》篇：「夜如何其？夜未央。」「其」音「姬」，語助詞。
3. 舊家：從前也，見張相《詩詞曲語辭匯釋》卷六。

轉調滿庭芳[1]

芳草池塘，綠陰庭院，晚清寒透窗紗。玉鉤各本樂府雅詞原缺，據文津閣四庫全書本樂府雅詞補。惟此句「玉鉤金鏁」文義，與下句不甚連接，疑有錯誤，或館臣臆補。金鏁，管[2]是客來唦[3]。寂寞尊前席上，惟□□文津閣四庫全書本樂府雅詞作「惟愁」，仍缺一字，疑非，故未補。、海角天涯。能留否？酴醾[4]落盡，猶賴有□□文津閣四庫全書本樂府雅詞作「梨花」。按季節，酴醾花開在梨花之後。江南有二十四番花信風，酴醾亦在梨花之後，此處作「梨花」不妥。未據補。。當年、曾勝賞，生香薰袖，活火[5]分茶[6]。□□文津閣四庫全書本樂府雅詞作「極目猶」。趙萬里輯漱玉詞云：「與律不合，蓋出館臣臆改。」龍驕

原作「嬌」，說見注釋。馬[7]，流水輕車[8]，不怕風狂雨驟，恰才稱，煮酒殘四印齋本漱玉詞注：別作「殘」。未知所據何本，文義亦不合。花。如今也，不成懷抱，得似舊時那[9]？〇樂府雅詞卷下

【注釋】

1. 轉調滿庭芳：宋詞常有於調名上加「轉調」二字者，如《轉調蝶戀花》、《調調二郎神》、《轉調醜奴兒》、《轉調踏莎行》、《轉調賀聖朝》等等（元曲中亦有《轉調貨郎兒》），今人吳藕汀所編《詞名索引》，尚未遍收。《詞譜》卷十三釋《轉調踏步行》云：「轉調者，攤破句法，添入襯字，轉換宮調，自成新聲耳。」此說未全確。據現在所能見之「轉調」各詞，並不全攤破句法、添入襯字，《詞譜》蓋未深考（《詞律》對「轉調」二字無說）。今按戴埴《鼠璞》云：「今之樂章，至不足道，猶有正調、轉調、大曲、小曲之異。」張元幹《鵲橋仙》詞云：「更低唱、新翻轉調。」《鼠璞》以「轉調」與「正調」對立並舉，蓋非其正調者，即為「轉調」，如《蝶戀花》原入商調，為正調；如入其他宮調，則為「轉調」。「轉調」非宮調名稱也。又各詞標有「轉調」之稱者，各書徵引其詞，有時亦無此二字，如徐伸《轉調二郎神》（據《樂府雅詞拾遺》卷上、《揮塵餘話》卷二、《張氏拙軒集》卷五），《唐宋諸賢絕妙詞選》卷八則僅作《二郎神》；黃庭堅《山谷琴趣外篇》卷一有《轉調醜奴兒》，明刻祠堂本《豫章黃先生詞》則僅作《醜奴兒》；張孝祥《于湖先生長短句》中《南歌子》，目錄上所註宮調名稱曰「轉調」（轉調實非宮調名稱）。蓋「轉調」二字，並不構成調名一部分，僅以別於非「轉調」之詞而已。張孝祥《于湖居士文集》卷三十一有《轉調二郎神》、《二郎神》二首並列，蓋亦此意。宋人簡稱之《商調蝶戀花》、《越調水龍吟》、《黃鍾喜遷鶯》等，其調名上所冠之宮調名稱，亦非調名本身之構成部分也。《滿庭芳》調，據周邦彥《片玉集》卷四，乃「中呂」（殆為「中呂宮」），李清照之《轉調滿庭芳》屬

何宮調，無可考。

2. 管：猶準也，定也（見《詩詞曲語辭匯釋》卷一）。「管是」，準是也。

3. 唦：此字字書不載，宋人詞中用之（如黃庭堅《醜奴兒》詞云：「旁人盡道，你敢又還，鬼那人唦。」），依所押之韻，應讀作「沙」音，乃語助詞。「管是客來唦」之口語應是「準是客來了」。

4. 酴醾：或作「荼蘼」，各書以為叢生灌木，夏初開花，色白，蓋與木香相類。朱弁《曲洧舊聞》卷三云：「木香有二種，俗說：檀心者號酴醾，不知何所據也。」張邦基《墨莊漫錄》卷九亦云：「酴醾花或作荼蘼，一名木香，有二品：一種花大而棘，長條而紫心者為酴醾；一品花小而繁，小枝而檀心者為木香。」（各書分木香、酴醾為二種。）昔人云：春時此花最後開。王逵《蠡海集》載江南二十四番花信風，酴醾為第二十三，最後乃楝花風。

5. 活火：唐趙璘《因話錄》卷二述李約云：「約天性嗜茶，能自煎，謂人曰：『茶須緩水炙，活火煎。』活火謂炭火之焰也。」

6. 分茶：宋人常用語。王之道《相山居士詞》有《和董令升燕宴分茶．西江月》詞一首；《陽春白雪》卷三史浩《臨江仙》詞有「春筍慣分茶」之句。陸游《臨安雨晴》詩亦有「晴窗細乳戲分茶」之句。向子諲《酒邊集．江北舊詞》有《浣溪沙》一首，題云：「趙總持以扇頭來乞詞，戲有此贈。趙能著棋、寫字、分茶、彈琴。」「分茶」一詞，宋人無釋，各種茶譜亦不載。楊萬里《誠齋集》卷二有《澹菴坐上觀顯上人分茶》詩，中有云：「紛如擘絮行太空，影落寒江能萬變。銀瓶首下仍居高，注湯作字勢嫖姚。」曾幾《茶山集》卷四載《迪姪屢餉新茶》詩第二首末云：「欲作柯山點（自注：「所謂衢點也」），當令阿造分（自注：「造姪妙於擊拂」）。」王明清《揮麈錄．餘話》卷一載蔡京撰《延福宮曲宴記》云：「上命近侍取茶具，親手注湯擊拂，少頃白乳浮醆面，如疏星澹月，顧群臣曰：此自布茶。飲畢，皆頓首謝。」蔡襄《茶譜．點茶》云：「茶少湯多則雲腳散，湯少茶多則粥面聚。鈔茶一錢七，先注湯調令極勻，又添注入，環迴擊拂，湯上盞可四分即止。其面色鮮白，著盞無水痕為勝。」據各家所詠或記載，蓋以茶匙（《茶譜》云：茶匙要重，擊拂有力）取茶（湯）注盞中為分茶也。

7. 驕馬：原作「嬌馬」，今改作「驕馬」。「驕」，驕縱也。「嬌」字誤。五代毛文錫《接賢賓》詞：「驕生百步千蹤。」成文幹《柳枝詞》：「馬驕如練纓如火。」白居易《武丘寺路》詩：「銀勒牽驕馬。」

8. 龍驕馬，流水輕車：《後漢書．明德馬皇后傳》：「車如流水，馬如遊龍。」

9. 那：語助詞。《左傳》宣二年：「棄甲則那。」杜預注：「那，猶何也。」《釋文》：「那，乃多反。」「得似舊時那」其義即「能似舊時麼」。以問句出之，言不似舊時也。

漁家傲
唐宋諸賢絕妙詞選、林下詞選、詩詞雜俎本漱玉詞題作「記夢」。

天接雲濤連曉霧，星河欲轉（歷代詩餘作「曙」。）千帆舞。彷彿夢魂歸帝所[1]，聞天語，殷勤問我歸何處。

我報路長嗟日暮，學詩謾（歷代詩餘作「復」。）有驚人句[2]。九萬里風鵬正舉[3]。風休住，蓬舟吹取（文津閣四庫全書本樂府雅詞作「吹往」。）三山[4]去。

○樂府雅詞卷下　唐宋諸賢絕妙詞選卷十　林下詞選卷一　歷代詩餘卷四十二　三李詞　藝蘅館詞選乙卷

【注釋】

1. 帝所：上帝所居之處也。《史記．扁鵲傳》：「昔秦穆公嘗如此，七日而寤。寤之日，告公孫支與

興曰：『我之帝所甚樂。』」（《趙世家》中趙簡子亦有「我之帝所甚樂」之語）

2. 「驚人」句：杜甫《江上值水如海勢聊短述》詩：「為人性僻耽佳句，語不驚人死不休。」（編按：按一九九二年新版《李清照集校注》補記：此句係從上句「聞天語」而來，恨不能使天帝賞識其才耳。蓋用唐．馮贄《雲仙雜記》卷一《搔首問青天》事：「李白燈華山落雁峰，曰：此山最高，呼吸之氣想通天帝座矣。恨不攜謝脁驚人詩句來，搔首問青天耳。」）

3. 九萬里風鵬正舉：《莊子．逍遙遊》：「窮髮之北，有冥海者，天池也。……有鳥焉，其名為鵬，背若泰山，翼若垂天之雲，搏扶搖羊角而上者九萬里。」

4. 三山：《史記．封禪書》：「自威、宣、燕昭使人入海，求蓬萊，方丈，瀛洲。此三神山者，其傳在渤海中，去人不遠，患且至則船風引而去。蓋嘗有至者，諸僊人及不死之藥皆在焉。其物禽獸盡白，而黃金銀為宮闕。未至，望之如雲。及到，三神山反居水下。臨之，風輒引去，終莫能至云。世主莫不甘心焉。」

【參考資料】

藝蘅館詞選乙卷 此絕似蘇辛派，不類《漱玉集》中語。

如夢令 唐宋諸賢絕妙詞選題作「酒興」。

常（全芳備祖、楊金本草堂詩餘、古今詞話、歷代詩餘卷一百十二作「嘗」。）記溪亭日暮，沉醉不知歸路。興盡晚（全芳備祖、詞林萬選、唐詞紀、二如亭群芳譜、古今詞話、歷代詩餘卷一百十二、廣群芳譜作「欲」。）回舟，誤入藕花（楊金本草堂詩餘、花草粹編作「芙蕖」。）深處。爭渡、爭渡，驚起一灘（詩詞雜俎本漱玉詞、全芳備祖、唐宋諸賢絕妙詞選、楊金本草堂詩餘、詞林萬選、二如亭群芳譜、林下詞選、歷代詩餘、廣群芳譜、三李詞、唐詞紀、古今詞話作「行」。（按三李詞所收之詞，多錄自歷代詩餘，以後凡三李詞與歷代詩餘文字無出入者，校記不列）鷗全芳備祖作「鴛」。鷺。◯樂府雅詞卷下　全芳備祖前集卷十一荷花門　唐宋諸賢絕妙詞選卷十　花草粹編卷一　二如亭群芳譜卷四　林下詞選卷一　歷代詩餘卷二　廣群芳譜卷三十一　三李詞

此首別見楊金本《草堂詩餘》前集卷上，誤作蘇軾詞；《詞林萬選》卷四，誤作無名氏詞，注：「或作李易安。」（《詞林萬選》所注或作某某，殆為毛晉所加，非楊慎原文。）又見《彙選歷代名賢詞府全集》卷一、《唐詞紀》卷五、《古今詞話·詞辨》卷上、《歷代詩餘》卷一百十二引《古今詞話》，俱誤作呂洞賓詞。

如夢令 全芳祖調名誤作「醉花陰」。類編草堂詩餘（楊金本無題）、文體明辨、古今名媛彙詩、名媛璣囊、詞的、古今女史、古今詩餘醉、歷城縣志、見山亭古今詞選、詞匯、詩餘神髓題作「春晚」，彤管遺編、繡谷春容、彤管摘奇題作「暮春」，《詩餘畫譜》題作「春景」，詞學筌蹄、草堂詩餘別錄前集、彙選歷代名賢詞府全集、古今詞選題作「春曉」，花鏡雋聲題作「春容」。

昨夜雨疏風驟。癸巳類稿·易安居士事輯（以下間有只書「事輯」者，即此書之簡稱）作「昨夜風疏雨驟」。注出苕溪漁隱叢話，而苕溪漁隱叢話並不作「昨夜風疏雨驟」，非刊版錯誤，即俞正燮氏臆改。草堂詩餘評林春集亦作「風疏雨驟」。濃睡不消殘酒。試問捲簾人，卻道海棠依舊。知否、知否？應是綠肥紅瘦。◯樂府雅詞卷下　苕溪漁隱叢話前集卷六十　詩話總龜後集卷四十八引苕溪漁隱　事文類聚後集卷十一　全芳備祖前集卷七海棠門　唐宋諸賢絕妙詞選卷十　草堂詩餘前集卷上（類編草堂詩餘卷一、楊金本草堂詩餘前集卷上）　詞學筌蹄卷二　草堂詩餘別錄前集　詩女史卷十一　彤管遺編續集卷十七　彙選歷代名賢詞府全集卷一　文體明辨附錄卷四　花草粹編卷一　堯山堂外紀卷五十四　詞的卷一　詩餘畫譜　嘯餘譜卷二（詩餘譜一）　古今名媛彙詩卷十七　彤管摘奇卷下　名媛璣囊卷三　古今女史卷十二　古今詞統卷三　古今詩餘醉卷二　二如亭群芳譜歲譜卷一　崇禎歷城縣志卷十五　花鏡雋聲卷七　繡谷春容卷二　詞匯卷一　林下詞選卷一　見山亭古今詞選卷一　詞苑叢談卷三　詞潔卷一　歷代詩餘卷二　詩餘神髓　古今詞選卷一　古今圖書集成·歲功典卷三十五　詞林紀事卷十九　自怡軒詞選卷一　晚香室詞錄卷七　天籟軒詞選卷五　癸巳類稿卷十五　詞軌補錄卷一　復堂詞錄卷八　三李詞

【參考資料】

苕溪漁隱叢話前集卷六十　苕溪漁隱曰：「近時婦人能文詞如李易安，頗多佳句。小詞云：『昨夜雨疏風驟，濃睡不消殘酒。試問捲簾人，卻道海棠依舊。知否、細否？應是綠肥紅瘦。』『綠肥紅瘦』此語甚新。又《九日》詞云：『簾捲西風，人似黃花瘦。』此語亦婦人所難到，易安再適張汝舟，未幾反目，有啟事與綦處厚云：『猥以桑榆之暮景，配茲駔儈之下才』，傳者莫不笑之。」

按：《詩話總龜》後集卷四十八麗人門、《事文類聚》後集卷十一《李易安詞》條，俱與此同。又《唐宋諸賢絕妙詞選》卷十、《林下詞選》卷一、《詞林記事》卷十九并引《苕溪漁隱》此條上半，原詞只引「綠肥紅瘦」四字。又《草堂詩餘》前集卷上亦引苕溪漁論其詞之語。

藏一話腴甲集卷一　李易安工造語，故《如夢令》「綠肥紅瘦」之句，天下稱之。余愛趙彥若《剪綵花》詩云：「花隨紅意發，葉就綠情新。」「綠情」、「紅意」，似尤勝於李云。

按：彥若乃唐人，詩為五言八句，題為《立春日侍宴別殿內出綵花應制》，見宋計有功《唐詩紀事》卷十。

楊慎批點本草堂詩餘卷一　此詞較周詞更婉媚。

按：周詞指李清照一首前之《如夢令》「池上春歸何處」、「花落鶯啼春暮」二首，實秦觀及謝逸所作，見《淮海居士長短句》卷中及《溪堂詞》。誤作周邦彥詞，始於《類編草堂詩餘》卷一。

草堂詩餘別錄　韓偓詩云：「昨夜三更雨，今朝一陣寒。海棠花在否？側臥捲簾看。」此詞蓋用其語點綴，結句尤為委曲精工，含蓄無窮之意焉，可謂女流之藻思者矣。

按：韓偓詩第二句，據《香奩集》應是「臨明一陣寒。」此誤引。

堯山堂外紀卷五十四　李易安又有《如夢令》云：「昨夜雨疏……綠肥紅瘦。」當時文士莫不擊節稱賞，未有能道之者。

詞的卷一　易安，我之知己也。今世少解人，自當遠與易安作朋。

草堂詩餘雋卷二　眉批：語新意雋，更有丰情。　評語：寫出婦人聲口，可與朱淑貞並擅詞華。

沈際飛本草堂詩餘正集卷一　「知否」二字，疊得可味。　「綠肥紅瘦」，創獲自婦人，大奇。

按：《古今詞統》卷四有評語，與此則同。

古今詞統卷四　《花間集》云：此詞安頓二疊語最難。「知否、知否」，口氣宛然。若他「人靜、人靜」、「無寐、無寐」，便不渾成。

按：「人靜、人靜」乃宋曹組詞句，「無寐、無寐」乃宋秦觀詞句，俱《如夢令》詞。　又按：明人常引《花間集》，其內容與五代趙崇祚所輯《花間集》完全不同，蓋為另一書。

花草蒙拾　前輩謂史梅溪之句法，吳夢窗之字面，固是確論。尤須雕組而不失天然。如「綠肥紅瘦」、「寵柳嬌花」，人工天巧，可稱絕唱。若「柳腴花瘦」、「蝶淒蜂慘」，即工，亦「巧匠斲山骨」矣。

按：「柳腴花瘦」乃宋湯恢（或作楊恢）《八聲甘州》詞，「蝶淒蜂慘」乃宋楊纘《八六子》詞句。

詞林紀事卷十九　查初白云：「可與唐莊宗『如夢』疊字爭勝。」

按：唐莊宗即（後唐）李存勗，其《如夢令》詞見《尊前集》，末云：「如夢、如夢，殘月落花煙重。」（別本末句作「和淚出門相送」）

蓼園詞選　按一問極有情，答以依舊，答得極澹，跌出「知否」二句來，而「綠肥紅瘦」無限淒婉，卻又妙在含蓄。短幅中藏無數曲折，自是聖於詞者。

雲韶集卷十　只數語中層次曲折有味。世徒稱其「綠肥紅瘦」一語，猶是皮相。

按：《雲韶集》乃《白雨齋詞話》作者陳廷焯所編（見《白雨齋詞話》卷七），而署名為陳世焜，殆初名世焜，後改廷焯也。

白雨齋詞話卷六　詞人好作精豔語，如左與言之「滴粉搓酥」、姜白石之「柳怯雲鬆」、李易安之「綠肥紅瘦」、「寵柳嬌花」等句，造句雖工，然非大雅。

按：左譽（左與言）「滴粉搓酥」，今無全篇；姜夔之「柳怯雲鬆」，乃《解連環》詞句。

多麗
樂府雅詞題作「詠白菊」，歷代詩餘題作「蘭菊」。

小樓寒，夜長簾幕低垂。恨蕭蕭、無情風雨，夜來揉（四部叢刊本樂府雅詞旁注：「摻」，蓋別本作「摻」字。）損瓊（四部叢刊本樂府雅詞作「瑤」。）肌。也不似、貴妃醉臉1，也不似、孫壽愁（歷代詩餘作「低」。）眉2。韓令偷香3，徐娘傅粉4，莫將比擬未新奇。細看取，屈平陶令，風韻正相宜。微風起，清芬醞藉，不減酴醾。　漸秋闌、雪清玉瘦，向人無限依依。似愁凝、漢皐解佩5，似淚洒、紈扇題詩6。朗（花草粹編、歷代詩餘作「明」。）月清風7，濃煙暗雨，天教憔悴度（歷代詩餘作「瘦」。）芳姿。縱愛惜，不知從此，留得幾多時。人情好，何須更憶，澤畔東籬8。◯樂府雅詞卷下　花草粹編卷十二　歷代詩餘卷九十九　三李詞

【注釋】

1. 貴妃醉臉：《松窗雜錄》：「太和、開成中，有程脩己者，以善畫得進謁。脩己始以孝廉召入籍，故上不甚以畫者流視之。會春暮，內殿賞牡丹花。上頗好詩，因問脩己曰：『今京邑傳唱牡丹花詩，誰為首出？』脩己對曰：『臣嘗聞公卿間多吟賞中書舍人李正封詩曰：天香夜染衣，國色朝酣酒。』上聞之，嗟賞移時。楊妃方恃恩寵，上笑謂賢妃曰：『妝鏡臺前，宜飲以一紫金盞酒，則正

封之詩見矣。』」

2. 孫壽愁眉：《後漢書．梁冀傳》：「妻孫壽，色美而善為妖態，作愁眉、啼妝、墮馬髻、折腰步、齲齒笑，以為媚惑。」章懷太子李賢注引《風俗通》曰：「愁眉者，細而曲折。」

3. 韓令偷香：「韓令」字疑誤，或係「韓掾」、「韓壽」之誤。《世說新語》卷下之下《惑溺》第三十五：「韓壽美姿容，賈充辟以為掾。每聚會，賈女於青璅中看見壽，說之，恆懷存想，發於吟詠。後婢往壽家，具述如此，并言女光麗。壽聞之心動，遂請婢潛修音問，及期往宿。壽蹻捷絕人，踰牆而入，家中莫知。自是充覺女盛自拂拭，說暢有異於常。後會諸吏，聞壽有奇香之氣，是外國所貢，一著人則歷月不歇。充計武帝惟賜己及陳騫，餘家無此香，疑壽與女通，而垣牆重密，門閤急峻，何由得爾。乃託言有盜，令人修牆。使反曰：其餘無異，唯東北角如有人跡，而牆高非人所踰。充乃取女左右婢考問，即以狀對。充祕之，以女妻壽。」

4. 徐娘傅粉：此句疑亦有誤。傅粉乃何郎事，唐李端詩：「敷粉何郎不解愁。」《世說新語》卷下之上《容止》第十四：「何平叔（何晏）美姿儀，面至白。魏明帝疑其傅粉。正夏月，與熱湯麩，既噉，大汗出。以朱衣自拭，色轉皎然。」徐娘無傅粉事：《南史．梁元帝徐妃傳》：「諱昭佩，東海郯人也。……帝左右暨季江有姿容，又與淫通。季江每歎曰：柏直狗雖老，猶能獵，蕭溧陽馬雖老，猶駿，徐娘雖老，猶尚多情。」（編按：按一九九二年新版《李清照集校注》補記：注三「韓令偷香」、注四「徐娘傅粉」，原注「貽誤」，此二句係作者失檢，非傳印之誤）

5. 漢皐解佩：《太平御覽》卷八〇三引《列仙傳》：「鄭交甫將往楚，道之漢皐臺下，有二女，珮兩珠，大如荊雞卵。交甫與之言，曰：『欲予之佩。』二女解與之。既行返顧，二女不見，佩亦失矣。」（傳本《列仙傳》卷上所載較詳，惟不云「漢皐」，而云「江漢之湄」，亦不云明珠之珮。茲錄於下，並供參考：「江妃二女者，不知何所人也。出遊於江漢之湄，逢鄭交甫，見而悅之，不知其神人也。謂其僕曰，『我欲下請其佩。』僕曰：『此間之人皆習於辭，不得，恐罹悔焉。』交甫不聽，遂下，與之言曰：『二女勞矣。』二女曰：『客子有勞，妾何勞之有。』交甫曰：『橘是柚也，我盛之以笥，令浮漢水，將流而下，我遵其傍，採其芝而茹之，以知吾為不遜也，願請子之佩。』二女曰：『橘是柚也，我盛之以莒，令浮漢水，將流而下，我遵其傍，採其芝而茹之。』遂手解佩與交甫。悅受而懷之中當心，趨走數十步視佩，空懷無佩，顧二女，忽然不見。」《太平廣記》卷五十九所引亦微異）

6. 紈扇題詩：《文選》班婕妤《怨歌行》：「新裂齊紈素，皎潔如霜雪。裁為合歡扇，團團似明月。出入君懷袖，動搖微風發。常恐秋節至，涼風奪炎熱。棄捐篋笥中，恩情中道絕。」

7. 朗月清風：《世說新語》卷上之上《言語》第二：「劉尹云：『清風朗月，輒思玄度。』」

8. 澤畔、東籬：承上文屈平、陶令而來。屈原（即屈平）《漁父》：「屈原既放，遊於江潭，行吟澤畔，顏色憔悴。」（此詞詠菊，屈原《離騷》云：「朝飲木蘭之墜露兮，夕餐秋菊之落英。」）陶潛（即陶令）《飲酒》詩：「采菊東籬下，悠然見南山。」

菩薩蠻

風柔日薄四部叢刊本、文津閣四庫全書本樂府雅詞作「暮」。春猶早，夾衫乍著心情好。睡起沉微寒，梅花鬢上殘。

故鄉何處是？忘了除非醉。沉水[1]臥時燒，香消酒未消。◯樂府雅詞卷下　花草粹編卷三

【注釋】

1. 沉水：香名。《太平御覽》卷九百八十二引《南州異物志》曰：「沉水香出日南。欲取，當先斫壞樹著地：積久，外皮朽爛。其心至堅者，置水則沉，名沉香。」

菩薩蠻

歸鴻聲斷殘雲碧。背窗雪落爐煙直。燭底鳳釵1明，釵頭人勝2輕。　角聲催曉漏。曙色（從花草粹編補。樂府雅詞原作空格，文津閣四庫全書本作「霽色」。）回牛斗。春意看花難，西風留舊寒。○（樂府雅詞卷下　花草粹編卷三）

【注釋】

1. 鳳釵：鳳皇釵，釵頭作鳳皇形者。詳見下《蝶戀花》詞「暖雨晴風初破凍」闋「釵頭鳳」注釋。《花間集》牛嶠《應天長》詞：「鳳釵低赴節。」
2. 人勝：《荊楚歲時記》：「人日翦綵為人，或鏤金箔為人，亦戴之頭鬢。又造花勝以相遺。」「人」、「勝」，皆古代人日所戴妝飾物也。唐李商隱《人日》詩：「鏤金作勝傳唐俗，翦綵為人起晉風。」宋時風俗，於立春日戴幡勝，見孟元老《東京夢華錄》卷六。

浣溪沙

莫許盃深琥珀[1]濃，未成沉醉意先融，疏鐘（據文津閣四庫全書本樂府雅詞補。此二字不妥，疑亦臆補。）已應晚來風。　瑞腦[2]香消魂夢斷，辟寒金[3]小髻鬟鬆，醒時空對燭花紅。◯（樂府雅詞卷下）

【注釋】

1. 琥珀：李白《客中作》詩：「蘭陵美酒鬱金香，玉椀盛來琥珀光。」琥珀光，言酒之色。琥珀濃，言酒之濃也。

2. 瑞腦：香也。段成式《酉陽雜俎》前集卷一：「天寶末，交趾貢龍腦，如蟬蠶形。波斯言老龍腦樹節方有。禁中呼為瑞龍腦。上唯賜貴妃十枚，香氣徹十餘步。上夏日嘗與親王棋，令賀懷智獨彈琵琶，貴妃立於局前觀之。上數枰子將輸，貴妃放康國猧子於坐側，猧子乃上局，局子亂，上大悅。時風吹貴妃領巾於賀懷智巾良久，回身方落。賀懷智歸，覺滿身香氣非常，乃卸幞頭貯於錦囊中。及上皇復宮闕，追思貴妃不已。懷智乃進所貯幞頭，具奏他日事。上皇發囊，泣曰：此瑞龍腦香也。」

3. 辟寒金：王嘉《拾遺記》卷七：「昆明國貢嗽金鳥，形如雀而色黃，羽毛柔密，常吐金屑如粟，鑄之可以為器。此鳥畏霜雪，乃起小屋處之，名曰辟寒臺。宮人爭以鳥吐之金，用飾釵珮，謂之辟寒金。故宮人相嘲曰：『不服辟寒金，那得帝王心。』」（任昉《述異記》卷下亦載有此事）辟寒金亦實無其物，詞中所云「辟寒金小」實即「釵小」而已。

浣溪沙 草堂詩餘（楊金本無題）、彙選歷代名賢詞府全集、嘯餘譜、古今詩餘醉、記紅集、清綺軒詞選題作「春景」。

小院閒窗春色深，重簾未捲影沉沉，倚樓無語理瑤琴[1]。遠岫出雲[2]樂府雅詞、花草粹編原作「山」。據歷代詩餘及他本誤引之周邦彥詞改。催薄暮[3]，細風吹雨弄輕陰。梨花欲謝沈際飛本草堂詩餘注：「謝一作卸。」恐難禁。○樂府雅詞卷下　花草粹編卷二　歷代詩餘卷七　復堂詞錄卷八　三李詞

此首別誤作詞歐陽修詞，見《詞學筌蹄》卷五、《草堂詩餘別錄》前集、胡桂芳本、韓俞臣本《類編草堂詩餘》、《文體明辨附錄》卷五、《嘯餘譜》卷三、《記紅集》卷一、《選聲集》。又誤作周邦彥詞，見《彙選歷代名賢詞府全集》卷一、錢允治本《草堂詩餘》卷一、沈際飛本《草堂詩餘》正集卷一、《題評名賢詞話草堂詩餘》卷一、《草堂詩餘評林》春集卷一、《便讀草堂詩餘》卷一、《草堂詩餘雋》卷一、《古今詩餘醉》卷五、汲古閣《宋六十名家詞》本《片玉詞補遺》、《見山亭古今詞選》卷一、《詞匯》卷二、《歷代詩餘》卷六、《古今圖書集成・歲功典》卷十三、《清綺軒詞選》卷三。別又作無名氏詞，見其他各本《草堂詩餘》（陳鍾秀本《草堂詩餘》卷上、楊金本後集卷上同）。

此首又誤入宋吳文英《夢窗甲稿》，明抄本《夢窗詞集》亦誤收之。毛晉跋《夢窗甲乙稿》云：「……今又得甲乙二冊，但錯簡紛然。如『風裡落花誰是主』，此南唐後主亡國詞讖也。『無可奈何花落去，似曾相識燕歸來』巧對，晏元獻與江都尉同遊池上一段佳話，久已耳熟，豈容攘美。又如秦少游『門外綠陰千頃』，蘇子瞻『敲門試問野人家』，周美成『倚樓無語理瑤琴』，歐陽永叔『佳人初試薄羅裳』之類，各入本集，不能條舉。……」毛晉雖知此首非吳文英作，但仍誤以為周邦彥詞。汲古閣本《夢窗甲稿》刪除此詞未盡，仍餘「梨花欲謝恐難禁」七字一行（按毛晉此跋尚有其他錯誤，如誤以「風裡落花誰是主」為李後主詞，「門外綠陰千頃」為秦少游作）。

李文裿輯《漱玉集》云：「案此闋《類編草堂詩餘》作歐陽永叔撰，查《六一詞》中《浣溪沙》凡九詞，並無此首。」趙萬里輯《漱玉詞》云：「案至本《草堂詩餘》前集上引與歐陽修詞銜接，不著撰人。類編本因以為歐作，失之。」按嘉靖間顧汝所刻《類編草堂詩餘》卷一載此詞，並無撰人姓名，實不作歐陽修。疑李、趙二氏所據之《類編草堂詩餘》，或為別本。沈際飛本《草堂詩餘》注：「一刻歐陽。」毛本《片玉詞補遺》注：「或刻歐陽永叔。」殆皆本胡桂芳本或韓俞臣本《類編草堂詩餘》。

嘉靖本《類編草堂詩餘》卷一載此詞，不著撰人，而其前則為周美成《浣溪沙》「水漲魚天拍柳橋」一首（此首實非周邦彥詞，據《草堂詩餘》前集卷上，乃無名氏作品），故毛晉誤收入《片玉詞補遺》。楊慎批點本、四印齋刻陳鍾秀本《草堂詩餘》等俱誤作周邦彥詞。《歷代詩餘》此首前後重出。卷六作周邦彥詞，卷七作李清照詞。

【注釋】

1. 瑤琴：琴飾以玉者名「玉琴」、「瑤琴」。「瑤」，玉之美者。詩詞中所謂「瑤琴」、「玉琴」，並非真飾以玉，實即琴而已。「瑤」或「玉」乃詩人誇張富貴，追求字面華麗手法。李清照作品中之「玉鑪」、「金鴨」、「金猊」、「玉簟」、「蘭舟」、「金獸」、「玉枕」、「玉闌干」、「玉尊」、「寶枕」、「玉簫」、「寶鴨」、「寶篆」、「寶奩」等等，莫不如此。只有「金鴨」、「金猊」、「金獸」、「寶鴨」係香爐之代名，「寶篆」乃香以外，其他俱可從下面一字得其意義。上面一字如：「玉」、「蘭」、「寶」等字，幾可置之不管。有時所謂「金」者，乃銅製，所謂「玉」者，乃石製，言其為黃色或白色而已。未必真為「金」或「玉」也。

2. 遠岫出雲：陶淵明《歸去來辭》：「雲無心以出岫，鳥倦飛而知還。」謝朓《郡內高齋閒望答呂法曹》詩：「窗中列遠岫。」《廣韻》：「山有穴曰岫。」「遠岫出雲」，《樂府雅詞》、《花草粹編》作「遠岫出山」，不可解。

3. 薄暮：徐堅《初學記》卷一引梁元帝《纂要》：「日將落曰薄暮。」

【參考資料】

楊慎批默本草堂詩餘卷一　景語、麗語（評「遠岫出雲」句）。

按：楊慎批點本《草堂詩餘》此首原誤作周邦彥詞，下同。

便讀草堂詩餘卷一　寫出閨婦心情，在此數語。

沈際飛本草堂詩餘正集卷一　雅練。欲謝難禁，淡語中致語。

草堂詩餘雋卷一　眉批：分明是閨中愁、宮中怨情景。　評語：少婦深情，卻被周君淺淺勘破。

浣溪沙 浮山集題作「春閨即事」。

淡蕩[1]春光寒食[2]天，玉爐沉水裊殘煙，夢回山枕[3]浮山集作「繡」。隱花鈿[4]。　海燕[5]未來人鬭草[6]，陽春白雪作「歸」。江梅[7]已過柳生綿，黃昏疏雨溼秋千。浮山集作「初」。○樂府雅詞卷下　陽春白雪卷二　花草粹編卷二　歷代詩餘卷七　古今圖書集成　歲功典卷四十一　三李詞

此首別見宋仲并《浮山集》卷三，從《永樂大典》輯出。清勞格《讀書雜識》卷十二云：「仲并《浮山集．浣溪沙．春閨即事》，《樂府雅詞》作李清照詞。」曾慥與易安同時，以此首為易安作，必有所據。疑《永樂大典》誤作仲并詞，或清四庫館臣誤輯。

【注釋】

1. 淡蕩：即澹蕩、駘蕩或駘盪，「春光淡蕩」即春光融和遍滿之意。
2. 寒食：《荊楚歲時記》：「去冬節一百五日，即有疾風甚雨，謂之寒食，禁火三日，造餳、大麥粥。」唐元稹《連昌宮詞》：「初過寒食一百六。」後代以清明前二日為寒食。
3. 山枕：蓋枕作凹形，兩端突起如山也，故名。孫蕙楠《榴枕賦》云：「體非一變，姿稱難學，蜿若蟠虬，翩似交鶴，氤氳雲霧，旁成山岳。」殆即「山枕」之形象描繪。（編按：按一九九二年再版《李清照集校注》補記：「山枕」，原注非。「山枕」即高枕。孫蕙楠《榴枕賦》乃言花紋，非道輪廓也。）
4. 花鈿：《太平廣記》卷一百五十九引《續幽怪錄》載，韋固之妻，三歲時為人所刺，眉間有刀痕，常以花鈿覆之（宋刻本《續幽怪錄》「花鈿」作「花子」）。據高承《事物紀原》卷三，花子即花鈿也）。《唐書．輿服志》：「內外命婦服花鈿、翟衣青質。」「鈿」，金花也。蓋頭面上妝飾品，故可掩眉間刀痕。
5. 海燕：唐沈佺期《獨不見》詩：「海燕雙棲玳瑁梁。」張九齡《詠燕》詩：「海燕何微眇，乘春亦暫來。」秋後燕南去，人以為去海上，故名海燕。
6. 鬬草：《荊楚歲時記》：「五月五日，四民竝蹋百草，又有鬬百草之戲。」唐劉餗《隋唐嘉話》卷下云：「晉謝靈運鬚美，臨刑，施為南海祇恒（疑應作洹）寺維摩詰鬚。寺人保惜，初不虧損。中宗朝，安樂公主五日鬬百草，欲廣其物色，令馳驛取之。又恐為他人所得，因剪棄其餘。」是唐人尚有此戲，亦在五日（即端午）。宋人多用作春日事。晏殊《破陣子》詞云：「元是今朝鬬草贏。」柳永《鬬百草》詞：「拋擲鬬草工夫。」朱敦儒《杏花天》詞：「無路踏青鬬草。」與此首相同，皆詠春景。未知宋時尚有鬬草之戲否，是否已改於春日為此戲。陳元靚《歲時廣記》記鬬草之戲，引《荊楚歲時記》，仍在五日，未言及當時風俗。而《東京夢華錄》、《夢粱錄》、《武林舊事》等書亦無記載。或宋時已無此戲。各家詞中不過作故事引用而已。

7. 江梅：宋人詞中用「江梅」者甚多。如李邴《漢宮春》：「瀟灑江梅。」劉燾《花心動》：「偏憶江梅。」范成大《范村梅譜》云：「江梅：遺核野生，不經栽接者，又名直腳梅，或謂之野梅。凡山間水濱，荒寒清絕之趣，皆此本也。」梅花雖有一種名為江梅，詩詞中實多隨意使用，絕不分別其品種。如此詞中描寫之氣象，不似山間水濱，荒寒之趣。其梅必非一名野梅之江梅，不必引《范村梅譜》以實之也。

鳳凰臺上憶吹簫 草堂詩餘（楊金本無題）、詞學筌蹄、彤管遺編、文體明辨、彤管摘奇、詞的、古今名媛彙詩、名媛璣囊、古今女史、古今詩餘醉、繡谷春容、詩餘神髓、古今詞選、清綺軒詞選題作「離別」，彙選歷代名賢詞府全集、謝天瑞本詩餘圖譜補遺、嘯餘譜、古今詞統、見山亭古今詞選、詞匯、記紅集、詩詞雜俎本漱玉詞題作「閨情」。

香冷金猊1，被翻紅浪，起來慵自樂府雅詞原作「人未」，改從其他各本。梳頭。任寶奩塵滿，樂府雅詞原作「閒掩」，改從其他各本。日彙選歷代名賢詞府全集作「月」。上簾鉤2。生怕離懷別苦。樂府雅詞原作「閒愁暗恨」，改從其他各本。詞的作「離情別苦」，便讀草堂詩餘卷五、草堂詩餘評林秋集卷五、詞菁作「離別苦」。自怡軒詞譜、碎金詞譜作「別愁離苦」。多少事、欲說還嘯餘譜作「難」。休。新來樂府雅詞原作「今年」，改從其他各本。瘦，非干病酒3，不是悲秋4。　休休！樂府雅詞原作「明朝」，改從其他各本。這回去也，千萬遍陽關5，也則樂府雅詞原作「即」，改從其他各本，詞菁作「只」。難留。念武陵6人遠，樂府雅詞原作「春晚」，改從其他各本。彙選歷代名賢詞府全集此句作「空凝竚武陵人遠」。煙鎖秦樓7。樂府雅詞原作「雲鎖重樓」，改從其他各本。樓前流水，樂府雅詞原作「綠」，改從其他各本。應念我、終日凝眸。凝眸沈際飛本草堂詩餘注：「一作『盼望』，誤。」按各本未見有作「盼望」者，不知所據何本處，從今又添，樂府雅詞原作「更數」，改從其他各本。彙選歷代名賢詞府全集作「從今去添」，無「凝眸處」三字。一樂府雅詞原作「幾」，改從其他各本。段新愁。○樂府雅詞卷下　唐宋諸賢絕妙詞選卷十　草堂詩餘後集卷下（類編草堂詩餘卷三，楊金本草堂詩餘前集卷上） 詞學筌蹄卷八 詩餘圖譜卷三（謝天瑞本卷五） 陽關三疊 彤管遺編續集卷十七 彙選歷代名賢詞府全集卷五 文體明辨附錄卷十一 花草新編卷四 花草粹編卷九 古今名媛彙詩卷十七 彤管摘奇卷下 詞的卷四 嘯餘譜卷四 增正詩餘圖譜卷下 風韻情詞卷五 繡谷春容卷二 名媛璣囊卷三 古今女史卷十二 古今詞統卷十二 古今詩餘醉卷八 詞菁卷二 詩餘畫譜 林下詞選卷一 見山亭古今詞選卷三 詞綜卷二十五 詞匯卷八 記紅集卷三 選聲集 詞律卷十四 歷代詩餘卷五十九 詞潔卷三 詞譜卷二十五 詩餘神髓 古今詞選卷六 詩餘譜式後卷 古今圖書集成・閨媛典卷二十 自怡軒詞選卷二十 晚香室詞錄卷七 清綺軒詞選卷九 自洽軒詞譜卷一 歷朝名媛詩詞卷十一 天籟軒詞譜卷三 天籟軒詞選卷五 碎金詞譜卷二 復堂詞錄卷八 三李詞 藝蘅館詞選乙卷

【注釋】

1. 金猊：香爐，作狻猊形。宋徐伸《轉調二郎神》詞：「薰徹金猊燼冷。」

2. 日上簾鉤：杜甫《落日》詩：「落日在簾鉤，溪邊春事幽。」李清照反而用之，用於日上。

3. 病酒：因酒而病。李商隱《寄羅劭興》詩：「人閒微病酒。」南唐馮延巳《鵲踏枝》詞：「日日花前常病酒，不辭鏡裡朱顏瘦。」「病酒」，二字原出《史記・信陵君列傳》。

4. 悲秋：《楚辭》宋玉《九辯》：「悲哉，秋之為氣也。」杜甫《登高》詩：「萬里悲秋常作客，百年多病獨登臺。」「悲秋」，言為秋而悲。

5. 陽關：地名。《史記・大宛列傳》正義引魏王泰《括地志》，謂在沙州壽昌縣西六里。在今甘肅敦煌縣西南。唐王維《送元二使安西》詩：「渭城朝雨浥輕塵。客舍青青柳色新。勸君更盡一杯酒，西出陽關無故人。」《樂府詩集》卷八十作《渭城曲》，云：「《渭城》一曰《陽關》。」唐代盛唱此曲。白居易《對酒》詩：「聽唱陽關第四聲。」李商隱《贈歌妓》詩：「斷腸聲裡唱陽關。」王維詩原為送別詩，故後人以「陽關」為離別之曲。

6. 武陵：地名。今湖南常德縣境。陶潛《桃花源記》：「晉太元中，武陵人，捕魚為業。緣溪行，忘路之遠近。忽逢桃花林，夾岸數百步，中無雜樹，芳草鮮美，落英繽紛。」韓愈《桃源圖》詩：

「世俗寧知偽與真，至今傳者武陵人。」

7. 秦樓：秦穆公女弄玉之樓曰秦樓，亦曰鳳樓。唐李商隱《當句有對》詩：「秦樓鴛瓦漢宮盤。」《無題》詩：「豈知一夜秦樓客。」又：梁沈約《修竹彈甘蕉文》云：「巫岫斂雲、秦樓開照。」此秦樓乃古詩《陌上桑》「日出西南隅，照我秦氏樓」之樓，日出與開照相應。此處殆用「秦氏樓」之「秦樓」。

【參考資料】

楊慎批默本草堂詩餘卷四　「欲說還休」與「怕傷郎、又還休道」同意。

按：「怕傷郎、又還休道」乃孫夫人《風中柳》詞，見《類編草堂詩餘》卷二。又按：今人《宋詞三百首箋注》誤引此則作楊慎《詞品》之語，上海新編《李清照集》亦承其誤。

同上　端的為著甚的（評「新來瘦，非干病酒，不是悲秋」語）？

詞的卷四　出自然，無一字不佳。

沈際飛本草堂詩餘正集卷三　順說出妙。瘦為甚的，尤妙。千萬遍，痛甚。轉轉折折，忤合萬狀。清風朗月，陡化為楚雨巫雲；阿閣洞房，竝變成離亭別墅，至文也。

草堂詩餘評林（四卷本）卷三　**古今女史卷十二**　宛轉見離情別意，思致巧成。

詞菁卷二　滿楮情至語，豈是口頭禪。

古今詞統卷十二　亦是林下風，亦是閨中秀。　才一斛，愁千斛。雖六斛明珠，何以易之。

草堂詩餘雋卷二　眉批：非病酒，不悲秋，都為苦別瘦。　又：水無情於人，人卻有情於水。　評語：寫出一種臨別心神，而新瘦新愁，真如秦女樓頭，聲聲有和鳴之奏。

風韻情詞卷五　雨洗梨花，淚痕有在；風吹柳絮，愁思成團。易安此詞頗似之。

古今詞論節錄掞天詞序　張祖望曰：「詞雖小道，第一要辨雅俗。結構天成，而中有豔語、雋語、奇語、豪語、苦語、癡語、沒要緊語，如巧匠運斤，毫無痕跡，方為妙手。古詞中如……『海棠開後，望到如今』、『惟有樓前流水，應念我、終日凝眸』……癡語也。『這次第，怎一箇愁字了得』……沒要緊語也。此類甚多，略拈出一二。……」

按：「海棠開後，望到如今」乃宋鄭文妻《憶秦娥》詞句。「這次第，怎一個愁字了得。」乃李清照《聲聲慢》詞，全篇見後。

倚聲前集初編卷十六　王士禎《鳳凰臺上憶吹簫》、《和漱玉詞》評語　清照原闋，獨此作有元曲意。阮亭此和不但與古人合縫無痕，殆戛戛上之。清照而在，當悲暮年頹唐矣。

雲韶集卷十　此種筆墨，不減耆卿、督原，而清俊疏朗過之。「新來瘦」三語，婉轉曲折，煞是妙絕。　筆致絕佳，餘韻尤勝。

一翦梅

彤管遺編、名媛璣囊、繡谷春容調作「一枝花」，唐宋諸賢絕妙詞選、林下詞選、古今名媛彙詩、名媛璣囊、詩詞雜俎本漱玉詞題作「別愁」，草堂詩餘（楊金本無題）、詞學筌蹄、彤管遺編、彙選歷代名賢詞府全集、詞的、堯山堂外紀、嘯餘譜、古今女史、古今詞統、古今詩餘醉、繡谷春容、彤管摘奇、古今別腸詞選、詩餘神髓題作「離別」，便讀章堂詩餘卷五、草堂詩餘評林秋集卷五、草堂詩餘雋卷二題作「秋別」，清綺軒詞選、同情集詞選題作「閨思」。

紅藕香殘玉簟[1]秋，輕解羅裳，便讀草堂詩餘、草堂詩餘評林作「襦」。沈際飛本草堂詩餘注：「一作襦，誤。」續草堂詩餘作「裙」。**獨上蘭舟[2]。雲中誰寄**古今別腸詞選作「不見」。**錦書[3]來，**古今別腸詞選作「投」。**雁字[4]回**瑯嬛記、詞律作「來」。**時，月滿西**文津閣四庫全書本樂府雅詞、唐宋諸賢絕妙詞選、瑯嬛記、類編草堂詩餘（楊金本同）、詞學筌蹄、彤管遺編、堯山堂外紀、彤管摘奇、名媛璣囊、古今詞統、清河書畫舫、歷城縣志、詞律、式古堂書畫彙考、歷代詩餘、詞林紀事、癸巳類稿俱無「西」字。詞學叢書本樂府雅詞注：「一本無西字。」**樓。**古今別腸詞選作「雁字南樓，明月西樓」。

花自（便讀草堂詩餘、草堂詩餘評林作「月」。古今女史作「落」。）飄零水自流，一種相思，兩處（歷城縣志、林下詞選作「地」。）閒（續草堂詩餘作「離」，天籟軒詞選作「凝」，文津閣四庫全書本樂府雅詞無此字。）愁。此情無計可（古今別腸詞選作「此時轉轉幾時休」。）消除，（弇州山人詞評作「方」。沈際飛本草堂詩餘注：「一作方。」）纔下眉（續草堂詩餘作「心」。）頭，卻（陳鍾秀本草堂詩餘、彙選歷代名賢府全集、花草粹編、詞潔、古今別腸詞選、天籟軒詞選作「又」，沈際飛本草堂詩餘注：「一作又」。）上心（續草堂詩餘作「眉」。）頭。○（樂府雅詞卷下　唐宋諸賢絕妙詩選卷十　草堂詩餘後集卷下（類編草堂詩餘卷二）　瑯嬛記卷中引外傳　詞學筌蹄卷六　詩餘圖譜卷二（謝天瑞本卷三）　彤管遺編續集卷十七　彙選歷代名賢詞府全集卷三　文體明辨附錄卷八　花草粹編卷七　詞的卷三　堯山堂外紀卷五十四　嘯餘譜卷三　古今名媛彙詩　名媛璣囊　古今女史卷十二　古今詞統卷十　古今詩餘醉卷八　增正詩餘圖譜卷中　風韻情詞卷五　繡谷春容卷三　彤管摘奇卷下　清河書畫舫中集　崇禎歷城縣志卷十六　林下詞選卷一　詞綜卷二十五　詞律卷九　式古堂書畫彙考書考卷十二　選聲集　古今別腸詞選卷三　詞潔卷二　歷代詩餘卷三十七　詩餘神髓詩餘譜式後卷　乾隆濟南府志卷五十四　歷朝名媛詩詞卷十一　詞林紀事卷十九　清綺軒詞選卷七　同情集詞選卷十　天籟軒詞選卷五　癸巳類稿卷十五　詞軌附錄卷一　復堂詞錄卷八　三李詞　藝術館詞選乙卷）

清張宗橚《詞林紀事》卷十九云：「此《一剪梅》變體也。前段第五句原本無「西」字，後人所增。舊譜謂脱去一字者非。又按汲古閣宋詞，此詞載入《惜香樂府》，恐誤。」趙萬里輯《漱玉詞》云：「又案此闋別見《惜香樂府》九。以校《雅詞》，頗有異文：「玉簟」作「碧樹」、「輕解羅裳」作「羞解羅襦」、「獨」作「偷」、「滿」下有「西」字、「此情無計可消除」作「酒醒夢斷數殘更」、「才下眉頭」作「舊恨前歡」、「卻」作「總」，疑出長卿手訂。編者不察，遂誤入趙集耳。」按《惜香樂府》誤收之詞頗多，編者劉澤未細考，恐見有手蹟即錄，而不知其非長卿自作之故。

又萬曆庚子喬山書堂刊本《續草堂詩餘》卷下，此首作無名氏詞。

【注釋】

1. 玉簟：簟，竹席也。玉簟指光澤如玉之竹席。唐盧仝《自君之出矣》：「玉簟寒悽悽。」李廓《長安少年行》：「犬嬌眠玉簟。」

2. 蘭舟：即木蘭舟。任昉《述異記》卷下：「木蘭川在潯陽江中，多木蘭樹，昔吳王闔閭植木蘭於此。用構宮殿也。七里洲中有魯班刻木蘭為舟，舟至今在洲中。詩家云『木蘭舟』，出於此。」唐馬戴《楚江懷古》詩：「猿啼洞庭樹，人在木蘭舟。」陸龜蒙《木蘭堂》詩：「幾度木蘭舟上望。」宋晏幾道《鷓鴣天》詞：「約開萍葉上蘭舟。」賀鑄《新念別》詞：「湖上蘭舟暮發。」李時珍《本草》曰：「木蘭枝葉俱疏，其花內白外紫，亦有四季開者，深山生者尤大，可以為舟。……木肌細而心黃，梓人所貴。」蓋木蘭之舟，堅而且香，詩人遂以為舟之美稱，所云「蘭舟」或「木蘭舟」不必定為木蘭所作也。

3. 錦書：世傳蘇若蘭《織錦迴文》詩，或云「錦字書」，或云「錦字」，或云「錦書」。後世即用以稱書信。唐杜甫《江月》詩：「誰家挑錦字，滅燭翠眉顰。」宋柳永《兩同心》詞：「錦書斷、暮雲凝碧」典皆從此出。

4. 雁字：雁飛成行，似字形，曰「雁字」。宋歐陽珣《踏莎行》詞：「雁字成行，角聲悲送。」古代相傳鴻雁能傳書。《漢書．蘇武傳》：「教使者謂單于言，天子射上林中，得雁，足有繫帛書，言武等在某澤中。」故此詞上言寄書，下言「雁字」。

【參考資料】

瑯嬛記卷中引外傳　趙明誠幼時，其父將為擇婦。明誠晝寢，夢誦一書，覺來惟憶三句云：「言與司合，安上已脫，芝芙草拔。」以告其父。其父為解曰：「汝待得能文詞婦也。『言與司合』是『詞』字，『安上已脫』是『女』字，『芝芙草拔』是『之夫』二字，非謂汝為詞女之夫乎？」後李翁以女女之，即易安也，果有文章。易安結縭未久，明誠即負笈遠遊。易安殊不忍別，覓錦帕書《一翦梅》詞以送之。詞曰：「紅藕香殘……卻上心頭。」

按：《詩詞雜俎》本《漱玉詞》、《本事詞》上、《詞林紀事》卷十九俱引有此則。　又按：清照適趙明誠時，兩家俱在東京，明誠正為太學生，無負笈遠遊事。此則所云，顯非事實。而李清照之父

（李格非）稱為李翁，一似不知其名者，尤見蕪陋。《瑯嬛記》乃偽書，不足據。

草堂詩餘後集卷下李易安一剪梅詞注　苕溪漁隱曰：近時婦女能文詞者，如趙明誠之妻李易安，長於詞，有《漱玉集》三卷行於世。此詞頗盡離別之意，當為拈出。

按：上海新編《李清照集》亦引有此文，而云出自《苕溪漁隱叢話》，實為原書所無。

楊慎批默本草堂詩餘卷三　離情欲淚。讀此始知高則誠、關漢卿諸人，又是效顰。

弇州山人詞評　孫夫人：「閒把繡絲撏，認得金針又倒拈。」可謂看朱成碧矣。李易安：「此情無計可消除，方下眉頭，又上心頭。」可謂憔悴支離矣。秦少游：「安排腸斷到黃昏。甫能炙得燈兒了，雨打梨花深閉門。」則十二時無間矣。此非深於閨恨者不能也。易安又有「寵柳嬌花寒食近，種種惱人天氣」，「寵柳嬌花」，新麗之甚。

按：孫夫人詞乃《南鄉子》，秦少游詞乃《鷓鴣天》。此《鷓鴣天》實非秦作，《草堂詩餘》不著撰人姓氏，汲古閣未刻本《漱玉詞》亦收之。王世貞承《類編草堂詩餘》之誤，以為秦作。詳見本卷末《鷓鴣天》詞附注。

詞的卷三　香弱脆溜，自是正宗。

清河書畫舫中集　易安詞稿一紙，乃清祕閣故物也。筆勢清真可愛。此詞《漱玉集》中亦載，所謂離別曲者耶。卷尾略無題識，僅有點定兩字耳。錄具於左：……右調《一剪梅》。

按：易安詞稿乃清祕閣故物。此清祕閣殆即元末倪雲林（倪瓚）之清閟閣也（「祕」與「閟」通）。名人收藏，流傳有緒，當非偽蹟。張丑尚見有《漱玉集》，是明末於世善堂藏本以外，或尚有別本流傳也。

沈際飛本草堂詩餘正集卷二　時本落「西」字，作七字句，非調。是元人樂府妙句。關、白、馬、鄭諸君，固效顰耳。

草堂詩餘評林（四卷本）卷二　古今女史卷十二　此詞頗盡離別之情。語意飄逸，令人省目。

草堂詩餘雋卷五　眉批：多情不隨雁字去，空教一種上眉頭。　評語：惟錦書、雁字，不得將情傳去，所以一種相思，眉頭心頭，在在難消。

花草蒙拾　俞仲茅小詞云：「輪到相思沒處辭，眉間露一絲。」視易安「纔下眉頭，卻上心頭」，可謂此子善盜。然易安亦從范希文：「都來此事，眉間心上，無計相迴避」脫胎，李特工耳。

按：《詞苑叢談》卷四引王阮亭、《詞林紀事》卷十九引王阮亭，皆即此則。俞詞乃《長相思》詞。

兩般秋雨庵隨筆卷三　易安《一剪梅》詞起句「紅藕香殘玉簟秋」七字，便有吞梅嚼雪，不食人間煙火氣象，其實尋常不經意語也。

雲韶集卷十　起七字秀絕，真不食人間煙火者。　梁紹壬謂：只起七字已是他人不能到，結更淒絕。

白雨齋詞話卷二　易安佳句，如《一剪梅》起七字云：「紅藕香殘玉簟秋」，精秀特絕，真不食人間煙火者。

古今詞話詞辨卷下　周永年曰：《一翦梅》惟易安作為善。劉後村換頭亦用平字，於調未叶。若「雲中誰寄錦書來」與「此情無計可消除」，「來」字、「除」字，不必用韻。似俱出韻。但「雁字來時月滿樓」，「樓」上失一「西」字。劉青田：「雁短人遙可奈何。」「樓」上似不必增「西」字。今南曲只以前段作引子，詞家復就單調，別名「剪半」。將法曲之被管弦者，漸不可究詰矣。

蝶戀花 晚止昌樂館寄姊妹

淚溼瀚墨大全、詩女史、留青日札、彤管遺編、花草粹編、名媛璣囊、林下詞選、歷代詩餘作「搵」。羅翰墨大全、詩女史、留青日札、彤管遺編、花草粹編、古今名媛彙詩、名媛璣囊、林下詞選、歷代詩餘作「征」。古今女史同。衣脂粉滿，翰墨大全、詩女史、留青日札、彤管遺編、花草粹編、古今名媛彙詩、名媛璣囊、林下詞選、歷代詩餘作「暖」。四印齋本漱玉詞注：「別作淚搵征衣脂粉暖。」四文津閣四庫全書本樂府雅詞作「三」。疊陽關，唱歷代詩餘作「聽」。到翰墨大全、詩女史、留青日札、彤管遺編、花草粹編、古今名媛彙詩、名媛璣囊、古今女史、林下詞選、歷代詩餘作「了」。千千遍。人道歷代詩餘作「到」。山長山歷代詩餘作「水」。又斷，蕭蕭微留青日札作「風」。雨聞孤館。惜別傷離方寸亂1，忘了臨行，酒盞深和淺。好把翰墨大全、詩女史、留青日札、彤管遺編、花草粹編、古今名媛彙詩、名媛璣囊、古今女史、林下詞選、歷代詩餘作「若有」。四印齋本漱玉詞「把」字下注：「別作有。」音書憑過雁，東萊2不似蓬萊3遠。○

樂府雅詞卷下　花草粹編卷七
歷代詩餘卷四十　三李詞

此首別見元劉應李《事文類聚翰墨大全》后丙集卷四，無撰人姓氏，題作《晚止昌樂館寄姊妹》。此首前為無撰人《寄妹．踏莎行》詞、《寄季順妹．鵲橋仙》詞、《寄季玉妹．更漏子》詞，更前一首為延安夫人《立春寄季順妹．臨江仙》詞（通行本《翰墨大全》無《鵲橋仙》、《更漏子》二詞）。田藝蘅《詩女史》卷十一、田藝蘅《留青日札》卷三十九、《陽關三疊》、周銘《林下詞選》卷三並以為延安夫人作，題作《暫止樂昌館寄姊妹》。酈琥《彤管遺編》後集卷十二、《古今名媛彙詩》卷十七、《名媛璣囊》卷三、趙世杰《古今女史》卷十二亦作延安夫人詞；題作《寄姊妹》。葉申薌《閩詞鈔》卷四、林葆恆《閩詞徵》卷六亦以為延安夫人作，題作《暫止東昌館寄姊妹》，注：「此闋或誤題李易安」（文字與《詩女史》等同，不另校）。此首既見於宋曾慥《樂府雅詞》，題李易安作，而曾慥又與易安同時，必無錯誤。《詩女史》等以為延安夫人作，皆非。

《翰墨大全》作無名氏，疑誤奪李易安姓名。此首殆為宣和三年辛丑八月間清照由青州至萊州途中宿昌樂寄姊妹所作。按地理圖，由青至萊，須經昌樂。《建炎以來繫年要錄》卷十九載建炎三年，趙晟由青赴萊，劉洪道令權知昌樂縣張成伏兵中途邀擊，可以證明。《翰墨大全》所題《暫止昌樂館寄姊妹》，恐為原題。《詩女史》等誤以「昌樂館」為「樂昌館」，《閩詞鈔》至誤作「東昌館」，魯魚亥豕，不可究詰矣。詞中有「蕭蕭微雨聞孤館」句，必清照在旅途中作也。近人多以為此詞乃清照自諸城或青州寄至萊州趙明誠者，非是。

【注釋】

1. 方寸亂：《三國志・蜀志・諸葛亮傳》：「亮與徐庶並從，為曹公所追破，獲庶母。庶辭先主而指其心曰：『本欲與將軍共圖王霸之業者，以此方寸之地也。今已失老母，方寸亂矣，請從此別。』遂詣曹公。」方寸亂，言心緒亂也。方寸，一見《列子》。
2. 東萊：即萊州，今山東掖縣。時趙明誠守萊州。
3. 蓬萊：神話中海上三神山之一，見前《漁家傲》詞「天接雲濤連曉霧」闋「三山」注，出《史記・封禪書》。

蝶戀花

唐宋諸賢絕妙詞選、草堂詩餘別集、古今詞統、古今詩餘醉、詞匯、林下詞選、詩詞雜俎本漱玉詞題作「離情」。草堂詩餘別集注：「一作春懷。」

暖雨四部叢刊本樂府雅詞作「日」，旁注：「雨。」晴四部叢刊本樂府雅詞旁注：「和。」唐宋諸賢絕妙詞選、草堂詩餘別集、古今詞統、古今詩餘醉、林下詞選、歷代詩餘、詩詞雜俎本漱玉詞作「和」。花草粹編、文津閣四庫全書本樂府雅詞作「清」。草堂詩餘別集注：「一作清，誤。」風初破凍，柳眼[1]草堂詩餘別集注：「一作潤。」梅腮，唐宋諸賢絕妙詞選、林下詞選、詩詞雜俎本漱玉詞作「柳潤梅輕」。已覺春心四部叢刊本樂府雅詞旁注：「風。」動。酒意詩情誰與共？淚融殘粉花鈿重。

乍試夾衫唐宋諸賢絕妙詞選、草堂詩餘別集、古今詞統、古今詩餘醉、林下詞選、歷代詩餘、詩詞雜俎本漱玉詞作「衣」。金縷縫，山草堂詩餘別集注：「一作鴛。」枕斜攲，歷代詩餘、文津閣四庫全書本樂府雅詞作「攲斜」。枕損釵頭鳳2。獨抱濃愁無好夢，夜闌猶剪燈花弄。◯樂府雅詞卷下　唐宋諸賢絕妙詞選卷十　花草粹編卷七　草堂詩餘別集卷二　古今詞統卷九　古今詩餘醉卷八　林下詞選卷一　詞匯卷七　歷代詩餘卷四十　三李詞

【注釋】

1. 柳眼：李商隱《二月二日》詩：「花鬚柳眼各無賴。」柳眼，柳葉初生似眼者。
2. 釵頭鳳：宋無名氏《擷芳詞》：「可憐孤似釵頭鳳。」唐段成式《嘲飛卿》詩云：「醉袂幾侵魚子纈，飄纓長罥鳳皇釵。」釵作鳳皇形者曰「鳳皇釵」或「鳳釵」，其釵上之鳳即曰「釵頭鳳」。

【參考資料】

古今詞統卷九　此媛手不愁無香韻。　近言遠，小言至。

皺水軒詞筌　寫景之工者，如尹鶚：「盡日醉尋春，歸來月滿身。」李重光：「酒惡時拈花蕊嗅。」李易安：「獨抱濃愁無好夢，夜闌猶剪燈花弄。」劉潛夫：「貪與蕭郎眉語，不知舞錯伊州。」皆入神之句。

按：《古今詞論》引賀黃公、《詞苑叢談》卷一引《詞筌》、《詞苑萃編》卷二引《詞筌》，皆與此則同。　尹鶚句乃《醉公子》詞，李煜（李重光）句乃《浣溪沙》詞，劉克莊（劉潛夫）句乃《清平樂》詞。

鷓鴣天

寒（歷代詩餘作「盡」。）日蕭蕭上鎖（文津閣四庫全書本樂府雅詞、歷代詩餘作「瑣」。）窗，梧桐應恨夜來霜。酒闌更喜團茶1苦，夢斷偏宜瑞腦香。　秋已盡，日猶長。仲宣2懷遠更淒涼。不如隨分尊前醉，莫負東籬菊蕊黃。◯（樂府雅詞卷下　花草粹編卷五　歷代詩餘卷二十八　三李詞）

【注釋】

1. 團茶：《宣和北苑貢茶錄》：「太平興國初，特製龍鳳模，遣使臣即北苑造團茶，以別庶飲。」當時有龍團、鳳團二種，後又有小鳳團，皆團茶，即今之茶餅。

2. 仲宣：《文選》王粲《登樓賦》：「雖信美而非吾土兮，曾何足以少留。」五臣良注：「因懷歸而有此作。」王粲字仲宣，三國時山陽高平人，有文名，為建安七子之一。

小重山

春到長門1春草青，江梅些子破，未開勻。碧雲籠（花草粹編、文津閣庫全書本樂府雅詞作「龍」。）碾2玉成塵，留曉（花草粹編、歷代詩餘、文津閣四庫全書本樂府雅詞作「晚」。）夢，驚破一甌春。（歷代詩餘作「雲」。又「甌春」四部叢刊本樂府雅詞旁注：「溪雲。」）　花影壓重門，疏簾鋪淡月，好黃昏。二年三度負東君3，歸來也，著意過今春。◯（樂府雅詞卷下　花草粹編卷六　歷代時餘卷三十五　三李詞）

【注釋】

1. 長門：《文選》司馬相如《長門賦序》：「孝武皇帝陳皇后，時得幸，頗妬。別在長門宮，愁悶悲思。聞蜀郡成都司馬相如天下工為文。奉黃金百斤為相如、文君取酒。因於解悲愁之辭，而相如為文，以悟主上，陳皇后復得親幸。」《三輔黃圖》卷三云：「長門宮，離宮，在長安城，孝武陳皇后得幸，頗妬，居長門宮。」按《花間集》載薛昭蘊《小重山》詞二首，一首起句為「春到長門春草青」，一首起句為「秋到長門秋草黃」，易安此首起句蓋倣之。

2. 碧雲籠碾：碾茶也。秦觀《秋日》詩：「月團新碾瀹花甆。」無名氏《浣溪沙》詞：「閒碾鳳團銷短夢。」宋人於茶皆先碾後煮。宋龐元英《文昌雜錄》卷四記韓魏公「不甚喜茶，無精粗，共置一籠，每盡，即取碾。」「碧雲」指茶之色，碾細故曰「玉成塵」。

3. 東君：謂春日、春天之神。《尊前集》南唐成文幹《柳枝詞》云：「東君愛惜與先春。」宋李邴《漢宮春》詞：「東君也不愛惜，雪壓風欺。」《楚辭・九歌》有「東君」，洪興祖補注：「《博雅》：『朱明耀靈。』東君，日也。」《漢書・郊祀志》有東君。《史記・封禪書》、《漢書・郊祀志》並云：「晉巫祀五帝：東君、雲中……」司馬貞索隱、顏師古注並云：「東君，日也。」蓋東君原為日神，後演變而為春神也。

怨王孫 花草粹編、歷代詩餘題作「賞荷」。

湖上風來波浩渺，花草粹編注：「首句，復雅歌詞作雲鎖重樓簾幕曉。」秋已暮、紅稀香少。樂府雅詞少一「香」字。茲從其他各本補。水光山色與人親，說不盡、無窮好。　蓮子已成荷葉老，清詞學叢書本樂府雅詞作「青」。露洗、蘋花汀草。眠沙鷗鷺不回頭，似（歷代詩餘、天籟軒詞選作「應」。）也（花草粹編作「應也」，詞譜作「應」。）恨、人歸早。○（樂府雅詞卷下　花草粹編卷五　歷代詩餘卷二十九　天籟軒詞選卷五　三李詞）

此首別見《詞譜》卷二引《復雅歌詞》，作無名氏詞。《復雅歌詞》久無傳本，《詞譜》殆從《花草粹編》轉引。《碎金詞譜》卷二亦作無名氏詞。

臨江仙

歐陽公作蝶戀花1，有「深深深幾許」之語，予酷愛之。用其語作「庭院深深」數闋。其聲即舊臨江仙也。（見草堂詩餘前集卷上歐陽永叔蝶戀花詞注（清沈雄古今詞話．詞辨卷上引樂府紀聞一則與此同。詞苑叢談卷一又另有一期，蓋亦出自草堂詩餘）。）

庭院深深深幾許？雲窗霧閣2常扃。柳梢梅萼漸分明。春歸秣陵3樹，人客（趙萬里耕漱玉詞作「老」。）建安4（四部叢直本樂府雅詞作「遠安」。四印齋所刻詞本漱玉詞、趙萬里輯漱玉詞作「建康」。）城。

感月吟風5多少事，如今老去無成。誰憐憔悴更凋零。試燈6無意思，踏雪沒心情。（末二句，花草粹編、歷代詩餘作「燈花空結蕊，離別共傷情」。）○（樂府雅詞卷下　花草粹編七　歷代詩餘卷三十八　三李詞）

此首因各本文字之不同，可能作於「建安」、「遠安」、「建康」，三者必居其一。遠安在今湖北省，清照平生蹤跡未至其地，可置勿論。至於建康，則清照曾至其地，其時趙明誠守郡。如原文確為「春歸秣陵樹，人老建康城」，則此詞自應為清照在建康所作。惟四印齋本《漱玉詞》、趙輯本《漱玉詞》刊刻、排印有無錯誤，其文字根據何本？趙輯是否根據趙輯寧星鳳閣抄本《樂府雅詞》（此本被劫往國外，尚未收回，亦無顯微膠卷），尚待證實。而詞中云：「人老建康城。」又云：「而今老去無成。」一明為感舊傷今之語，與在建康時情境不甚相合，不似從明誠居建康時作。疑從《詞學叢書》本

《樂府雅詞》作「建安」為是。清照似曾至閩，其時趙明誠已死，與張汝舟已離異，流離飄泊。在建康時每大雪輒循城遠覽，意興甚豪，而此云「踏雪沒心情」，情境完全不合。參閱後附《李清照事迹編年》一一三五年事。

【注釋】

1. 歐陽公蝶戀花：歐陽修《蝶戀花》詞云：「庭院深深幾許？楊柳堆煙、簾幕無重數。玉勒雕鞍遊冶處、樓高不見章臺路。　雨橫風狂三月暮。門掩黃昏。無計留春住。淚眼問花花不語。亂紅飛過秋千去。」此首實馮延巳作，非歐陽修作。據歐陽修《近體樂府》羅泌校語，此詞亦見《陽春錄》，而崔公度跋《陽春錄》，則謂皆延巳親筆（見《近體樂府》羅泌跋）。馮延巳親筆所書之詞，必非歐作。後人或據清照此序以為此首必歐陽修作，蓋未見崔公度跋也。
2. 雲窗霧閣：韓愈《華山女》詩：「雲窗霧閣事慌惚，重重翠幔深金屏。」
3. 秣陵：《漢書．地理志》：秣陵屬丹陽郡。即今南京市。
4. 建安：宋屬建州，今福建建甌。
5. 感月吟風：即後人所謂「吟風弄月」，一般指作詩、詞。
6. 試燈：未到元宵節而張燈預賞謂之試燈。宋張鎡《賞心樂事》記有十二月季冬家宴試燈事。試燈與正月孟春之天街觀燈、諸館賞燈有別。

醉花陰詩詞雜俎本漱玉詞、唐宋諸賢絕妙詞選、彤管遺編、文體明辨、花草粹編、堯山堂外紀、古今名媛彙詩、名媛璣囊、古今女史、繡谷春容、彤管摘奇、林下詞選、詞綜、記紅集、詞林紀事題作「九日」，草堂詩餘、詞學筌蹄、詞的、嘯餘譜、古今詞統、古今詩餘醉、歷城縣志、詞匯、詩餘神髓、古今詞選、詩餘譜式、清綺軒詞選題作「重陽」，彙選歷代名賢詞府全集題作「重九」。

薄霧濃雲全芳備祖作「陰」（全芳備祖只有抄本，或作「雲」，或作「陰」），詞品卷二云：「李易安九日詞，今俗本改『霧』作『雲』。」古今詞統、歷城縣志、林下詞選、見山亭古今詞選、詞苑叢談、詞律、詞匯、歷代詩餘、古今詞選、古今圖書集成、同情集詞選、天籟軒詞譜、天籟軒詞選作「雰」。林下詞選云：「一作雲。」沈際飛本草堂詩餘注：「一作雰，誤。」**愁永晝，瑞腦銷**全芳備祖、草堂時餘、詞學筌蹄、詩餘圖譜、詩女史、彤管遺編、彙選歷代名賢詞府全集、花草粹編、詞的、堯山堂外紀、嘯餘譜、增正詩餘圖譜、彤管摘奇、古今名媛彙詩、名媛璣囊、古今女史、古今詞統、二如亭群芳譜、歷城縣志、見山亭古今詞選、詞苑叢談、詞律、詞匯、記紅集、選聲集、古今詞選、詞鵠、詩餘譜式、同情集詞選、歷朝名媛詩詞作「噴」。沈際飛本草堂詩餘作「銷」，注：「一作噴，誤。」**金**全芳備祖、二如亭群芳譜作「香」。**獸**1**。佳**詩詞雜俎本漱玉詞，全芳備祖、唐宋諸賢絕妙詞選、花草粹編、沈際飛本草堂詩餘、二如亭群芳譜、古今詩餘醉、林下詞選、詞潔、古今圖書集成、自怡軒詞選作「時」。沈際飛本草堂詩餘注：「一作佳，誤。」**節又重陽，玉**草堂詩餘、詞學筌蹄、詩餘圖譜、詩女史、彤管遺編、彙選歷代名賢詞府全集、花草粹編、詞的、堯山堂外紀、增正詩餘圖譜、彤管摘奇、嘯餘譜、古今名媛匯詩、名媛璣囊、古今女史、古今詞統、古今詩餘醉、歷城縣志、見山亭古今詞選、詞苑叢談、詞律、詞匯、記紅集、選聲集、古今詞選、詞鵠、詩餘譜式、古今圖收集成、同情集詞選、天籟軒詞譜、天籟軒詞選作「實」。沈際飛本草堂詩餘注：「一作玉。」自怡軒詞選作「鴛」。**枕紗廚**2**，**彤管遺編，古今女史作「窗」。**半夜**嘯餘譜、古今詩餘醉作「夏」，誤。**涼**全芳備祖、草堂時餘、詞學筌蹄、詩餘圖譜、詩女史、彤管遺編、彙選歷代名賢詞府全集、花草粹編、詞的、堯山堂外紀、嘯餘譜、古今女史、古今詞統、二如亭群芳譜、增正詩餘圖譜、彤管摘奇、古今名媛詩匯、名媛璣囊、詞匯、見山亭古今詞選、詞苑叢談、詞律、記紅集、選聲集、古今詞選、詞鵠、詩餘譜式、同情集詞選、天籟軒詞譜作「秋」。**初**「涼初」，詩餘圖譜作「秋先」，歷城縣志作「新涼」。沈際飛本草堂詩餘在句末注：「一作秋光透，又作秋先透，俱誤。」**透。**

東籬把酒詞學筌蹄、彙選代名賢詞府作「菊」。**黃昏**詞鵠云：「酒字疑是短韻，蓋後段換頭，各體原多有不同，且第二句又一「有」字領起，作者須味其意，於酒字讀斷，後字再斷，作折腰體，亦無不可。審音者幸留意焉。」**後，有暗香**全芳備祖誤作「風」（抄本或作「香」、或誤作「風」）。**盈袖。莫道不銷魂，簾捲西風，人似**全芳備祖（抄本或作「似」，或作「比」）、彤管遺編、彤管摘奇、古今名媛彙詩、名媛璣囊、古今女史、詞綜、詞律、詞匯、天籟軒詞譜、歷朝名媛詩詞、天籟軒詞選作「比」。四印齋本漱玉詞亦作「比」，注：「別作似。」**黃花**3**瘦。**○

樂府雅詞卷下　全芳備祖前集卷十二菊花門　唐宋諸賢絕妙詞選卷十　草堂詩餘後集卷上（類編草堂詩餘卷一、楊金本草堂詩餘後集卷下）　詞學筌蹄卷二　詩餘圖譜卷一（謝天瑞本卷二）　詩女史卷十一　彤管遺編續集卷十七　彙選歷代名賢詞府全集卷三　文體明辨附卷七　花草粹編卷五　詞的卷二　堯山堂外紀卷五十四　嘯餘譜卷三　增正詩餘圖譜卷上　彤管摘奇卷下　古今名媛彙詩卷十七　名媛璣囊卷三　繡谷春容卷二　古今女史卷十二　古今詞統卷七　古今詩餘醉卷一　二如亭群芳譜花譜卷三　崇禎歷城縣志卷十五　林下詞選卷一　見山亭古今詞選卷二　詞綜卷二十五　詞匯卷四　詞苑叢談卷三　詞律卷七　記紅集卷一　選聲集　詞潔卷一　歷代詩餘卷二十三　古今詞選卷二　詞鵠卷三　詩餘神髓　詩餘譜式後卷　古今圖書集成　歲功典卷七十八　清綺軒詞選卷六　自怡軒詞選卷二　同情集詞選卷七　歷朝名媛詩

詞卷十一　天籟軒詞譜卷二　天籟軒詞選卷五　詞林紀事卷十九　詞軌附錄卷一　復堂詞錄卷八　三李詞　藝術館詞選乙卷

【注釋】

1. 金獸：香爐也。唐羅隱《寄前宣州竇常侍》詩：「噴香瑞獸金三尺，舞雪佳人玉一圍。」
2. 紗廚：唐王建《贈王處士》詩：「青山掩障碧紗廚。」宋周邦彥《浣溪沙》詞：「薄薄紗廚望似空。」明無名氏《居家必備・俗呼小錄》云：「臥牀之帳子謂蚊幮。」幮即廚也。紗廚即紗帳。
3. 黃花：《禮記・月令》：「鞠有黃花。」「鞠」本作「菊」。黃花世以之稱菊花。

【參考資料】

瑯嬛記卷中引外傳　易安以《重陽・醉花陰》詞函致明誠。明誠歎賞，自愧弗逮，務欲勝之。一切謝客，忘食忘寢者三日夜，得五十闋，雜易安作，以示友人陸德夫。德夫玩之再三，曰：「只三句絕佳。」明誠詰之。曰：「莫道不消魂，簾捲西風，人似黃花瘦。」政易安作也。

按：《崇禎歷城縣志》卷十六、《古今詞統》卷七、《歷代詩餘》卷一百十六（引《瑯嬛記》）、《詞林紀事》卷十九（引《瑯嬛記》）、《詞苑萃編》卷四（引《瑯嬛記》）、《本事詞》上俱引此則，與《瑯嬛記》原書有出入，蓋多經改易。又沈雄《古今詞話詞品》卷下，又《詞辨》卷下亦引此事，蓋亦出自《瑯嬛記》。　又徐釚《詞苑叢談》卷三有一則，先載此詞本事，繼及《春晚・如夢令》，又及《祭趙明誠文》，與《投綦密禮啟》（文內云作札寄人），蓋從《瑯嬛記》、《苕溪漁隱叢話》、《四六談塵》等抄出。　按趙明誠喜金石刻，平生專力於此，不以詞章名。《瑯嬛記》所引《外傳》，不知何書，殆出自捏造。所云：「明誠欲勝之。」必非事實。

楊慎批默本草堂詩餘卷一　淒語，怨而不怒。（評末兩句）

詞的卷一　但知傳誦結語，不知妙處全在「莫道不消魂」。

詩辨坻卷四　柴虎臣云：指取溫柔，詞歸蘊藉。暱而閨帷，勿浸而巷曲，浸而巷曲，勿墮而村鄙。又云：語境則「咸陽古道」、「汴水長流」，語事則「赤壁周郎」、「江州司馬」，語景則「岸草平沙」、「曉風殘月」，語情則「紅雨飛愁」、「黃花比瘦」，可謂雅暢。

按：《詞苑叢談》卷一、《詞苑萃編》卷二引毛稚黃、《西圃詞說》俱引此則。「黃花比瘦」即清照詞：「簾捲西風，人比黃花瘦。」又：「咸陽古道」乃李白《憶秦娥》詞：「樂遊原上清秋節，咸陽古道音塵絕。」「汴水長流」，乃白居易《長相思》詞：「汴水流，泗水流。」「赤壁周郎」，乃蘇軾《念奴嬌》詞：「故壘西邊，人道是，三國周郎赤壁。」「江州司馬」，乃吳激《人月圓》詞：「江州司馬，青衫淚溼，同是天涯。」「岸草平沙」，乃僧仲殊《柳梢青》詞：「岸草平沙，吳王故苑，柳裊煙斜。」「曉風殘月」，乃柳永《雨霖鈴》詞：「今宵酒醒何處，楊柳岸、曉風殘月。」「紅雨飛愁」，乃僧如晦《卜算子》詞：「風急桃花也似愁，點點飛紅雨。」

詞綜偶評　結句亦從「人與綠楊俱瘦」脫出，但語意較工妙耳。

按：人與綠楊俱瘦，乃宋無名氏《如夢令》詞，其全首云：「鶯嘴啄花紅溜，燕尾點波綠皺。指冷玉笙寒，吹徹小梅春透。依舊，依舊，人與綠楊俱瘦。」此首或誤以為秦觀所作。

詞品卷一　中山王《文木賦》：「奔雷屯雲，薄霧濃靈。」皆形容木之文理也。杜詩：「屯雲對古城。」實用其語。李易安《九日》詞：「薄霧濃雰愁永晝。」今俗本改「雰」作「雲」。

按：《古今詞統》卷七有一則，甚簡，蓋出自《詞品》。

沈際飛本草堂詩餘正集卷一　中山王《文木賦》：「薄霧濃雰」，形容木之文理也。用修云：「易安本此。」不必。

花草蒙拾　「薄霧濃雲」，新都引中山王《文木賦》「薄霧濃雰」以折「雲」字之非。楊博奧，每失穿鑿。如王右丞詩「玉角粑」與「朱鬣馬」之類，殊墮狐穴。此「雰」字辨證獨妙。

按：作詞極少引用古書上罕見之字，楊慎之說殊為穿鑿。王士禎賞之，非也。

弇州山人詞評　詞內「人瘦也、比梅花、瘦幾分」，又「天還知道，和天也瘦」，又「莫道不消魂，簾捲西風，人比黃花瘦」，三「瘦」字俱妙。

按：《詞苑萃編》卷二引王弇州此則，「人比黃花瘦」下，作：「又『應是綠肥紅瘦』、又『人共博山煙瘦』，『瘦』字俱妙。」　又按：「人瘦也、比梅花、瘦幾分」乃宋程垓《攤破江城子》詞（或誤作康與之《江城梅花引》），「天還知道，和天也瘦」乃秦觀《水龍吟》詞。「人共博山煙瘦」乃毛滂《感皇恩》詞。

歷代詩餘卷一百十七　詞苑萃編卷五　康伯可「人瘦也、比梅花、瘦幾分」，與李清照「簾捲西風，人比黃花瘦」同妙。

按：《歷代詩餘》、《詞苑萃編》俱引王性之。王性之乃王銍，與康伯可、李清照同時，並無此語。疑所云王性之乃王世貞之誤。

沈際飛本草堂詩餘正集卷一　康詞：「比梅花、瘦幾分」，一婉一直，並峙爭衡。

按：《古今詞統》卷七有一則，與此相同，惟末句作「兩得其宜」。

論詞隨筆　寫景貴淡遠有神，勿墮而奇情；言情貴蘊藉，勿浸而淫褻。「曉風殘月」、「衰草微雲」，寫景之善者也；「紅雨飛愁」、「黃花比瘦」，言情之善者也。

按：「曉風殘月」乃柳永《雨霖鈴》詞，已見前引；「衰草微雲」乃秦觀《滿庭芳》詞「山抹微雲，天連衰草」；「紅雨飛愁」乃僧如晦《卜算子》詞，亦已見前引。

論詞隨筆　詞之用字，務在精擇：腐者、啞者、笨者、弱者，粗俗者、生硬者、詞中所未經見者，皆不可用，而叶韻字尤宜留意。古人名句，末字必清雋響亮，如「人比黃花瘦」之「瘦」字，「紅杏枝頭春意鬧」之「鬧」字皆是，然有同此字而用之善不善，則存乎其人之意與筆。

按：「紅杏枝頭春意鬧」乃宋祁《玉樓春》詞。

自怡軒詞選卷二　幽細淒清，聲情雙絕。

晚香室詞錄卷七　愚按：《醉花陰》「簾捲西風」，為易安傳作，其實尋常語耳。其「尋尋覓覓」一首，《鶴林玉露》及《貴耳集》皆盛稱之，惟海鹽許蒿廬謂其頗帶傖氣，可謂知言。

雲韶集卷十　無一字不秀雅。深情苦調，元人詞曲往往宗之。

本事詞自序　（上略）若更蘿屋靜姝，蘭閨秀媛，既工協律，亦擅摛詞，瘦比黃花，寓幽情於愛菊；慧同紫竹，抒雅藻於《踏莎》。向金屋而翦繒，宮花簪鬢，望錦川而揮淚，山色添眉。復有逐妾辭閨，故姬去國，團扇動棄捐之慼，羅裙懷淪落之嗟。念錦瑟之空麗，難吟荳蔻；恨金甌之已缺，誰弄琵琶。燕子樓頭，夢斷彭城落月；鵑聲馬上，愁生蜀道殘春。斯皆悲離恨之有天，欲埋愁而無地。但留怨什，宜播吟壇。（下略）

按：慧同紫竹二句，指紫竹《踏莎行》詞；金屋翦繒二句，指劉鼎臣妻《鷓鴣天》詞；錦川揮淚二句，指盧氏女《鳳棲梧》詞；金甌已缺二句，指王昭儀《滿江紅》詞；燕子樓頭二句，指蘇軾《永遇樂》詞；鵑聲馬上二句，指花蕊夫人《採桑子》詞。

湘綺樓詞選前編　此語若非出女子自寫照，則無意致。「比」字各本皆作「似」，類書引反不誤。

好事近

風定落花深，簾外擁紅堆雪。長記海棠開後，正原本作「正是」。四印齋本漱玉詞云：「此詞上段末句『是』字疑衍。」趙萬里輯漱玉詞云：「按此句無作六言者，

『正』『是』二字，必有一衍。」茲從其說，刪去「是」字。傷春時節。酒闌歌罷玉尊空，青釭1（文津閣四庫全書本樂府雅詞、花草粹編作「紅」。）暗明滅。魂夢不堪幽怨。更一聲啼鴂2。◯（樂府雅詞卷下　花草粹編卷三）

【注釋】

1. 青釭：即青燈。李白《夜坐吟》：「青釭凝明照悲啼。」

2. 啼鴂：《文選》張衡《思玄賦》李善注引《楚辭》：「恐鶗鴂之先鳴，使夫百草為之不芳。」（按傳本《楚辭》與《文選》所載《離騷》，「鶗」作「鵜」與李善所引異）或云：鶗鴂即杜鵑。按辛棄疾《賀新郎》詞云：「綠樹聽鶗鴂，更那堪、杜鵑聲住，鷓鴣聲切。」辛詞自注云：「鵜鴂、杜鵑實兩物，見《離騷補注》。」（按洪興祖補注云：「子規、鶗鴂，二物也。」）宋錢杲之《離騷集傳》以為「鶗」即「鵙」）

訴衷情

（詞學叢書本樂府雅詞云：「案訴衷情有單調、有雙調。此詞名訴衷情令，又名漁父家風。張元幹、嚴仁皆同。」花草粹編題作「枕畔聞殘梅噴香」。）

夜來沉醉卸妝遲，梅萼（花草粹編作「蕊」。）插殘枝。酒醒熏破春睡，夢遠不成歸。（此二句樂府雅詞原作「酒醒動破，惜春夢遠，又不成歸」，與律不合，茲從花草粹編改。四印齋本漱玉詞注：「運案：『酒醒』三句，毛鈔本、花草粹編並作『酒醒熏破春睡，夢斷不成歸』。」詞學叢書本樂府雅詞云：「案訴衷情有單調、有雙調，皆與此詞不同。惟訴衷情令相合，但前段第三句六字、第四句五字。此詞前段五句，下三句皆作四字，一句，較譜多一字。或傳寫誤增，或當時本有此體，然宋人皆無如此填者，附注俟考。」）人悄悄，月依依，翠簾垂，更（花草粹編作「再」。）挼1殘蕊，更撚餘香更得些時。◯（樂府雅詞卷下　花草粹編卷三）

【注釋】

1. 挼：唐無名氏《菩薩蠻》詞：「碎挼花打人。」顧敻《荷葉杯》詞：「手挼裙帶獨徘徊。」馮延巳《謁金門》詞：「手挼紅杏蕊。」按《說文解字》卷十二上手部：「捼，推也，從手委聲。一曰兩手相切摩也。臣鉉（徐鉉）等曰：今俗作挼，非是。奴禾切。」宋孫奕《履齋示兒編》卷二十一引作「捼，奴禾切，兩手摩也。俗作挼」。唐宋人詩詞蓋皆用「捼」之俗字。今吳語、桂粵語中俱用「挼」字，音nuó，音義與《說文》一說、孫奕、唐宋人詩詞所用同。

行香子

歷代詩餘題作「七夕」。

草際鳴蛩、驚落梧桐、正人間天上愁濃。雲階月地1，（四部叢刊本樂府雅詞，花草粹編、詞譜作「色」。）關鎖千重，（花草粹編作「里」，誤。此處應叶韻。）縱浮槎2來，浮槎去，不相逢。星橋3鵲（四部叢刊本樂府雅詞、花草粹編作「鶴」。）駕，經年纔見，想離情別恨難窮。牽牛織女4，莫是離中。甚霎兒晴，霎兒雨，霎兒風。（花草粹編、詞譜作：「甚一霎兒晴、一霎兒雨、一霎兒風。」每句多一「一」字，詞譜以為又一體。按翰墨大全丁集卷一，有鈴崗（傅大詢）行香子・壽鄧宰母一首，上下半闋末三句俱作四字句，詞譜漏列其體，清照詞則上半闋仍為三字句耳。）

◯ 樂府雅詞卷下　花草粹編卷七　歷代詩餘卷四十四　詞譜卷十四　三李詞

【注釋】

1. 雲階月地：杜牧《七夕》詩：「雲階月地一相過，未抵經年別恨多。最恨明朝洗車雨，不教迴腳渡天河。」沈亞之《夢中》詩：「香風引到大羅天，月地雲階拜洞仙。」雲階月地，以雲為階，以月為地，言天上也。

2. 浮槎：張華《博牧志》：「舊說云：天河與海通。近世有人居海渚者，年年八月有浮槎，去來不失期。人有奇志，立飛閣於槎上，多齎糧乘槎而去。十餘日中，猶觀星月日辰。自後芒芒忽忽，亦不覺晝夜。去十餘日，奄至一處。有城郭狀，屋舍甚嚴。遙望宮中，多織婦。見一丈夫，牽牛渚次飲之。牽牛人乃驚問曰：『何由至此？』此人具說來意，并問此是何處。答曰：『君還至蜀郡，訪嚴君平，則知之。』竟不上岸。因還如期，後至蜀，問。君平曰：『某年月日，有客星犯牽牛宿。』計年月，正此人到天河時也。」

3. 星橋：舊傳七月七日烏鵲造橋，牽牛、織女相會。橋名烏鵲橋，亦名星橋。唐趙彥若《奉和七夕兩儀殿會宴應制》：「星橋度玉珮。」李商隱《七夕》詩：「星橋橫過鵲飛迴。」

4. 牽牛織女：《續齊諧記》：「桂陽成武丁有仙道，常在人間，忽謂其弟曰：『七月七日，織女當渡河，諸仙悉還宮，吾向已被召，不得停，與爾別矣。』弟問曰：『織女何事渡河？去當何還？』答曰：『織女暫詣牽牛。吾後三年當還。』明日，失武丁。至今云：織女嫁牽牛。」《荊楚歲時記》云：「七月七日為牽牛、織女聚會之夜。」

孤雁兒 四印齋本漱玉詞、三李詞調作「御街行」。

世人作梅詞，下筆便俗。予試作一篇，乃知前言不妄耳。（花草粹編、歷代詩餘、天籟軒詞選無此小序。）

藤牀[1]紙帳[2]朝眠起，說不盡無佳思。沉香斷續花草粹編、歷代詩餘、天籟軒詞選作「煙斷」。玉爐[3]寒，伴我情懷如水。笛聲三弄[4]，梅心驚破，多少春情意。

小風疏雨蕭蕭花草粹編、歷代詩餘、天籟軒詞作「瀟瀟」。地，又催下千行淚。吹簫人去5玉樓空6，腸斷與誰同倚。一枝折得，人間天上，沒個人堪寄。○梅苑卷一 卷四十九　花草粹編卷八 天籟軒詞選卷五　歷代詩餘 三李詞

【注釋】

1. 藤牀：藤製之牀也。宋無名氏《春光好》詞：「小藤牀，隨意橫。」朱敦儒《念奴嬌》詞：「照我藤牀涼似水。」明高濂《遵生八牋》卷八有欹牀：「高尺二寸，長六尺五寸，用藤竹編之，勿用板，輕則童子易抬。上置倚圈靠背如鏡架，後有撐放活動，以通高低。如醉臥偃仰觀書並花下臥賞，俱妙。」此欹牀以藤（或竹）編之，疑或即藤牀也（元陶宗儀《說郛》卷十九、清陳元龍《格致鏡原》卷五十三引沈括《忘懷錄》所載欹牀，與《遵生八牋》所載不盡同，係木製藤綳或竹為之。茲不贅引）。

2. 紙帳：宋林洪《山家清事》梅花紙帳條：「法用獨牀，傍植四黑漆柱，各掛以半錫瓶，插梅數枝，後設黑漆板，約二尺，自地及頂，欲靠以清坐。左右設橫木一，可掛衣。角安斑竹書貯一，藏書三四，掛白塵一。上作大方目頂，用細白楮衾作帳罩之。前安小踏牀，於左植綠漆小荷葉一，寘香鼎，燃紫藤香。中只用布單、楮衾、菊枕、蒲褥。」明高濂《遵生八牋》卷八有紙帳：「用藤皮繭紙纏於木上，以索緊勒，作皺紋；不用糊，以線拆縫縫之。頂不用紙，以稀布為頂，取其透氣。或畫以梅花、或畫以蝴蝶，自是分外清致。」清照此詞乃詠梅花者，未知為梅花紙帳抑尋常之紙帳也（《遵生八牋》卷八亦有梅花紙帳，與《山家清事》同。清陳元龍《格致鏡原》卷五十三引《起居服用箋》亦有紙帳，與《遵生八牋》同）。

3. 玉爐：《花間集》毛熙震《清平樂》詞：「玉爐煙斷香微。」

4. 笛裡三弄：《世說新語》卷下之上《任誕》門：「王子猷出都，尚在渚下。聞桓子野善吹笛，而不

相識。遇桓於岸上過。王在船中。客有識之者，云是桓子野。王便令人與相聞云：『聞君善吹笛，試為我一奏。』桓時已貴顯，素聞王名，即便回，下車，踞胡床，為作三調弄畢，便上車去。客主不交一言。」

5. 吹簫人去：《列仙傳》：「蕭史者，秦穆公時人也，善吹簫，能致孔雀、白鶴於庭。穆公有女字弄玉，好之。公遂以女妻焉。日教弄玉作鳳鳴。居數年，吹似鳳聲，鳳凰來止其屋。公為作鳳臺，夫婦止其上，不下數年，一旦皆隨鳳凰飛去。故秦人為作鳳女祠於雍，宮中時有簫聲而已。」

6. 玉樓空：李商隱《代應》詩：「離鸞別鳳今何在，十二玉樓空更空。」吹簫人去玉樓空，言其夫趙明誠已去世。

滿庭芳（花草粹編、歷代詩餘、復堂詞錄題作「殘梅」。）

小閣藏春，閒窗鎖晝，畫堂無限深幽。篆香[1]燒盡，日影下簾鉤。手種江梅更（花草粹編、歷代詩餘作「漸」。）好，又何必、臨水登樓。無人到，寂寥渾（花草粹編、歷代詩餘作「恰」。）似，何遜[2]在揚州。　從來，知韻勝[3]，難堪（歷代詩餘作「禁」。）雨藉，不耐風揉（樂府雅詞原作「柔」，花草粹編、歷代詩餘作「揉」。風柔無不耐之理，茲從花草粹編。）。更誰家橫笛，吹動濃愁。莫恨香消雪（歷代詩餘作「玉」。）減，須信道、掃跡[4]（四印齋本漱玉詞注：「一作跡掃。」）情留。難言處、良宵淡月，疏影尚風流。◯（梅苑卷三　花草粹編卷九　歷代詩餘卷六十一　復堂詞錄卷八　三李詞）

【注釋】

1. 篆香：《香譜》卷下云：「香篆，鏤木為之，以範香塵為篆文，然（燃）於飲席或佛像前，往往有二三尺徑者。」明高濂《遵生八牋》卷八有印香，云俱作篆文，疑即一物。後世廟宇中之盤香，燃於佛前，其徑亦有二三尺，或即香篆也。

2. 何遜：梁詩人。杜甫《和裴迪登蜀州東亭送客逢早梅相憶見寄》詩云：「東閣官梅動詩興，還如何遜在揚州。」

3. 韻勝：言梅花之風韻、風度超過他花也。唐崔道融《梅花》五律：「香中別有韻，清極不知寒。」范成大《梅譜・後序》云：「梅以韻勝，以格高，故以橫斜疏瘦、與老枝怪奇者為貴。」陳善《捫蝨新話》下集卷一：「予每論詩，以陶淵明、韓、杜諸公皆為韻勝。一日，見林倅於徑山，夜話及此。林倅曰：『詩有格有韻，故自不同。如淵明詩是其格高，謝靈運「池塘春草」之句，乃其韻勝也。格高似梅花，韻勝似海棠花。』」一以韻勝屬梅花、一以韻勝屬海棠花，二說不同。清照此詞乃詠梅花者，其說當與范成大《梅譜》同也。范之時代後於清照，當是宋人傳統看法以梅花為韻勝。

4. 掃跡：《文選》孔稚珪《北山移文》：「乍低枝而掃跡。」杜甫《贈李白》詩：「山林跡如掃。」掃跡言蹤跡掃盡，已無所留。

玉樓春 花草粹編、歷代詩餘題作「紅梅」。

紅酥肯放瓊苞花草粹編、歷代詩餘作「瑤」。碎，探著南枝[1]開遍未，不知醞藉[2]幾多香，歷代詩餘作「時」。但見包藏無限意。

道人[3]憔悴春窗底，悶損花草粹編作「閑損」，歷代詩餘作「悶拍」。闌干愁不倚。要來小酌花草粹編作「著」，歷代詩餘作「看」。便來休，未必明朝風不起。○梅苑卷八　花草粹編卷六　歷代詩餘卷三十二　三李詞

【注釋】

1. 南枝：宋朱翌《猗覺寮雜記》卷上：「梅用南枝事，共知《青瑣》、《紅梅》詩云：『南枝向暖北枝寒。』李嶠云：『大庾天寒少，南枝獨早芳。』張方注云：『大庾嶺上梅，南枝落，北枝開。』南唐馮延巳詞云：『北枝梅蕊犯寒開。』則南北枝事，其來遠矣。」

按：張方注「大庾嶺上梅，南枝落，北枝開」數語，《白孔六帖》卷九十九亦引之，而不著所出。據《猗覺寮雜記》，乃知張方注也。張方曾注李嶠單題詩，見晁公武《郡齋志》卷四上。敦煌卷子有唐張庭芳注《李嶠雜詠》，現在法國巴黎圖書館，疑即一書也。

2. 醞藉：《漢書．薛廣德傳》：「廣德為人溫雅，有醞藉。」注引服虔曰：「寬博有餘也。」師古曰：「醞，言如醞釀也。藉，有所薦藉也。」醞藉，在此詞中作「含蓄」解。

3. 道人：得道之人，或云僧也（劉義慶《世說新語》稱僧多曰道人）。後世稱道士為道人。此詞中「道人」，乃清照自稱，言學道之人。

【參考資料】

靜志居詩話卷十八　詠物詩最難工，而梅尤不易。林君復「雪後園林纔半樹，水邊籬落忽橫枝」，此為絕唱矣。他如「疏影橫斜水清淺，暗香浮動月黃昏」，僅易江為二字，以「竹」、「桂」為「疏」、「暗」，是妙於點染者。餘如蘇子瞻「竹外一枝斜更好」、高季迪「薄暝山家松樹下」，亦見映帶之工。高續古絕句云：「舍南舍北雪猶存，山外斜陽不到門。一夜冷香清入夢，野梅千樹月明村。」可謂傳神好手。朱希真詞：「橫枝清瘦只如無，但空裡、疏花幾點。」李易安詞：「要來小酌便來休，未必明朝風不起。」皆得此花之神。若朱雍之《梅詞》、黃晞顏之《梅苑》、李龔之《梅花衲》、釋明本之

《梅花百詠》，詩愈多而神愈遠矣。

按：朱希真詞乃《鵲橋仙》。《梅苑》撰人乃黃大輿，字載萬，此云黃晞顏，疑竹垞記憶偶誤。

漁家傲

雪裡已知春信至。寒梅點綴瓊枝1膩。香臉半開嬌旖旎。當庭際。玉人浴出新妝洗。　造化可能偏有意。故教明月玲瓏地。共賞金尊沉綠蟻2。莫辭醉。此花不與群花比。○梅苑卷九　歷代詩餘卷四十二　三李詞

【注釋】

1. 瓊枝：形容梅樹樹枝著雪而白也。周邦彥《拜星月》詞：「似覺瓊枝玉樹相倚。」此本《楚辭・離騷》「折瓊枝以繼佩」，又「折瓊枝以為羞兮」，而活用作別解。
2. 綠蟻：酒也。謝朓《在郡臥病呈沈尚書》詩：「嘉魴聊可薦，綠蟻方獨持。」溫庭筠《送陳嘏之侯官兼簡李尚書》詩：「縱得步兵無綠蟻。」

清平樂

年年雪裡，常插梅花醉。挼盡梅花無好意，贏得滿衣清淚。　今年海角天涯，蕭

蕭兩鬢生華。看取晚來風勢，故應難看梅花。○（梅苑卷九　花草粹編卷三　歷代詩餘卷十四　三李詞）

鷓鴣天

暗淡輕黃體性柔，情疏跡遠只香留。何須淺碧輕紅色，自是花中第一流。　梅定妒，菊應羞，畫欄開處（二如亭群芳譜、廣群芳譜作「詩書閒處」，按李賀金銅仙人辭漢歌云：「畫欄桂樹懸秋香，三十六宮土花碧。」此詞正用其事，故曰「畫欄開處」。群芳譜不足據。）冠中秋。騷人可煞無情思，何事當年不見收1。○（全芳備祖前集卷十三桂花門　二如亭群芳譜樂譜卷一　廣群芳譜卷四十巖桂）

【注釋】

1. 「騷人」二句：此言屈原《離騷》多載草木名稱，而未及桂花。宋陳與義《詠桂·清平樂》詞云：「楚人未識孤妍，《離騷》遺恨千年。」亦即此意。騷人，指屈原也。

添字醜奴兒

（歷代詩餘謂作「添字采桑子」（「采桑子」即「醜奴兒」同調異名），花草粹編、詞譜作「采桑子」。詞鵠云：「一名醜奴兒第二體。」）

窗前誰種（四印齋本漱玉詞作「種得」。）芭蕉樹，陰滿中庭，陰滿中庭，葉葉心心、舒展有餘清。（各本俱作「情」。）傷心枕上三更雨，點滴霖霪，點滴霖霪1，（歷代詩餘、詞譜、詞鵠、四印齋本漱玉詞兩句並作「淒清」。）秋損北（歷代詩餘、詞譜、四印齋本漱玉詞作「離」。）人，不慣起來聽。○（全芳備祖後集卷十三芭蕉門　花草粹編卷二　歷代詩餘卷十九　詞譜卷五　詞鵠卷二　三李詞）

此首又見《廣群芳譜》卷八十九（卉譜三）芭蕉，調為《采桑子》，詞句亦與《采桑子》同而非《添字醜奴兒》。其詞云：「窗前誰種芭蕉樹，陰滿中庭，葉葉心心，舒展餘光分外清。傷心枕上三更雨，點點霖霪，似喚愁人，獨擁寒衾不忍聽。」按《全芳備祖》國內無刊本（董康《書舶庸談》云：日本有元刊本。），但各抄本均作《添字醜奴兒》。《花草粹編》云「添字」，是陳耀文所見本當亦相同。《廣群芳譜》作《采桑子》，殆為編者汪灝等所妄改，不足據。

【注釋】

1. 霖霪：凡雨自三日以往為霖，久雨為霪（見《左傳》等書）。此詞只言枕上三更雨，不必定為久雨，殆形容雨聲淅瀝不已耳。

憶秦娥

四印齋本漱玉詞補遺題作「詠桐」。按全芳備祖各詞，收入何門，即詠何物。惟陳景沂常多牽強傅會。此詞因內有「梧桐落」句，故收入梧桐門，實非詠桐詞。

臨高閣。亂山平野煙光薄。煙光薄。棲鴉歸後，暮天聞（楊金本草堂詩餘作「殘」，花草粹編作「吹」。）角。　斷香殘酒情（花草粹編作「襟」。）懷惡。西風（全芳備祖原缺此二字，據花草粹編補。）催襯梧桐落。梧桐落。又還秋色，（花草粹編作「愁也」。楊金草堂詩餘全句作「天還秋也」。）又還寂寞。○（全芳備祖後集卷十八桐門）

此詞又見楊金本《草堂詩餘》前集卷上、《花草粹編》卷三，無撰人姓名。

念奴嬌

詩詞雜俎本漱玉詞、詞林紀事調作「壺中天慢」。唐宋諸賢絕妙詞選、草堂詩餘（楊金本無題）、詞學筌蹄、彙選歷代名賢詞府全集、花草新編、花草粹編、古今詞統、古今詩餘醉、詞菁、林下詞選、詞匯、古今別腸詞選、詩詞雜俎本漱玉詞、見山亭古今詞選、詩餘神髓、古今圖書集成、清綺軒詞選題作「春情」，彤管遺編、古今名媛彙詩、名媛璣囊、古今女史題作「春日閨情」，詞的題作「春恨」，歷城縣志題作「春思」。

蕭條庭院，又（草堂詩餘、花草粹編、詞的、古今詞統、歷城縣志作「有」。沈際飛本草堂詩餘卷四作「又」，注：「一作有，誤。」）斜風細雨、重門須（詞的、歷城縣志、歷代詩餘作「深」。）閉。寵柳（沈際飛本草堂詩餘注：「一作弱，誤。」）嬌花（陽春白雪作「鶯」。）寒食近，種種惱人天氣。險韻[1]詩成，扶頭[2]酒醒，別是閑滋味。征（陽春白雪作「飛」。）鴻[3]過盡、萬千心事難（陽春白雪作「誰」。）寄。　樓上幾日春寒，簾垂四（陽春白雪作「三」。）面，玉闌干慵倚。（陽春白雪作「慵拍闌干倚」。古今別腸詞選作「懶向欄杆倚」。）被冷香消新（陽春白雲作「清」，歷城縣志作「春」。古今別腸詞選作「孤」。）夢覺，（陽春白雲作「斷」，又「夢覺」彤管遺編誤倒作「覺夢」。）不許愁人不起。清露晨流，新（陽春白雪作「疏」。）桐初引[4]，（詞菁作「影」。）多少游春意。日（陽春白雪作「雲」。）高烟斂，更看今（陽春白雪作「明」。）日晴未。○唐宋諸賢絕妙詞選卷十　陽春白雪卷八（詞學叢書本無撰人姓氏，小字注：李清照）　類編草堂詩餘卷三（楊金本草堂詩餘後集卷下）　詞學筌蹄　詩女史卷十一　彤管遺編續集卷十七　彙選歷代名賢詞府全集　花草新編　花草粹編卷十　詞的卷四　古今名媛彙詩卷十七　名媛璣囊卷三　古今女史卷十二　古今詞統卷十三　古今詩餘醉卷四　崇禎歷城縣志卷十五　詞菁卷二　林下詞選卷一　詞綜卷二十五　詞匯卷九　歷代詩餘卷六十九　古今別腸詞選卷四　古今詞選卷七　見山亭古今詞選卷三　詩餘神髓　古今圖書集成　歲功典卷十三　清綺軒詞選卷十一　晚香室詞錄卷七　歷朝名媛詩詞卷十一　天籟軒詞選卷五　詞林紀事卷十九　詞軌補錄卷一　復堂詞錄卷八　三李詞　藝蘅館詞選乙卷

【注釋】

1. 險韻：作詩用不常見而難押之字押韻曰用險韻，言其難於押妥也。

2. 扶頭：杜牧《醉題五絕》：「醉頭扶不起，三丈日還高。」姚合《答友人招遊》：「賭棊招敵手，沽酒自扶頭。」賀鑄《南鄉子》詞：「易醉扶頭酒，難逢敵手棋。」周邦彥《華胥引》詞：「醉頭扶起寒怯。」韓元吉《南鄉子》詞：「爛醉拚扶頭。」范成大《食罷書字》詩：「捫腹蠻茶快，扶

頭老酒中。」趙長卿《鷓鴣天》詞：「睡覺扶頭聽曉鐘。」扶頭，乃指醉後狀況，謂頭亦須扶。扶頭酒，蓋酒性頗烈，易使人醉之酒，非有酒名「扶頭」也。楊萬里《誠齋集》卷八《春寒》詩：「雨裡杏花如半醉，擡頭不起索人扶。」蓋以人醉後扶頭之態喻杏花也。

3. 征鴻：《詩》「鴻雁于飛」，《毛傳》「大曰鴻，小曰雁」，征鴻即征雁，猶言飛鴻也。

4. 清露晨流，新桐初引：二句出《世說新語》卷四《賞譽》第八下。初引之「引」，應據《爾雅・釋詁》作「長」（生長之長，上聲）字解。

【參考資料】

楊慎批點本草堂詩餘卷四　情景兼至，名媛中自是第一。　二語絕似六朝。（評「被冷香銷」等句）

沈際飛本草堂詩餘正集卷四　真聲也。不效顰於漢魏，不學步盛唐，應情而發，能通於人。○有首尾。

按：《古今詞統》卷十三有同樣一則，只「能通於人」句作「自標位置」，稍有不同。

詞菁卷二　苦境，亦實境。（「不許愁人不起」句）

古今女史卷十二　媚中帶老。

古今詞統卷十三　「寵柳嬌花」，新麗之甚。

按：《詞林紀事》卷十九引《詞評》，與此則同，蓋俱出《弇州山人詞評》。參閱前《一翦梅》詞參考資料。

草堂詩餘雋卷一　眉批：心事有萬千，豈征鴻可寄？　新夢，不知夢何事？　評語：心事託之新夢，言有寄而情無方，玩之自有意味。

詞綜偶評　此詞造語，固為奇俊，然未免有句無章。舊人不加評駁，殆以其婦人而恕之耶。

唐宋諸賢絕妙詞選卷十　前輩嘗稱易安「綠肥紅瘦」為佳句。余謂此篇「寵柳嬌花」之句，亦甚奇浚，前此未有能道之者。

按：《草堂詩餘》前集卷上、《林下詞選》卷一、《古今詞話詞品》卷下、《歷代詩餘》卷一百十六、《詞林紀事》卷十九、《詞苑萃編》卷四或引花庵詞客、或引黃昇、或引黃玉林、或引黃花菴，皆即此則。文字不盡相同。

沈際飛本草堂詩餘正集卷四　「寵柳嬌花」，又是易安奇句。後人竊其影，似猶驚目。

金粟詞話　李易安「被冷香消新夢覺，不許愁人不起」、「守著窗兒，獨自怎生得黑」，皆用淺俗之語，發清新泛思，詞意並工，閨情絕調。

按：《詞林紀事》卷十九引彭羨門，與此相同，蓋即出自《金粟詞話》。

古今詞話詞品卷下　沈雄曰：李易安「被冷香消清夢覺，不許愁人不起」，又「於今憔悴，風鬟霜髮，怕見夜間出去」。楊用修以其尋常言語度入音律，殊為自然。但「守著窗兒，獨自怎生得黑」，又「梧桐又兼細雨，到黃昏點點滴滴」，正詞家所謂：以易為險，以故為新者，易安先得之矣。

按：「以尋常語言度入音律」，實張端義《貴耳集》語。沈雄所引，常有錯誤，多不可信。

詞品卷一　歐陽公詞「草薰風暖搖征轡」，乃用江淹《別賦》「閨中風暖，陌上草薰」之語也。蘇公詞「照野瀰瀰淺浪，橫空曖曖微霄」，乃用陶淵明「山滌餘靄，宇曖微霄」之語也。填詞雖於文為末，而非自選詩、樂府來，亦不能入妙。李易安詞「清露晨流、新桐初引」，乃全用《世說》語。女流有此，在男子亦秦、周之流也。

按：歐陽修詞乃《踏莎行》，蘇軾詞乃《西江月》。又按：《遠志齋詞衷》、《西圃詞說》引鄒程村；《古今詞話．詞品》卷一、《歷代詩餘》卷一百十六引《詞品》、《詞林紀事》卷十九引《詞品》、《詞苑萃編》卷二引《詞品》。或只引一、二句，或引一、二句而下即旁及他人，蓋俱本《詞品》此則。

詩辨坻卷四　李易安《春情》：「清露晨流、新桐初引。」用《世說》全句渾妙。嘗論：詞貴開拓，不欲沾滯。忽悲忽喜，乍近乍遠，所為妙耳。如遊樂詞須微著愁思，方不癡肥。李《春情》詞本閨怨，結云「多少遊春意」、「更看今日晴未」，忽爾開拓，不但不為題束，並不為本意所苦。直如行雲施展自如，人不覺耳。

按：《詞苑叢談》卷一引毛稚黃、《詞苑萃編》卷二引毛稚黃，即此則。

論詞隨筆　用成語，貴渾成脫化，如出諸己。賀方回：「舊遊夢挂碧雲邊，人歸落雁後，思發在花前。」用薛道衡句。歐陽永叔：「平山欄檻倚晴空，山色有無中。」用王摩詰句，均妙。李易安：「清露晨流、新桐初引。」用《世說新語》，更覺自然。稼軒能合經史子而用之，自有才力絕人處。他人不宜輕效。

按：賀方回詞乃《臨江仙》（賀易名《雁後歸》），歐陽修詞乃《朝中措》。

詞鵠·凡例　詞要清空，忌質實。朱竹垞太史云：字面要生新，須化去陳腐，鍊俗為雅，如蔣竹山《霜天曉角·折花詞》、李易安「被冷香銷」之類是也。

蓼園詞選　只寫心緒落寞，遇寒食更難遣耳。陡然而起，便爾深邃。至前段云「重門深閉」，後段云「不許不起」，一開一合，情各戛戛生新。起處雨，結句晴，局法渾成。

雲韶集卷十　世稱易安「綠肥紅瘦」為佳句。黃叔暘謂「寵柳嬌花」，語亦甚奇俊，前此未有能道之者。　結亦合拍。

詞徵卷五　陸永仲《夜遊宮》詞用《詩疏》（《豹隱紀談》以為阮郎中作），蘇東坡《戚氏》詞用《山海經》，劉潛夫《沁園春》詞用《史》、《漢》，劉後村《清平樂》詞用《楞嚴》，李易安《百字令》詞用《世說》，亭然以奇，別出機杼。若辛稼軒用《四書》語，氣韻之勝，離貌得神，又非徒以青兕自雄者。

永遇樂 元宵 題據貴耳集卷上補。

落日鎔金，暮雲合璧，人在何處。染柳煙濃，貴耳集、癸巳類稿卷十五引斷句作「輕」。吹梅笛怨[1]，春意知幾許。元宵佳節，融和天氣，次第[2]豈無風雨。來相召，香車寶馬，謝他酒朋詩侶。中州[3]盛日，閨門多暇，記得偏重三五[4]。鋪翠[5]冠兒[6]、撚金[7]雪柳[8]、簇帶[9]爭濟楚[10]。如今憔悴，風鬟霜四印齋所刻詞本漱玉詞作「霧」。鬢[11]，怕見夜間出去。癸巳類稿作「怕向花間重去」。四印齋本漱玉詞注：「見別作向，又作怕向花間重去。」不如向，簾兒底下，聽人笑語。〇陽春白雪卷二

俞正燮《易安居士事輯》，排比李清照事迹，以此詞為趙明誠守江寧時作，非也。趙明誠於建炎元年八月起復，知江寧府，清照於二年春至汀寧。三年二月趙明誠罷守江寧。此首為元宵詞。如在江寧作，應作於建炎三年正月。其時趙構尚未渡江而南，南宋偏安之局未成，張端義云：南渡後常懷京洛舊事，並云晚年作，必非建炎作也。

【注釋】

1. 吹梅笛怨：《樂府詩集》卷二十四漢《橫吹曲》有《梅花落》。李白《與史郎中飲聽黃鶴樓上吹笛》：「黃鶴樓中吹玉笛，江城五月落梅花。」
2. 次第：《詩詞曲語辭匯釋》卷四云「進展之辭，猶云接著也、轉眼也」、「『次第豈無風雨』，言轉眼恐有風雨也」。
3. 中州：今河南省。「中州盛日」，指汴京盛時。

4. 三五：一般指除曆月之十五日，此處指正月十五元宵節。柳永《傾盃樂》詞：「元宵三五。」李邴《女冠子》詞：「帝城三五。」皆指元宵，與此同。

5. 鋪翠：《類說》卷五十三引《談苑》：「魏國長主嘗衣貼繡鋪翠襦，太祖曰：『自今勿復為飾。』主笑曰：『所用翠羽幾何。』……」宋李攸《宋朝事實》卷十三載太上皇帝（宋高宗趙構）紹興二十七年手詔：「……近外國所貢翠羽六百餘隻，可令焚之通衢，以示百姓。行法當自近始。自今後，宮中首飾衣服，並不許鋪翠、銷金。」鋪翠，蓋以翡翠羽毛為妝飾（據李燾《續資治通鑑長編》卷十三，《談苑》所載魏國長公主事，乃永慶公主事）。

6. 冠兒：宋吳自牧《夢粱錄》卷一：元宵，「戴花朵肩、珠翠冠兒。」蓋「鋪翠冠兒」（以翡翠羽毛裝飾之帽），乃元宵節婦女應時妝飾品（《樂府雅詞·拾遺》卷下無名氏《南歌子》詞云：「戴頂燒香鋪翠小冠兒。」是宋人平時亦戴之）。

7. 撚金：《宋史》卷一百五十三《輿服志五》：大中祥符八年詔：「內庭自中宮以下，並不得銷金、貼金、間金、戭金、圈金、解金、剔金、陷金、明金、泥金、楞金、背影金、盤金、織金、金線撚絲裝著衣服，並不得以金為飾。」撚金，蓋即金線撚絲（按《燕翼詒謀錄》卷二、《續資治通鑑長編》卷一百三十六所載大中祥府八年詔，與此有出入，未知孰是）。

8. 雪柳：宋孟元老《東京夢華錄》卷五：正月十六日，「市人賣玉梅、夜蛾、蜂兒、雪柳、菩提葉……。」周密《武林舊事》卷二：「元夕節物，婦人皆戴珠翠、鬧蛾、玉梅、雪柳、菩提葉、燈毬……。」陳元靚《歲時廣記》卷十一：「《歲時雜記》：『都城仕女有神戴燈毬，燈籠大如棗栗，加珠茸之類。又賣玉梅、雪梅、雪柳、菩提葉、及蛾蜂兒，皆繒、楮為之。』古詞云：『金鋪翠、鶤毛巧。是工夫不少。鬧蛾兒揀了蜂兒賣，賣雪柳、宮梅巧。』又云：『燈毬兒小，鬧娥兒顫。又何須頭面。』」雪柳，乃絹或紙花。撚金雪柳，乃於絹或紙之外，另加金線撚絲所製之雪柳，較尋常之純以繒（絹）或楮（紙）製造之雪柳為貴重。亦元宵節婦女應時妝飾物。

9. 簇帶：宋時方言，插戴滿頭之意。周密《武林舊事》卷三都人避暑條云：「茉莉花為最盛，初出之時，其價甚穹，婦人簇戴，多至七插。」「戴」、「帶」字通用。吴文英《聲聲慢》詞：「簾半捲、帶黃花、人在小樓。」「帶黃花」即「戴黃花」也。

10. 濟楚：齊整也，美麗也。亦宋時方言。《宣和遺事》卷上載曹組《脱銀袍》詞云：「濟楚風光，昇平時世。」周邦彥《紅窗迥》詞：「有個人人，生得濟楚。」

11. 風鬟霜鬢：《太平廣記》引《柳毅傳》：「風鬟雨鬢」，言鬟鬢亂而不整。此「風鬟霜鬢」，言髮既不整而鬢已白。

【參考資料】

貴耳集卷上　易安居士李氏，趙明誠之妻。《金石錄》亦筆削其間。南渡以來，常懷京洛舊事。晚年賦《元宵・永遇樂》詞云「落日鎔金，暮雲合璧」，已自工緻。至於「染柳煙輕，吹梅笛怨，春意知幾許」氣象更好。後疊云：「于今憔悴，風鬟霜髮，怕見夜間出去。」皆以尋常語度入音律。鍊句精巧則易，平淡入調者難。且《秋詞・聲聲慢》：「尋尋覓覓，冷冷清清，淒淒慘慘切切。」此乃公孫大娘舞劍手。本朝非無能詞之士，未曾有一下十四疊字者，用《文選》諸賦格。後疊又云：「梧桐更兼細雨，到黃昏、點點滴滴。」又使疊字，俱無斧鑿痕。更有一奇字云：「守定窗兒，獨自怎生得黑。」「黑」字不許第二人押。婦人中有此文筆，殆間氣也。有《易安文集》。

按：《歷代詩餘》卷一百十六引張正夫、《詞苑萃編》卷四引張正夫，即此則。《古今詞話詞辨》卷下有一則，亦引《貴耳集》之語，而末又雜以楊慎《詞品》之文，併以為《貴耳集》語，殊誤。《草堂詩餘別集》卷三易安《聲聲慢》詞評語，即引《貴耳集》數語，又另錄《詞品》數句。俱在此說明，不另錄。

須溪詞卷二　《永遇樂》：「余自辛亥上元誦李易安《永遇樂》，為之涕下。今三年矣，每聞此詞，輒不自堪，遂依其聲，又託之易安自喻，雖辭情不及，而悲苦過之。」「璧月初晴，黛雲遠澹，春事誰主。禁苑嬌寒，湖堤倦暖，前度遽如許。香塵暗陌，華燈明晝，長是懶攜手去。誰知道，斷煙禁夜，滿城似愁風雨。　宣和舊日，臨安南渡，芳景猶自如故。緗帙流離，風鬟三五，能賦詞最苦。江南無路，鄜州今夜，此苦又誰知否？空相對，殘虹無寐，滿村社鼓。」

同上　《永遇樂》：「余方痛海上元夕之習，鄧中甫適和易安詞至，遂以其事弔之。」「燈舫華星，崖山矸口，官軍圍處。璧月輝圓，銀花燄短，春事遽如許！麟洲清淺，鰲山流播，愁似汨羅夜雨。還知道，良辰美景，當時鄴下仙侶。　而今無奈，元正元夕，把似月朝十五。小廟看燈，團街轉鼓，總似添惻楚。傳柑袖冷，吹藜漏盡，又見歲來歲去。空猶記，弓彎一句，似虞兮語。」

詞源卷下·節序　昔人詠節序，不惟不多；付之歌喉者，類是率俗，不過為應時納祜之聲耳。所謂清明「拆桐花爛漫」、端午「梅霖初歇」、七夕「炎光謝」，若律以詞家調度，則皆未然。豈如美成《解語花·賦元夕》云：「風銷焰蠟，露浥烘爐，花市光相射。桂華流瓦。纖雲散，耿耿素娥欲下。衣裳淡雅。看楚女、纖腰一把。簫鼓喧，人影參差，滿路飄香麝。　因急帝城放夜。望千門如畫，嬉笑游冶。鈿車羅帕。相逢處、自有暗塵隨馬。年光是也。惟只見、舊情衰謝。清漏移，飛蓋歸來，從舞休歌罷。」史邦卿《東風第一枝·賦立春》云：「草腳愁蘇，花心夢醒，鞭香拂散牛土。舊歌空憶珠簾，綵筆倦題繡戶。黏雞貼燕，想占斷、東風來處。暗惹起、一掬相思，亂若翠盤紅縷。　今夜覓、夢池秀句。明日動、探花芳緒。寄聲酤酒人家，預約俊遊伴侶。憐他梅柳，怎忍潤、天街酥雨。待過了、一月燈期，日日醉扶歸去。」《黃鍾喜遷鶯·賦元夕》云：「月波疑滴。望玉壺天近，了無塵隔。翠綎圈花，冰絲織練，黃道寶光相直。自憐詩酒瘦，難應接、許多春色。最無賴、是隨香趁燭，曾伴狂客。

蹤跡。護記憶。老了杜郎，忍聽東風笛。柳院燈疏，梅廳雪在，誰與細傾春碧。舊情拘（拘字原無，據《梅溪詞》補）未定，猶自學、當年游歷。怕萬一，誤玉人、夜寒簾隙。」如此等妙詞頗多。不獨措詞精粹，又且見時序風物之盛、人家宴樂之同，則絕無歌者。至於李易安《永遇樂》云：「不如向、簾兒底下，聽人笑語。」此詞亦自不惡。而以俚詞歌於坐花醉月之際，似乎擊缶韶外，良可歎也。

按：《詞苑萃編》卷二亦引《詞源》此條。　「折桐花爛漫」乃柳永《木蘭花慢》詞，「梅霖初歇」乃黃裳《喜遷鶯》詞，「炎光謝」乃柳永《二郎神》詞。黃裳《喜遷鶯》見《演山先生文集》卷三十一，世多誤作吳禮之詞。　此篇文字原據《詞學叢書》本，有若干字據《榆園叢刻》本改，未一一注明。

詞品卷二　辛稼軒詞「泛菊杯深，吹梅角暖」，蓋用易安「染柳煙輕，吹梅笛怨」也。然稼軒改數字更工，不妨襲用，不然，豈盜狐白裘手邪？

少室山房筆叢卷二十一・藝林學山三　辛、李皆南渡前後人，相去不遠，又二人皆詞手，安得謂辛剽李語乎！

按：沈雄《古今詞話詞品》卷下引胡應麟一則，與此同義，惟文字有出入，蓋即引自《少室山房筆叢》而稍有竄改，沈雄所引多如此。　又按傳世辛棄疾詞無此二句，只劉過《龍洲詞》中有《送盧梅坡．柳梢青》一首云：「泛菊杯深，吹梅角遠，同在京城。聚散匆匆，雲邊孤雁，水上浮萍。　教人怎不傷情。覺幾度，魂飛夢驚。後夜相思，塵隨馬去，月逐舟行。」楊慎所引，應為劉龍洲詞，非稼軒作。

賭棋山莊集詞話卷三・張鑑擬姜白石傳　論曰：……若夫學士微雲，郎中三影。尚書紅杏之篇，處士春草之什。柳屯田曉風殘月，文潔而體清；李易安落日暮雲，慮周而藻密。綜述性靈，敷寫氣象，蓋騷騷乎大雅之林矣。……

按：學士微雲，指秦觀《滿庭芳》「山抹微雲」一首；郎中三影，指張先《天仙子》「雲破月來花弄影」等（宋人已有三說，詳見《苕溪漁隱叢話》前集卷三十七）；尚書紅杏，指宋祁《玉樓春》「紅杏枝頭春意鬧」一首；處士春草，指林逋《點絳脣．詠草》「金谷年年」一首；柳屯田曉風殘月，指《雨霖鈴》：「楊柳岸曉風殘月。」

長壽樂 南昌生日

微寒應候，望日邊、六葉堦蓂[1]初秀。愛景[2]欲挂扶桑[3]，漏殘銀箭[4]，杓回搖斗[5]慶高閎此際，掌上一顆明珠剖。有令容淑質，歸逢佳偶。到如今，晝錦[6]滿堂貴冑。榮耀，文步紫禁[7]，一一金章綠綬[8]。更值棠棣[9]連陰，虎符[10]熊軾[11]，夾河分守[12]。況青雲咫尺[13]，朝暮重入承明[14]後。看綵衣[15]爭獻，蘭羞[16]玉酎。祝千齡，借指松椿此壽[17]。〇新編通用啟劄截江網卷六

此首原題撰人為易安夫人，宋人未見有以此呼清照者，未知有誤否？《翰墨大全》有延安夫人、易少夫人，俱僅一字之異。

【注釋】

1. 堦蓂：《文選》張衡《東京賦》：「蓋蓂莢為難蒔也。」薛綜注：「蓂莢，瑞應之草，王者賢聖太平和氣之所生，生於階下。始一日生一莢，至月半生十五莢。十六日落一莢，至晦日而盡。小月則

一莢厭不落。王者以證知月之大小。堯時夾階生之。」「六葉堦蓂初秀」指其人生於月之初六。

2. 愛景：徐堅《初學記》卷一．日第二，引梁元帝《纂要》云：「日光曰景。」又曰：「日有愛日畏日。」注：「愛，冬日也。」愛景，言冬日之光也。梁康孟《詠日應趙王教》詩：「相歡承愛景，共惜寸陰移。」

3. 扶桑：《淮南子．天文訓》：「日出暘谷，浴于咸池，拂于扶桑，是謂晨明。」「愛景欲扶桑」，指日將升。

4. 銀箭：李白《烏夜啼》：「銀箭金壺漏水多。」古計時之器，名漏刻，有壺盛水，有箭指時。

5. 杓回搖斗：《淮南子．天文訓》：「斗杓為小歲」注：「斗第一星至第四為魁，第五至第七為杓。」《史記．天官書》索隱引《春秋運斗樞》云：「斗，第一天樞，第二旋，第三璣，第四權，第五衡，第六開陽，第七搖光。第一至第四為魁，第五至第七為標（杓），合而為斗。」「杓回搖斗」言斗柄東回，春臨人間。

6. 晝錦：《漢書．項籍傳》：「羽見秦皆已燒殘，又懷思東歸，曰：『富貴不歸故鄉，如衣錦夜行。』」（《史記．項羽本紀》作「衣繡夜行」）唐王維《送祕書晁監還日本國詩序》云：「欲其晝錦還鄉，莊舄既顯而思歸。」宋韓琦有晝錦堂，言「富貴而歸故鄉」，歐陽修為作記，見《居士集》卷四十。

7. 紫禁：《文選》謝莊《宋孝武宣貴妃誄》：「掩綵瑤光、收華紫禁。」李善注：「王者之宮，以象紫微，故謂宮中為紫禁。」杜甫《洗兵馬》詩：「紫禁正耐煙花繞。」

8. 金章綠綬：《漢書．百官公卿表》：「相國、丞相，皆秦官，金印紫綬。高帝即位，置一丞相，十一年，更名相國，綠綬。」顏師古注（注銀印青綬）引《漢舊儀》：「其文曰章，為刻曰某官之章也。」「一一金章綠綬」，言俱為高官，不定為丞相。

9. 棠棣：《毛詩．棠棣．序》：「棠棣，燕兄弟也。」後世以「棠棣」代指弟兄。

10. 虎符：《漢書．文帝紀》：「三年九月，初與郡守為銅虎符、竹使符。」應劭曰：「銅虎符第一至第五，國家當發兵，遣使者至郡置符。符合，乃聽受之。」師古曰：「與郡守為符者，言各分其半，右留京師，左以與之。」

11. 熊軾：《後漢書．輿服志》：「公列侯安車、朱班輪、倚鹿較、伏熊軾、皁繪蓋、黑轓、右騑。」唐人多以熊軾為刺史事。李商隱《為濮陽公陳情表》：「熊軾鄖城，忽然通貴。」

12. 夾河分守：《漢書．杜周傳》：「始周為庭史，有一馬。及久任事，列三公，而兩子夾河為郡守，家訾累巨萬矣。」此段言此婦人有二子俱為郡守。

13. 青雲咫尺：《史記．范睢傳》：「須賈頓首言死罪，曰：賈不意君能自致於青雲之上。」「青雲咫尺」言不久飛黃騰達。

14. 承明：《漢書．莊助傳》：助「拜為會稽太守，數年不聞問，賜書曰：制詔會稽太守，君厭承明之廬。」注：「張晏曰：承明廬在石渠閣外。」《三輔黃圖》卷三云：「未央宮有承明殿，著述之所也。班固《西都賦序》云：內有承明著作之庭，即指此也。」（按班固《西都賦》云：「內有承明金馬，著作之庭」，非序也。《三輔黃圖》誤）著述之所，宋代為祕書省。此殆言其二子不久將入為侍從。特別指宋代掌內外制之翰林學士、中書舍人一職。

15. 綵衣：《太平御覽》卷四百十三引師覺授《孝子傳》曰：「老萊子者楚人，行年七十，父母俱存。至孝蒸蒸，常著斑爛之衣。為親取飲，上堂腳跌，恐傷父母之心，僵仆為嬰兒啼。」此言其子為母祝壽。

16. 蘭羞：梁簡文帝蕭綱詩：「蘭羞薦俎。」「爭爾蘭羞玉酎」，言諸子「爭獻酒食」也。

17. 松椿比壽：《詩．天保》：「如月之恆，如日之升，如南山之壽，不騫不崩。如松柏之茂，無不爾或承。」《莊子．逍遙遊》：「楚之南有冥靈者，以五百歲為春，五百歲為秋。上古有大椿者，以八千歲為春，八千歲為秋。而彭祖乃今以久特聞，眾人匹之，不亦悲乎！」

蝶戀花 上巳召親族 歷代詩餘無題。

永夜厭厭1 翰墨大全、花草粹編作「懨懨」，茲從歷代詩餘。歡意少。空夢長安2，認取長安道。為報今年春色好。花光月影宜相照。 隨意杯盤雖草草3。酒美梅酸，恰稱人懷抱。醉莫插花花莫笑。可憐春似人將老。

○事文類聚翰墨大全後丙集卷四　花草粹編卷七　歷代詩餘卷四十　三李詞

通行本《翰墨大全》後丙集無詩詞，趙萬里校輯《宋金元人詞》所用《翰墨大全》為拜經樓舊藏元刻初印本。其書所收之詞，較通行本多五百餘首。惜有缺葉，佚去詞十餘首，有若干首尚可據通行本補。

【注釋】

1. 厭厭：安也、久也。《毛詩．湛露》：「厭厭夜飲，不醉無歸。」李商隱《楚宮》詞：「秋河不動夜厭厭。」
2. 長安：即今西安市，為漢、唐都城。後人多用作首都之代名。此詞中之長安，亦泛指京城而言。
3. 杯盤草草：宋魏泰《臨漢隱居詩話》載王安石妹長安縣君詩云：「草草杯盤供笑語，昏昏燈火話平生。」（按此二句實王安石詩，題作《示長安君》，見《臨川先生文集》卷十九，魏泰誤引）草草杯盤，言酒食簡率，不豐盛。

武陵春 詩詞雜俎本漱玉詞、類編草堂詩餘、彙選歷代名賢詞府全集、文體明辨、古今名媛彙詩、詞的、嘯餘譜、古今女史、古今詞統、古今詩餘醉、歷城縣志、花鏡雋聲、見山亭古今詞選、詩餘神髓、古今圖書集成、同情集詞選題作「春晚」，彤管遺編、彤管摘奇，名媛璣囊題作「暮春」，詞學筌蹄題作「春暮」，詞匯題作「春曉」。詞鴿調作「武陵春第二體」。

風住塵香花詞律、詞譜作「春」。已盡，日晚花草粹編作「落」，詞律、語匯、詞譜作「曉」。倦梳頭。物是人非事事休，欲語崇禎歷城縣志誤奪此字。淚先彤管遺編、彤管摘奇作「珠」，沈際飛本草堂詩餘注：「一作珠，誤。」流。聞說天籟軒詞選作「道」。雙溪春尚嘯餘譜作「向」。好，也擬泛輕彙選歷代名賢詞府、歷朝名媛詩詞作「扁」。舟。只恐雙溪1舴艋2舟，載不動、沈際飛本草堂詩餘注：「一作得，誤。」文津閣四庫全書本漱玉詞作「得」。許多愁。沈際飛本草堂詩餘注：「後疊末句多一字。」古今詞統、林下詞選云：「載字襯。」

◯ 水東日記卷二十一　類編草堂詩餘卷一　詞學筌蹄　草堂詩餘別錄前集　彤管遺編續集卷十七　彙選歷代名賢詞府全儲卷二　文體明辨附錄卷六　花草粹編卷四　彤管粹編卷四　彤管摘奇　詞的卷二　嘯餘譜卷三　古今媛彙詩卷十七　名媛璣囊卷三　古今女史卷十二　古今詞統卷六　古今詩餘醉卷二　詞菁卷一　崇禎歷城縣志卷十五　花鏡雋聲卷七　林下詞選卷一　詞綜卷二十五　詞律卷五　詞匯卷四　歷代詩餘卷十九　詞潔卷一　詞譜卷七　詞鴿卷二　見山亭古今詞選卷一　詩餘神髓　古今圖書集成·歲功典卷三十五　自怡軒詞選卷二　同情集詞選卷七　歷朝名媛詩詞卷十一　癸巳類稿卷十五　天籟軒詞選卷五　三李詞　藝蘅館詞選乙卷

趙萬里輯《漱玉詞》云：「至正本《草堂詩餘》前集上《如夢令》後接引此闋，不注撰人。玩意境頗似李作，姑存之。」（按明洪武本、成化本、荊聚本、陳鍾秀本、楊金本《草堂詩餘》前集卷上，此首俱無撰人，與至正本同）《古今別腸詞選》卷二又誤以此首為馬洪所作。

按：此首乃紹興五年李清照在金華所作。

【注釋】

1. 雙溪：《浙江通志》卷十七山川九引《名勝志》：「雙溪：在城南（金華城南），一曰東港，一曰南港。東港源出東陽縣大盆山，經義烏西行入縣境，又匯慈谿、白溪、玉泉溪，坦溪、赤松溪，經石碕巖下，與南港會。南港源出縉雲黃碧山，經永康、義烏入縣境。又合松溪、梅溪水，遶屏山西北行，與東港會於城下，故名。」

2. 舴艋：小舟也，見《玉篇》及《廣韻》。

【參考資料】

水東日記卷二十一　李易安《武陵春》詞：「風住塵香……許多愁。」玩其詞意，其作於序《金石錄》之後歟？抑再適張汝舟之後歟？文叔不幸有此女，德夫不幸有此婦。其語言文字，誠所謂不祥之具，遺譏千古者歟。

楊慎批默本草堂詩餘卷一　秦處度。《謁金門》詞云：「載取暮愁歸去。」「愁來無著處。」從此翻出。

按：此首乃張元幹作，見《蘆川詞》卷下。載《草堂詩餘》前集卷下，無撰人姓名，《類編草堂詩餘》卷一誤作秦湛處度詞，其後各家選本多從之，非也。其全篇云：「鴛鴦浦，春漲一江花雨，別岸數聲初過櫓，晚風生碧樹。　艇子相呼相語，載取暮愁歸去。寒食煙村芳草路，愁來無著處。」

草堂詩餘別錄　易安名清照，尚書李格非之女，適宰相趙挺之子明誠，嘗集《金石錄》千卷，比諸六一所集，更倍之矣。所著有《漱玉集》，朱晦庵亦亟稱之。後改適人，頗不得意。此詞「物是人非事事休」，正詠其事。水東葉文莊謂：「李公不幸而有此女，趙公不幸而有此婦。」詞固不足錄也。結句稍可誦。朱淑真「可憐禁載許多愁」祖之，豈女輩相傳心法耶。

按：李格非采為尚書，疑是「尚書郎」之誤。

便讀草堂詩餘卷三　物是人非，覩物寧不傷感。

按：《古今女史》卷十二有評語，與此完全相同。

草堂詩餘雋卷二　眉批：末語先淚，此怨莫能載矣。　評語：景物尚如舊，人情不似初，言之於邑，不覺淚下。

詞菁卷一　愁如海。

蓮子居詞話卷二　易安《武陵春》其作於祭潮州以後歟？悲深婉篤，猶令人感伉儷之重。葉文莊乃謂語言文字誠所謂不祥之具，遺譏千古者矣，不察之論也。南康謝蘇潭方伯啟昆《詠史》詩云：「風鬟尚怯胥江冷，雨泣應含杞婦悲。回首靜治堂舊事，翻茶校帖最相思。」措語得詩人忠厚之致。

雲韶集卷十　又淒婉，又勁直。　婉曲辭之。觀此詞，益信易安無再適趙汝舟之事。即風人「豈不爾思，畏人之多言」之意。

白雨齋詞話卷二　易安《武陵春》後半闋云：「聞說雙溪春尚好，也擬泛輕舟。只恐雙溪舴艋舟，載不動、許多愁。」又淒婉，又勁直。觀此，益信無再適張汝舟事。即風人「豈不爾思，畏人之多言」意也。投綦公一啟，後人偽撰，以誣易安耳。

沈際飛本草堂詩餘正集卷一　與「載取暮愁歸去」相反，與「遮不斷愁來路」「流不到楚江東」相似，分幟詞壇，孰辨雄雌。

按：《古今詞統》卷六亦有同樣評語，無「流不到楚江東」六字及末二句。

花草蒙拾　「載不動、許多愁」與「載取暮愁歸去」、「只載一船離恨向西州」正可互觀。「八槳別離船，駕起一天煩惱」，不免逕露矣。

按：「載取暮愁歸去」乃宋張元幹《謁金門》詞句，已詳前。「遮不斷愁來路」乃徐俯《卜算子》詞句。「流不到楚江東」乃蘇軾《江城子》詞句。「只載一船離恨向西州」乃蘇軾《虞美人》詞句。「八槳別離船」乃明人詞。

藝蘅館詞選乙卷　按此蓋感憤時事之作。

聲聲慢三百詞譜調名作《梧桐雨》，詞的、古今名媛彙詩、草堂詩餘別集、古今詩餘醉、古今別腸詞選、詩餘神髓、古今圖書集成、清綺軒詞選、文津閣四庫全書本漱玉詞題作「秋情」，古今女史題作「秋晴」，古今詞統、歷城縣志、見山亭古今詞選、詞匯、三百詞譜題作「秋閨」，碎金詞譜題作「秋詞」。

尋尋覓覓，冷冷清清，悽悽慘慘戚戚。乍暖還寒時候，最詞林萬選、花草新編、花草粹編、古今名媛彙詩、詞的、古今女史、詞譜、歷朝名媛詩詞、碎金詞譜作「正」，草堂詩餘別集注：「一作正。」難將息1。三盃兩盞花草粹編作「盃」，草堂詩餘別集注：「一作盃。」淡酒，怎敵他、晚古今名媛彙詩、詞的、草堂詩餘別集、古今女史、古今詩餘醉、詞菁、詞綜、古今別腸詞選、詩餘神髓、清綺軒詞選、詩詞雜俎本漱玉詞作「曉」，草堂詩餘別集注：「一作晚。」來風急。雁過也，正花草新編、花草粹編作「縱」，草堂詩餘別集注：「一作縱。」傷心，卻是舊時相識。

滿地黃花堆積，憔悴損，如今有誰忺詞林萬選、古今名媛彙詩、詞的、草堂詩餘別集、古今女史、古今詞統、古今詩餘醉、古今情史類纂、崇禎歷城縣志、詞菁、林下詞選、見山亭古今詞選、詞綜、記紅集、三百詞譜、歷代詩餘、詞潔、古今別腸詞選、詩餘神髓、古今合詞選、古今圖書集成、清綺軒詞選、自怡軒詞選、天籟軒詞譜、天籟軒詞選、復堂詞錄、三李詞作「堪」。摘。守著貴耳集卷上、癸巳類稿卷十五引斷句作「定」。窗兒，獨自怎生得黑。梧桐更兼細雨，到黃昏、點點滴滴。這次第2，怎一個、愁字了得！○詞品卷二　詞林萬選卷四　花草新編卷四　花草粹編卷九　詞的卷四　堯山堂外紀卷五十四　古今名媛彙詩卷十七　草名堂詩餘別集卷三　古今女史卷十二　古今詞統卷十二　古今詩餘醉卷七　古今情史類纂卷十二　崇禎歷城縣志卷十五　詞菁卷二　林下詞選卷一　詞綜卷二十五　詞綜卷八　記紅集卷三　三百詞譜卷四　歷代詩餘卷六十三　詞潔卷四　詞譜卷二十七　古今別腸詞選卷四　古今詞選卷六　見山亭古今詞選卷三　詩餘神髓　古今圖書集成　歲功典卷六十　清綺軒詞選卷十　自怡軒詞選卷二　歷朝名媛詩詞卷十一　詞林紀事卷十九　天籟軒詞選卷五　天籟軒詞譜卷三　碎金詞譜卷一　復堂詞錄卷八　三李詞　藝蘅館詞選乙卷

《草堂詩餘別集》注：「誤刻伯可。」按：傳世各種選本未見有作伯可（康與之）者，未知沈際飛何據。又俞正燮以為此首乃清照早年作品，殊無根據。據此詞情境，必晚年作也。

【注釋】

1. 將息：宋釋文瑩《玉壺清話》卷八云：「党進者，朔州人，本出溪戎，不識一字。一歲，朝廷遣進防秋於高陽。朝辭日，須欲致詞敘別天陛。閤門使吏謂進曰：『太尉邊臣，不須如此。』進性強很，堅欲之。知班不免寫其詞於笏，侑進於庭，教令熟誦。進抱笏前跪，移時不能道一字。忽仰面瞻聖容，厲聲曰：『臣聞上古，其風朴略，願官家好將息。』仗衛掩口，幾至失容。後左右問之曰：『太尉何故忽念此二句？』進曰：『我常見措大們愛掉書袋，我亦掉一兩句，也要官家知道我讀書來。』」將息，唐人詩中已有之（王建《留別張廣文》詩：「千萬求方好將息，杏花寒食約同行」）。大約為唐、宋時民間方言，故党進一字不識亦道之。「將息」，休息，休養、養息之意。

2. 這次第：《詩詞曲語辭匯釋》卷四：「猶言這情形或這光景也。」

【參考資料】

詞品卷二　宋人中填詞，李易安亦稱冠絕。使在衣冠，當與秦七、黃九爭雄，不獨雄於閨閣也。其詞名《漱玉集》，尋之未得。《聲聲慢》一詞，最為婉妙。其詞云：「尋尋覓覓，……愁字了得。」……引《貴耳集》……山谷所謂以故為新、以俗為雅者，易安先得之矣。

按：各書引《貴耳集》《聲聲慢》詞評語者，尚有《草堂詩餘別集》卷三、《古今詞統》卷十二、《古今詞話詞辨》卷下。參閱《永遇樂》詞參考資料。　又《詞品》「最為婉妙」兩句，《堯山堂外紀》卷五十四亦引之，而未注明出自何書（《堯山堂外紀》全部未注明出處，明人多如此）。

詞的卷四　連用十四疊字，後又四疊字，情景婉絕，真是絕唱。後人效顰，便覺不妥。

花草新編卷四　易安此詞首起十四疊字，超然筆墨蹊徑之外。豈特閨幃，士林中不多見也。

詞菁卷二　連下疊字無跡，能手。　黑字妙絕。

詞苑叢談卷三　李清照《聲聲慢．秋閨》詞云：「尋尋覓覓，冷冷清清，悽悽慘慘戚戚。」首句連下十四箇疊字，真如大珠小珠落玉盤也。

按：《詞苑萃編》卷二引《詞苑》，即此則。

詞律卷十．聲聲慢　用仄韻。從來此體皆收易安所作，蓋其遒逸之氣，如生龍活虎，非描塑可擬。其用字奇橫而不妨音律，故卓絕千古。人若不及其才而故舉其筆，則未免類狗矣。觀其用上聲、入聲，如慘字、戚字、盞字；點字，滴字等，原可作平，故能諧協，非可泛用仄字而以去聲填入也。其前結「正傷心，卻是舊時相識」，於心字豆句；然於上五下四者，原不拗，所謂此九字一氣貫下也。後段第二、三句「憔悴損，如今有誰忺摘」，句法亦然。如高嗣應以「最得意」為豆，然作者於「輸他往」句，亦不妨也。今恐人因易安詞高難學，故錄竹屋此篇。

杜文瀾云：按李易安此調起三句云：「尋尋覓覓，冷冷清清，悽悽慘慘戚戚。」連疊七字，故萬氏謂：用字奇橫，非描塑可擬。

歷朝名媛詩詞卷十一　……其《聲聲慢》一闋，張正夫稱為公孫大娘舞劍器手，以其連下十四疊字也。此卻不是難處，因調名《聲聲慢》，而刻意播弄之耳。其佳處，後又下「點點滴滴」四字，與前照映有法，不是單單落句。玩其筆力，本自矯拔，詞家少有，庶幾蘇、辛之亞。

按：十四疊字與調名無關。此調別又名《勝勝慢》，《梅苑》、《歲時廣記》所載多有之，不定為《聲聲慢》。

白雨齋詞話卷一　李易安《聲聲慢》一闋，連下十四疊字，張正夫歎為公孫大娘舞劍手。且謂本朝非無能詞之士，未曾有下一十四疊字者。然此不過奇筆耳，並非高調。張氏賞之，所見亦淺。又「寵柳嬌花」之句，黃叔暘歎為前此未有能道之者，此語殊病纖巧，黃氏賞之亦謬。宋人論詞且多左道，側怪後世存紛紛哉！

詞徵　李易安《聲聲慢》詞起云：「尋尋覓覓，冷冷清清，淒淒慘慘戚戚。」一句法奇創。喬夢符《天淨沙》曾效其體。又葛常之「臯臯水芝紅」詞，句皆疊字，如唐人之《宛轉曲》。世謂其源出「青青河邊草」一詩。然屈原《九章·悲回風》，及《無量壽經》「行行相值」六語，又為葛詞之祖。

按：葛常之即葛立方，所引「臯臯水芝紅」乃《卜算子》詞。「青青河邊草」乃古詩十九首之一。

鶴林玉露卷十二　詩有一句疊三字者，如吳融《秋樹》詩云：「一聲南雁已先紅，槭槭淒淒葉葉同」是也。有一句連三字者，如劉駕云「樹樹樹梢啼曉鶯」、「夜夜夜深聞子規」是也。又兩句連三字者，如白樂天云「新詩三十軸，軸軸金石聲」是也。有三聯疊字者，如古詩云「青青河畔草，鬱鬱園中柳。盈盈樓上女，皎皎當窗牖，娥娥紅粉妝，纖纖出素手」是也。有七聯疊字者，昌黎《南山》詩云「延延離又屬，夬夬叛還遘。喁喁魚闖萍，落落月經宿。誾誾樹牆垣，巘巘架庫廄。參參削劍戟，煥煥銜瑩琇。敷敷花披萼，闟闟屋摧霤。悠悠舒而安，兀兀狂以狃。超超出猶奔，蠢蠢駭不懋。」是也。近時李易安詞云：「尋尋覓覓，冷冷清清，淒淒慘慘戚戚。」起頭連疊十四字，以一婦人，乃能創意出奇如此。

按：《詞林紀事》卷十九亦引《鶴林玉露》末數句，「連疊十四字」，改作「連疊七字」。

兩般秋雨庵隨筆卷二　詩有一句疊三字者，吳融《秋樹》詩：「一樹南雁已先紅，槭槭淒淒葉葉同」是也。有一句連三字者，劉駕詩「樹樹樹梢啼曉鶯」、「夜夜夜深聞子規」是也。有兩句連三字者，白樂天詩「新詩三十軸，軸軸金石聲」是也。有一句四疊字者，古詩「行行重行行」，《木蘭》詩「唧唧復唧唧」是也。有兩句互疊字者，「年年歲歲花常發，歲歲年年人不同」是也。有三聯疊字者，古詩「青青河畔草」六句是也。有七聯疊字者，昌黎《南山》詩「延延離又屬」十四句是也。至李易安詞：「尋尋覓覓，冷冷清清，淒淒慘慘戚戚。」連下十四疊句，則出奇制勝，匪夷所思矣。

古今詞論引毛稚黃　晚唐詩人好用疊字，義山尤甚，殊不見佳。如「迴腸九疊後，猶有剩迴腸」、「地寬樓已迴，人更迴於樓」、「行到巴西覓譙秀，巴西唯是有寒蕪」，至於三疊者「望喜樓中憶閬州。若到閬州還赴海，閬州應更有高樓」之類。又如《菊》詩「暗暗淡淡紫，融融冶冶黃」，亦不佳。李清照《聲聲慢・秋情》詞起法似本乎此。乃有出藍之奇。蓋此等語自宜於填詞家耳。

七頌堂詞繹　柳七最尖穎，時有俳狎，故子瞻以是呵少游。若山谷亦不免，如「我不合太撋就」類，下此則蒜酪體也。惟易安居士「最難將息」、「怎一個、愁字了得」深妙穩雅，不落蒜酪，亦不落絕句，真此道本色當行第一人也。

古今詞話詞品卷下　黑：易安詞：「守著窗兒，獨自怎生得黑。」幼安詞：「馬上琵琶關塞黑。」張端義曰：此「黑」字不許第二人押。

古今詞論引毛稚黃　《秦樓月》，仄韻調也，孫夫人及平聲作之；《聲聲慢》，平韻調也，李易安以仄韻作之。豈二調原皆可平可仄，抑二婦故欲見別逞奇，實非法邪？然此二詞乃更俱稱絕唱也，又何也！

按：《秦樓月》（原名《憶秦娥》）平韻，《聲聲慢》仄韻，北宋人詞早已有之，不始於鄭文妻（《說郛》本《古杭雜記》云是鄭文妻，後人以為孫夫人，不知所據）及李清照。毛稚黃未深考。

詞綜偶評　詞林紀事卷十九　此詞頗帶傖氣，而昔人極口稱之，殊不可解。

詞的卷四　連用十四疊字，後又四疊字，情景婉絕。後人效顰，便覺不妥。

宋四家詞選序論　雙聲疊韻字要著意布置。有宜雙不宜疊，宜疊不宜雙處。重字則既雙且疊，尤宜斟酌。如李易安之「淒淒慘慘戚戚」，三疊韻，六雙聲，是鍛鍊出來，非偶然拈得也。

詞苑叢談卷八　按夢符（喬夢符）又有《天淨沙》詞云：「鶯鶯燕燕春春，花花柳柳真真，事事風風韻韻，嬌嬌嫩嫩，停停當當人人。」此等句亦從李易安「尋尋覓覓」得來。

問花樓詞話・疊字　疊字之法最古，義山尤喜用之。然如《菊》詩：「暗暗淡淡紫，融融冶冶黃。」轉成笑柄。宋人中易安居士善用此法。其《聲聲慢》一詞，頓挫淒絕。詞曰：「尋尋覓覓，冷冷清清，悽悽慘慘戚戚。乍暖還寒時候，最難將息。」又云：「梧桐更兼細雨，到黃昏點點滴滴。」二闋共十餘箇疊字，而氣機流動，前無古人，後無來者，可為詞家疊字之法。

冷廬雜識卷五　李易安《聲聲慢》詞：「尋尋覓覓，冷冷清清，悽悽慘慘戚戚。」昔人稱其造句新警。其源蓋出於《爾雅，釋訓篇》，篇中自明明至秩秩，疊句凡一百四十四，殷殷惸惸一段連疊十字，此千古創格，亦絕世奇文。

同上卷六　李易安詞：「尋尋覓覓，冷冷清清，悽悽慘慘戚戚。」喬夢符效之，作《天淨沙》詞……疊字又增其半，然不若李之自然妥帖。大抵前人傑出之作，後人學之，鮮有能並美者。

雲韶集卷十　疊字體，後人效之著甚多，且有增至二十餘疊者，才氣雖佳，終著痕跡，視易安風格遠矣。　黑字警，後幅一片神行，愈唱愈妙。

白雨齋詞話卷七　「尋尋覓覓，冷命清清，悽悽慘慘戚戚」，易安雋句也（並非高調）。「鶯鶯燕燕春春，花花柳柳真真，事事風風韻韻，嬌嬌嫩嫩（四字尤不堪），停停當當人人」，喬夢符效之，醜態百出矣。然如雙卿《鳳凰臺上憶吹簫》一闋，疊至四五十字，而運以變化，不見痕跡。長袖善舞，孰謂今人不如古人。

按：雙卿詞見清史梧岡《西青散記》。

同上　易安《聲聲慢》詞，張正夫曰：「此乃公孫大娘舞劍手。本朝非無能詞之士，未曾有一下十四疊字者。後疊又云：『到黃昏、點點滴滴。』又使疊字，俱無斧鑿痕。『怎生得黑』，『黑』字不許第二人押。婦人有此詞筆，殆間氣也。」此論甚陋。十四疊字，不過造語奇雋耳。詞境深淺，殊不在此。執是以論詞，不免魔障。

詞鵠・凡例　須戒重疊字面前後相犯，雖絕妙好詞，畢竟不妥；如易安《聲聲慢》疊用三「怎」字，雖曰讀者全然不覺，究竟敲打出來，終成白璧微瑕，況未能盡如易安之善運用？慎之是也。

湘綺樓詞選前編　亦是女郎語。諸家賞其七疊，亦以初見敵新，效之則可歐。黑韻卻新。再添何字？

藝蘅館詞選乙卷　家大人云：此詞最得咽字訣，清真不及也。

點絳脣 詩詞雜俎本漱玉詞、花草粹編、續草堂詩餘、詞的、古今詩餘醉、林下詞選、詞匯題作「閨思」，古今名媛彙詩、古今女史題作「閨怨」。

寂寞深閨，柔（續選草堂詩餘作「愁」。）腸一寸愁千縷。惜春春去，幾點催花雨。倚遍闌干，祇是無情緒。人何處，連天芳草，（花草粹編原作「衰草」，古今名媛彙詩同。詩詞雜俎本漱玉詞、續選草堂詩餘、古今詩餘醉、林下詞選、見山亭古今詞選作「芳草」，草堂詩餘續集注：「一作衰，誤。」詞綜、歷代詩餘、歷朝名媛詩詞作「芳樹」（四印齋本漱玉詞同）。按此闋上半首云：「惜春春去，幾點催花雨。」乃暮春景物，下云：「連天衰草」，則又為殘秋氣象，「衰」學必誤。「芳草」學較合，惟「草」字不叶韻。宋人作點絳脣詞，此句末字無有不叶韻者。詞綜作「芳樹」，未知所本。歷代詩餘、同情集詞選、歷朝名媛詩詞亦作「芳樹」，殆即出自詞綜。）望斷歸來路。◯（花草粹編卷一　續草堂詩餘卷上　古今名媛彙詩卷十七　詞的卷一　古今女史卷十二　古今詩餘醉卷十　林下詞選卷一　詞綜卷二十五　詞匯卷一　歷代詩餘卷五　見山亭古今詞選卷一　古今圖書集成·閨媛典卷二十　同情集詞選卷四　歷朝名媛詩詞卷十一　三李詞）

【參考資料】

續選草堂詩餘卷上　草滿長途，情人不歸，空攬寸腸耳。

草堂詩餘續集卷上　簡當。

詞菁卷一　淚盡箇中。

雲韶集卷十　情詞並勝，神韻悠然。

減字木蘭花

賣花擔上，買得一枝春欲放。淚染四印齋本漱玉詞作「點」，注：「一作染。」輕勻，猶帶彤霞曉露痕。　怕郎猜道、奴面不如花面好。雲鬢斜簪，徒要教郎比並看。○花草粹編卷二

趙萬里輯《漱玉詞》云：「案汲古閣未刻本《漱玉詞》收之，『染』作『點』，詞意淺顯，亦不似他作。」按以詞意判斷真偽，恐不甚妥，茲仍作清照詞，不列入存疑詞內。

攤破浣溪沙

揉破黃金萬點輕，四印齋本漱玉詞作「明」，注：「一作輕。」校上半闋末句已押「明」字，此句不應重押，「輕」字是。剪成碧玉葉層層。風度精神如彥輔1，大四印齋本漱玉詞作「太」，注：「一作大。」鮮明。　梅蕊重重何俗甚，丁香千結2苦麤生。熏透愁人千里夢，卻無情。○花草粹編卷四

【注釋】

1. 彥輔：晉樂廣字彥輔。《世說新語．品藻》：「劉令言始入洛，見諸名士而嘆曰：『王夷甫太鮮明，樂彥輔我所敬。』」謂彥輔鮮明，乃易安誤憶。此首詠桂花，以樂廣相比，言其清高而名重。
2. 丁香千結：李商隱《代贈》詩：「芭蕉不展丁香結，同向春風各自愁。」毛文錫《更漏子》詞：「偏怨別、是芳節，庭下丁香千結。」

攤破浣溪沙天籟軒詞選調作「山花子」，歷代詩餘調作「南唐浣溪沙」。

病起蕭蕭兩鬢華，臥看殘月上窗紗。豆蔻[1]連梢煎熟歷代詩餘、天籟軒詞選作「熱」，（趙輯漱玉詞、全宋詞同）誤。水[2]，莫分茶。　枕上詩書歷代詩餘作「篇」。閒處好，門前風景雨來佳。終日向人多醞藉，木犀花[3]。○

花草粹編卷四　歷代詩餘卷十八　天籟詞選卷五　三李詞

【注釋】

1. 豆蔻：藥物名。梁簡文帝《和蕭侍中子顯春別》詩：「江南豆蔻生蓮枝。」唐杜牧《贈別》詩：「豆蔻梢頭二月初。」故此云「豆蔻連梢」。宋張良臣《西江月》詞：「蠻江荳蔻影連梢。」

2. 熟水：宋人常用飲料之一。《事林廣記》別集卷七載有諸品熟水，並有《造熟水法》云：「夏月，凡造熟水，先傾百煎袞（滾）湯在瓶器內，然後將所用之物投入。密封瓶口，則香倍矣。若以湯泡之，則不香矣。」又有《豆蔻熟水》云：「白豆蔻殼揀淨，投入沸湯瓶中，密封片時用之，極妙。每次用七箇足矣，不可多用，多則香濁。」（元無名氏《居家必用事類全集》巳集所載全同。明高濂《遵生八牋》卷十一所載，有熟水十一種，其中亦有豆蔻熟水，其製法與《事林廣記》、《居家必用事類全集》不同，或已非宋人舊法，并錄於此，以供參考：「用荳蔻一錢、甘草三錢、石菖蒲五分，為細片，入淨瓦壺，澆以滾水食之。如味濃，再加熱水可用。」照此法，似已為宋人所謂「湯」，而非「熟水」矣）清照詞中所煮，即豆蔻熟水也。熟水，宋人載籍中常見，後人多未知，故《歷代詩餘》等改作「熱水」。

3. 木犀花：桂花。

瑞鷓鴣 雙銀杏[1]

風韻雍容未甚都[2]，尊前甘橘可為奴[3]。誰憐流落江湖上，玉骨冰肌[4]未肯枯。誰教並蒂連枝摘，醉後明皇倚太真[5]。居士[6]擘開真有意[7]，要吟風味兩家新。○花草粹編卷六

趙萬里輯《漱玉詞》云：「按虞、真二部，詩餘絕少通叶。極似七言絕句，與《瑞鷓鴣》詞體不合。」按《花草粹編》收此篇作《瑞鷓鴣》，必非無據，尚未能斷為詩，茲仍編入詞內。

按：上海新編《李清照集》以為此首乃歷來懷疑不是李清照之作品，未知何據。趙萬里僅疑其非詞而已。

【注釋】

1. 銀杏：即白果，一名鴨腳。
2. 雍容、未甚都：《史記．司馬相如傳》：「相如從車騎，雍容閒雅甚都。」裴駰集解引郭璞曰：「都，猶姣也。《詩》：洵美且都。」「雍容」，和雅也。
3. 甘橘可為奴：《三國志．吳志．孫休傳》注引《襄陽記》：「衡（李衡）每欲治家，妻輒不聽。後密遣客十人，於武陵龍陽汎洲上作宅，種甘橘千株。臨死，敕兒曰：汝母惡吾治家，故窮如是。然吾州里有千頭木奴，不責汝衣食。歲上一匹絹，亦可足用耳。衡亡後二十日，兒以白母。母曰：此當是種甘橘也。」唐李商隱《陸發荊南始至商洛》詩：「青辭木奴橘，紫見地仙芝。」宋蘇軾《贈王子直秀才》詩：「山中奴婢橘千頭。」
4. 玉骨冰肌：謂表裡俱極清冷也。蘇軾《洞仙歌序》引孟昶詞：「冰肌玉骨，自清涼無汗。」

5. 醉後明皇倚太真：《開元天寶遺事》卷下：「明皇與貴妃幸華清宮。因宿酒初醒，凭妃子肩同看木芍藥。上親折一枝，與妃子同嗅其豔。」貴妃即楊貴妃。

6. 居士：信奉佛教而未出家者曰「居士」。詞中居士乃清照自謂。清照自號「易安居士」。

7. 擘開真有意：《容齋三筆》卷十六：「世傳東坡一絕句：蓮子擘開須見薏，楸枰著盡更無棋。」「薏」，蓮子之心也。《爾雅．釋草》：「荷，其實蓮（即蓮蓬），其中的（即蓮子），的中薏。」古人常借其音作「憐」（蓮）、「意」或「憶」（薏）用。歐陽修《蝶戀花》詞：「蓮子中心，自有深深意。」清照此詞乃詠銀杏者，與蓮子無涉，蓋借用也。

慶清朝慢

禁幄1低張，彤歷代詩餘作「雕」。欄2巧護，就中獨占殘春。容華3淡竚4歷代詩餘、詞譜作「泞」。「淡竚」，四印齋本詞作「澹沱」。綽約5俱見天真6。待得群花過後，一番風露曉妝新。妖嬈豔歷代詩餘、詞譜奪此字。態，妬風笑月，長殢7東君。

東城邊、南陌上，正日烘池館，競花草粹編原作「況」，茲從歷代詩餘、詞譜作。舊本書「競」誤作「竞」者常有之。走香輪。綺筵散日歷代詩餘作「目」。，誰人可繼芳塵8。更好明光宮殿9。歷代詩話作「裡」。幾枝先近歷代詩話作「向」。日邊勻。金尊倒，拼了盡歷代詩話作「畫」，趙萬里輯漱玉詞云：「了盡當作盡了。」燭，不管詞譜作「愛」。黃昏。○花草粹編卷十　歷代詩餘卷六十四　詞譜卷二十　三李詞

【注釋】

1. 禁幄：幄，帷幕也。禁幄，密張之幄。

2. 彤欄：彤，朱色、赤色也。彤欄，朱欄、紅欄也。

3. 容華：容貌也。《文苑英華》卷二百零四崔湜《倢伃怨》詩：「容華尚春日，嬌色已秋風。」

4. 淡竚：疑應作「淡泞」，素淡也。

5. 綽約：一作淖約。《莊子．逍遙遊》：「藐姑射之山，有神人居焉。肌膚若冰雪，淖約若處子。」注：「淖約，柔弱貌。」《漢書．司馬相如傳》：「便嬛綽約」，注引郭璞曰：「綽約，婉約也。」

6. 天真：天然、自然，不假妝飾也。唐曹鄴《梅妃傳》載唐玄宗詩：「鉛華不御得天真。」南唐馮延巳《憶江南》詞：「玉人貪睡墜釵雲，粉消妝薄見天真。」

7. 殢：《詩詞曲語辭匯釋》卷五：「殢字為糾纏不清之義。」

8. 芳塵：《文選》謝莊《月賦》：「綠苔生閣，芳塵凝榭。」

9. 明光宮殿：漢朝有宮有殿，俱名明光。《三輔黃圖》卷二云：「《關輔記》云：桂宮在未央北，中有明光殿。」韓愈《和水部張員外宣政衙賜百官櫻桃》詩：「漢家舊種明光殿，炎帝新傳《本草經》。」又《三輔黃圖》卷三云：「明光宮，武帝太初四年秋起，在長樂宮後，南與長樂宮相連屬。《漢書．元后傳》曰：成都侯商嘗疾，欲避暑，從上借明光宮，蓋即此。」（此北宮之明光宮。甘泉宮另有一明光宮）唐王維《燕支行》：「來時謁帝明光宮。」宋蘇軾《虢國夫人夜游圖》詩：「金鞭爭道寶釵落，何人先入明光宮。」

失調名

條脫[1]閒揎繫五絲[2]。○歲時廣記卷二十一

【注釋】

1. 條脫：《真誥》：蕚綠華遺羊權金石條脫各一枚（詳見卷二《曉夢》詩注釋）。條脫，或作「跳脫」，臂釧也。

2. 五絲：《太平御覽》卷三十一引《風俗通》云：「五月五日，以五綵絲繫臂者，辟兵及鬼，令人不病瘟。」又曰：「亦因屈原，一名長命縷，一名續命縷，一名辟兵繒，一名五色絲，一名朱索。又有條達等織組雜物，以相贈遺。」注：「《孝經・援神契》云：『仲夏始出婦人染練，或有作務。』《玉燭寶典》云：『此節備擬甚多，其尚矣。』又曰：『日月星辰鳥獸之狀，文繡金縷帖畫，貢獻所尊。』古詩云：『繞臂雙條達』是也。」條達，即條脫也。

【參考資料】

歲時廣記卷二十一　《風俗通》：五月五日，以雜色綫織條脫，一名條達，纏于臂上。沂公作《夫人閤端午帖》云：「繞臂雙條達，紅紗晝夢驚。」易安居士詞云：「條脫閒揎繫五絲。」

失調名 元旦詞

瑞腦烟殘，沉香火冷。◯ 歲時廣記卷四十

【參考資料】

歲時廣記卷四十　《紀聞》：「唐貞觀初，天下乂安，百姓富贍。時屬除夜，太宗盛飾宮掖，明設燈燭。殿內諸房，莫不綺麗。盛奏歌樂，乃延蕭后觀之。樂闋，帝謂蕭后曰：朕設施孰愈隋主。蕭后笑而答曰：彼乃亡國之君，陛下開基之主，奢儉之事，固不同年。帝曰：隋主何如。蕭后白：隋主享國十有餘年，妾常侍從，見其淫侈。每二除夜，殿前諸院設火山數十，盡沉香木根也。每夜，山皆焚沉香數車，火光暗則以甲煎沃之，焰起數丈。沉香甲煎之香，傍聞數十里。一夜之中，用沉香二百餘乘，甲煎過二百石。」歐陽公詩云：「隋宮守夜沉香火，楚俗驅神爆竹聲。」李易安《元旦》詞云：「瑞腦煙殘，沉香火冷。」

按：王建《宮詞》：「金吾除夜進儺名。畫袴朱衣四隊行。院院燒燈如白晝，沉香火底坐吹笙。」清照蓋用此事也。又《歲時廣記》所引《紀聞》原出《太平廣記》卷二百三十六，文字稍有出入。

附存疑之作

怨王孫草堂詩餘、彙選歷代名賢詞府全集、花草粹編、詞的、詩餘圖譜補遺、名媛璣囊、古今詞統、古今詩餘醉、歷城縣志、林下詞選、記紅集、同情集詞選、詩詞雜俎本漱玉詞題作「春暮」，嘯餘譜、詩餘譜式題作「春景」，古今名媛彙詩、古今女史題作「暮春」。楊金本章堂詩餘、歷代詩餘、詞潔無題。

夢斷、漏悄，愁濃、酒惱。寶枕生寒，翠屏向曉。門外誰掃殘紅？夜來歷城縣志作「落花」。風。玉簫聲斷人何處？春又去，忍把歸陳鍾秀本草堂詩餘、詩餘圖譜補遺、古今女史、古今詞統作「佳」。期負。歷城縣志作「空把流年負」。此情此恨此際，擬托行雲，問東君。○類編草堂詩餘卷一　詞學筌蹄卷三　彙選歷代名賢詞府全集二　文體明辨附錄卷十　花草粹編卷五　詞的卷二　嘯餘譜卷四　詩餘圖譜補遺卷七　古今名媛彙詩卷十七　名媛璣囊卷三　古今女史卷十二　古今詞統卷七　古今詩餘醉卷二　崇禎歷城縣志卷十五　林下詞選卷一　詞匯卷四　填詞圖譜卷二　記紅集卷一　歷代詩餘卷二十五　詞潔卷二　詩餘神髓　詩餘譜式後卷　古今圖書集成·歲功典卷三十五　同情集詞選卷九　蓼園詞選　三李詞

【參考資料】

便讀草堂詩餘卷三　此詞形容春暮，語意俱到。

詞的卷二　此詞稍平，然終無傖氣。

草堂詩餘評林（四卷本）卷一　形容春暮，情詞俱到。以風掃殘紅，妙在此句。

草堂詩餘雋卷二　眉批：風掃殘紅，何等空寂。　一結無限情恨，猶有意味。　評語：寫情寫意，俱形容春暮時光，詞意俱到。

沈際飛本草堂詩餘正集卷一　通篇四換韻，有兔起鶻落之致。　春又去，接遞妙。

古今詩餘醉卷二　換韻之妙，無逾此調。

怨王孫（草堂詩餘、彙選歷代名賢詞府全集、詞的、名媛璣囊、詞綜、復堂詞錄、詩詞雜俎本漱玉詞題作「春暮」，嘯餘譜題作「春景」，古今名媛彙詩、古今女史題作「暮春」，餘無題。）

帝里[1]春晚，重門深院。草綠階前，暮天雁斷。樓上遠信誰（古今詩餘醉作「難」。）傳？恨綿綿。

多情自是多沾惹，難拚（草堂詩餘評林春集卷三、便讀草堂詩餘卷三作「棄」。）捨[2]，又是寒食也。秋千巷陌人靜，皎月初斜，浸梨花。◯（類編草堂詩餘卷一　彙選歷代名資詞府全集卷二　文禮明辨附錄卷十　花草粹編卷五　詞的卷二　嘯餘譜卷四　古今名媛彙詩卷十七　名媛璣囊卷三　古今女史卷十二　古今詞統卷七　古今詩餘醉卷二　二如亭群芳譜歲譜卷一　林下詞選卷一　詞綜卷二十五　歷代詩餘卷二十五　詞潔卷二　詞鵠初編卷三　廣群芳譜卷三　詞譜卷十一　歷朝名媛詩詞卷十一　復堂詞錄卷八　三李詞）

趙萬里輯《漱玉詞》云：「案上二闋（指「夢斷、漏悄」一闋及此闋）《詩詞雜俎》本《漱玉詞》收之，殆與《類編草堂詩餘》同出一源。前一闋，至正本《草堂詩餘》引與《如夢令》、《武陵春》二詞銜接，類編本以為李作，失之。後一闋，至本不收，見類編本，未詳所出。」

按：前一首楊金本《草堂詩餘》前集卷下作無名氏詞；後一首楊金本《草堂詩餘》同卷作秦少游詞，並無題。《類編草堂詩餘》並以為李清照作，不可據。

【注釋】

1. 帝里：即帝京、京城。《晉書．王導傳》：「建康古之金陵，舊為帝里。」杜甫《寄彭州高三十五使君適虢州岑二十長史參三十韻》詩：「無錢居帝里，盡室在邊疆。」

2. 拚捨：拋棄也。

【參考資料】

楊慎批點本草堂詩餘卷二　至情（評「多情自是多沾惹」句）。

草堂詩餘雋卷二　眉批：以「多情」接「恨綿綿」，何組織之工！　評語：此詞可以王孫不歸兮、春草萋萋兮參看。

沈際飛本草堂詩餘正集卷一　賀詞「多情多感」，猶少此「難拚捨」三字。

按：所云賀詞，非賀鑄詞也，乃宋蔡伸作，說見後附錄《柳梢青》詞。

同上　元人樂府率以「也」字叶成妙句，殆祖此。

按：《古今詞統》卷七、《古今詩餘醉》卷二載評語與此同。

花草蒙拾　「皎月」、「梨花」本是平平，得一「浸」字，妙絕千古。與「月明如水浸宮殿」同工。

按：「月明如水浸宮殿」乃五代王衍詩句。

歷朝名媛詩詞卷十一　易安以詞擅長，揮灑俊逸、亦能琢鍊。最愛其「草綠堦前，暮天雁斷」，極似唐人。……

生查子

彙選歷代名賢詞府全集、古今名媛彙詩、名媛璣囊、繡谷春容、古今女史題作「閨情」。

年年玉鏡臺，梅蕊宮妝困。今歲未還家，（林下詞選、歷代詩餘作「不歸來」。）怕見江南信。　酒（樵歌搶遺作「歡」。）從別後疏，淚向愁中盡。遙想楚雲深，人遠天涯近。◯

楊金本草堂詩餘前集卷下　彙選歷代名賢詞府全集卷一　古今名媛彙詩卷十七　名媛璣囊卷三　繡谷春容卷三　古今女史卷十二　林下詞選卷一　歷代詩餘卷四　三李詞

按：此首別又作朱淑真詞，見元楊朝英《樂府新編·陽春白雪》卷一、《詞綜》卷二十五、金繩武本《花草粹編》卷二、《復堂詞錄》卷八；別又作朱希真詞，見《詞林萬選》卷四、《花草粹編》卷一及四印齋所刻詞本《樵歌拾遺》。

【參考資料】

古今女史卷十二 曲盡無聊之況。是至情、是至語（淚向、遙想二句旁批）。

醜奴兒

彙選歷代名賢詞府全集調作「醜奴兒令」。楊金本草堂詩餘、彙選歷代名賢詞府全集、花草粹編題作「夏意」，詞的題作「新涼」。

晚（古今詞選作「曉」。）**來一陣**（花草粹編作「霎」。）**風兼雨，洗盡炎光。理罷笙簧，卻對菱花**[1]**淡淡妝。絳綃縷薄冰肌瑩，雪膩酥香。笑語檀郎**[2]**，今夜紗厨枕簟涼。**○詞林萬選卷四　林下詞選卷一　歷代詩餘卷十　古今圖書集成·閨媛典卷二十　天籟軒詞選卷五　三李詞

四印齋本《漱玉詞》注：「此闋詞意膚淺，不類易安手筆。」趙萬里輯《漱玉詞》云：「案上闋詞意儇薄，不似他作。未知升庵何據？」

按：此首別見《彙選歷代名賢詞府全集》卷一、《花草粹編》卷二，題康伯可作（趙萬里輯《順庵樂府》，此闋失收）。又見楊金本《草堂詩餘》後集卷下、《詞的》卷二、《古今詞選》卷一，俱無撰人姓氏。《古今別腸詞選》卷一又誤以此首為魏大中詞。此首疑實為康與之詞。

【注釋】

1. 菱花：鏡也。《趙飛燕外傳》：「七出菱花鏡一奩。」

2. 檀郎：唐人常用，或云潘岳小名檀奴，故稱檀郎。所指不一，視詩詞中整篇地位而定。如李賀《牡丹種曲》：「檀郎謝女眠何處。」此為泛稱。韋莊《江城子》詞：「出蘭房，別檀郎。」則指所歡。無名氏《菩薩蠻》詞：「含笑問檀郎。」則指其夫婿。李商隱《王十二兄與畏之員外相訪見招小飲時予以悼亡不去因寄》詩：「謝傳門庭舊末行，今朝歌管屬檀郎。」則指女婿。此詞中之檀郎，殆為夫婿。

點絳脣 續草堂詩餘、詞的、古今詞統、古今詩餘醉、花鏡雋聲、詞匯題作「秋千」，楊金本草堂詩餘題作「佳人」。

蹴罷秋千，起來慵整 楊金本草堂詩餘、續草堂詩餘、古今詞統，古今詩餘醉作「整頓」。纖纖手。露濃花瘦，薄汗輕衣透。見客入來，歷代詩餘、古今圖書集成、天籟軒詞選、金繩武活字本花草粹編作「見有人來」。襪剗1金釵溜2。和羞走，倚門回首，卻把青梅嗅。◯詞林萬選卷四　林下詞選卷一　歷代詩餘卷五　古今圖書集成・閨媛典卷二十　天籟軒詞選卷五　金繩武活字本花草粹編卷二　三李詞

此首別作蘇軾詞，見楊金本《草堂詩餘》前集卷下。又作無名氏詞，見《花草粹編》卷一、《續草堂詩餘》卷上、《古今詞統》卷四、《古今詩餘醉》卷十二、《花鏡雋聲》卷七、《詞匯》卷七、《同情集詞選》卷四。別又誤作周邦彥詞，見《詞的》卷二。趙萬里輯《漱玉集》云：「案詞意淺薄，不似他作。未知升庵何據？」按一九五九年出版之北京大學學生編寫之《中國文學史》第五編第四章，斷定此首為李清照作，評價頗高，恐未詳考。《詞林萬選》中不可靠之詞甚多，誤題作者姓名之詞，約有二

三十首，非審慎不可也。

【注釋】

1. 襪剗：未穿鞋，著襪而行走曰「剗襪」。宋陳模《懷古錄》卷中引唐無名氏詞「剗襪下芳堦」，李煜《菩薩蠻》詞「剗襪下香堦，手提金縷鞋」，秦觀《河傳》詞「鬢雲鬆，羅襪剗」。
2. 金釵溜：「溜」，滑去之義，宋人常用。李久善《蝶戀花》：「鶯擲垂楊，一點黃金溜。」王重《蝶戀花》：「星眸一轉晴波溜。」

【參考資料】

詞的卷二　《崔徽傳奇》中「儘人調戲」，句意本此。

按：「儘人調戲」乃《西廂記》中語。崔徽事出張君房《麗情集》（此書已佚，見宋人所引），與《西廂記》崔鶯鶯無涉。《西廂記》不得云《崔徽傳奇》。

續選草堂詩餘卷上　曲盡情悰。

草堂詩餘續集卷上　片時意態，淫夷萬變。美人則然，紙上何遽能爾。

古今詞統卷四　入若士《紫釵記》。

古今詩餘醉卷十二　「和羞走」下，如畫。

皺水軒詞筌　「無憑諳鵲語，猶得暫心寬」，韓偓語也。馮延巳不多時，用其語曰：「終日望君君不至，舉頭聞鵲喜。」雖竊其意，而語加蘊藉。又賀方回用義山「無端嫁得金龜壻，孤負香衾事早朝」為「不待宿醒消，馬嘶催早朝」，亦稍有翻換。至無名氏「見客入來，襪剗金釵溜。和羞走，倚門回首，卻把青梅嗅」，直用「見客入來和笑走，手搓梅子暎中門」二語演之耳。語雖工，終智在人後。

按：所引馮延巳詞乃《謁金門》，賀方回（賀鑄）詞乃《生查子》。末所引「見客入來和笑走，手搓梅子暎中門」二句，亦韓偓詩，見《香奩集》。

附注：金繩武活字本《花草粹編》，傳本甚稀，只南京圖書館有之，蓋孤本也。區氏印《花草粹編》，分十二卷為二十四卷，有失原書真面，已不甚妥；而妄改原署撰人姓氏，不加注說明，尤不可為訓。原書署名錯誤者，雖間有所改正（如滕魯卿改為葛勝仲、無名氏改為姚寬、柳永），而誤改者殊不少（如李重元改為李甲、蔣興祖女改為李令女、延安夫人改為延安李氏、宋豐之改為向滈、無名氏改為李之儀、曾慥、石孝友、梁寅等等），使人誤會，以為陳耀文原書如此。實則陳氏所署各首撰人姓氏，多依所出之書，不加改變，使人易於知其來源，最為善法。《點絳脣》「蹴罷秋千」一首，明刊本《花草粹編》原不著撰人姓名，金氏改為李清照作，亦其一例。唐圭璋君編《全宋詞》，采用金氏書中署名者，非不妥（如李乘）、即錯誤（如楊彥齡、向鎬、梅坡。梅城誤為梅坡，《全宋詞》即以為蕭育），頗受其累。特書於此，以告讀金本《花草粹編》者。

浪淘沙續草堂詩餘、古今詞統、古今詩餘醉、記紅集、古今詞選題作「閨情」。

簾外五更風，吹夢無踪。畫樓重上與誰同？記得玉草堂詩餘續集注：「一作金，誤。」釵斜撥火，寶篆成空。　回首紫金峰1，雨潤煙歷代詩餘、晚香室詞錄作「雲」。濃。一江春浪詞潔、自怡軒詞選作「一腔春恨」。醉醒中。留得羅襟前日淚，彈與征鴻。○詞林萬選卷四　林下詞選卷一　詞綜卷二十五　歷代詩餘卷二十六　詞潔卷二　古今圖書集成·閨媛典卷二十　自怡軒詞選卷一　晚香室詞錄卷七　歷朝名媛詩詞卷十一　復堂詞錄卷八　三李詞　藝蘅館詞選乙卷

《林下詞選》云：「一本誤刻六一居士。」趙萬里輯《漱玉詞》云：「案《花草粹編》卷五引此闋，不注撰人。《詞林萬選》注：『一作六一居士。』檢《醉翁琴趣》無之，未知升庵何據？」按楊本《草堂詩餘》前集卷下，此首作無名氏詞，《續草堂詩餘》卷上、《古今詞統》卷七、《古今詩餘醉》卷十、《見山亭古今詞選》卷中、《詞滙》卷二、《記紅集》卷一、《古今詞選》卷二、《自怡軒詞選》卷一並以為歐陽修詞。此首似非李清照作，亦絕非歐陽修詞（《近體樂府》、《醉翁琴趣外篇》俱不載）。又按《花草粹編》卷五，此首題「二」字，蓋以為與前一首同一撰人所作（前一首乃幼卿撰），趙先生所考未諦。疑從楊金本《草堂詩餘》作無名氏詞為是。

楊慎《詞林萬選》誤題撰人姓名之詞極多，殊不可據，清《四庫全書總目・詞林萬選提要》疑其書為後人所偽托。此書所注：「一作某某。」不似楊慎原注，殆為毛晉刻《詞苑英華》時所加。

【注釋】

1. 紫金峰：未詳。檢宋代地志，無此峰名。以「紫金」名山者有今鎮江之紫金浮玉等數處，亦不能指以實之。現在南京之紫金山，周應合《景定建康志》等尚無此名。疑「紫金峰」即紫金色之山峰，非有一峰名紫金也。

【參考資料】

續選草堂詩餘卷上　此詞極與後主相似。

草堂詩餘續集卷上　「吹夢」奇。　幻想異妄。

古今詞統卷七　雁傳書事化得新奇。

白雨齋詞話卷二　易安《賣花聲》云：「簾外五更風，……彈與征鴻。」淒豔不忍卒讀，其為德夫作乎？

按：陳廷焯《白雨齋詞話》持論多宗張惠言《詞選》，不免有穿鑿附會之說。此詞是否易安作，尚不可知，而陳廷焯遽云：「其為德夫作乎。」不可信。

雲韶集卷十　淒豔不忍卒讀。　情詞淒絕，多少血淚。

臨江仙 梅題從花草粹編，他本俱無題。

庭院深深深幾許？雲窗霧閣春遲。為誰憔悴損（歷代詩餘、天籟軒詞選作「瘦」。）**芳姿。夜來清夢好，應是發南枝。**

玉瘦檀輕無限恨，南樓羌管[1]休吹。濃香吹（歷代詩餘、天籟軒詞選作「開」。）**盡又誰知。暖風遲日[2]也，別到杏花肥。**（歷代詩餘、天籟軒詞選作「時」。）〇花草粹編卷七　歷代詩餘卷三十八　天籟軒詞選卷五　三李詞

四印齋本《漱玉詞》注：「此首疑亦有偽，似借前《臨江仙》詞橅擬為之者。」趙萬里輯《漱玉詞》云：「案《梅苑》九引作曾子宣妻詞，《樂府雅詞》下魏夫人詞不收。以《草堂》所載前闋自序證之，自是李作無疑。王鵬運云：借前調橅擬為之者，蓋未之深考也。」按此首泛詠梅花，情調與另一首完全不同，未必同時所作。《樂府雅詞》李詞亦未收此首。《梅苑》以此首為曾子宣妻詞，《花草粹編》以為李易安詞，俱不詳所本，存疑為是。

【注釋】

1. 羌管：笛也。唐溫庭筠《題柳》詩：「羌管一聲何處笛。」

2. 遲日：舒緩之日也。《詩・豳風・七月》篇：「春日遲遲。」日行舒緩，言春日長也。杜甫《絕句二首》：「遲日江山麗。」

殢人嬌 後庭梅花開有感（題從花草粹編，他本俱無題。）

玉瘦香濃，檀深雪散。今年恨、探梅又（梅苑作「較」。）晚。江樓楚館1，雲閒水遠。清晝永，凭闌翠簾低捲。　坐上客來，尊前（梅苑、歷代詩餘作「中」。）酒滿2。歌聲共、水流雲斷。南枝可插，更（梅苑作「便」。）須頻剪。莫直待西樓、數聲羌管。〇（花草粹編卷七　歷代詩餘卷四十三　三李詞）

趙萬里輯《漱玉詞》云：「案《梅苑》九引上闋，不注撰人。《花草粹編》題作李詞者，其所據《梅苑》，殆較今本為善故也。茲並校之。」按舊本《梅苑》，今不可見。傳本《梅苑》既不注撰人姓名，或《花草粹編》誤題清照姓名，亦不可知。只能存疑。

【注釋】

1. 楚館：泛指楚地之館。宋趙抃《和戴天使重陽前一夕宿長沙驛》第二首：「楚館夜衾涼，離人念故鄉。」與後代之「秦樓楚館」為妓院不同。

2. 坐上客來、尊前酒滿：《後漢書・孔融傳》：「坐上客恆滿，尊中酒不空。」此用其語。

青玉案 翰墨大全、花草粹編題作「送別」。

征鞍不見邯鄲路[1]，莫便匆匆歸翰墨大全無「歸」字。去。秋風歷代時餘作「正」。蕭條何以度？明窗小酌、暗燈清話，最好留連處。　相逢各自傷遲暮[2]，猶歷代詩餘作「獨」。把新詞歷代詩餘、詞譜作「詩」。誦奇句。鹽絮[3]家風人所許。如今憔悴、但餘雙翰墨大全作「衰」。淚，一似黃梅雨。○翰墨大全後丙集卷四　花草粹編卷七　歷代詩餘卷四十四　詞譜卷十五　三李詞

趙萬里輯《漱玉詞》云：「案《翰墨大全》後丙集卷四引接《蝶戀花．上巳召親族》一首，不注撰人。《花草粹編》、《歷代詩餘》以為李作，失之。」

按：通行元、明刻本《翰墨大全》後丙集未載詩詞。此首只海寧吳氏拜經樓舊藏元刻初印本有之。

【注釋】

1. 邯鄲路：邯鄲，地名，即今河北邯鄲市。世傳呂洞賓黃粱一夢之處，即在邯鄲。宋胡仔《苕溪漁隱叢話》後集卷三十八云：「《復齋漫錄》云：《異聞集》載沈既濟作《枕中記》云：開元中道者呂翁，經邯鄲道上邸舍中，以囊中枕借盧生睡事。此之呂翁，非洞賓也。蓋洞賓嘗自序，以為呂渭之孫，仕德宗朝。今云開元，則呂翁非洞賓，無可疑者。苕溪漁隱曰：回仙嘗有詞云：『黃粱猶未熟，夢驚殘。』尚用《枕中記》故事，可見其非呂翁也。」（呂翁事詳見《太平廣記》卷八十二，文長，此不贅引）
2. 遲暮：《楚辭．離騷》：「惟草木之零落兮，恐美人之遲暮。」
3. 鹽絮：《世說新語》卷上之上《言語門》：「謝太傅寒雪日內集，與兒女講論文義。俄而雪驟。公欣然曰：『白雪紛紛何所似？』兄子胡兒曰：『撒鹽空中差可擬。』兄女曰：『未若柳絮因風

起。』公大笑樂。即公大兄無奕女，左將軍王凝之妻也。」

浣溪沙 花草粹編、續草堂詩餘、古今詞統、古今詩餘醉、歷城縣志、林下詞選題作「閨情」。

髻子傷春[1]慵花草粹編、古今詩餘醉、詞綜、歷代詩餘作「懶」，歷朝名媛詩詞誤作「惱」。更梳，晚風庭院落梅初，淡雲來往月疏疏。

玉鴨[2]熏爐閒瑞歷城縣志作「瑪」。腦，朱櫻斗帳[3]掩流蘇[4]，遺詞綜、歷代詩餘、歷朝名媛詩詞作「通」。犀還解辟歷城縣志作「避」。寒[5]無。〇續草堂詩餘卷上　古今詞統卷四　古今詩餘醉卷十　崇禎歷城縣志卷十五　林下詞選卷一　復堂詞錄卷八　詞綜卷二十五　歷代詩餘卷七　歷朝名媛詩詞卷十一　三李詞

按：此首別見《花草粹編》卷二，無撰人姓氏，其前為李清照「淡蕩春光寒食天」《浣溪沙》一闋。《續草堂詩餘》等以為李清照作，未知何據。

【注釋】

1. 傷春：《楚辭．招魂》：「目極千里兮傷春心。」
2. 玉鴨：唐李商隱《促漏》詩：「睡鴨香爐換夕照。」宋晏幾道《浣溪沙》詞：「鴨爐香細瑣窗閒。」皆香爐作鴨形者。「玉鴨熏爐」、「寶鴨」亦同。
3. 朱櫻斗帳：《集韻》：「斗帳，小帳也，形如覆斗。」唐溫庭筠《偶遊》詩：「紅珠斗帳櫻桃熟，金尾屏風孔雀閒。」
4. 流蘇：宋龐元英《文昌雜錄》卷五云：「流蘇，五采毛雜而垂之。摯虞《決疑要注》曰：『凡下垂為蘇。』張衡《東京賦》：『飛流蘇之騷殺。』其注曰：『騷殺，垂貌。』蓋流蘇、騷殺，皆下垂

也。」《草堂詩餘》前集卷上載溫飛卿《木蘭花》詞，注引《倦遊錄》云：「流蘇者，乃盤線繪組之毬，五色錯為之同心而下垂者也。」（按此與《類說》卷十六所引《倦遊雜錄》微有不同）錢大昕《恆言錄》卷五云：「凡下垂者為蘇，吳人讀蘇為胥。結縷下垂者謂之胥頭，即古之流蘇。」今古裝戲劇道具中尚有之。

5. 遺犀辟寒：《開元天寶遺事》卷上：「開元二年冬至，交趾國進犀一株，色黃似金。使者請以金盤置於殿中，溫溫然有暖氣襲人。上問其故。使者對曰：『此辟寒犀也。頃自隋文帝時，本國曾進一株，直至今日。』」「遺犀」或作「通犀」，《漢書．西域傳》：「通犀翠羽之珍。」注引如淳曰：「通犀謂中央色白通兩頭。」此所謂舉，指犀牛之角。

【參考資料】

草堂詩餘續集卷上 話頭好。 淵然。

介存齋論詞雜著 閨秀詞惟清照最優，究苦無骨，存一篇尤清出者。

雲韶集卷十 清麗之句（指「淡雲來往月疏疏」句）。 宛約（指末句）。

復堂詞話 易安居士獨此篇有唐調，選家鑪冶，遂標此奇。

浣溪沙

續草堂詩餘、二如亭群芳譜、花鏡雋聲調名誤作「山花子」。續草堂詩餘、古今名媛匯詩、詞的、古今女史、古今詞統、古今詩餘醉、花鏡雋聲，林下詞選題作「閨情」。

繡面（歷代詩餘、古今圖書集成作「幕」）。芙蓉一笑開，斜飛（歷代詩餘、古今圖書集成作「偎」，詞壇豔逸品作「雲」）。寶鴨襯香腮，眼波[1]纔（古今詩餘醉作「方」）。動被人猜。 一面風情深有韻，半牋（古今圖書集成作「殘」）。嬌恨寄幽懷，月移花影約重來。○

古今名媛彙詩卷十七　續草堂詩餘卷上　詞的卷二　古今女史卷十二　古今詞統卷四　二如亭群芳譜天譜卷二　古今詩餘醉卷十　詞壇豔逸品亨卷　林下詞選卷一　歷代詩餘卷七　古今圖書集成・閨媛典卷二十　三李詞

四印齋本《漱玉詞》注：「此尤不類，明明是淑真『月上柳梢頭，人約黃昏後』詞意。蓋既汙淑真，又汙易安也。」趙萬里輯《漱玉詞》云：「案《金瓶梅》第十三回引上闋，不著撰人。《詩詞雜俎》本《漱玉詞》收之，『面』作『幕』，詞意儇薄，不類易安他作。王鵬運已疑之，未詳所出。」

【注釋】

1. 眼波：眼光也。杜牧《宣州留贈》詩：「為報眼波須穩當，五陵遊宕莫知聞。」宋黃庭堅《浣溪沙》詞：「新婦磯邊眉黛愁，女兒浦口眼波秋。」

【參考資料】

古今女史卷十二　摹寫嬌態、曲盡如畫。

古今詞統卷四　朱淑真云「嬌癡不怕人猜」，便太縱矣。

按：朱淑真詞乃《清平樂》，見《斷腸詞》。

填詞雜說　「喚起兩眸清炯炯」、「閒裡覷人毒」、「眼波纔動被人猜」、「更無言語空相覷」，傳神阿堵，已無剩美。……

按：「喚起兩眸清炯炯」乃周邦彥《蝶戀花》詞句，「閒裡覷人毒」乃張孝祥《醉落魄》詞句，「更無言語空相覷」乃毛滂《惜分飛》詞句。

詞苑叢談卷一引皺水軒詞筌　詞雖以險麗為工，實不及本色語之妙。如李易安「眼波纔動被人猜」，蕭淑蘭「去也不教知，怕人留戀伊」，魏夫人「為報歸期須及早，休誤妾、一春閒」，孫光憲「留不得、留得也應無益」，嚴次山「一春不忍上高樓，為怕見、分攜處」，觀此種句，覺「紅杏枝頭春意鬧」尚書，安排一箇字，費許大氣力。

按：《古今詞話詞品》下引賀裳、《詞苑萃編》卷二引《詞苑》，皆與此則同。《古今詞話》所引有簡略，並誤以嚴次山為吳淑姬（按上海新編《李清照集》誤以《詞苑叢談》所引《皺水軒詞筌》為徐釚之言）。蕭淑蘭句乃《菩薩蠻》詞，出雜劇及小說，實際或無其人。魏夫人句乃《江城子》詞，孫光憲句乃《謁金門》詞，嚴次山（嚴仁）句乃《一落索》詞。「紅杏枝頭春意鬧」尚書乃宋祁，所引為《玉樓春》詞句。

西圃詞說　詞中本色語，如李易安「眼波纔動被人猜」，蕭淑蘭「去也不教知，怕人留戀伊」，孫光憲「留不得、留得也應無益」，嚴次山「一春不忍上高樓，為怕見，分攜處」，觀此種句，即可悟詞中之真色生香。且「怕人留戀伊」、「為怕見、分攜處」，兩「怕」字用來妙不可言。若用一「恐」字，亦未嘗說不去，然毫釐差則千里謬矣。蓋詞中雅俗字原可互相勝負。非文理不背，即可通用。此僅可為解人道也。

蓮子居詞話卷二　易安「眼波纔動被人猜」，矜持得妙。淑真「嬌癡不怕人猜」，放誕得妙。均善於言情。

按：朱淑真詞乃《清平樂》。

浪淘沙 詩詞雜俎本瀨玉詞、二如亭群芳譜、花鏡雋聲調名誤作「雨中花」。續草堂詩餘、古今詩餘醉、花鏡雋聲、林下詞選、詩詞雜俎本漱玉詞題作「閨情」。

素約[1]花草粹編作「約素」。小腰身，不奈續草堂詩餘、林下詞選、歷代詩餘作「耐」。傷春。疏梅影下晚妝新。裊裊娉娉[2]各本多作「妯婷」，只續草堂詩餘、花草粹編作「娉娉」，歷代餘作「婷婷」。何樣似？一縷輕雲。　歌巧動朱脣，字字嬌嗔。續草堂詩餘、花草粹編、花鏡雋聲作「真」，改從其他各本。桃花深徑花草粹編作「處」。一通津。悵望瑤臺3清夜月，還送歷代詩餘、古今圖書集成作「照」。歸輪。○續草堂詩餘卷上

古今詩餘醉卷十　二如亭群芳譜果譜卷一　花鏡雋聲卷七　詞壇豔逸品亨卷三李詞　林下詞選卷一　歷代詩餘卷二十六　古今圖書集成・閨媛典卷二十

趙萬里輯《漱玉詞》云：「案《詩詞雜俎》本《漱玉詞》收之，題作『閨情』，《花草粹編》五引作趙子發詞。《草堂續集》以為李作，失之。」

【注釋】

1. 素約：《花草粹編》作「約素」。《文選》宋玉《登徒子好色賦》：「腰如束素，齒如含貝。」曹植《洛神賦》：「肩若削成，腰如約素。」李善注：「束素、約素，謂圓也。」
2. 裊裊娉娉：唐杜牧《贈別》詩：「娉娉裊裊十三餘，荳蔻梢頭二月初。」「裊裊」、「娉娉」皆形容美好貌，有輕盈義。
3. 瑤臺：李白《清平調》詞：「若非群玉山頭見，會向瑤臺月下逢。」瑤臺，神仙所居（本出《離騷》云：「望瑤臺之偃蹇兮，見有娀之佚女。」意義有別）。

【參考資料】

花草粹編卷五引古今詞話　「約」字清妙，遠勝「束」字。

草堂詩餘續集卷上　「不奈」、「嬌嗔」，的確。描就一箇嬌娃。

古今詩餘醉卷十　「不奈傷春」、「字字嬌嗔」，描出一箇嬌娃。

鷓鴣天草堂詩餘（楊金本無題）、詞的、古今詞統題作「春閨」。

枝沈際飛本草堂詩餘注：「一作枕，誤。」古今詞統作「枕」，注：「枕誤作枝。」按此處以作「枝」為是，古今詞統所云不足據。上流鶯和淚聞，新啼痕間舊啼痕。一春魚鳥草堂詩餘前集卷上、草堂詩餘評林春集卷二、詩餘畫譜作「雁」。無消息，千里關山勞夢魂。　無一語，對芳樽，安排腸斷到黃昏。甫能炙得燈兒沈際飛本草堂詩餘注：「一作光，誤。」了，雨打梨花深閉門。○汲古閣未刻詞本漱玉詞

四印齋本《漱玉詞·補遺》云：「案毛鈔本尚有《鷓鴣天》『枝上流鶯』一闋，《青玉案》『一年春事』一闋，注云：『《草堂》作少游、永叔，而秦、歐集無。』今案此二闋，別本無作李詞者，當是秦、歐之作。且膾炙人口，故未附錄。」各家輯《漱玉詞》，俱未收此二闋。唐圭璋輯《宋詞》，李清照詞在卷二百九十，亦未載此二闋，蓋俱本況周儀之說（惟李清照之附錄詞，卷末之《宋詞互見表》俱未收入，則疑為遺漏）。按《草堂詩餘》前後集上下四卷本載此二詞，俱無撰人姓名。「枝上流鶯」闋前為秦少漩《畫堂春》「東風吹柳日初長」一首，「一年春事」闋前為歐陽永叔《浪淘沙》「把酒祝東風」一首。《類編草堂詩餘》四印齋刻陳鍾秀本《草堂詩餘》及以後各選本送俱以為秦、歐之作（各本誤以《鷓鴣天》詞為秦觀作者，有《詞學筌蹄》卷五、《詩餘圖譜》卷一、《增正詩餘圖譜》卷上、《彙選歷代名賢詞府全集》卷二、《文體明辨附錄》卷五、《花草粹編》卷六、《嘯餘譜》卷二、《詞的》卷二、《古今詞統》卷五、《詞菁》卷二、《古今詩餘醉》卷五、《詩餘畫譜》、《詞匯》卷二、《填詞圖譜》卷二、《選聲集》、《詞律》卷八、《古今別屬詞選》卷二、《歷代詩餘》卷二十七、《詩餘神髓》、《詩餘譜式》前卷、《同情集詞選》卷九、《自怡軒詞譜》卷二、《詞軌》卷五、《蓼園詞選》，實不足據。明謝天瑞本《詩餘圖譜》卷二不著撰人姓名，注：「詩餘」），楊金本《草堂詩餘》前集卷上載《鷓鴣天》詞，後集卷上載《青玉案》詞，并無撰人姓名，汲古閣未刻詞本《漱玉詞》

收此二詞，雖未知所本，但此二首既非秦、歐之作，實應存疑，不宜遽從《漱玉詞》中刪去。

汲古閣未刻詞本《漱玉詞》原書未見。此詞從《類編草堂詩餘》卷一錄出。其文字與汲古閣未刻詞本《漱玉詞》是否相同，不得而知。

【參考資料】

草堂詩餘前集卷上　《古今詞話》：「此詞形容愁怨之意最工。如後疊『甫能炙得燈兒了，雨打梨花深閉門』，頗有言外之意。」

楊慎批點本草堂詩餘卷二　無限含愁，說不得。

按：此則起各書俱以此首為秦觀作，不一一注明於下。

草堂詩餘別錄　……今錄。後段三句似佳，結語尤曲折婉約有味，若嫌曲細。詞與詩體不同，正欲其精工。故謂秦淮凝海以詞為詩。嘗有「簾幕千家錦繡垂」之句。孫莘老見之云：又落小石調矣。

按：此事出《苕溪漁隱叢話》前集卷五十一引《王直方詩話》，孫莘老（覺）應是王仲至（欽臣），張綖《草堂詩餘別錄》誤。

詞的卷二　梨花句與《憶王孫》同，才如少游，豈亦自襲耶。抑愛而不覺其重耶。

按：《憶王孫》詞即「萋萋芳草憶王孫，柳外樓高空斷魂。杜宇聲聲不忍聞，欲黃昏，雨打梨花深閉門」一闋，乃李重元詞，《鷓鴣天》詞亦非少游所作。此承《類編草堂詩餘》之誤。宋吳聿《觀林詩話》云：「半山酷愛唐樂府『雨打梨花深閉門』之句。」《憶王孫》與《鷓鴣天》詞俱襲用唐人成句。

草堂詩餘雋卷一　眉批：新痕間舊痕，一字一血。　結兩句有言外無限深意。　評語：形容閨中愁怨，如少婦自吐肝膽語。

沈際飛本草堂詩餘卷一　「安排腸斷」二句，十二時中無間矣。深於閨怨者。　末用李詞，古人愛句，不嫌相襲。

論詞隨筆 詞雖濃麗而乏趣味者，以其但知作情景兩分語，不知作景中有情，情中有景語耳。「雨打梨花深閉門」、「落紅萬點愁如海」，皆情景雙繪，故稱好句而趣味無窮。

按：「落紅萬點愁如海」乃秦觀《千秋歲》詞句。

蓼園詞選 孤臣思婦，同難為情。「雨打梨花」句含蓄得妙，超詣也。

青玉案 類編草堂詩餘古今詞統題作「春日懷舊」。楊金本草堂詩餘題作「春情」。

一年春事都來[1]**幾？早過了三之二。綠暗**[2]**紅嫣**[3]**渾可事。**沈際飛本草堂詩餘注：「一作是，誤。」按此首末句押「是」字，此句作「是」字必誤。又全句胡桂芳本類編草堂詩餘卷上作「綠暗紅稀渾何事」。**綠**楊金本草堂詩餘作「垂」。**楊庭院，暖風簾幕，有箇人憔悴。　買花載酒長安市，又**沈際飛本草堂詩餘注：「後段第二句多一字。」古今詞統注：「又字襯。」**爭似家山見桃李。不枉**古今詞統、詞潔卷二作「住」。**東風吹客淚。相思難表，夢魂無據，惟有歸來是。**○汲古閣未刻詞本漱玉詞

此首或為無名氏詞，《類編草堂詩餘》誤以為歐陽修作，參潤上《鷓鴣天》詞考證。沈際飛本《草堂詩餘》正集注：「一刻易安。」各本《草堂詩餘》而外，誤以此首為歐陽修作者，尚有《詞學筌蹄》卷五、《彙選歷代名賢詞府全集》卷三、《花草新編》卷三、《花草粹編》卷七、《詞綜》卷四、《古今圖書集成・人典》卷一百零五、《詞軌》卷四《蓼園詞選》等書。近人周泳先《唐宋金元詞鉤沉》、唐圭璋《全宋詞》（初版本），咸承其誤。

【注釋】

1. 都來：唐秦韜玉《寄李處士》詩：「人事都來不在忙。」羅隱《送顧雲下第》詩：「百歲都來多幾日。」僧齊己《七十作》：「七十去百歲，都來三十春。」《廣韻》：「都猶總也。」「都來」即「總來」，猶「算來」，唐宋人詩詞中常用語。
2. 綠暗：唐韓琮《暮春滻水送別》詩：「綠暗紅稀出鳳城。」
3. 紅嫣：李商隱《河陽》詩：「側近嫣紅伴柔綠。」《廣韻》：嫣，美也。

【參考資料】

楊慎批點本草堂詩餘卷三　離思黯然，道學人亦作此情語。

按：楊慎批點本《草堂詩餘》以此首為歐陽修作，故有道學人之語，實則歐陽修亦非道學中人也。

草堂詩餘雋卷二　眉批：暮春易過，思情轉□盡情懷。　評語：春深景物繁華，最能動人情思，歐陽公□足之乎？

沈際飛本草堂詩餘正集卷二　「問向前尚有幾多春，三之一。」「有箇人憔悴」下文卻在此句生出。煞落。

按：沈際飛本《草堂詩餘》正集亦以此首為歐陽修作。又《古今詞統》卷十所評與此同。「問向前尚有幾多春，三之一」，本蘇軾《滿江紅》詞句。

蓼園詞選　按此詞不過有不得已心事而托之思婦耳。「一年」二句，言年光已去也；「綠暗」四句言時，芳菲不可玩，而自己心緒憔悴也。所以憔悴，以不見家山桃李，苦欲思歸耳。大意如此。但永叔未必迫於思歸者，亦有所不得已者在耶。當於言外領之。

失調名

教我甚情懷。○（花草粹編卷二朱秋娘集句採桑子）

朱秋娘集句《採桑子》，亦載《彤管遺編》後集卷十二，未注每句出處。《花草粹編》所載則每句俱注有撰人，當別有所據。按：《彤管遺編》云朱秋娘名希真，與宋詞人朱敦儒之字希真相同。《彤管遺編》、《古今女史》等所載朱希真（秋娘）詞，又多見於朱敦儒《樵歌》。一部分詞則又見於朱淑真《斷腸詞》。朱秋娘有無其人，頗成疑問。所集詞句，未見可據。

卷二　詩

浯溪中興頌[1]師和張文潛[2]

五十年功如電掃[3]，華清宮[4]柳咸陽草[5]。五坊供奉[6]鬭雞兒[7]，酒肉堆中不知老。胡兵忽自天上來[8]，逆胡[9]亦是（癸巳類稿作「自」。）姦雄才[10]。勤政樓[11]前走胡馬，珠翠踏盡香塵埃。何為（癸巳類稿作「六師」。）出戰輒披靡[12]，傳置（癸巳類稿作「前致」。）荔枝多馬（癸巳類稿作「馬多」。）死[13]。堯功舜德本（癸巳類稿作「誠」。）如天，安用區區紀文字。著碑（香祖筆記、繡水詩鈔作「功」。）銘德（癸巳類稿作「刻銘」。）真陋哉，迺令神鬼磨山崖。子儀光弼[14]不自（宋詩紀事作「用」。）猜，天心悔禍[15]人心開。夏商有鑒[16]（此依宋本清波雜志。知不足齋叢書本清波雜志、寒夜錄等俱作「夏為殷鑒」。）當深戒，簡策汗青[17]今具在。君不見當時張說最多機，雖生已被姚崇賣[18]。○（清波雜志卷八　寒夜錄卷下　香祖筆記卷五　浯溪考卷下　宋詩紀事卷八十七　癸巳類稿卷十五　繡水詩鈔卷一）

【注釋】

1. 浯溪中興頌：王象之《輿地紀勝》卷五十六云：「《大唐中興頌》，在祁陽浯溪石崖上，元結文，顏真卿書，大曆六年刻，俗謂之《磨崖碑》。」元結文云：「天寶十四載，安祿山陷洛陽，明年，陷長安。天子幸蜀，太子即位於靈武。明年，皇帝移軍鳳翔。其年，復兩京，上皇還京師。於戲！前代帝王有盛德大業者，必見於歌頌。若今歌頌大業，刻之金石，非老於文學，其誰宜為！頌曰：噫嘻前朝，孽臣姦驕，為昏為妖。邊將騁兵，毒亂國經，群生失寧。大駕南巡，百寮竄身：奉賊稱臣：天將昌唐，繄曉我皇，匹馬北方。獨立一呼，千麾萬旗，我卒前驅。我師其東，儲皇撫戎，蕩攘群兇。復服指期，曾不踰時，有國無之。事有至難，宗廟再安；二聖重歡。地闢天開，蠲除祅灾，瑞慶大來。兇徒逆儔，涵濡天休，死生堪羞。功勞位尊，忠烈名存，澤流子孫。盛德之興，山高日昇，萬福是膺。能令大君，聲容沄沄，不在斯文。湘江東西，中直浯溪，石崖天齊。可磨可鐫，刊此頌焉，於千萬年！」

2. 和張文潛：張文潛，名耒，宋淮陰人，詩文有名，為蘇軾門下四學士之一（張實出蘇轍門下），《宋史．文苑》有傳。張文潛原詩云：「玉環妖血無人掃，漁陽馬厭長安草，潼關骨高於山，萬里君王蜀中老。金戈鐵馬從西來，郭公凜凜英雄才，舉旗為風偃為雨，灑掃九廟無塵埃。元功高若誰與紀，風雅不繼騷人死。水部胸中星斗文，太師筆下蛟龍字。天遣二子傳將來，高山十丈磨蒼崖。誰持此碑入我室，使我一見昏眸開。百年廢興增歎慨，當時數子今安在。君不見荒涼浯水棄不收，時有遊人打碑賣。」原題作《讀中興頌碑》。按宋人或以此詩為秦觀作。王象之《輿地紀勝》云是秦作。曾敏行《獨醒雜志》卷五亦云是秦作，而題作張耒文潛。胡仔《苕溪漁隱叢話》後集卷三十一云當從石刻作文潛為詩。

3. 「五十」句：按此詠唐玄宗（李隆基）。公元七一二至七五六年玄宗在位，計先天二年、開元二十九年、天寶十五年，共只四十餘年。此云五十年，約計之辭。《類說》卷二十七引《逸史》云：「明皇潛龍時，見僧萬迴曰：『五十年天子，願自愛。』五十年以後，果有祿山之禍。」唐高力士亦云：「五十年太平天子。」（參閱下首「好在」注釋）

4. 華清宮：《唐會要》卷三十：「開元十一年十月五日，置溫泉宮於驪山。至天寶六載十月三日，改溫泉宮為華清宮。」唐玄宗常至其宮。

5. 咸陽草：咸陽，地名，秦始皇所都，在今陝西省。唐劉滄《咸陽懷古》詩：「渭水故都秦二世，咸陽秋草漢諸陵。」

6. 五坊供奉：《資治通鑑》卷二百三十六順宗永貞元年正月甲子：「貞元之末，政事為人患者，如宮市五坊小兒之類，悉罷之。」（詳見唐韓愈撰《順宗實錄》）《新唐書．百官志．殿中監》：「閑廐使押五坊以供時狩。一曰雕坊，二曰鶻坊，三曰鷂坊，四曰鷹坊，五曰狗坊。」據《順宗實錄》，五坊小兒為害，乃在貞元之末，非唐玄宗時事，惟玄宗時已有五坊耳。

7. 鬬雞兒：《歲時廣記》卷十七引《東城老父傳》：「明皇樂民間清明節鬬雞戲。及即位，治雞坊，索長安雄雞，金尾、鐵距、高冠、昂尾千數，養於雞坊，選六軍小兒五百，使教飼之。……」又云：「明皇以乙酉生而喜鬬雞。」（原出《太平廣記》卷四百八十五《東城老父傳》，文長不錄）

8. 「胡兵」句：指安祿山漁陽叛變，連破東、西二京。

9. 逆胡：安祿山本營州柳城胡人，故曰「逆胡」。

10. 姦雄才：《三國志．魏志．武帝紀》裴松之注引《世語》：「太祖嘗問許子將我何如人？子將不答。固問之，子將曰：『子治世之能臣，亂世之奸雄。』太祖大笑。」

11. 勤政樓：《唐會要》卷三十：「開元三年七月二十九日，以興慶里舊邸為興慶宮。後於西南置樓。西面題曰花萼相輝之樓，南面題曰勤政務本之樓。」勤政樓即勤政務本之樓之簡稱。

12. 披靡：《史記．項羽本紀》：「於是羽大呼馳下，漢軍皆披靡。」《後漢書．銚期傳》：「期騎馬奮戟，瞋目大呼左右曰蹕，眾皆披靡。」披靡即退卻、退讓道路。

13. 「傳置」句：《後漢書．孝和皇帝紀》元興年注引謝承《後漢書》：「唐羌字伯游，辟公府，補臨武長。縣接交州，舊獻龍眼、荔支，及生鮮獻之。驛馬晝夜傳送之，至有遭虎狼毒害，頓仆死道不絕。」《新唐書．楊貴妃傳》：「妃嗜荔支，必欲生致之，乃置騎傳送數千里，味未變，已至京師。」杜牧《過華清宮絕句》：「一騎紅塵妃子笑，無人知道荔枝來。」清照詩蓋兼用其事。

14. 子儀、光弼：即郭子儀、李光弼，俱唐代名將，以平安史之亂著稱。

15. 天心悔禍：謂上天不欲重復其錯誤也。《左傳》隱十一年：「天其以禮悔禍於許。」

16. 夏商有鑒：《詩．蕩》：「殷鑒不遠，在夏后之世。」殷即商也。

17. 簡策汗青：簡、策言竹簡，古代無紙，在竹上作字。汗青亦竹簡也。《太平御覽》卷六百零六引《風俗通》云：「《劉向別錄》云：『殺青者，直治竹作簡書之耳。』新竹有汁，善朽蠹，作簡者皆於火上炙乾之。陳、楚間謂之汗。汗者去其汁也。吳越曰殺，亦治也。劉向為孝成皇帝典校書籍二十餘年，皆先書竹，改易刊定，可繕寫者，以上素也。由是言之，殺青者竹，斯為明矣。」

18. 張說、姚崇：鄭處誨《明皇雜錄》卷上云：「姚元崇與張說同為宰輔，頗疑阻，屢以其相侵，張銜之頗切。姚既病，誡諸子曰：『張丞相與我不叶，釁隙甚深。然其人少懷奢侈，尤好服玩。吾身歿之後，以吾嘗同寮，當來弔。汝其盛陳吾平生服玩寶帶重器，羅列於帳前。若不顧，汝速計家事，舉族無類矣。目此，吾屬無所虞，便當錄其玩用，致於張公，仍以神道碑為請。既獲其文，登時便寫進，仍先礱石以待之，便令鐫刻。張丞相見事遲於我。數日之後當悔。若卻徵碑文，以刊削為辭，當引使視其鐫刻，仍告以聞上訖。』姚既歿，張果至，目其玩服三四，姚氏諸孤悉如教誡。不數日，文成，敘述核詳，時為極筆。其略曰：『八柱成天，高明之位列；四時成歲，亭毒之功存。』後數日，張果使人取文本，以為詞未周密，欲重為刪改。姚氏諸子仍引使者視其碑，乃告以奏御。使者復命，悔恨拊膺曰：『姚崇頗能算生張說，吾今知才之不如也遠矣。』」姚崇、張說俱玄宗時宰相，《唐書》並有傳。

又

君不見（香祖筆記、繡水詩鈔無此三字。）驚人廢興（香祖筆記、浯溪考作「興廢」。）傳（癸巳類稿作「唐」。）天寶[1]，中興碑上今生草。不知負國有姦雄，但說成功尊國老[2]。誰令妃子天上來，虢、秦、韓國[3]皆天（癸巳類稿作「仙」。）才。花（寒夜錄、宋詩紀事作「苑」。）

桑（香祖筆記、浯溪考、癸巳類稿、繡水詩鈔作「苑天」。）羯鼓玉方響[4]，春風不敢生塵埃[5]。姓名誰復知安、史[6]，健兒猛將安眠死。去天尺五[7]抱甕峯，峰頭鑿出開元字[8]。時移勢去真可哀，姦人心醜（寒夜錄類稿作「魄」。）深如崖。西蜀萬里[9]尚能反，南內[10]一閉何時開。可憐孝德如天大，反使將軍[11]稱好在[12]。嗚呼，奴輩乃（寒夜錄無此字。香祖筆記、癸巳類稿、繡水詩鈔作「胡」。）不能道輔國用事[13]張后尊[14]，（癸巳類稿作「專」。）乃能念（香祖筆記、癸巳類稿、繡水詩鈔作「祇能道」。）春薺長安作斤（寒夜錄作「作斤長安」。）賣[15]。◯（清波雜志卷八　寒夜錄卷下　香祖筆記卷五　浯溪考卷下　宋詩紀事卷八十七　癸巳類稿卷十五　繡水詩鈔卷一）

【注釋】

1. 天寶：唐玄宗年號，共十五載（公元七四三—七五七年）。
2. 國老：《左傳》哀十一年：「季孫欲以田賦，使屠訪諸仲尼，仲尼曰：『丘不識也。』三發，卒曰：『子為國老，待子而行，若之何子之不言也？』」國老，一國之老，國之老成人。
3. 虢、秦、韓國：《唐書・楊貴妃傳》：「有姊三人，皆有才貌。玄宗並封國夫人之號。大姨封韓國，三姨封虢國，八姨封秦國，並承恩澤。出入宮掖，勢傾天下。」
4. 「花桑」句：「花桑」不詳。唐南卓《羯鼓錄》云：「以山桑木為之。」疑花桑即山桑也。羯鼓、方響，皆樂器。《楊太真外傳》卷上云：「上嘗夢十仙子，乃製《紫雲迴》。并夢龍女，又製《凌波曲》。二曲既成，……就按於清元小殿。寧王吹玉笛、上羯鼓、妃琵琶、馬仙期方響、李龜年觱篥、張野狐箜篌、賀懷智拍，自且至午，歡洽異常。」唐玄宗善擊羯鼓，見南卓《羯鼓錄》（《楊太真外傳》乃小說，所載不盡為史實，不能全信）。
5. 「春風」句：《羯鼓錄》云：唐玄宗「又製《秋風高》，每至秋空迴徹，纖翳不起，即奏之。必遠風徐來，庭葉隨下。」此詩用此事，而以秋風為春風。

6. 「姓名」句：安，安祿山；史，史思明。史稱安史之亂，即此二人事。

7. 去天尺五：俚語云：「城南韋杜，去天尺五。」（見杜甫《贈韋七贊善》詩「時論同歸尺五天」自注）原意為韋杜貴家，與帝室相近；此則極言其高也。

8. 抱甕峯、開元字：「抱甕峯」不詳，疑即「甕肚峯」。唐鄭棨《開天傳信記》云：「華嶽雲臺觀中方之上，有山堀起如半甕之狀，名曰甕肚峯。上嘗賞望，嘉其高迥，欲於峯頭大鑿開元二字，填以白石，令百餘里望見，諫官上言，乃止。」

9. 西蜀萬里：《松窗雜錄》：「玄宗幸東都，偶因秋霽，與一行師共登天宮寺閣，臨眺久之。上遐顧悽然，發歎數四。謂一行曰：『吾甲子得終無恙乎？』一行進曰：『陛下行幸萬里，聖祚無疆。』及西行，初至成都，前望大橋。上舉鞭問左右曰：『是橋何名？』節度使崔圓躍馬前進曰：『萬里橋。』上因追歎曰：『一行之言，今果符之，吾無憂矣。』」（《大唐傳載》亦載有此事，甚簡）

10. 南內：唐都長安，有大內、西內、南內。南內即興慶宮，本唐玄宗舊邸，開元二年以為興慶宮。十六年移仗於興慶宮聽政。地在大內以南，故曰：南內。「南內一閉何時開」，言玄宗被李輔國所逼，遷往西內。南內一閉，玄宗不能復返。

11. 將軍：指高力士。高力士於開元初為右監門衛將軍，天寶七載加至驃騎大將軍（見《唐書》本傳）。唐張說撰《唐高內侍（力士之義父）碑》，稱力士為將軍。《新唐書．高力士傳》云：「帝或不名而呼將軍。」

12. 好在：唐柳珵《常侍言旨》（見明抄本《說郛》卷五）云：「玄宗為太上皇時，在興善宮（應是興慶宮），屬久雨初晴，幸勤政樓。樓下市人及往來者愈喜，曰：今日得再見我太平天子。傳呼萬歲，聲動天地。時肅宗不豫，李輔國誣奏云：此皆九仙媛、高力士、陳元禮之異謀也。下矯詔遷太上皇於西內。給（「給」原作「給絕」，從《太平廣記》卷一百八十八《戎幕閑談》刪去「絕」

字）其扈從部伍，不過老弱二三十人。及中道，攢刃耀日，輔國統之。太上皇驚，欲墜馬數四，左右扶持得免。高力士躍馬前進，厲聲曰：『五十年太平天子，李輔國舊為家臣，不宜無禮。』李輔國下馬失轡。又宣太上皇誥曰：『將士各得好在否？』於是輔國令兵士咸韜刃鞘中，高聲曰：『太上皇萬福。』一時拜舞。力士又曰：『李輔國攏馬。』輔國遂攏馬著靴行，與將士等護侍太上皇平安到西內。輔國領眾既退，太上皇泣，持力士手曰：『微將軍，阿瞞已為兵死鬼矣。』九仙媛、力士、玄禮皆嗚咽流涕。翌日，竟為輔國所搆。九仙媛於嶺南安置，力士、玄禮長流遠惡處。此事本在朱崖太尉所續《柳史》第十六，蓋以避時忌，所以不書也。」（此事亦載《資治通鑑》。《太平廣記》卷一百八十八引《戎幕閒談・李輔國》一條，與《常侍言旨》同，惟「好在」字誤，只明鈔本《太平廣記》未誤，故此不引）高力士所傳「將士各得好在否」，乃慰問之辭。「好在否」即「好否」也。

13. 輔國用事：參閱上條。李輔國乃宦官，掌政權，唐肅宗信任之。史載輔國擅權，肅宗後亦惡輔國，欲誅之，畏其握兵，竟猶豫不能決。

14. 張后尊：《唐書・肅宗張皇后傳》：「皇后寵遇專房，與中官李輔國持權禁中，干預政事，請謁過當。帝頗不悅，無如之何。」肅宗甚畏張后，至不敢至西內見太上皇。張后後因爭權為李輔國所殺。

15. 「春薺」句：唐無名氏撰《高力士外傳》：「園中見薺菜，土人不解喫，便賦詩曰：『兩京秤斤賣，五溪無人採。夷夏雖有殊，氣味應不改。』使拾之為羹，甚美。」（按唐人引此詩者甚多，「秤斤賣」多作「作斤賣」）

【參考資料】

清波雜志卷八　浯溪《中興頌碑》，自唐至今，題詠實繁。零陵近雖刊行，止薈粹已入石者，曾未暇廣搜而博訪也。趙明誠待制妻易安李夫人嘗和張文潛長篇二。以婦人而廁眾作，非深有思致者能之乎。……頃見易安族人言：明誠在建康日，易安每值天大雪，即頂笠披蓑，循城遠覽以尋詩，得句必邀其夫賡和，明誠每苦之也。……易安父文叔，元祐館職。

寒夜錄卷下　李易安詩餘，膾炙千秋，當在《金荃》、《蘭畹》之上。古文如《金石錄後序》，自是大家舉止，絕不作閨閣妮妮語。《打馬圖序》，亦復磊落不凡。獨其詩歌無傳。僅見《和張文潛浯溪中興碑》二篇，亟錄出之，……二詩奇氣橫溢，嘗鼎一臠，已知為駝峯、麟脯矣。古文、詩歌、小詞並擅勝場。雖秦黃輩猶難之，稱古今才婦第一，不虛也。

香祖筆記卷五　宋閨秀李清照，號易安居士，吾郡人，詞家大宗。其集名《漱玉》，而詩不槩見。兄西樵昔撰《然脂集》，采摭最博，止得其詩二句云：「少陵也是可憐人，更待明年試春草。」此外了不可得。陳士業《寒夜錄》乃載其《和張文潛浯溪碑》歌詩二篇，未言出於何書。予撰《浯溪考》，因錄入之。……二詩未為佳作，然出婦人手亦不易，矧易安之逸篇乎，故著之。

分甘餘話卷二　余作《浯溪考》成，又得唐蔡京、鄭谷、宋釋惠洪數詩，錄為補遺。適見《清波雜志》一條，姑錄於此云：「浯溪《中興頌碑》，自唐至今，題詠實繁。零陵雖刊行，止薈萃已入石者，未暇廣搜博訪也。趙明誠待制妻易安李氏嘗和張文潛二長句，以婦人而廁眾作，非深有思致者能之乎。」李易安詩二篇，曩從陳士業宏緒《寒夜錄》鈔出，已入集中，忘其出處本惕也。

按：據今人黃盛璋《趙明誠李清照年譜》，清照和張文潛詩，當在元符三年左右。

上樞密韓肖胄詩

雲麓漫鈔云：「上樞密轉公詩。」宋詩紀事題作「上樞密韓公、工部尚書胡公」，並自「胡公清德人所難」句起，另為一首（癸巳類稿等同）。按易安詩序明云：「作古、律詩各一章。」即指此詩及下七律一首而言。如依宋詩紀事等則共為古、律詩三首，與序不合。且此古詩分為兩首，則第一首詞意未完，有頭無尾。第二首開首即云「謀同德協」，突如其來，俱不能單獨自成一首。此二首（此首及下律一首）實以韓肖胄為主，胡松年僅附及而已。茲從雲麓漫鈔訂為一首。

紹興癸丑五月，樞密韓公、工部尚書胡公使虜[1]，通兩宮[2]也。有易安室[3]者，父祖皆出韓公門下[4]，今家世淪替，子姓寒微，不敢望公之車塵。又貧病，但神明未衰落。見此大號令，不能忘言，作古、律詩各一章，以寄區區之意，以待採詩者云。（宋詩紀事序文作：「紹興癸丑五月，兩公使金，通兩宮也。易安父祖出韓公門下，見此大號令，不能忘言。作詩各一章以寄意，以待採詩者云。」殆為厲鶚所刪節。序內原文「作古、律詩各一章」改為「作詩各一章」，而將古詩一首分作兩首）

三年夏六月[5]天子視朝久。凝旒[6]望南雲[7]，垂衣[8]思北狩[9]。如聞帝若曰繡水詩鈔作「曰咨」。，岳牧與群后[10]。賢寧無癸巳類稿作「違」。半千[11]，運已遇癸巳類稿、繡水詩鈔作「過」。陽九[12]。勿勒燕然銘[13]，勿種金城柳[14]。豈無純孝臣[15]，識此霜露癸巳類稿作「雪」。悲[16]。何必羹癸巳類稿作「舍羹」。肉[17]，便可車載癸巳類稿作「載車」。脂[18]。土地非所惜，玉帛如癸憶類稿作「亦」。塵泥。誰當可癸巳類稿作「可當」。將命[19]，幣厚辭益卑。四岳[20]僉曰俞，臣下帝所知。中朝第一人[21]，春官有昌黎[22]。身為百夫特[23]，行足癸巳類稿作「為」。萬人師。嘉祐與建中[24]，為政有皐夔[25]。匈奴畏宋詩記事作「漢家畏」，癸巳類稿作「漢家貴」。王商[26]，吐蕃宋詩紀事、癸巳類稿作「唐室」，繡水詩鈔作「唐時」。尊癸巳類稿作「重」。子儀[27]。夷狄宋詩紀事、繡水詩鈔作「是時」。已癸巳類稿作「見時應」。破膽，將命公所宜。公拜手稽首，受命白玉墀。曰臣敢辭難，此亦何等時。家人安足謀，妻子不必癸巳類稿作「復」。辭[28]。願奉天地癸巳類稿作「宗廟」。靈，願奉宗廟癸巳類稿作「天地」。威。徑持紫泥詔29直入黃龍城30。單于宋詩紀事、繡水詩鈔作「北人」。定稽顙，癸巳類稿作「北人懷舊德」。侍子31當來迎。仁君方恃宋詩紀事、繡水詩鈔作「博」。信，癸巳類稿作「聖孝定能達」。狂生休癸巳類稿作「勿复言」。請纓32。或取犬癸巳類稿作「悄持白」。馬血，與結天日盟。胡公清德人所難，謀同德協必志癸巳類稿作「置器」。安。脫衣已被癸巳類稿作「解衣已道」。漢恩暖33，離歌不道易水寒。癸巳類稿作「離詩不怯關山寒」。皇天久陰后土溼，雨勢未回風勢急。車聲轔轔馬蕭蕭34，壯士懦夫俱感泣。閭閻嫠婦亦何知，瀝血投書癸巳類稿作「詩」。干記室35。夷虜從來繡水詩鈔作「天生性氣」。性虎狼，不虞預備36庸何傷。衷甲37昔時聞楚幕，乘城前日記平涼38。以上四句宋詩紀事、癸巳類稿俱無，殆為其所刪。葵丘39踐土40癸巳類稿作「莒文」。非荒城，勿輕談士棄儒生。露布41詞成馬猶倚42，崤函關出雞未鳴43。以上兩句癸巳類稿作「憤王墓下馬猶倚，寒號城邊雞未鳴」。巧匠何癸巳類稿作「亦」。曾棄癸巳類稿作「顧」。樗櫟44，芻蕘45之言癸巳類稿作「詢」。或有益。不乞隋珠46與和璧47，只癸巳類稿作「但」。乞鄉關新信息。靈光48雖在應蕭蕭。癸巳類稿作「蕭條」。草中翁仲49今何若。遺氓豈尚癸巳類稿作「遺民定尚」。種桑麻，殘虜宋詩紀事、癸巳類稿、繡水詩鈔作「敗將」。如聞保城郭。嫠家父祖癸巳類稿作「祖父」。生齊魯，位下名高人比數。當時癸巳類稿作「年」。稷下50縱談時，猶記人揮汗成癸巳類稿作「如」。雨51。子孫南渡今幾年，飄流宋詩紀事、癸巳類稿作「零」。遂與流人伍。欲癸巳類稿作「願」。將血淚寄山河，癸巳類稿作「河山」。去灑東山52癸巳類稿作「青州」，繡水詩鈔作「山東」。一抔土。○雲麓漫鈔卷十四　宋詩紀事卷八十七　癸巳類稿卷十五　繡水詩鈔卷一

【注釋】

1. 樞密韓公、工部尚書胡公使虜：《建炎以來繫年要錄》卷六十五：「紹興三年五月丁卯，尚書吏部侍郎韓肖胄為端明殿學士、同簽書樞密院事，充大金軍前奉表通問使；給事中胡松年試工部尚書，

充副使。」

2. 通兩宮：兩宮指徽宗（趙佶）、欽宗（趙桓），時被俘在金。

3. 易安室：李清照自稱。詳見後附《李清照事迹編年》。

4. 父祖皆出韓公門下：按韓肖胄會祖韓琦相仁、英、神宗三朝，祖韓忠彥，徽宗建中靖國為相。清照父李格非、祖不知名，殆皆曾得其薦引，故云出其門下。黃盛璋先生最近修改之《趙明誠李清照夫婦年譜》（附錄於一九六二年九月上海出版之《李清照集》），以為李清照之大父及父格非俱出韓琦門下。按韓琦卒於熙寧八年（見李燾《續資治通鑑長編》卷二百六十五、徐自明《宋宰輔編年錄》卷七等書），而李格非則為熙寧九年進士（見彭百川《太平治迹統類》卷二十八）。李格非登第時，韓琦已卒。李格非殆不出於韓琦門下也。

5. 「三年」句：序云「癸丑五月」，而詩云「六月」，必有一誤。據《建炎以來繫年要錄》、《宋會要輯稿》，韓肖胄奉命使金事在五月，詩誤。

6. 凝旒：冕前後有旒，古代帝王所服者有十二旒。《禮記・玉藻》：「天子玉藻，十有二旒，前後邃延。」「凝旒」宋人文字中常以稱皇帝，此詩狀「注視」，與常用者不同。

7. 南雲：謂南面或南來之雲。《宋書・魯爽傳》：「近係南雲，傾屬東日。」「南雲」事宋陳巖肖《庚溪詩話》、明楊慎《詞品》並有考。

8. 垂衣：《周易・繫辭》下：「黃帝、堯、舜，垂衣裳而天下治，蓋取諸乾坤。」「垂衣」言天下太平而無為，猶「垂拱」也。

9. 北狩：《爾雅・釋天》：「冬獵窮狩。」《春秋》：「天王狩於河陽。」注：「晉實召王，為其辭逆而意順，故經以王狩為辭。」原為狩獵之義。《尚書・舜典》：「五載一巡守（狩）。」《孟子・告子》下：「天子適諸侯曰巡狩。」此為用巡之義。宋徽宗、欽宗被擄北去，不敢明言，託詞出巡，故曰北狩。

10. 「岳牧」句：岳即四岳，見下，牧，一州之長。后，官長。此句意指群臣。

11. 「賢寧」句：《孟子．公孫丑》下：「五百年必有王者興，其間必有名世者。」《新唐書．員半千傳》：「半千始名餘慶，生而孤，為從父鞠愛。羈丱通書史。客晉州，州舉童子，房玄齡異之。對詔高第，已能講《易》、《老子》。長與何彥光同事王義方，以邁秀見賞。義方常曰：『五百載一賢者生，子宜當之。』因改今名。」（按此出劉肅《大唐新語》卷四《持法門》）

12. 陽九：《漢書．律歷志》上：「《易》九戹曰：初入元百六陽九。」注引孟康曰：「所謂陽九之戹，百六之會者也。」《漢書．匈奴傳》下：「今天下遭陽九之戹，比年飢饉，西北邊尤甚。」晉劉琨《勸進表》：「方今鍾百王之季，當陽九之運。」皆言阨運也。

13. 燕然銘：《後漢書．竇憲傳》：「竇憲耿秉與北單于戰於稽落山，大破之。虜眾奔潰，單于遁走。……憲秉遂登燕然山，出塞三千餘里，刻石勒功，紀漢威德，令班固作銘。」銘文見《後漢書》及《文選》。

14. 金城柳：《世說新語》卷上之上《言語門》：「恆公北征，經金城，見前為琅琊時種柳，皆已十圍。慨然曰：『木猶如此，人何以堪！』攀枝執條，泫然流淚。」

15. 純孝臣：《左傳》隱元年：「君子謂潁考叔，純孝也。」

16. 霜露悲：《禮記．祭義》：「霜露既降，君子履之，必有悽愴之心，非其寒之謂也。」

17. 羹捨肉：《左傳》隱元年：「潁考叔為潁谷封人……公賜之食，食捨肉。公問之，對曰：『小人有母，皆嘗小人之食矣，未嘗君之羹，請以遺之。』」

18. 車載脂：《左傳》襄三十一年：「巾車載脂。」《詩．衛風．泉水》：「載脂載牽。」載脂，脂其車（以油脂塗其車軸以利行車）。

19. 將命：《論語・憲問》：「闕黨童子將命。」注：「將命者傳賓主之語出入也。」

20. 四岳：《尚書・堯典》：「帝曰咨，四岳。」注：「四岳即上義和之四子，分掌四岳之諸侯，故稱焉。」

21. 「中朝」句：《劉賓客嘉話錄》：「盧新州為相，令李揆入蕃。對德宗曰：『臣不憚遠使，恐死道路，不達君命。』上惻然免之。謂盧相曰：『李揆莫老無？』杞曰：『和戎之使，須諳練朝廷事，非揆不可。且使揆去，向後差使小於揆年者不敢辭遠使矣。』揆既至蕃，蕃長問：『唐家第一人李揆，公是否？』揆曰：『非也。他那箇李揆爭肯到此。』恐其拘留，以此誣之也。揆門戶第一、文學第一、官職第一。」（《新唐書・李揆傳》載此事甚簡，亦見《唐語林》卷四《企羨門》）宋蘇軾《送子由使契丹》詩：「單于若問君家世，莫道中朝第一人。」

22. 「春官」句：《周禮》卷五《春官宗伯》第三：「惟王建國，辨方正位，體國經野，設官分職，以為民極。乃立春官宗伯，使帥其屬，而掌邦禮，以佐王和邦國。」按春官乃後世之禮部。韓肖胄原為尚書吏部侍郎，非春官宗伯。清照殆以此為泛稱。昌黎指韓姓。

23. 百夫特：《詩經・黃鳥》：「維此奄息，百夫之特。」鄭康成箋：「百夫之中最雄俊也。」

24. 「嘉祐」句：嘉祐，趙禎（宋仁宗）年號（一〇五六—一〇六三年）。建中，即建中靖國，趙佶（徽宗）年號（一一〇一年）。韓琦曾在嘉祐時為相，韓忠彥在建中時為相。

25. 皐夔：指賢臣。韓愈《八月十五夜對月和張功曹》詩：「昨者州前槌大鼓，嗣皇繼聖登陞夔皐。」皐乃皐陶之簡稱。據《尚書・舜典》皐陶為士（理官，掌刑法），夔為典樂。

26. 「匈奴」句：《漢書・王商傳》：「為人多質，有威重，長八尺餘，身體鴻大，容貌甚過絕人。河平四年，單于來朝，引見白虎殿。丞相商坐未央庭中。單于前拜謁商，商起離席與言。單于仰視商貌，大畏之，遷延卻退。天子聞而歎曰：此真漢相矣。」

27. 「吐蕃」句：此句有誤，「吐蕃」疑應作「回紇」。《新唐書．郭子儀傳》：僕固懷恩說紇、吐蕃等入寇。子儀「自率鎧騎二千出入陣中。回紇怪問是誰，報曰：『郭令公。』驚曰：『令公存乎？懷恩言天可汗棄天下，令公即世，中國無主，故我從以來。公今存，天可汗存乎？』報曰：『天子萬壽。』回紇悟曰：『彼欺我乎！』子儀使諭虜曰：『昔回紇涉萬里，戡大憝，助復二京，我與若等休戚同之。今乃棄舊好，助叛臣，一何愚！彼背主棄親，於回紇何有？』回紇曰：『本謂公云亡，不然何以至此。今誠存，我得見乎？』子儀將出，左右諫：『戎狄野心，不可信。』子儀曰：『虜眾數十倍，今力不敵，吾將示以至誠。』左右請以騎五百從，又不聽。即傳呼曰：『令公來。』虜皆持滿待。子儀數十騎出，免胄見其大酋曰：『諸君同艱難久矣，何忽亡忠誼而至是耶！』回紇捨兵下馬拜曰：『果吾父也。』」（按此事最早見於《太平廣記》卷一百七十六引《譚賓錄》，大致相同，文字事實稍有出入）朱熹《三朝名臣言行錄》卷一敘韓琦引《行狀》云：「戎狄尤畏公名。凡使契丹及來使者，必問：『韓侍中安否，今何在？』其子忠彥使幕北，虜主問左右：『孰屢使南朝，識韓侍中，觀忠彥貌類父否？』或對曰『頗類』，乃即宴坐，命畫工圖之而去。」故清照引王商、郭子儀為比。（此事並見畢仲游《西臺集》所載《丞相儀國韓公行狀》，蓋即朱熹所本。亦見王闢之《澠水燕談錄》卷二、張淏《雲谷雜記》卷三）

28. 「家人」兩句：《建炎以來繫年要錄》卷六十六：「肖胄母文安郡太夫人文氏聞胄當行，為言：『韓氏世為社稷臣，汝當受命即行，勿以老母為念。』上（高宗）聞之，詔特封榮國太夫人，以寵其節。」（《宋史．韓肖胄傳》同）清照詩蓋指其事，惟未明言而已。

29. 紫泥詔：古璽書上用紫色封泥。《西京雜記》卷四：「武都紫泥為璽室，加綠綈其上。」唐李商隱詩：「鸞鵲天書溼紫泥。」韓偓詩：「紫泥封後獨憑欄。」紫泥詔言用紫色泥封之詔書。

30. 黃龍城：黃龍府之城，遼、金城名，在今東北。岳飛所云直搗黃龍府，即是地也。

31. 侍子：漢時匈奴及西域諸國遣子入侍，名曰「侍子」，遣弟入侍者曰「侍弟」（實即人質），屢見前後《漢書．匈奴傳．西域傳》等。

32. 請纓：《漢書．終軍傳》：「南越與漢和親，乃遣軍使南越，說其王，欲令入朝，比內諸侯。軍自請願受長纓，必羈南越王而致之闕下。軍遂往說越王，越王聽許，請舉國內屬。」

33. 脫衣、漢恩：《史記．淮陰侯傳》：項王使武涉往說韓王信，「韓信謝曰：『臣侍項王，官不過郎中，位不過執戟，言不聽、畫不用，故倍楚而歸漢。漢王授我上將軍印，予我數萬眾，解衣衣我，推食食我，言聽計用，故吾得以至於此。夫人深親信我，倍之不祥，雖死不易，幸為信謝項王。』」

34. 「車聲」句：《楚辭．九歌．大司命》：「乘龍兮轔轔。」注：「轔轔，車聲，《詩》云『有車轔轔』也。」洪興祖補注云：「今《詩》作鄰。」又《詩．車攻》：「蕭蕭馬鳴。」杜甫《兵車行》：「車轔轔，馬蕭蕭。」

35. 記室：劉昭《後漢書．百官志》：太尉：「令史及御屬二十三人……記室令史主上章奏報書記。」記室即後代之掌書記，近代之祕書。宋高承《事物紀原》卷五云：「記室，魏置。太祖以陳琳、阮瑀為記室掾，其官始見於魏武之世矣，宋用晉制，自明帝後，皇子帝雖非都督，亦置記室參軍。則記室而為參軍，晉制也。宋朝亦置於諸王府，曰某王府詔室也。」按詔室之名，已見劉昭《百官志》，當漢已有之，高承所考非。

36. 不虞預備：《左傳》文六年：「備預不虞。」防範不測之事。

37. 衷甲：《左傳》襄二十七年：「楚人衷甲。」注：「甲在衣中。」楚人欲於盟會中襲晉，以甲穿在衣中，使晉人不備。

38. 平涼：《唐書．馬燧傳》：貞元三年五月十五日，侍中渾瑊與蕃相尚結贊盟於平涼，為蕃軍所劫，狼狽僅免。陷將吏六十餘員（瑊充平涼會盟使，事詳《瑊傳》及《資治通鑑》）。「乘城平涼」未詳。

39. 葵丘：《孟子．告子》下：「五霸，桓公為盛，葵丘之會諸侯，血牲載書，而不歃血。」葵丘之會事在《春秋》僖九年。葵丘在今河南省。

40. 踐土：《春秋》僖二十七年：「五月癸丑，公會晉侯、齊侯、宋公、蔡侯、鄭伯、衛子、莒子盟於踐土。」踐土亦在今河南省。葵丘之會，齊桓公為盟主，踐土之盟，晉文公為盟主。

41. 露布：唐封演《封氏聞見記》卷四：「露布，捷書之別名也。諸軍破賊，則以帛書建諸竿上，兵部謂之露布。蓋自漢以來有其名。所以名露布者，謂不封檢而宣布，欲四方速知。」

42. 馬猶倚：《世說新語》卷上之下《文學門》：「桓宣武北征，袁虎時從，被責免官。會須露布文，喚袁倚馬前令作，手不輟筆，俄得七紙，殊可觀。東亭在側，極歎其才。袁虎曰：『當令齒舌間得利。』」

43. 「崤函」句：《史記．孟嘗君傳》：「孟嘗君得出，即馳去，更封傳，變姓名以出關。夜半至函谷關。秦昭王後悔出孟嘗君，即使人馳傳逐之。孟嘗君至關，關法：雞鳴而出客。孟嘗君恐追至。客之居下坐者，有能為雞鳴，而雞盡鳴，遂發傳出之。如食頃，秦追果至。已後孟嘗君出，乃還。」崤函（或作殽函），函谷關（在今河南省靈寶縣）。賈誼《過秦論》：「秦孝公據殽之固。」顏師古《漢書．項羽傳》注：「殽謂殽山，今陝縣東二崤是也。函謂函谷，今桃林縣南洪溜澗是也。」

44. 巧匠樗櫟：《莊子．人間世》：「匠石之齊，至於曲轅，見櫟社樹，其大蔽數千牛，絜之百圍，其高臨山十仞，而後有枝，其可以為舟者旁十數。觀者如市，匠伯不顧，遂行不輟。弟子厭觀之，走及匠石曰：『自吾執斧斤以隨夫子，未嘗見材如此其美也。先生不肯視，行不輟，何耶？』曰：『已矣，勿言之矣！散木也。以為舟則沉，以為棺槨則速腐，以為器則速毀，以為門戶則液樠，以為柱則蠹，是不材之木也。』」

45. 芻蕘：《詩．板》：「先民有言，詢于芻蕘。」鄭箋：「言有疑事當與薪採者謀之。」

46. 隋珠：《淮南子．覽冥訓》：「譬如隋侯之珠，和氏之璧，得之者富，失之者貧。」注：「隋侯，漢東之國王姓諸侯也。隋侯見大蛇傷斷，以藥傅之。後蛇於江中銜大珠以報之。因曰『隋侯之珠』，蓋明月珠也。」

47. 和璧：《韓非子．和氏》：「楚人和氏得玉璞楚山中，奉而獻之厲王。厲王使玉人相之，玉人曰：『石也。』王以和為誑而刖其左足。及厲王薨，武王即位，和又奉其璞而獻之武王。武王使玉人相之，又曰：『石也。』王又以和為誑而刖其右足。及武王薨，文王即位。和乃抱其璞而哭於楚山之下三日三夜，淚盡而繼之以血。王聞之，使人問其故，曰：『天下之刖足者多矣，子奚哭之悲也？』和曰：『吾非悲刖也，悲夫寶玉而題之以石，貞士而名之以誑，此吾所以悲也。』王乃使玉人理其璞而得寶焉，遂命曰和氏之璧。」

48. 靈光：《文選》王延壽《魯靈光殿賦》：「魯靈光殿者，蓋景帝程姬之子恭王餘之所立也。……遭漢中微，盜賊奔突，自西京未央、建章之殿，皆見隳壞，而靈光巋然獨存。」

49. 翁仲：《三國志．魏志．明帝紀》注引《魏略》：「大發銅，鑄作銅人二，號曰翁仲，列坐於司馬門外。」沈約《宋書．五行志》云：「魏明帝景初元年，發銅鑄為巨人二，號曰翁仲，置之司馬門外。」酈道元《水經注．河水》：「又東過陝縣北。」注：「西北帶河水湧起，方數十丈：有物居水中。父老言：銅翁仲所沒處。又云：石虎載經於此沉沒，二物並存，水所以湧，所未詳也。或云：翁仲頭髻常出，水之漲減，恆與水齊。晉軍當至，髻不復出，今惟見水異耳。嗟嗟有聲，聲聞數里。按秦始皇二十六年，長狄十二見於臨洮，長五丈餘。以為善祥，鑄金人十二以象之，各重二十四萬斤，坐之宮門之前，謂之金狄。皆銘其胸云：『皇帝二十六年，初兼天下，以為郡縣，正法律，同度量。大人來見臨洮，身長五丈，足六尺。』李斯書也。故衛恆敘篆曰：『秦之李斯，號為工篆。諸山碑及銅人銘，皆斯書也。』漢自阿房徙之未央宮前，俗謂之翁仲矣。」

50. 稷下：《史記．孟子荀卿列傳》：「自騶衍與齊之稷下先生：淳于髡、慎到、環淵、接子、田駢、騶爽之徒，各著書言治亂之事，以干世主，豈可勝道哉。」索隱：「按稷，齊之城門也。或云：『稷，山名。』謂齊之學士，集於稷門之下也。」

51. 揮汗成雨：《戰國策．齊策》：「臨菑之途，車轂擊，人肩摩，連衽成幃，舉袂成幕，揮汗成雨，家敦而富，志高而揚。」（《史記．蘇秦列傳》大致同）

52. 東山：《孟子．盡心》上：「孔子登東山而小魯，登太山而小天下。」據孫奭疏，東山乃魯國最大之山。詩中自「只乞鄉關新信息」以下，所引「靈光」、「稷下」、「東山」，皆在山東，清照故鄉也。故土淪亡，清照無時不在懷念中，故以望山東信息作全詩之結束。

又

想見皇華[1]過二京[2]，壺漿[3]夾道萬人迎。連昌宮[4]裡桃應在，華萼樓[5]前鵲定驚。但說帝心憐赤子[6]，須知天意念蒼生[7]。聖君大信明如日，長亂[8]何須在屢盟。〇雲麓漫鈔卷十四

【注釋】

1. 皇華：《詩．小雅．皇華》序：「皇皇者華，君遣使臣也。送之以禮樂，言遠而有光華也。」

2. 二京：南宋時宋使至金，必過北宋時之東京（今開封市）及南京（今河南省商丘縣南）、北京（今大名），見范成大《攬轡錄》、樓鑰《北行日記》等書。此云二京，蓋泛言之。

3. 壺漿：《孟子·梁惠王》下：「以萬乘之國，伐萬乘之國，簞食壺漿，以迎王師。」又《滕文公》下：「其小人簞食壺漿，以迎其小人。」

4. 連昌宮：唐宮名，在洛陽。元稹《連昌宮詞》：「連昌宮中滿宮竹，歲久無人森似束。又有牆頭千葉桃，風動落花紅簌簌。」

5. 華萼樓：即花萼相輝之樓，在長安唐之南內興慶宮（參閱前勤政樓注釋）。此云「花萼樓前鵲定驚」，未知所出。按唐趙璘《因語錄》卷一宮部：「德宗初登勤政樓，外無知者。望見一人衣綠，乘驢戴帽，至樓下，仰視久之，俛而東去。上立遣宣示京尹，令以物色求之。尹召萬年捕賊官銘，使促求訪。李尉佇立思之，曰：『必得。』及出，召幹事所由春明門外數里內，應有諸司舊職事伎藝人，悉搜羅之，而綠衣果在其中。詰之，對曰：『某天寶教坊樂工也。上皇時數登此，每來，鵑必集樓上，號隨駕老鵑。某自罷居城外，更不復見。今群鵑盛集，又覺景象宛如昔時，心知聖人在上，悲喜且欲泣下。』以此奏聞，敕盡收此輩，卻繫教坊。李尉亦為京尹所擢用，後至郡守。」疑即用此事也。韓肖胄使金，途中并不經過洛陽與長安，此處俱借喻東京之北宋宮殿。

6. 赤子：《漢書·龔遂傳》：「其民困於饑寒，而吏不恤，故使陛下赤子盜弄陛下之兵於潢池中耳。」赤子指人民百姓。

7. 蒼生：《書·益稷》：「光天之下，至於海隅蒼生。」蒼生亦百姓。

8. 長亂：《詩·小雅·巧言》：「君子屢盟，亂是用長。」

【參考資料】

雲麓漫鈔卷十四　李氏自號易安居士，趙明誠德夫之室，李文叔女，有才思。文章落筆，人爭傳之。小詞多膾炙人口，已版行於世。他文少有見者。上韓公樞密詩，……又有投內翰綦公崈禮啟……。

題八詠樓 1

千古風流八詠樓，江山留與後人愁。水通南國三千里，氣壓江城十四州 2。○方輿勝覽卷七事文類聚翰墨大全後乙集聖朝混一方輿勝覽卷下　彤管遺編續集卷十七　名媛詩歸卷十八　古今名媛匯詩卷十一　名媛璣囊卷三　古今女史詩集卷六　繡谷春容卷一　繡水詩鈔卷一

此首當作於紹興五年，清照時在金華。

【注釋】

1. 八詠樓：在宋婺州（今浙江金華）。宋祝穆《方輿勝覽》卷七云：「八詠樓在子城西，即沈隱侯元暢樓，至道間守馮伉更今名。」又引韓元吉《極目亭詩集序》（今見《南澗甲乙稿》卷十四）：「……婺城臨觀之許凡三：中為雙溪樓，西為八詠樓，東則此亭，皆盡見群山之秀。兩川貫其下，平林曠野，景物萬態……」

2. 十四州：《宋史·地理志》：兩浙路：「府二：平江、鎮江；州十二：杭、越、湖、婺、明、常、溫、台、處、衢、嚴、秀。」二府十二州共十四州。八詠樓在金華，即婺州，屬兩浙路、故清照言此樓可以氣壓兩浙路之十四州。《彤管遺編》、《古今名媛彙詩》、《名媛璣囊》、《繡谷春容》作「十四洲」，誤。

【參考資料】

古今女史詩集卷六　氣象宏敞。

皇帝閤端午帖子[1]

日月堯天[2]（詩女史、彤管遺編、名媛詩歸作「仁」。）大，璿璣舜歷[3]長。側（詩女史、彤管遺編、古今女史、歷朝名媛詩詞、繡水詩鈔作「或」。）聞[4]行殿帳，多集（同上作「是」。）上書囊[5]。○（浩然齋雅談卷上　詩女史卷十一　彤管遺編續集卷十七　名媛詩歸卷十八　古今女史詩集卷七　歷朝名媛詩詞卷七　癸巳類稿卷十五　繡水詩鈔卷一　宋詩紀事補遺卷九十四）

【注釋】

1. 端午帖子：《歲時廣記》卷二十二：「《皇朝歲時雜記》：學士院端午前一月，撰皇帝、皇后、夫人閤門帖子，送後苑作院，用羅帛製造，及期進入。」

2. 堯天：《論語．泰伯篇》：「子曰：大哉、堯之為君也。巍巍乎，惟天為大，唯堯則之。」《樂府詩集》卷七十九：《大和．第五徹》：「自古幾多明聖主，不如今帝勝堯天。」

3. 璿璣舜歷：《史記．五帝本紀》：「舜乃在璿璣玉衡，以齊七政。」集解：「鄭玄曰：『璿璣玉衡，渾天儀也。七政，日月五星也。』」（亦見《古文尚書．孔安國傳》）

4. 側聞：《列子．天瑞》：「夫子嘗語伯昏瞀人，吾側聞之。」「側聞」，從旁聞之。

5. 行殿帳、上書囊：《太平御覽》卷六百九十九引《益部耆舊傳》：「翟酺上事云：漢文帝連上事書囊以為帳，惡聞紈素之聲。」此事原見《漢書．東方朔傳》：「孝文皇帝之世，……集上書囊以為殿帷。」帷即帳也：古者上封事以皂囊封之。漢文帝（劉恆）節儉，故以上書之囊為帳（《後漢書．翟酺傳》所載文字與《太平御覽》異）。

皇后閤端午帖子

意帖[1]初宜夏，金駒[2]已過蠶。至尊[3]千萬壽，行見百斯男[4]。○浩然齋雅談卷上　癸巳稿卷十五　繡水詩鈔卷一　宋詩紀事補遺卷九十四

【注釋】

1. 意帖：周密《浩然齋雅談》云：「意帖用上官昭容事。」上官昭容，名婉兒，唐人，唐中宗昭儀。意帖事未詳。
2. 金駒：即「白駒」，日也。言時光已過蠶時。
3. 至尊：皇帝也。杜甫《丹青引》：「至尊含笑催賜金。」唐張祜《集靈臺詩》：「卻嫌脂粉汙顏色，淡掃蛾眉朝至尊。」出賈誼《過秦論》：「履至尊而制六合。」
4. 百斯男：《詩．思齊》：「太姒嗣徽音，則百斯男。」言多子也。

夫人閤端午帖子

三宮[1]催解糉[2]，妝罷未天明。癸巳類稿、繡水詩鈔作「團箭綵絲縈」。便面[3]天題字色[4]，歌頭[5]御賜名。○浩然齋雅談卷上　癸巳類稿卷十五　繡水詩鈔卷一　宋詩紀事補遺卷九十四

【注釋】

1. 三宮：皇帝、太后、皇后為三宮。此詩作於紹興十三年端午。時韋太后於十二年自金南還。十三年閏四月，吳貴妃立為皇后。詩中「三宮」非指宋高宗等三人，乃後宮之總稱。

2. 解糉：《歲時廣記》卷二十一：「《歲時雜記》：京師人以端午日為解糉節。又解糉為獻，以葉長者為勝，葉短者輸，或賭博，或賭酒。李之問《端午詞》云：『願得年年，長共我兒解糉。』」韓淲《澗泉集》卷十《重午泛酒戲成》詩云：「解糉未忘良夜飲。」

3. 便面：《漢書．張敞傳》：「敞無威儀，時罷朝會過，走馬章臺街，使御吏驅，自以便面拊馬。」顏師古注：「便面所以障面，蓋扇之類也。不欲見人，以此自障面，則得其便，故曰便面，亦曰屏面。今之沙門所持竹扇，上袤平而下圜，即古之便面也。」按宋時無古之便面，清照詩中所云便面，即扇也。

4. 天題字：杜甫《端午日賜衣詩》：「自天題處溼，當暑著來清。」「便面天題字」言皇帝在扇上題字。

5. 歌頭：歌頭乃曲中遍名。《詞源》卷下云：「法曲有散序、歌頭，音聲近古，大曲有所不及。」大曲中亦有歌頭。後唐李存勗有「歌頭」詞。宋人詞有：「水調歌頭」、「換遍歌頭」、「六州歌頭」。「歌頭御賜名」言新翻曲子由皇帝為之命名。

【參考資料】

浩然齋雅談卷上　李易安紹興癸亥在行都，有親聯為內命婦者，因端午進帖子：皇帝閤曰：「日月堯天大，璿璣舜曆長。側聞行殿帳，多集上書囊。」皇后閤曰：「意帖初宜夏，金駒已過蠶。至尊千萬壽，行見百斯男。」夫人閤曰：「三宮催解糉，妝罷未天明。便面天題字，歌頭御賜名。」時秦楚在翰林，惡之，止賜金帛而罷。意帖用上官昭容事。

偶成

十五年前花月底，相從曾賦賞花詩。今看花月渾相似，安得情懷似昔時。○永樂大典卷八百八十九詩字韻

此首乃黃盛璋先生首先發現者，見《李清照事迹考》。

皇帝閤春帖子

莫進古今女史、歷朝名媛詩詞作「是」，繡水詩鈔作「其」。黃金簟1，新除玉局牀2。春風送庭燎3，不復用沉香。○詩女史卷十一　彤管遺編續集卷十七　古今女史詩集卷七　名媛詩歸卷十八　歷朝名媛詩詞卷七　繡水詩鈔卷一

各本載此首俱與前《皇帝閤端午帖子》「日月堯天大」一首合作一首，題作「皇帝閤」。傳世宋人帖子詞，或為七言四句，或為五言四句（新編《李清照集》云：「端午帖子均係五絕。」未知何據），未見有五律或七律者。《浩然齋雅談》載「日月堯天大」等三首，亦俱為五言四句，并不似誤奪半首。《浩然齋雅談》所載乃端午帖子，而此四句內有「春風」、「庭燎」，俱非端午事，此必春帖子也（立春所進帖子詞，名「春帖子」）。《詩女史》等殆以其同韻而誤為一首，今分為兩首。此首并依其內容改題作「皇帝閤春帖子」。下貴妃閤一首，亦有「春」字，當亦為春帖子。亦同樣改題，不另作說明。

此首必作於紹興十三年或以後。《建炎以來繫年要錄》載：建炎以來，進帖子事久廢，紹興十三年

立春，學士院始進帖子詞。李清照進帖子詞殆不止一次也。

清趙翼《陔餘叢考》卷二十四云：「宋時八節內宴，翰苑皆撰帖子詞。」非也。宋時只有立春及端午帖子詞，他節無之，亦非用於內宴。趙氏殆以致語與帖子詞混為一談而誤。又據《歲時廣記》卷八引《司馬文正公日錄》，帖子詞乃剪貼於禁中門帳者。今人或以為懸於牆壁者，不知何據也。

【注釋】

1. 黃金箄：《南史・齊武帝紀》：永明九年，「夏五月丙申，林邑國獻金箄。」劉餗《隋唐嘉話》卷上：「又（侯）君集之破高眉，得金箄二，甚精，御府所無。」

2. 玉局牀：《雲笈七籤》卷一百零九引《神仙傳・張道陵傳》：「陵坐局腳玉牀斗帳中。」「局」，曲也（通行本《神仙傳》作「局腳牀」，無「玉」字）。

3. 庭燎：《詩・小雅・庭燎》毛傳：「庭燎，大燭也。」鄭箋：「庭設大燭。」唐李商隱《隋宮守歲》詩：「沉香甲煎為庭燎。」

貴妃閤春帖子

金環1半后禮2，鉤弋3比昭陽4。春生百（各本俱作「柏」，此從歷朝閨雅改。）子帳5，喜入萬年觴6。〇（詩女史卷十一 彤管遺編續集卷十七 名媛詩歸卷十八 歷朝閨雅卷六 繡水詩鈔卷一 歷朝名媛詩詞卷七）

此首殆作於紹興十三年立春之前。據《宋史・后妃傳》：高宗吳皇后於紹興十三年閏四月自貴妃立為皇后後，宮中無貴妃。只有潘賢妃（卒於紹興十八年）、劉賢妃（紹興二十四年自婉容進位賢妃），俱非貴妃。貴妃既虛位，似不得有貴妃閤帖子。此詩其吳皇后為貴妃時作乎？

【注釋】

1. 金環：《詩．國風．靜女》傳：「后妃群妻以禮御於君所。女史書其日月，授之以環以進退之。生子月辰，則以金環退之。當御者以銀環進之。」《太平御覽》卷一百三十五引《五經要義》曰：「古者后夫人必有女史彤管之法。后妃群妻以禮御於君所。女史書其日，授其環，以示進退之法。生子月娠，則以金環退之。當御者以銀環進之，著於左手。既御著於右手。左者陽也，亦當就男，故著左手。右手陰也，既御而復故。此女史之職也。」（孔穎達正義文字較繁，故引此則）

2. 半后禮：《楊太真外傳》：「冊太真宮女道士楊氏為貴妃，半后服。」謂其待遇僅次於皇后也。

3. 鉤弋：漢時宮名。《漢書．趙捷伃傳》：「孝武鉤弋趙倢伃，昭帝母也。家在河間。武帝巡狩過河間，望氣者言此有奇女，天子亟使使召之。既至，女兩手皆拳。上自披之，手即時伸，由是得幸，號拳夫人。……拳夫人進為倢伃，居鉤弋宮，大有寵。」

4. 昭陽：亦漢時宮殿名：《漢書．外戚孝成趙皇后傳》：「皇后既立後，寵少衰，而弟絕幸，居昭陽舍。其中庭彤朱，而殿上髹漆，切皆銅沓、黃金塗、白玉階，壁帶往往為黃金釭，函藍田璧，明珠、翠羽飾之。自後宮未嘗有焉。」（《三輔黃圖》卷三同）班固《東都賦》曰：「昭陽特盛，隆乎孝成。屋不呈材，牆不露形。裛以藻繡，絡以綸連，隨侯明珠，錯落其間。金釭銜璧，是為列錢，翡翠火齊，流耀含英，懸黎垂棘，夜光在焉。於是玄墀釦切，玉階彤庭，碝磩采緻，琳珉青熒。珊瑚碧樹，周阿而生。」

5. 百子帳：程大昌《演繁露》卷十三云：「唐人昏禮，多用百子帳，特貴其名與昏宜，而其制度則非有子孫眾多之義。蓋其制本出戎虜，特穹廬、拂廬之具體而微者耳。」《楓窗小牘》卷下云：「若今禁中大婚百子帳，則以錦繡織成百小兒嬉戲狀。」清照帖子詞與昏禮無關，特取其子孫眾多之義而已。或作「柏子帳」，不詳其物。

6. 萬年觴：向皇帝獻壽裁皇帝自壽之觴。《古文苑》卷十二載漢黃香《天子冠頌》：「獻萬年之玉觴。」《後漢書．班超傳》：「陛下舉萬年之觴。」

烏江[1]

形管遺編、名媛詩歸、章邱縣志、繡水詩鈔題作「夏日絕句」。

生當作（形管遺編、名媛詩歸、歷朝名媛詩詞作「為」。）人傑[2]，死亦為（同上作「作」。）鬼雄[3]。至今思項羽，不肯過江東[4]。○

詩女史卷十一　形管遺編續集卷十七　名媛詩歸卷十八　歷朝名媛詩詞卷七　乾隆章邱縣志卷十二　繡水詩鈔卷一

【注釋】

1. 烏江：在今安徽省和縣。《史詔》正義引《括地志》：「烏江亭即和州烏江縣是也。」項羽死於是地。

2. 人傑：《史記．高祖本紀》：「高祖曰：『君知其一，未知其二。夫運籌帷帳之中，決勝於千里之外，吾不如子房；鎮國家，撫百姓，給餽饟，不絕糧道，吾不如蕭何；運百萬之眾，戰必勝，攻必克，吾不如韓信。此三者，皆人傑也。』」人傑，人中之傑出者也。

3. 鬼雄：《楚辭．九歌．國殤》：「魂魄毅兮為鬼雄。」鬼雄，鬼之雄傑也。

4. 項羽、江東：《史記．項羽本紀》：「於是項王乃欲東渡烏江。烏江亭長檥船待，謂項王曰：『江東雖小，地方千里，眾數十萬人，亦足王也。願大王急渡。今獨臣有船，漢軍至，無以渡。』項王笑曰：『天之亡我，我何渡為。且籍與江東子弟渡江而西。今無一人還。縱江東父老憐而王我，我何面目見之。縱彼不言，籍獨不愧於心乎！』」

分得知字（彤管遺編、名媛詩歸、繡水詩鈔題作「分得知字韻」。）

學語（彤管遺編、名媛詩歸作「詩」。）三十年，緘口[1]不求知。誰遣好奇士，相逢說項斯[2]。○（詩女史卷十一　彤管遺編後集卷十七　名媛詩歸卷十八　繡水詩鈔卷一）

【注釋】

1. 緘口：《孔子家語》卷三《觀周》第十一：「孔子觀周，遂入太祖后稷之廟，廟堂右階之前，有金人焉，三緘其口而銘其背曰：古之慎言人也。」緘即封。
2. 項斯：唐李綽《尚書故實》：「楊祭酒愛才公心，嘗知江表之士項斯，贈詩曰：『處處見詩詩總好，及觀標格過於詩。平生不解藏人善，到處相逢說項斯。』由此名振，遂登高科也。」

曉夢

曉夢隨疏鐘，飄然躡（癸巳類稿、繡水詩鈔作「躋」。）雲霞。因緣安期生[1]邂逅[2]萼綠華[3]。秋風正無賴[4]，吹盡玉井花。共看藕如船[5]，同食棗如瓜[6]。翩翩坐上客，（癸巳類稿作「垂髮女」。）意妙（癸巳類稿作「貌妍」。）語亦佳。嘲辭鬬詭辨，活火分癸巳類稿作「烹」。新茶。可可」。雖非助帝功，其樂莫可宋詩紀事作「何莫」。涯。以上二句癸巳類稿、繡水詩鈔作「雖乏上元術，遊樂亦莫涯」。人生能如此，何必歸故宋詩紀事作「故歸」。家。起來斂衣坐，掩耳厭喧嘩。心知不可見，念念猶咨嗟。○詩女史卷十一　彤管遺編續集卷十七　名媛詩歸卷十八　古今名媛彙詩卷三　古今女史詩集卷二　宋詩紀事卷八十七　歷朝名媛詩詞卷七　癸巳類稿卷十五　繡水詩鈔卷一
【注釋】

1. 安期生：列仙傳：「安期先生者，瑯玡阜鄉人也。賣藥於東海邊，時人皆言千歲翁。秦始皇東遊，請見，與語三日三夜，賜金璧，度數千萬。出於阜鄉亭，皆置去，留書，以赤玉舄一雙為報，曰：後數年，求我於蓬萊山。始皇即遣徐市、盧生等數百人入海。未至蓬萊山，輒逢風浪而還。立祠阜鄉亭海邊十數處云。」按安期先生即安期生，參看下「棗如瓜」注釋。
2. 邂逅：《詩．野有蔓草》：「邂逅相遇，適我願兮。」鄭箋：「不期而會，適其時願。」
3. 萼綠華：《真誥》卷一：「萼綠華者，自云是南山人，不知何山也。女子，年可二十上下，青衣，顏色絕整。以升平三年十一月十日夜降羊權。自此往來，一月之中，輒六來過耳。云本姓羅。贈權詩一篇，并致火浣布手巾一枚，金石條脫各一枚。條脫乃太而異精好神。女語權，君慎勿泄我，泄我則彼此獲罪。訪是此人，云是九嶷山中得道女羅郁也。宿命時曾為師母，毒殺乳婦玄州。以先罪未滅，故令謫降於臭濁，以償其過。與權尸解藥。今在湘東山，此女已九百歲矣。」（此據正統《道藏》本《真誥》，《太平廣記》卷五十七所引《真誥》較詳）
4. 無賴：杜甫《奉陪鄭駙馬韋曲》詩：「韋花無賴，家家惱殺人。」
5. 玉井花、藕如船：韓愈《古意》詩：「太華峰頭玉井蓮，開花十丈藕如船。」
6. 棗如瓜：《史記．封禪書》：李少君曰：「君嘗遊海上，見安期生。安期生食巨棗，大如瓜。安期生仙者，居蓬萊，合則見人，不合則隱。」

【參考資料】

古今女史詩集卷二　筆意亦欲仙。

春殘

春殘何事苦思鄉，病裡梳頭恨最（癸巳類稿作「髮」。）長。梁燕語多[1]終日在，（歷朝名媛詩詞作「伴」。）薔薇風細一簾香[2]。○詩女史卷十一　彤管遺編續集卷十七　名媛詩歸卷十八　古今名媛彙詩卷十一　名媛璣囊卷三　古今女史詩集卷六　二如亭群芳譜歲譜卷一　花鏡雋聲卷五　彤管摘奇卷下　歷朝閨雅卷九　宋詩紀事卷八十七　歷朝名媛詩詞卷七　癸巳類稿卷十五　繡水詩鈔卷一

【注釋】

1. 梁燕語多：歐陽修《蝶戀花》詞：「梁燕語多驚曉睡，銀屏一半堆香被。」

2. 「薔薇」句：唐高駢《山亭夏日》詩：「水精簾動微風起，滿架薔薇一院香。」

【參考資料】

歷朝名媛詩詞卷七　清照詩不甚佳，而善於詞，雋雅可誦。即如《春殘》絕句「薔薇風細一簾香」，甚工緻，卻是詞語也。

感懷（古今女史題作「感懷詩」，無序。）

宣和[1]辛丑八月十日到萊，獨坐一室，平生所見，皆不在目前。几上有禮韻[2]，因信手開之，約以所開為韻作詩。偶得「子」字，因以為韻，作感懷詩云。（各本無序，從詩女史、彤管遺編補。）

寒窗敗几無書史，公路可憐合（彤管遺編作「竟」，歷朝名媛詩詞作「今」。又「可憐合」癸巳類稿作「生平竟」。）至此[3]。青州從事[4]孔方君[5]，（癸巳類稿作「兄」。）終日紛紛喜生事[6]。作詩謝絕聊閉門，燕寢凝香[7]（癸巳類稿、繡水詩鈔作「虛室香生」。）有佳思。靜中我（癸巳類稿作「吾」。）乃得（宋詩紀事作「見」。）至（彤管遺編作「知」。）交，（癸巳類稿作「見真吾」。）烏有先生子虛子[8]。◯（詩女史卷十一　彤管遺編續集卷十七　名媛詩歸卷十八　古今名媛彙詩卷五　古今女史詩集卷三　宋詩紀事卷八十七　歷代名媛詩詞卷七　癸巳類稿卷十五　繡水詩鈔卷一）

【注釋】

1. 宣和：宋趙佶（徽宗）年號。宣和辛丑即宣和三年（公元一一二一年）。

2. 禮韻：《禮部韻略》，宋代官頒韻書，考試必須以此為據，不依《廣韻》及《集韻》。書凡五卷，條式一卷。

3. 「公路」句：公路，袁術字。袁術，漢末人。《三國志·袁術傳》裴松之注引《吳書》曰：「術既為雷薄等所拒，留住三日，士眾絕糧，乃還，至江亭，去壽春八十里，問廚下，尚有麥屑三十斛。時盛暑，欲得蜜漿，又無蜜。坐櫺牀上，歎息良久，乃大咤曰：『袁術至於此乎！』因頓伏牀下，嘔血斗餘，遂死。」清照並未如袁術之絕糧，以平生所見皆不在目前，室中空無所有，故用其故事自喻。

4. 青州從事：酒也。《世說新語》下之上《術解》：「桓公有主簿，善別酒，有酒輒令先嘗。好者謂青州從事，惡者謂平原督郵。青州有齊郡，平原有鬲縣。從事言到臍、督郵言到鬲上住。」

5. 孔方君：即孔方兄，謂錢也。自漢直至清末，錢皆外廓圓而內孔方。《晉書．魯褒傳》：「元康之後，綱紀大壞。褒傷時之貪鄙，乃隱姓名而著《錢神論》曰：『錢之為體，有乾坤之象。內則其方，外則其圓。……故能長久為世神寶，親之如兄，字曰孔方。』」

6. 生事：《公羊》桓八年：「遂者何？生事也。」何休注：「生，猶造也。」此兩句言酒與財易生事端，下兩句言謝絕二物。

7. 燕寢：本為古代帝王寢息之所，唐韋應物《郡齋雨中與諸文士燕集》詩云：「兵衛森畫戟，燕寢凝清香。」似後世高級官員亦以稱其公廨。清照作此詩時趙明誠正知萊州，故亦用此典。

8. 「烏有」句：《史記．司馬相如列傳》：「上讀《子虛賦》而善之，曰：『朕獨不得與此人同時哉？』得意（楊得意）曰：『臣邑人司馬相如自言為此賦。』上驚，乃召相如。相如曰：『有是，然此乃諸侯之事，未足觀也，請為天子游獵賦，賦成奏之。』上許，令尚書給筆札。相如以子虛，虛言也，為楚稱。烏有先生者，烏有此事也，為齊難。無是公者，無是人也，明天子此義。故空藉此三人為辭，以推天子諸侯之苑囿。其卒章歸之於節儉，因以諷諫。奏上天子，天子大悅。」清照詩序云：「平生所見，皆不在目前。」故此云「烏有先生子虛子」，言一無所有，空洞一室而已。

【參考資料】

古今女史詩集卷三　喜生事，說盡俗緣纏，眼高一世。

釣臺

1原無題，宋詩紀事題作「夜發嚴灘」，據此詩文義，似祇夜過釣臺，無「夜發」之意，茲改題作「釣臺」。

巨艦只緣因利往，扁舟亦是為名來。往來有愧先生德2，特地通宵過釣臺。〇釣臺集卷下 宋詩紀事卷八十七

明郎瑛《七修類稿》卷三十詩文類《趙墓嚴臺詩》條云：「漢嚴子陵釣臺，在富陽江之涯。有過臺而詠者曰：『君為利名隱，我為利名來。羞見先生面，黃昏過釣臺。』」清陸心源《宋詩紀事補遺》卷八十引《同安縣志》以為宋末陳必敬所作（首二句作「公為名利隱，我為名利來」）。清梁紹壬《兩般秋雨庵隨筆》卷三以為范仲淹詩（前二句作「子為功名隱，我為功名來」）。殆因范有《釣臺》七絕一首云：「漢包六合網英豪，一箇冥鴻惜羽毛。世祖功臣三十六，雲臺爭似釣臺高。」致誤。此詩見《范文正公別集》卷四，以及《湘山野錄》、《釣臺集》等）。郎瑛、陸心源等所引一首，雖為五言四句，而與《釣臺集》所載李詩七言四句詞意極相似。

《釣臺集》有數本，宋人所編久佚（見陳振孫《直齋書錄解題》所著錄，及元吳師道《吳禮部詩話》所引），有無此詩，不得而知。明吳希孟所編《釣臺集》八卷，無此首。劉伯潮輯本卷下始載之。疑此詩為宋本所未收。此首是否易安所作，或有可疑。如果為其所作，則當作於紹興四年冬，或五年中清照由臨安赴金華或其後回臨安時。

【注釋】

1. 釣臺：宋祝穆《方輿勝覽》卷七云，「釣臺在桐廬東南二十九里，東西二臺，各高數百尺。」相傳此為漢嚴子陵垂釣之地。釣臺至今尚存。

2. 先生德：宋范仲淹撰《嚴先生祠堂記》，末云：「先生之風，山高水長。」「先生之風」句，原作「先生之德」，李覯改為「先生之風」。

失題

詩情如夜鵲，三繞[1]未能安。○（風月堂詩話卷上　宋詩紀事卷八十七　癸巳類稿卷十五　繡水詩鈔卷一）

【注釋】

1. 夜鵲、三繞：曹操《短歌行》：「月明星稀、烏鵲南飛。遶樹三匝，無枝可依。」

【參考資料】

黃嬭餘話卷八　李易安有句云：「詩情如夜鵲，三繞未能安。」晁補之稱之，見朱弁，《風月堂詩話》。按二句新色照人，卻能抉出詩人神髓，而得之女子，尤奇。

失題

少陵[1]也自（癸巳類稿作「是」。）**可憐人，更待來**（風月堂詩以外各本俱作「明」。）**年試春草**[2]。○（風月堂詩話卷上　宋詩紀事卷八十七　癸巳類稿卷十五　繡水詩鈔卷一）

此二斷句當作於北宋時期，參閱後附《李清照事迹編年》公元一一四〇年事迹。

【注釋】

1. 「少陵」句：錢牧齋注《杜詩》引程大昌《雍錄》：「少陵原在長安縣南四十里，在杜陵縣。杜甫家焉，故自稱『杜陵老』，亦曰『少陵』也。」（唐圭璋《宋詞三百首箋注》以少陵原為樂遊原，疑誤）杜甫《雨過蘇端詩》：「也復可憐人。」

2. 試春草：杜甫《瘦馬行》：「誰家且養願終惠，更試明年春草長。」言馬雖瘦，還可一試。

【參考資料】

風月堂詩話卷上 趙明誠妻，李格非女也。善屬文，於詩尤工。晁無咎多對士大夫稱之。如「詩情如夜鵲，三繞未能安」、「少陵也自可憐人，更待來年試春草」之句，頗膾炙人口。格非，山東人，元祐間作館職。

上趙挺之[1]

何況人間父子情。○洛陽名園記張掞序 癸巳類稿卷十五 繡水詩鈔卷一 山東通志卷一百四十一

《洛陽名園記．張掞序》云：「文叔在元祐，官太學。丁建中靖國，再用邪朋，竄為黨人。女適趙相挺之子，亦能詩，上趙相救其父云：『何況人間父子情。』識者哀之。」按定黨籍事在崇寧元年（公元一一〇二年），此詩殆作於是時，其時趙挺之雖為執政（尚書左丞），尚未為相。張掞稱為趙相，乃追敘之語。

又按黃庭堅詩中亦有此句（《憶邢惇父》詩：「眼看白璧埋黃壤，何況人間父子情。」），見《豫章黃先生文集》卷九。山谷於清照為前輩，疑清照或用其成句，否則即闇合也。

【注釋】

1. 趙挺之：趙明誠之父，參閱後《李清照事迹編年》。

【參考資料】

茶香室三鈔卷七 國朝錢謙益《絳雲樓書目．地誌類》，有李文叔《洛陽名園記》。陳景雲注云：張掞序，紹興八年也。序中并及文叔女易安上詩宰相救父事，蓋文叔亦嘗坐元祐邪黨遠謫也。宰相即易安之舅趙挺之。按今人於易安，但言其有改嫁事，不知有此事，亦可謂不成人之美者也。

按：《茶香室三鈔》撰人俞樾，號稱博洽，而未見《洛陽名園記》，僅就《絳雲樓書目》陳景雲注得知此事，殊可異。由此可見昔人得書之不易。

上趙挺之

炙手可熱[1]心可寒[2]。〇昭德先生郡齋讀書志卷四下 詩女史卷十一 癸巳類稿卷十五 繡水詩鈔卷一 山東通志卷一百四十一

晁公武《郡齋讀書志》云：「其舅正夫相徽宗朝，李氏嘗獻詩云：『炙手可熱心可寒。』」按《宋宰輔編年錄》，趙挺之於崇寧四年（一一〇五年）三月拜尚書右僕射，六月罷。崇寧五年（一一〇六年）二月又拜，大觀元年（一一〇七年）三月罷，尋卒（《宋史．徽宗紀》同）。清照作此詩，必在崇

寧四年或五年。

【注釋】

1. 炙手可熱：唐崔顥《霍將軍篇》：「莫言炙手手可熱，須臾火盡灰亦滅。」杜甫《麗人行》：「炙手可熱勢絕倫，慎莫近前丞相嗔。」「炙手可熱」，言其勢焰之盛。殆唐人常用語。

2. 心可寒：《左傳》哀十五年：「寡君是以寒心。」《史記・刺客列傳・荊軻傳》：「足為寒心。」索隱：「凡人寒甚則心戰，恐懼亦戰。今以懼譬寒，言可為心戰。」「寒心」即恐懼（荊軻事原出《戰國策》）。

失題

南渡[1]衣冠[2]少（雞肋編作「欠」，從其他各本。），王導[3]（一百卷本詩話總龜作「安石」。明月窗道人本奪此二字，亦無空格。「安石」，謝安之字。），北來消息欠（雞肋編作「少」，從其他各本。），劉琨[4]。○（雞肋編卷中　苕溪漁叢話後集卷四十引詩說雋永　詩話總龜後集卷四十八引詩說雋永　詩人玉屑卷二十引詩說雋作　宋詩紀事卷八十七　癸巳類稿卷十五　繡水詩鈔卷一）

【注釋】

1. 南渡：西晉原都洛陽，「五胡亂華」時，懷愍二帝被虜，元帝立於建康，是為東晉。晉室自北渡江而南，故曰南渡。

2. 衣冠：封建時代指士大夫。杜甫《追酬故高蜀州人日見寄》詩云：「衣冠南渡多崩奔。」

3. 王導：晉人。元帝過江即位後，導為相。《晉書》有傳。《世說新語》卷上之上《言語門》：「過江諸人，每至美日，輒相邀新亭，藉卉飲宴。周侯中坐而歎曰：『風景不殊，正自有山河之異。』皆相視流淚。惟王丞相愀然變色曰：『當共戮力王室，克復神州，何至作楚囚相對？』」又云：「溫嶠初為劉琨使，來過江。於時江左營建始爾，綱紀未舉。溫新至，深有諸慮。既詣王丞相，陳主上幽越，社稷焚滅，山陵夷毀之酷，有《黍離》之痛。溫忠慨深烈，言與泗俱。丞相亦與之對泣。敘情既畢，便自陳結。丞相亦厚相酬納。既出，懽然言曰：『江左自有管夷吾，此復何憂。』」《晉書．王導傳》：「軍諮祭酒桓彝初過江，見朝廷微弱，謂周顗曰：『我以中州多故，來此欲求全活，而寡弱如此，將何以濟！』憂懼不樂。往見導，極談世事，還謂顗曰：『向見管夷吾，無復憂矣。』」

4. 「北來」句：劉琨，字越石，與王導同時。元帝未立，琨上表勸進，時為并州刺史，在北方。《世說新語》卷上之上《言語門》云：「劉琨雖隔閡寇戎，志在本朝。謂溫嶠曰：『班彪識劉氏之復興，馬援知光武之可輔。今晉祚雖衰，天命未改。吾欲立功於河北，使卿延譽於江南，子其行乎？』溫曰：『嶠雖不敏，才非昔人。明公以桓、文之姿，建匡立之功，豈敢辭命。』」

失題

南來1雞肋編作「遊」，從各本。尚癸巳類稿作「猶」。怯雞肋編作「覺」，從其他各本。吳江冷2，北狩應悲癸巳類稿作「知」。易水寒3。○雞肋編卷中

苕溪漁隱叢話後集卷四十引詩說雋永　詩話總龜後集卷四十八引詩說雋永　詩人玉屑卷二十引詩說雋作　宋詩紀事卷八十七　癸巳類稿卷十五　繡水詩鈔卷一

【注釋】

1. 南來：是時中原淪陷，李清照等渡江而南，故曰南來。
2. 吳江冷：吳江原為吳淞江之別名（在今江蘇省東南部，上海習呼為蘇州河），特別指入太湖一帶。唐崔信明詩：「楓落吳江冷。」清照此詩所用「吳江」二字，並不專指吳淞江，蓋指江甫、南方。
3. 易水寒：《戰國策．燕策》敘荊軻赴秦云：荊軻「遂發。太子賓客知其事者，皆白衣冠以送之。至易水上，既祖，取道。高漸離擊筑，荊軻和而歌，為變徵之聲，士皆垂淚涕泣。又前而為歌曰：『風蕭蕭兮易水寒，壯士一去兮不復還。』復為羽聲，忼慨，士皆瞋目，髮盡上衝冠。於是荊軻遂就車而去，終已不顧。」

【參考資料】

雞肋編卷中　靖康初，罷舒王王安石配享宣聖，復置《春秋》博士，又禁銷金。時皇弟肅王使虜，為其拘留未歸。种師道欲擊虜，而議和既定，縱其去，遂不講防禦之備。太學輕薄子為之語曰：「不救肅王廢舒王，不禦大金禁銷金，不議防秋事《春秋》。」其後，胡人連年以深秋弓勁馬肥入寇，薄暑乃歸。遠至湖、湘、二浙，兵戈擾攘，所在未嘗有樂土也。自是越人至秋亦隱山間，逾春乃出。人又以《千字文》為戲曰：「彼則寒來暑往，我乃秋收冬藏。」時趙明誠妻李氏清照亦作詩以詆士大夫云：「南渡衣冠欠王導，北來消息少劉琨。」又云：「南遊尚覺吳江冷，北狩應悲易水寒。」後世皆當為口實矣。

苕溪漁隱叢話後集卷四十　《詩說雋永》云：「今代婦人能詩者，前有曾夫人魏，後有易安李。李在趙氏時，建炎初，從祕閣守建康，作詩云：『南來尚怯吳江冷，北狩應悲易水寒。』又云：『南渡衣冠少王導，北來消息欠劉琨。』」

據《詩說雋永》，此二詩殆作於建炎二、三年間，正李綱罷免，宗澤已死，黃潛善、汪伯彥為相時也。黃盛璋最近修正之《李清照事迹考辨》云：「《詩說雋永》成書年代雖不可知，但一定比胡仔《苕溪漁隱叢話》為早，亦即在清照生前。」按《苕溪漁隱叢話》，其前集未載有《詩說雋永》之語，後集始引之。後集胡仔序於乾道三年，其時清照當已卒。《詩說雋永》只比《苕溪漁隱叢話》後集為早，而未必早於前集。其書是否成於清照生前，亦殊難以斷定。《中國叢書綜錄》以《詩說雋永》為元人作，殊誤。

詠史 原無題，從詩女史，朱子語類。

兩漢本繼紹，新室1如贅疣2。歷城縣志、章邱縣志、繡水詩鈔作「旒」。據朱子語類，上兩句與下兩句並不連接，蓋從一首中先摘二句，繼又另摘二句。各本多以此四句連接為一首，非是。所以嵇中散，至死薄殷周3。○朱子語類卷一百四十　朱文公游藝至論卷下　事文類聚後集卷十一　蟫精雋卷十四　詩女史卷十一　彤管遺編續集卷十七　彤管摘奇卷下　崇禎歷城縣志卷十四藝文志三　宋詩紀事卷八十七　乾隆章邱縣志卷九又卷十二藝文　癸巳類稿卷十五　繡水詩鈔卷一

【注釋】

1. 新室：王莽即帝位，定國號曰新。稱新為「新室」，與稱漢為「漢室」同。「新室」字《漢書》中常見。如《王莽傳》「故新室之興焉」、「以新室之威」。

2. 贅疣：此喻多餘累贅，無用而可去之物。原出《莊子內篇．大宗師》：「彼以生為附贅縣疣。」

3. 「所以」兩句：嵇康字叔夜，三國時人，曾為中散大夫，人稱嵇中散。江淹《恨賦》：「若夫中散下獄，神氣激揚。」康有《與山巨源絕交書》，書中有云：「每非湯武而薄周孔。」《三國志．王粲傳》裴松之注引《魏氏春秋》：「及山濤為選曹郎，舉康自代。康答書拒絕，因自說不堪流俗，

而非薄湯武，大將軍聞而怒焉。」湯乃商（後改號殷）王之第一世，武（即周武王姬發）乃周王之第一世。

【參考資料】

朱子語類卷一百四十　本朝婦人能文，只有李易安與魏夫人。李有詩，大略云「兩漢本繼紹，新室如贅疣」云云，「所以嵇中散，至死薄殷周」，中散非湯武得國，引之以比王莽。如此等語，豈女子所能。

按：祝穆《事文類聚》後集卷十一《易安有識》一條，與此全同。《朱文公游藝至論》所載原出《朱子語類》，故亦完全相同。

藝苑卮言卷四　「所以嵇中散，至死薄殷周」，易安此語雖涉議論，是佳境，出宋人表。用脩故峻其掊擊，不無矯枉之過。

柳亭詩話卷二十九　朱紫陽云：「今時婦人能文，只有李易安與魏夫人。李有詩曰：『兩漢本繼紹，新室如贅疣。所以嵇中散，至死薄殷周。』非湯武得國，引之以比王莽。如此等語，豈婦人所能！」愚按易安在宋，自是閨房勝流。然以殷周比莽，殊覺不倫。況桑榆一札，未免被人點檢耶！若魏夫人《咏虞美人草》，方見英雄氣概。

章邱縣志卷九・人物・李格非傳　女清照，才情更麗。尤工於詞。嘗有《詠史》詩曰：「兩漢本繼紹，新室如贅旒。所以嵇中散，至死薄殷周。」意見聲調，絕響一代。班妤、左嬪、蔡文姬之流也。嫁趙丞相挺之男明誠，自號易安居士。

失題

露花倒影柳三變1，桂子飄香張九成2。〇老學庵筆記卷二　詞苑叢談卷三　癸巳類稿卷十五　繡水詩鈔卷一

【注釋】

1. 「露花」句：柳三變即柳水，詳見後《詞評》一文中。「露花倒影」乃柳永《破陣樂》詞首句。其全篇云：「露花倒影，煙蕪蘸碧，靈沼波暖。金柳搖風樹樹，繫彩舫，龍舟遙岸。千步虹橋，參差雁齒，直趨水殿。繞金隄、曼衍魚龍戲。簇嬌春羅綺，喧天絲管。霽色融光，望中似覩，蓬萊清淺。　時見。鳳輦宸遊，鸞觴禊飲，臨翠水，開鎬宴。兩兩輕舠飛畫檝，競奪錦標霞爛。罄歡娛、歌《魚藻》，徘徊宛轉。別有盈盈遊女，各委明珠，爭收翠羽，相將歸遠。漸覺雲海沉沉，洞天日晚。」

2. 「桂子」句：張九成，字子韶，其先開封人，徙居錢塘。《宋史》有傳。宋紹興二年三月甲寅，趙構策試諸路類試奏名進士於講殿，以張九成為第一。九成對策中有云：「陛下之心，臣得而知之。方當春陽晝敷，行宮別殿，花氣紛紛。想陛下念兩宮之在北邊，塵沙漠漠，不得共此融和也！其何安乎？盛夏之季，風窗水院，涼氣淒清，竊想陛下念兩宮之在北邊，鑾氈擁蔽，不得共此疏暢也，亦何安乎？澄江瀉練，夜桂飄香，陛下享此樂時，必曰：『西風淒勁，兩宮得無憂乎？』狐裘溫暖，獸炭春紅，陛下享此樂時，必曰：『朔雪袤丈，兩宮得無寒乎？』至於陳水陸，飽珍奇，必投箸而起曰：『雁粉腥羊，兩宮所不便也，食其能下咽乎？』居廣廈，處深宮，必撫几而歎曰：『穹廬區脫，兩宮必難處也，居其能安席乎？』」（見《橫浦先生文集》卷十二。亦見《建炎以來繫年要錄》卷五十二，稍有訛字）

【參考資料】

老學庵筆記卷二　張子韶對策，有「桂子飄香」之語。趙明誠妻嘲之曰：「露花倒影柳三變，桂子飄香張九成。」

按：張九成對策作「夜桂飄香」，而清照云：「桂子飄香」，或陸游誤記。此二句頗與蘇軾所云「山抹微雲秦學士，露花倒影柳屯田」相類似（見宋葉夢得《避暑錄話》卷三），既不是詩，亦不是詞。俞正燮《易安居士事輯》以為詩，誚應舉進士，未知何據，殆非也。

昔人以此聯為對仗工整，蓋以「三變」對「九成」之「成」字與「變」字。《周禮．大司樂》：「樂有六變、八變、九變。」《禮記．樂記》有「再成、三成、四成、五成、六成。」《禮記》鄭注：「每奏武曲，一終為一成。」變亦成也，見《周禮》賈公彥疏。

張九成對策，詞藻華麗而意極沉痛，李清照以之與柳三變吟風弄月作品相提並論，實為失當。葉夢得《巖下放言》卷上載有人以柳三變對張九成，蓋亦指此事，稱之曰輕薄子，亦不滿其作此遊戲文字也。

巖下放言卷上　蘇子瞻好謔。一日與客集，有論林和靖偶儷親切。如用古人，不獨取以相對，雖其姓名之字，亦欲相對，如「伶倫近日無侯白，奴僕當年有衛青」之類。子瞻曰：「吾近得一對，但未有用處。」或問之。曰「韓玉汝正可對李金吾。」問者皆大笑。唐人記有問東方虬何以名虬者，曰：「且要數百年後對西門豹。」正類爾。今日有客來云：「顯官張九成，輕薄子或對以柳三變。」亦的對也。

失題

猶將歌扇向人遮。

又

水晶山枕象牙牀。

又

彩雲易散月長虧。

又

幾多深恨李龏梅花衲作「意」。斷人腸。

又

羅衣消盡恁時香。

又

閒愁也似月明多。

又

直送淒涼到畫屏。

以上斷句俱見宋人胡偉集句「宮詞」，只「幾多深意斷人腸」一句，亦見李龏《梅花衲》中。胡氏所集有詩句，亦有詞句，但俱未注明。此七句不見於傳世清照作品中，亦從未見人稱引，蓋隱晦已久。此七句究為詩句或詞句，其用韻相同者是否屬於同一作品，無法考定。又胡偉所集，有時割裂原句，如李後主「自是人生長恨水長東」一句，胡偉集作「人生長恨水長東」。此七句是否俱為完整之句，亦不得而知。以各句風調觀之，似是詞句。傳世清照詩，與之不甚相近。

胡偉字元邁，乃南宋人，《苕溪漁隱叢話》作者胡仔之從兄弟。其宮詞收入《十家宮詞》中。有汲古閣精抄影宋臨安府陳道人書籍鋪本，有康熙間據宋本重刻本，又有乾隆刻本，乃宋人舊籍。所引清照斷句，決非偽作。此次輯《李清照集》，由於徵引未廣，新發現者僅此斷句七句而已。

失題

行人舞袖拂梨花。○古今小說第三十三卷張古老種瓜娶文女

《古今小說·張古老種瓜娶文女》，殆出自《寶文堂書目》所著錄之《種瓜張老》（《也是園書目》亦有之），與《花草粹編》所引之「張老小說」。《古今小說》此篇所引之詞如黃庭堅《踏莎行》、晁沖之《臨江仙》俱有問題（黃詞不見本集，晁詞亦為各選本所未載）。而周紫芝《虞美人》一首則又著撰人姓氏（《花草粹編》亦載此詞，注：「張老小說。」），此句未必為易安所作，為詩為詞，亦不可知。

卷三　文

打馬[1]賦（詩女史作「打馬圖賦」，前有序云：「予性專博，晝夜每忘食事。南渡金華，僑居陳氏。講博奕之事，遂作依經打馬賦曰。」云云，蓋摘自打馬圖經序（此以說郛本為校勘底本）。）

歲令云（癸巳類稿、馬戲圖譜原賦（觀自得齋本馬戲圖譜此賦重出，文字不盡相同。以下一簡稱「圖譜原賦」，一簡稱「圖譜賦」，相同者稱「圖譜」）作「聿」。）徂[2]，盧或可呼[3]。千金一擲[4]，百萬十都[5]。樽俎[6]具（同上書作「列」）陳，已行揖讓之禮[7]；主賓既醉[8]，（同上書作「言洽」，欣賞編、清江都秦氏石研齋鈔本打馬圖（以下簡稱秦鈔）作「既辭」，誤。）不有博奕者乎[9]！打馬爰興，摴蒱遂廢。（癸巳類稿、圖譜原賦作「者退」。）實博奕（夷門廣牘本馬戲圖譜（以下簡稱夷本。）、粵雅堂叢書本打馬圖經（以下簡稱粵本）、古今女史、歷代賦彙、癸巳類稿、圖譜作「小道」。）之上流，乃（癸巳類稿、圖譜原賦作「競」。）閨房（夷本、粵本、古今女史、歷代賦彙、癸巳類稿、圖譜作「深閨」。）之雅戲。齊驅驥騄，疑穆王萬里之行[10]；間列（癸巳類稿、圖譜原賦作「別起」。）玄黃，類楊氏五家之隊[11]。珊珊珮響[12]，方驚玉蹬[13]（同上書作「鐙」，明會稽鈕氏世學樓鈔本說郛（以下簡稱鈕鈔）、欣賞編、夷本、秦鈔、麗慶叢書、詩女史、古今女史、粵本、圖譜賦作「鞚」。）之敲；落落星羅[14]，忽見（癸巳類稿、圖亦原賦作「訝」。）連錢[15]之碎。若乃吳江楓冷[16]（各本俱作「落」。）胡（粵本、歷代賦彙、癸巳類稿、圖譜原賦作「燕」（此必編歷代賦彙諸臣所改，其後各本從之，非原文）。）山葉飛[17]，玉門關閉[18]，沙苑草肥[19]。臨波不渡，似惜障（圖譜原賦作「幛」。）泥[20]。或出入用奇，（癸巳類稿、圖譜原賦作「騰驤」。）有類（同上書作「猛比」）。昆陽之戰[21]；或優游仗義，（同上書作「從容磬控」。）正如涿鹿之師[22]。或聞望[23]久高，脫復庾郎之失[24]；或聲名素昧，便同（同上書作「倏驚」）。癡叔[25]之奇。亦有緩緩而歸[26]，昂昂而出[27]。（同上書作「駐」，欣賞編、夷本、秦鈔、麗慶叢書、詩女史、古今女史、歷代賦彙作「立」，鈕鈔、粵本、圖譜賦作「去」。夷本注：「一本作出。」）鳥道[28]驚馳，蟻封[29]安步。崎（欣賞編、夷本、秦鈔、麗慶叢書、古今女史、歷代賦彙、圖譜賦作「敧」。）嶇峻坂，未遇（癸巳類稿、圖譜原賦作「慨想」。）王良[30]；跼促鹽車[31]，難（同上書作「忽」）。逢造父[32]。且夫丘陵云遠，白雲在天[33]，心存（同上書作「無」）。戀豆[34]，志在著鞭[35]。止（同上書作「蹴」）。蹄黃葉，何（說郛本原誤作「同」，茲改從各本。）異（癸巳類稿、圖譜原賦作「畫道」。）金錢[36]。用五十六采[37]之間，行九十一路[38]之內。明以賞罰，覈其殿最。運指麾於方寸之中，決勝負於幾微之外。（同上書作「決勝負以幾微之介」。）且好勝者（同上書無「者」字。）人之常情，小夷本、粵本、古今女史、歷代賦匯、圖譜賦作「游」。藝者士癸巳類稿、圖譜原賦作「爭籌者道」。之末技。說梅止渴39，稍蘇奔競之心；畫餅充饑40，少謝騰驤同上書作「亦寓踔騰」。之志。將圖實同上書作「求遠」。效，故臨難而不迴；欲同上書作「留」。報厚恩，故知同上書作「或相」。機而先退41。或銜枚42緩古今女史作「遠」。進，已踰關塞之艱43；或賈勇44爭先，癸巳類稿、圖譜原賦作「豈致奮足爭先」。莫悟穽塹45之墜。皆由不知止足46，同上書作「至於不習軍行」。自貽同上書作「必佔」。尤悔47。況為之不已，說郛本原誤作「異」，從各本改。「況為之不已」癸巳類稿、圖譜原賦作「況乃為之賢已」，此句上另有「當知範我之馳驅，勿忘君子之箴佩」十四字兩句，為他本所無，未知所據。事說郛本原作「是」，改從各本。實見於正經；用之以誠，夷本、古今女史、歷代賦彙、圖譜賦作「經」。又「用之以誠」癸巳類稿、圖譜原賦作「行以無疆」。義必合於天德。故遶牀大叫癸巳類稿、圖譜原賦作「故宜遠床大叫」。此句上另有「牝乃叶地類之貞，反亦記魯姬之式。鑒髻墮於梁家，溯滸循於岐國」四句二十六字，俱為他本所無，未知所本。五木皆盧48；瀝酒一呼，六子盡赤49。平生不負，遂成劍閣之師50；同上書作「勳」。別墅未輸，說郛本原誤作「踰」，改從各本。已癸巳類稿、圖譜原賦作「決」。破淮淝之賊51。今日豈無元子52，明時不乏安石53。又何必陶長沙博局之投54，正當師袁彥道布帽說郛本誤奪「布帽」二字，從各本補。之擲也55。辭詩女史、古今女史、癸巳類稿、圖譜原賦作「亂」。曰：「辭曰」，二字起歷代賦彙未載，蓋以下有「佛貍定見卯年死」句，觸犯當時（清康熙年間〉忌諱，故被刪。佛貍56定見卯欣賞編、夷本、秦鈔、麗廔叢書、詩女史、古今女史作「酉」。按「佛貍死卯年」出宋書臧質傳。清照作此賦時為紹興四年甲寅，下一年為乙卯，「酉」字必誤。癸巳類稿、圖譜原賦注：「是歲甲寅」。年死，貴賤紛紛尚流徙。滿眼驊騮雜騄駬57。時危安得真致此58。老矣誰能志癸巳類稿、圖譜原賦作「不復」。千里59，說郛本、古今女史作「致」，鈕抄作「至」，今從他本。「老矣誰能志千里」，癸巳類稿、圖譜原賦上有「木蘭橫戈好女子」一句，為他本所無，未知何據。但願相將過淮水。○打馬圖經　詩女史卷十一　古今女史前集卷一　歷代賦彙卷一百零三　癸巳類稿卷十五　馬戲圖譜

【注釋】

1. 打馬：博戲之一種。陳振孫《直齋書錄解題》云：「今之打馬，大約與古之摴蒱相類。」翟灝《通俗編》卷三十一云：「今馬吊當屬易安所謂打馬。」按打馬久已失傳，惟在明季、清初尚有之。胡

應麟《少室山房書》卷二十五云：「《打馬圖》今尚傳，吳中好事者習之，邇年頗有能者。」清周亮工《因樹屋書影》卷五云：「徐君義謂打馬之戲今不傳。予友虎林陸驤武近刻易安之譜於閩，以犀象蜜蠟為馬，盛行。近淮上人頗好此戲，但未傳之北地耳。」咸豐年間，伍崇曜刻《粤雅堂叢書》，跋《打馬圖經》，已云：「打馬戲今不傳。」是此戲之失傳，實在清代。

2. 歲令云徂：《詩經》：「歲聿云暮。」《漢書》韋孟《諫詩》：「歲月其徂。」杜甫《今夕行》：「今夕何夕歲云徂。」徂，往也。

3. 盧或可呼：「呼盧」見下「五木皆盧」注釋。後人云「呼盧喝雉」，即指賭博。

4. 千金一擲：張說《澀湖山寺》詩：「千金賭一擲。」吳象之《少年行》：「一擲千金渾是膽，家無四壁不知貧。」

5. 百萬十都：不詳。

6. 樽俎：樽，古代酒器。俎，盛牲之器。樽俎即後世所謂杯盤。

7. 揖讓之禮：《左傳》昭二十五年：「子太叔見趙簡子，簡子問揖讓周旋之禮焉。」

8. 主賓既醉：《詩經・賓之初筵》：「賓既醉止。」

9. 「不有」句：《論語・陽貨》：「子曰：『飽食終日，無所用心，難矣哉！不有博奕者乎，為之猶賢乎已。』」

10. 「齊驅」兩句：穆王，周穆主也。《史記・秦本紀》：「造父以善御幸於周繆（穆）王，得驥、溫驪、驊騮，騄耳之駟，西巡狩，樂而忘歸。」《逸周書・周穆王篇》：「穆王乘八駿，賓於西王母，觴於瑤池之上，一日行萬里。」

11. 「楊氏」句：《唐書・楊貴妃傳》：「玄宗每年十月幸華清宮，國忠姊妹五家扈從，每家為一隊，著一色衣。五家合隊，照映如百花之煥發。而遺鈿墜舄，瑟瑟珠翠，璨瓓芳馥於途。」

12. 珊珊珮響：杜甫《鄭駙馬宅宴洞中》詩：「時聞雜珮聲珊珊。」

13. 蹬：應作「鐙」，馬上足踏。唐張祜《少年樂》詩：「閒敲玉鐙遊。」

14. 落落星羅：劉禹錫《送張盥赴舉詩引》：「吾不幸，嚮所謂同年友，當其盛時，聯袂齊鑣，亙絕九衢，若屏風然。今來落落如曙星之相望。昔日會合，不煩異席，可長太息哉！」

15. 連錢：馬上妝飾之物。《世說新語》：「連錢障泥。」岑參《走馬川行奉送出師西征》詩：「馬毛帶雪汗氣蒸，五花連錢旋作冰。」溫庭筠《湖陰詞》：「祖龍黃鬚珊瑚鞭，鐵驄金面青連錢。」

16. 吳江楓冷：唐崔信明詩：「楓落吳江冷。」

17. 胡山葉飛：唐張固《幽閑歌吹》：「喬彝京兆府解試，時有二試官。彝日午叩門，試官令引入，則已醺醉。視題曰《幽蘭賦》，不肯作，曰：『兩箇漢相對作此題！速改之。』為《渥洼馬賦》，曰：『校些子。』奮筆斯須而就，警句云：『四蹄曳練，翻瀚海之驚瀾；一噴生風，下胡山之亂葉。』便欲首送，京尹曰：『喬彝崢嶸甚，宜以解副薦之。』」胡山，胡地之山也。

18. 玉門關閉：《漢書．李廣利傳》：「太初元年，以廣利為貳師將軍，發屬國六千騎及郡國惡少年數萬人以往，期至貳師城取善馬，故號貳師將軍。……往來二歲，至敦煌，士不過什一二，使使上書，言道遠多乏食，且士卒不患戰而患飢。人少不足以拔宛，願且罷兵，益發而復往。天子聞之大怒，使使遮玉門關曰：軍有敢入，斬之。貳師恐，因留敦煌。」遮玉門關不聽入，故曰「玉門關閉」。

19. 沙苑草肥：杜甫《沙苑行》：「苑中騋牝三千匹，豐草青青寒不死。」又《奉酬嚴公寄題野亭之作》：「奉引濫騎沙苑馬。」按沙苑史稱放牧牛羊之地，據杜工部詩，亦養馬。清照此句蓋兼用杜甫《贈田九判官梁邱詩》「宛馬總肥春苜蓿」之意。

20. 似惜障泥：障泥，馬鞍韉。《世說新語》卷下之上《術解》：「王武子善解馬性。嘗乘一馬，著連錢障泥。前有水，終日不肯渡。王曰：『此必是惜障泥。』使人解去，便徑渡。」

21. 昆陽之戰：漢代推翻王莽統治之最大戰役。《漢書．王莽傳》下：王邑、王尋數十萬人過昆陽，圍之數十重。「會世祖悉發郾定陵兵數千人來救昆陽。尋邑易之，自將萬餘人行陣。敕諸營皆按部，無得動。獨迎與漢兵戰，不利，大軍不敢擅相救。漢兵乘勝殺尋。昆陽中兵出竝戰，邑走，軍亂。天風蜚瓦，雨如注水，大眾崩潰號謼，虎豹股栗，士卒犇走。」（《後漢書．光武紀》所載較詳）

22. 涿鹿之師：《史記．五帝本紀》：「蚩尤作亂，不用帝命。於是黃帝乃徵師諸侯，與蚩尤戰於涿鹿之野，遂禽殺蚩尤。」

23. 聞望：即聲望也。《詩．卷阿》：「令聞令望。」陸德明《釋文》：「聞音問，本亦作問。」賦原作「問望」，今從秦氏石研齋鈔本《打馬圖》。

24. 庾郎之失：「庾小征西嘗出未還。婦母阮是劉萬安妻，與女上安陵城樓上。俄頃翼歸，策良馬，盛輿衛。阮問女：『聞庾郎能騎，我何由得見？』婦告翼，翼便為於道開鹵簿盤馬。始兩轉，墜馬墮地，意色自若。」（見《世說新語》卷中之上《雅量》）

25. 癡叔：《世說新語》卷中之上《賞譽》上：「王汝南既除所生服，遂停墓所。兄子濟每來拜墓，略不過叔，叔亦不候。濟脫時過，止寒溫而已。後聊試問近事，答對甚有音辭，出濟意外。濟極惋愕，仍與語，轉造精微。濟先略無子姪之敬，既聞其言，不覺懍然，心形俱肅。遂留共語，彌日累夜。濟雖俊爽，自視缺然。乃喟然歎曰：『家有名士三十年而不知。』濟去，叔送至門。濟從騎有一馬，絕難乘，少能騎者。濟聊問：『叔好騎乘不？』曰：『亦好爾。』濟又使騎難乘馬。叔姿形既妙，回策如縈，名騎無以過之。濟益嘆其難測，非復一事。既還，渾問濟何以暫行累日。濟曰：『始得一叔。』渾問其故。濟具歎述如此。渾曰：『何如我？』濟曰：『濟以上人。』武帝每見濟，輒以湛調之，曰：『卿家癡叔死未？』濟常無以答。既而得叔。後武帝又問如前。濟曰：『臣叔不癡。』稱其實美。帝曰：『誰比？』濟曰：『山濤以下，魏舒以上。』於是顯名。年二十八，始宦。」

26. 緩緩而歸：蘇軾《陌上花三首引》：「吳越王妃每歲春必歸臨安，王以書遺妃曰：『陌上花開，可緩緩歸矣。』」

27. 昂昂而出：屈原《卜居》：「寧昂昂若千里之駒乎，將氾氾若水中之鳧乎。」昂昂，王逸注：「志行高也。」

28. 鳥道：山間陡峭小路，世所謂羊腸小道也。唐王維《送楊長史赴果州》詩：「鳥道一千里，猿聲十二時。」李太白《蜀道難》：「西當太白有鳥道，可以橫絕峨嵋巔。」

29. 蟻封：《世說新語》卷中之上《賞鑒》「王汝南」條注引鄧粲《晉紀》曰：「王湛字處仲，太原人。隱德，人莫之知，雖兄弟宗族亦以為癡，惟父昶異焉。昶喪，居墓次，兄之子濟往省湛，見牀頭有《周易》。謂湛曰：『叔父用此何為，頗曾看否？』湛笑曰：『體中佳時，脫復看耳，今日當與汝言。』因共談《易》，剖析入微。妙言奇趣，濟所未聞，嘆不能測。濟性好馬，而所乘馬駿駛，意甚愛之。湛曰：『此雖小駛，然力薄不堪苦。近見督郵馬，當勝此，但養不至耳。』濟取督郵馬，穀食十數日，與湛試之。湛未嘗乘馬，卒然便馳騁，步驟不異於濟，而馬不相勝。湛曰：『今直行車路，何以別馬勝不？唯當就蟻封耳。』於是就蟻封盤馬，果倒踣，其儁識天才乃爾。」陸佃《埤雅》卷十釋蟲螘：「詩曰：『鸛鳴於垤。』垤，蟻冢也。蟻將雨，則出而壅土成峰，鸛鳥見之，長鳴而喜。方言曰：『其場謂之坻，亦謂之垤。』垤從至，以螘之微而能為垤，用其至故也。今蟻取小蟲入穴，輒壞垤窒穴，蓋防其逸，亦以窒雨。《易》占所謂『蟻封其穴，大雨將至』是也。一名蟻封。傳云：『蟻封盤馬。』孟子曰：『泰山之於丘垤。』趙岐曰：『垤，蟻封也。』今朔地蟻封，其高大有如冢者。所謂蟻冢，蓋出於此。」有蟻封之地，高低不平，故王濟之馬果倒踣。「蟻封安步」，言雖行蟻封，仍能安步，蓋打馬之馬，無倒踣之例（據《打馬圖經》）。

30. 王良：《孟子．滕文公》下：「昔者趙簡子使王良與嬖奚乘。」趙岐注：「王良，善御者也。」

31. 鹽車：《戰國策》卷五：「汗明曰，君亦聞驥乎？夫驥之齒至矣，服鹽車而上太行。蹄申膝折，尾湛，漉汗汁灑地，白汗交流，外阪遷延，負棘而不能上。」賈誼《弔屈原文》：「驥垂兩耳，服鹽車兮。」

32. 造父：見上「齊驅驥騄」注引《史記》。

33. 丘陵、白雲：《穆天子傳》卷三：「乙丑，天子觴西王母於瑤池之上。西王母為天子謠曰：『白雲在天，山陵自出。道路悠遠，山川間之。將子無死，尚能復來。』」

34. 戀豆：謂無遠志也。《三國志．魏志．曹爽傳》注引干寶《晉書》曰：「桓範出赴爽，宣王謂蔣濟曰：『智囊往矣。』濟曰：『範則智矣。駑馬戀棧豆，爽必不能用也。』」

35. 著鞭：《晉書．劉琨傳》：「琨少負志氣，有縱橫之才。善交勝己，而頗浮誇。與范陽祖逖為友。聞逖被用，與親故書曰：『吾枕戈待旦，志梟逆虜，常恐祖生先吾著鞭。』其意氣相期如此。」

36. 黃葉、金錢：宋黃庭堅《題扇詩》：「黃葉委庭觀九州，小蟲催女獻功裘。金錢滿地無人費，百斛明珠薏苡秋。」

37. 五十六采：據《打馬圖經．采色例》，共有五十六采。計賞色十一采：堂印、碧油、桃花重五、雁行兒、拍板兒、滿盆星、黑十七、馬軍、靴楦、銀十、撮十；罰色二采：小浮屠，小娘子；雜色四十三采。堂印、碧油之稱唐代已有之。馬軍之稱，清末亦尚有之，葉子格有「紅鶴」、「皁鶴」，打馬雜色中亦有之，皆骰子所擲之色。

38. 九十一路：打馬有圖，上有九十一路。《欣賞編》、《麗廔叢書》等所刊《打馬圖經》俱載之（元刊本及日本天祿刊本《事林廣記》亦載其圖）。

39. 說梅止渴：《世說新語》卷下之下《假譎》：「魏武行役，失汲道，軍皆渴。乃令曰：『前有大梅林，饒子，甘酸，可以解渴。』士卒聞之，口皆出水。乘此得及前源。」今習用作「望梅止渴」。

40. 畫餅充饑：宋釋道原《景德傳燈錄》卷十一《鄧州香嚴智閑禪師傳》：「鄧州香嚴智閑禪師，青州人。厭俗辭親，觀方慕道，依溈山禪。祐和尚知其法智，欲激發智光。一日，謂之曰：『吾不問汝平生學解及經卷冊上記得者。汝未用胞胎，未辨東西時本分事，試道一句來，吾要記汝。』師懵然無對，沉吟久之，進數語陳其所解。祐皆不許。師曰：『卻請和尚為說。』祐曰：『吾說得是吾之見解，於汝眼目何有益乎！』師遂歸堂，徧檢所集諸方語句，無一言可將酬對。乃自歎曰：『畫餅不可充饑。』於是盡焚之，曰：『此生不學佛法，也且作箇長行粥飯僧，免役心神。』遂泣辭溈山而去。」

41. 故知機而先退：據《打馬圖經．倒行例》云：「凡遇打馬，遇疊馬，遇入窩，許倒行。」連上「欲報厚恩」句，疑暗用晉文公報楚成王之惠，城濮戰役前退三舍避之之事（詳見《左傳》僖二十八年）。

42. 銜枚：《漢書．高帝紀》：「章邯夜銜枚擊項梁定陶。」注：「師古曰：銜枚者，止言語讙囂，欲令敵人不知其來也。周官有銜枚氏。枚狀如箸，横銜之。」

43. 關塞之艱：《打馬圖》上有函谷關，疊成十馬，方可過關。

44. 賈勇：《左傳》成二年：「齊高固入晉師，桀石以投人，禽之而乘其車，繫桑本焉，以徇齊壘，曰：欲勇者，賈余餘勇。」注：「言己勇有餘，欲賣之。」

45. 穽塹：宋王得臣《麈史》卷下引《摴蒲經》曰：「凡近關及後一子謂之塹，近關及前一子謂之坑。落坑塹非貴采不出。凡一馬打一馬，如遇退六踏馬，則一馬可踏三馬。故世指不循理者，謂之踏坑塹云。」按《打馬圖經》，尚乘局下一路謂之塹，到此謂之落塹，不能行。須擲賞采，方能飛出。

46. 不知止足：《老子．立戒》第四十四：「知足不辱，知止不殆。」即不知足也。

47. 自貽尤悔：《左傳》宣二年：「宣子曰：『烏呼，我之懷矣！自詒伊慼，其我之謂矣！』」《詩．小明》：「心之憂矣，自詒伊戚。」「自貽尤悔」即「自取其咎」也。清照用《詩經》句法。

48. 「遶床」兩句：《晉書．劉毅傳》：「後在東府聚，摴蒱大擲，一判至數百萬。餘人並黑犢以還，惟劉裕及毅在後。毅次擲得雉，大喜，褰衣遶床叫。謂同坐曰：『非不能盧，不事此耳。』裕惡之，因挼五木久之，曰：『老兄試為卿答。』既而四子皆黑，其一子轉躍未定。裕喝之，即成盧焉。」

49. 六子盡赤：《南唐近事》：「劉信攻南康，終月不下。義祖譴信使者而杖之，詈曰：『語劉信。要背即背，何疑之甚也？』信聞命大怖，並力急攻，次宿而下。凱旋之日，師至新林浦，犒錫不至，亦無所存勞。他日謁見，義祖命諸元勳為六博之戲，以紓前意。信酒酣，掬六骰於手曰：『令公疑信欲背者，傾西江之水，終難自滌。不負公，當一擲徧赤。誠如前旨，則眾彩而已，信當自拘，不煩刑吏耳。』義祖免釋不暇，投之於盆，六子皆赤。義祖賞其精誠昭感，復待以忠貞焉。」

50. 劍閣之師：指桓溫取蜀事。桓溫未至劍閣，此借用也。《世說新語》卷中之上《識鑒》：「桓公將伐蜀。在事諸賢，咸以李勢在蜀既久，承籍累葉，且形據上流三峽，未易可克。唯劉尹云：伊必能克蜀。觀其蒲博，不必得則不為。」劍閣在今四川省。《水經注》卷二十《漾水》：「小劍戍北，西去大劍三十里，連山絕險，飛閣通衢，故謂之劍閣也。」

51. 「別墅」兩句：《晉書．謝安傳》：「堅（苻堅）後率眾號百萬，次於淮淝。京師震恐，加安征討大都督。玄入問計，安夷然無懼色，答曰：『已別有旨。』既而寂然。玄不敢復言，乃命張玄重請。安遂命駕出山墅，親朋畢集，方與玄圍棊賭別墅。安棊常劣於玄。是日玄懼，便為敵手，而又不勝。安顧謂其甥羊曇曰：『以墅乞汝。』安遂游涉，至夜乃還。指授將帥，各當其任。玄等既破堅，有驛書至。安方對客圍棊，看書既竟，便攝放床上，了無喜色，棊如故。客問之，徐答曰：『小兒輩遂已破賊。』」

52. 元子：桓溫字元子。

53. 安石：謝安字安石。

54. 「陶長沙」句：《晉書．陶侃傳》：「諸參佐或以談戲廢事者，乃命取其酒器蒲博之具，投之於江，吏將則加鞭扑。曰：『摴蒱者，牧豬奴戲耳。老莊浮華，非先王之法言，不可行也。君子當正其衣冠，攝其威儀，何有亂頭養望，自謂宏達耶！』」陶侃曾為長沙太守，故曰陶長沙。

55. 「袁彥道」句：《世說新語》卷下之上《任誕》：「桓宣武少家貧，戲大輸，債主敦求甚切。思自振之方，莫知所出。陳郡袁耽俊邁多能，宣武欲求救於耽。耽時居艱，恐致疑，試以告焉。應聲便許，略無嫌吝。遂變服，懷布帽，隨溫去，與債主戲。耽素有藝名，債主就局曰：『汝故當不辨作袁彥道耶！』遂共戲，十萬一擲，直上百萬數，投馬絕叫，傍若無人。探布帽擲，對人曰：『汝竟識袁彥道不！』」

56. 佛貍：佛貍，魏太武帝拓拔燾小名。《宋書．臧質傳》：「質答書（答拓拔燾）曰：省示，具悉姦懷。爾自恃四腳，屢犯國疆。諸如此事，不可具說。王玄謨退於東，梁坦散於西，爾謂何以？不聞童謠乎：『虜馬飲江水，佛貍死卯年。』此期未至，以二軍開飲江之徑耳。冥期使然，非復人事。」

57. 「滿眼」句：《打馬圖經．下馬例》云：「凡馬二十匹，用犀象刻成，或鑄銅為之，如大錢樣，刻其文為馬文，各以馬名別之，如驊騮之類。」依《事林廣記》等所載《打馬圖》，上列六十四馬，一一有名字，如「驌驦」、「騕褭」、「騏驥」、「花驄」等等，其中亦有「驊騮」及「騄駬」，故云：「滿眼驊騮雜騄駬。」

58. 「時危」句：此用杜甫《題壁畫馬歌》中成句。

59. 志千里：《世說新語》卷中之下《豪爽》：「王處仲每酒後，輒詠：『老驥伏櫪，志在千里。烈士暮年，壯心不已。』以如意打唾壺，壺口盡缺。」（此四句乃曹操《步出東西門行》中《龜雖壽》一章中句）

【參考資料】

古今女史卷一　趙濬之曰：文人三昧，雖遊戲亦具大神通。　日月雲霞之彩，噴薄而出（齊驅驥騄一段眉批）。　以境形容（同上旁批）。　以時形容（吳江楓落一段旁批）。　敘用意（或出入用奇一段旁批）。　出打（崎嶇峻坂句旁批）。　隱喻無聊排遣（說梅止渴句旁批）。　幽情深意（同上一段眉批）。　頌不忘戒（皆因不知止足句旁批）。　五陵豪士面目，三河年少肝腸，何為么麼所得（故遶牀大叫一段眉批）。　形容豪放一段，尤不可少（同上一段旁批）。

打馬圖序

1 書名打馬圖經，或即名打馬賦，而序則曰：「打馬圖序」。

慧粵雅堂叢書本打馬圖經（以下簡稱「粵本」）、古今女史、癸巳類稿、馬戲圖譜（譜內此序重出，一云打馬圖原序，一云打馬圖經序，以下簡稱「圖讀原序」、「圖譜序」，如二者相同，則簡稱「圖譜」）作「慧」（此以說郛本為底本，原作「惠」，從各本改）。即通2，通即無所不達；專即精，精即上四「即」字各本多作「則」。無所不妙。故庖丁之解牛3，郢人之運斤4，師曠之聽5，離婁之視6，癸巳類稿、圖譜原序作「察」，鈕抄作「明」。大至於堯、舜之仁，桀、紂之惡，小至於擲豆起蠅7，巾角拂棋8，皆臻至理癸巳類稿、圖譜原序作「其極」。者何？同上書無「何」字。妙而已。後世之人，不惟學聖人之道，不到聖處。雖嬉戲之事，亦得「得」粵本、圖譜序作「不得」。其依稀彷彿

者能

而遂止者多矣。（「後世之人」起「多矣」止三十三字，癸巳類稿，圖譜原序俱無。）夫（「夫」字原無，從各本增。）博者無他，爭先術耳，故專者能

之。（「能之」癸巳類稿、圖譜原序作「勝」。）予性喜（各作「專」，祇說郛與圖譜序作「喜」，夷門廣牘本馬戲圖譜（以下簡稱夷本）作「善」。）博，凡所謂博者皆耽之，晝夜每

忘寢食。但（圖譜序作「且」。）平生隨（粵本、圖譜序無「隨」字。）多寡未嘗不進9者何，精而已。自南渡來流離遷徙，

（「晝夜」起「遷徙」止二十九字，癸巳類稿，圖譜原序作「南渡流離」。）盡散博具，故罕為之，然實未嘗忘於胸中也。（「故罕為之」至「胸中也」十三字，同上書無。）

今年冬十月朔，聞淮上警報。江、浙之人，自東走西，自南走北，居山林者謀入城

市，居城市者謀入山林，旁午絡繹，莫卜所之。（粵本、圖譜序作「莫不失所」。）易安居士（「易安居士」粵本、圖譜原序作「余」。）亦自

（欣賞編、古今女史、綠窗女史、清秦氏石硯齋鈔本打馬圖（以下簡稱秦鈔）無「自」字，彤管遺編無「亦自」二字。）臨安泝流，涉嚴（原作「巖」，從各本改正。）灘之險，（癸巳類稿、圖譜原序無「險」字。）抵

金華，卜居陳氏第。乍釋舟楫而見軒窗（同上書作「窗軒」。）。意頗適然。更長燭明，奈此良夜

乎。于是乎博奕之事講矣。且長行10、葉子11博塞12、（欣賞編、夷本、秦鈔、麗慶叢書、彤管遺編、古今女史、綠窗女史作「簺」。）彈棋13，

世無傳者。打揭、（原作「楬」，其他各本作「褐」，鈕抄作「揭」，今從鈕抄。又粵本、圖譜序「打褐」二字上，有一「若」字。）大小、猪窩、族（原作「挨」，夷本注：「一作挨。」今改從各本。）

鬼、胡畫、數倉、賭快14之類，皆鄙俚，不經見。藏酒15、（原作「弦」，鈕抄作「彈」，改從各本。夷本作「弸」。）摴

蒲16、雙蹙融17，近漸廢絕。選仙18、加減、插關火19，（原作「太」，夷本作「大」，注：「一作火。」改從各本。）質魯任

命，無所施人（秦鈔、麗慶叢書作「其」，古今女史作「行」，癸巳類稿、圖譜原序無此字。）智巧。大小象戲、奕棋，又惟可容二人。獨采

選20、打馬，特為閨房（原作「防」，改從各本。）雅（欣賞編、麗慶叢書、彤管遺編、古今女史、綠窗女史作「雜」。）戲。嘗恨采選叢繁，勞于檢閱，

故（欣賞編、夷本、秦鈔、麗慶叢書、彤管遺編、古今女史、綠窗女史作「彼」，癸巳類稿、圖譜原序作「又」。）能通者少，難遇勍敵。打馬簡要，而苦無文

采。按打馬世有二種：一種一將十馬者，謂之關西馬；一種無將二十（「二十」圖譜序作「二十四」。）馬

者，謂之依經馬。流行既久，各有圖經凡例可若。行移賞罰，互有同異。又宣和

間，人取二種馬，參雜加減，大約交加僥倖，古意盡矣。所謂宣和馬者是也。予獨愛依經馬，癸巳類稿、圖譜原序作「法」。因取其賞罰互度，每事作數語，隨事附見，使圖譜序作「俟」。兒輩圖之。不獨施之博徒，實足貽諸好事21。使千萬癸巳類稿、圖譜原序作「百」。世後，知命辭打馬，始自易安居士也。時說郛本、圖譜序無「時」字，從各本補。紹興四年十一「十一」，癸巳類稿、圖譜原序作「十有二」。月二十四日。癸巳類稿、圖譜原序引至此句為止。易安室「易安室」，欣賞編、夷本、秦鈔、麗慶叢書、古今女史、綠窗女史作「易安居士李清照」。序。〇打馬圖經　彤管遺編續集卷十七　古今女史卷三　綠窗女史卷一　癸巳類稿卷十五　馬戲圖譜

【注釋】

1. 打馬圖序：此序為清照所撰《打馬圖經》之序。《打馬圖經》一卷，前為序，序後為《打馬賦》，下為《采色例》、《鋪盆例》、《下馬例》、《行馬例》、《打馬例》、《倒行例》《入夾例》、《落塹例》、《倒盆例》、《賞帖例》、《賞擲例》。明沈津《欣賞編》本有圖，《事林廣記》續集卷六亦有圖。

2. 慧即通：《趙飛燕外傳》伶玄《自敘》：樊通德云：「慧則通，通則流，流而不得其防，則百物變態，為溝為壑，無所不往焉。」

3. 庖丁解牛：《莊子內篇．養生主》：「庖丁為文惠君解牛，手之所解，肩之所倚，足之所履，膝之所踦，砉然，嚮然，奏刀騞然，莫不中音，合於桑林之舞，乃中經首之會。文惠君曰：『譆！善哉！技蓋至此乎！』」

4. 郢人運斤：《莊子雜編．徐無鬼》：「郢人堊墁鼻端，若蠅翼，使匠石斲之。匠石運斤成風，聽而斲之，盡堊而鼻不傷。」

5. 師曠之聽：《孟子．離婁》上：「師曠之聰，不以六律，不能正五音。」趙岐注：「師曠，晉平公

之樂大師也。」

6. 離婁之視：《孟子．離婁》上：「離婁之明、公輸子之巧，不以規矩，不能成方圓。」趙岐注：「離婁者，古之明月者，蓋以為黃帝時人也。……能視於百步之外，見秋毫之末。」

7. 擲豆起蠅：《酉陽雜俎》卷四：予未虧齒時，嘗聞親故說：「張芬中丞在韋南康皐幕中。有一客，於宴席中，以籌椀中綠豆擊蠅，十不失一。一坐驚笑。芬曰：『無費吾豆！』遂指起蠅，拈其後腳，略無脫者。又能拳上倒枕，走十間地不落。」《朝野僉載》云：「偽周藤州錄事參軍袁思中平之子，能於刀子鋒杪揮蠅起，拈其後腳，百不失一。」

8. 巾角拂棋：《世說新語》卷下之上《巧藝》：「彈棋始自魏，宮內用妝奩戲。文帝於此戲特妙，用手巾角拂之，無不中。有客自云能，帝使為之。客著葛巾角，低頭拂棋，妙逾於帝。」

9. 未嘗不進：《漢書．陳遵傳》：「祖父遂，字長子。宣帝微時與有故，相隨博奕，數負進。及宣帝即位，用遂，稍遷至太原太守，迺賜遂璽書曰：『制詔太原太守，官尊祿厚，可以償博進矣，妻君寧時在旁知狀。』遂於是辭謝，因曰：『事在元平元年赦令前。』其見厚如此。」注：「師古曰：『進者，會禮之財也。謂博所賭也。一說：進，勝也。帝博而勝，故遂有所負。』」李清照自言每賭必勝。

10. 長行：古博戲。唐李肇《國史補》卷下云：「今之博戲，有長行最盛。其具有局、有子，子有黃黑各十五。擲采之法有二。其法生於握槊，變於雙陸。天后夢雙陸而不勝，召狄梁公說之。梁公對曰『宮中無子之象』是也。後人新意，長行出焉。……王公大人頗或耽玩，至有廢慶弔，忘寢休，輟飲食者。」宋洪運《譜雙．序》云：「長行即雙陸、握槊、波羅塞戲。」按長行、雙陸等清照時已無傳者（《事林廣記》續集卷六載有雙陸），宋張淏《雲谷雜記》卷二引《雙陸譜》云：「雙陸局率以六為限。其法：左右皆十二路，號曰梁，白黑各十五馬。用骰子二，各以其采行。白馬自右歸左，黑馬自左歸右。以前六梁為門，後六梁為宮。馬歸梁，謂之入宮。」晁公武《郡齋讀書志》卷三載《雙陸格》與此相同。

11. 葉子：歐陽修《歸田錄》卷二云：「葉子格者，自唐中世以後有之。說者云：因人有姓葉，號葉子青者撰此格，因以為名，此說非也。唐人藏書皆作卷軸，其後有葉子，其制視今策子。凡文字有備檢用者，卷軸難數卷舒，故以葉子寫之。故吳彩鸞《唐韻》，李郃《彩選》之類是也。骰子格本備檢用，故亦以葉子寫之，因以為名爾。唐世士人宴集，盛行葉子格。五代國初猶然。後漸廢不傳。今其格世或有之，而人無知者。惟昔楊大年好之。仲待制簡，大年門下客也，故亦能之。大年又取葉子彩名『紅鶴』、『皁鶴』者，別演為鶴格。鄭宣徽戩、章郇公得象，皆大年門下客也，故皆前之。余少時亦有此二格，後失其本，今絕無知者。」宋王闢之《澠水燕談錄》卷九：「唐太宗問一行世數，禪師製葉子格進之，葉子言二十世李也。當時士大夫宴集皆為之。其後有柴氏、趙氏，其格不一。蜀中以紅鶴格為貴，禁中則以花蟲為宗。近世職方員外郎曹谷，損益舊本，撰舊歡新格，尤為詳密。其法用匾骰子六隻，犀牙師子十事，自盆帖而下，分十五門，門各有說。凡名彩二百二十七、逸彩二百四十七，總四百七十四。余家有其格，而世無能為者。」此戲亦早失傳。

12. 博塞：杜甫《今夕行》：「咸陽客舍一事無，相與博塞為歡娛。」博塞疑為泛稱，非有博戲名「博塞」也。《說文解字》卷五上「行棊相塞謂之簺」、「簙，局戲也。六箸十二棊也。……古者烏胄作簙」，是「博」與「塞」為二戲。或洪遵所云「波羅塞戲」，簡言之即曰「博塞」也。

13. 彈棋：《酉陽雜俎》續集卷四云：「《世說》云：『彈棋起自魏室。』妝奩戲也。《典論》云：『予於他戲弄之事少所喜。唯彈棋略盡其巧。京師有馬合鄉侯、東方世安、張公子，恨不與數子對。』起於魏室明矣。今彈棊用棊二十四，以色別貴賤，棊絕後一豆。坐右方云：白黑各六棊，依六博。棊形頗似枕狀。又魏戲法，先立六棊於局中，餘者闘黑白，圍繞之，十八籌成都。」晁公武

《郡齋讀書志》卷三下載《彈棊經序》稱：「《世說》曰：魏武帝好彈棊，宮中皆效之。難得其局，以妝奩之蓋形狀相類，就蓋而彈之，俗中因謂魏宮妝奩之戲。按《西京雜記》云：『劉向作彈棊。』《典論》云：『前代馬合卿，長公皆工彈棊。』然則起自漢朝，非自魏始，《世說》誤矣。」《夢溪筆談》卷十八云：「彈碁今人罕為之。有譜一卷，盡唐人所為。其局方二尺，中心高如覆盂，其巔為小壺，四角微隆起。今大名開元寺佛殿上有一石局，亦唐時物也。李商隱詩曰：『玉作彈棋局，中心最不平。』謂其中高也。白樂天詩：『彈棋局上事，最妙是長斜。』長斜謂抹角斜彈，一發過半局。今譜中具有此法。柳子厚序棊用二十四棊者，即此戲也。」

14. 打揭、大小、猪窩、族鬼、胡畫、數倉、賭快：明胡應麟《少室山房筆叢》卷二十五：「李所舉當時戲劇，又有打褐（揭）……賭快等，今絕不知何狀。」按宋黃庭堅《豫章黃先生詞》有《鼓笛令．戲詠打揭》一首，可以約略窺見其情狀，詞云：「酒闌命友閒為戲，打揭兒、非常愜意。各自輸贏只賭是。賞罰采、分明須記。　小五出來無事，卻跋翻和九底。若要十一花下死，管十三、不如十二。」「猪窩」即「除紅」，有《除紅譜》，刊入明沈津所編《欣賞編》。或又作「朱窩」，明李日華《紫桃軒雜綴》卷四云：「骰色『朱窩』，本名『除四』，以除去四紅而算點也。乃南宋冢宰朱河所造，俗訛稱為『朱窩』耳。」清周亮工《因樹屋書影》卷二云：「骰子『朱窩』，宋冢宰朱河所造，本名『除紅』，今人誤以『河』為『窩』耳。李君實謂本名『除四』，似未見河所著之《除紅譜》也。譜中名目，與今『朱窩』亦小異。張林宗先生嘗重刻之。汴中每以行酒。」據周亮工之說，是「猪窩」之戲，在清初尚有人為之。高承《事物紀原》卷四《買鬼》云：「世傳唐武后初諫議大夫明崇儼能役鬼物。其微時，人嘗與博，凡擲投子，必使鬼物，持其彩，應呼而成，隨其所欲也。後人因此為買鬼之戲，就中彩名其通天火通之類云，亦當時所役之物名也。」買鬼與族鬼未知有關否？

15. 藏酒：不詳，疑為「藏鉤」之訛。商務印書館排印本《說郛》「藏酒」作「藏弦」，明會稽鈕氏世學樓抄本《說郛》作「藏彈」。「弦」、「彈」疑即「彄」字之訛。《夷門廣牘》本《馬戲圖譜》正作「彄」。「彄」即「鉤」也。《酉陽雜俎》續集卷四云：「舊言藏鉤起於鉤弋。蓋依《辛氏三秦記》云：漢武鉤弋夫人手拳，時人效之，目為藏鉤也。……眾人分曹，手藏物探取之。又令藏鉤，剩一人則來往於兩朋，謂之餓鴟。《風土記》：『藏鉤之戲，分二曹以校勝負。若人偶，則敵對；若奇，則使一人為遊附，或屬上曹、或屬下曹，名為飛鳥。』又今為此戲，必於正月。據《風土記》，在臘祭後也。」

16. 摴蒲：古代博戲，東晉時頗盛行。唐李肇《國史補》卷下云：「洛陽令崔師本，又好為古之摴蒲。其法：三分其子三百六十，限以二關。人執六馬。其骰五枚，分上為黑，下為白。黑者刻二為犢，白者刻二為雉。擲之全黑者為『盧』，其采十六；二雉三黑為『雉』，其采十四；二犢三白為『犢』，其采十；全白為『白』，其采八。四者，貴采也。『開』為十二、『塞』為十一、『塔』為五、『禿』為四、『撅』為三、『梟』為二。六者，雜采也。貴采得連擲、得打馬、得過關。餘采則否。新加進九、退六兩采。」按李清照已云「摴蒲近漸廢絕」，而黃昇《中興以來絕妙詞選》卷二載陸游《月照梨花》詞云：「花外姊妹相呼，約樗蒲。」（樗蒲即摴蒲），乃詞人使事押韻，非實錄也。

17. 雙蹙融：唐李匡義《資暇集》卷中云：「今有奕局，取一道，人行五棊，謂之『蹙徹』。『融』宜作『戎』。此戲生於黃帝蹙鞠，意在軍戎也，殊非圓融之義。庾元規著《座右方》所言蹙戎者，今之蹙融也，學者固已知之。」

18. 選仙：翟灝《通俗編》以為選仙與選官圖無他異，惟易官為仙耳。胡應麟《少室山房筆叢》卷二十五云：「按選仙圖見《鄭氏書目》，與彩選連類，而此以為質魯任命者。詳之，正與今選官圖類，蓋與彩選形製相似，而實不同也。」

19. 加減、插闗火：不詳。

20. 采選：即「彩選」，「采」「彩」字同。宋徐度《卻掃編》卷下云：「彩選格起於唐李郃。本朝踵之者，有趙明遠、尹師魯。元豐官制行，有宋保國。皆取一時官制為之。至劉貢父獨因其法，取西漢官秩陞黜次第為之，又取本傳所以陞黜之語注其下。局終，遂可類次其語為一傳。博戲中最為雅馴。初貢父之為是書也，年甫十四五，方從其兄原父為學。怪自數日程課稍稽。視其所為，則得是書。大喜。因為序冠之，而以為己作。貢父晚年，復稍增，而自題其後。今其書盛行於世。」按唐房千里有《骰子選格序》（即彩選），宋姚鉉收入《唐文粹》第九十四卷。後代之選官圖，即陞官圖，彩選也。陞官圖近代尚有之，余幼時嘗見人以此為戲，所用為清代官制，蓋其制隨時代而改變。彩選與選仙恐大致相類，一則叢繁、一則質魯。

21. 好事：《孟子．萬章篇》：「好事者為之也。」

【參考資料】

古今女史卷三　朱赤玉曰：為博家作祖，亦不免為蕩子阮塹。顛沛中猶不忘，是其精妙於博者。曲談工巧，遊於自然。

戲瑕卷二　唐太宗問一行世數，禪師製葉子格進之。葉子，言二十世太子也，後適符其讖矣。唐朝葉子戲；疑昉於此矣。同昌公主一日大會韋氏族於廣化里。韋氏諸家，好為葉子戲。夜則公主以紅琉璃盤盛夜光珠，令僧祁捧立堂中，而光明如晝焉。其後南唐李後主妃周氏編《金葉子格》，即此戲也。按葉子戲自唐咸通以來，天下尚之，即今之扯紙牌，亦謂之鬬葉子。近又有馬釣之名，則以四人為之者。唐格已不可考。今自錢索兩門而外，皆《水滸傳》中人。故余嘗呼戲者曰宋江班（或云：見厭勝之術，恐梁山泊三十六人復生世間耳。然則唐宋之世，以何為厭勝耳）。凡士人讌會，閨房雜聚，與夫歌臺舞榭之間、酒壇博館之下，盛行葉子，舉摴蒲象戲之樂，無以加於此矣。然三門皆以萬為尊，以九為右。惟錢門自空而九，其首選、次選二色，加以朱采者，豈古六赤編金之遺意乎？奈何諸學士紛紛聚訟。《咸定錄》以葉子為諜骰子選。《歸田錄》以為姓葉號子青。房千里以葉子為升官圖。李易安以長行、葉子為世無傳者。楊用修則引李洞集中李郎中夢六赤因打葉子之事，謂今此戲不傳。而胡元瑞矯楊氏之說直以葉子為今之投子，或如酒牌。至云葉子采選之戲，今絕不可考。豈用修、元瑞諸君子並未入少年場耶？聯章累牘，證辨不休。夢中說夢，何殊蕉鹿（《廣異記》載：郜澄冥游，見一小胡頭，在廳上打葉錢令，即此戲也）。

投翰林學士綦崈禮[1]啟

清照啟：素習義方[2]，粗明詩禮。近因疾病，欲至膏肓[3]，牛蟻不分[4]，灰釘[5]已具。嘗藥雖存弱弟[6]，膺門惟有老兵[7]。既爾蒼皇，因成造次[8]。信彼如簧[9]之說，惑茲似錦[10]之言。弟既可欺，持官文書[11]來輒信；身幾欲死，非玉鏡架[12]亦安知。僶俛難言，優柔莫決。呻吟未定，強以同歸。視聽才分，實難共處，忍（苕溪漁隱叢話、詩話總龜、事文類聚、宋詩紀事作「猥」。）以桑榆之晚節[13]（各本作「暮景」，宋詩紀事作「晚景」。），配茲駔儈[14]之下才。身既懷臭[15]之可嫌，惟求脫去；彼素抱璧[16]之將往，決欲殺之。遂肆侵凌，日加毆擊，可念劉伶之肋[17]，難勝石勒之拳[18]。局天[19]扣地，敢效談娘[20]之善訴；升堂入室[21]，素非李赤[22]之甘心。外援難求，自陳何害，豈期末事，乃得上聞。取自宸衷，付之廷尉[23]。被桎梏[24]而置對，同凶醜以陳詞。豈惟賈生羞絳灌為伍[25]，（宋詩紀事作「儕」。）何啻老子與韓非同傳[26]。但祈脫死，莫望償金。友凶橫者十旬，蓋非天降；居囹圄[27]者九日，豈是人為！抵雀捐金[28]，利當安往；將頭碎璧[29]，失固可知。實自謬愚，分知獄市[30]。此蓋伏遇內翰承旨[31]，搢紳[32]望族[33]，冠蓋[34]清流，日下無雙[35]，人間第一。奉天克（癸巳類稿作「收」。）復，本緣陸贄之詞[36]；淮蔡底平，實以會昌之詔[37]。（癸巳類稿作「共傳昌黎之筆」。）哀憐無告[38]，雖未（癸巳類稿作「義同」。）解驂[39]；感戴鴻恩，如（癸巳類稿作「事」。）真出己[40]。故茲白首，得免丹書[41]。清照敢不省過知慚，捫心識媿。責全責智，已難逃萬世之譏；敗德敗名，何以見中朝之士。雖南山之竹[42]，豈能窮多口[43]之談；惟智者之言，可以止無根之謗。高鵬尺鷃[44]，本異升沉；火鼠[45]冰蠶[46]，難同嗜好。達人（癸巳類稿作「者」。）共悉，童子皆知。願賜品題，與加湔洗。誓當布衣蔬食，溫故知新[47]。再見江山，依舊一瓶一鉢[48]；重歸畎畝，更須三沐三薰[49]。忝在葭莩[50]。敢茲塵瀆[51]。◯（雲麓漫鈔卷十四　宋詩紀事卷八十七）

按此啟殆作於紹興二年九月或稍後，綦密禮為翰林學士之時（參閱後《李清照事迹編年》）。

【注釋】

1. 綦密禮：詳見後《李清照事迹編年》。
2. 義方：《左傳》隱三年：「臣聞愛子，教之以義方。」
3. 膏肓：《左傳》成十年：「疾不可為也。居肓之上，膏之下，攻之不可，達之不克，藥不至焉，不可為也。」「欲至膏肓」言病體沉重，幾將不治。

4. 牛蟻不分：《世說新語》卷下之下《紕漏》：「殷仲堪父病虛悸，聞床下蟻動，謂之牛鬭。孝武不知是殷公，問仲堪有一般病如此不？仲堪流涕而起曰：『臣進退唯谷。』」此句清照言己病之沉重也。

5. 灰釘：《三國志・魏志・王淩傳》裴松之注引《魏略》曰：「淩自知罪重，試索棺釘，以觀太傅意，太傅給之。」《苕溪漁隱叢話》後集卷十四據《談苑》引李商隱《代王茂元檄劉稹書》云：「投戈散地，灰釘之望斯窮。」又據《藝苑雌黃》，以為灰釘事始於《南史》，云：「祆會震懾，遽請灰釘。」《能改齋漫錄》、《浩然齋雅談》等俱有考。按人死棺殮，須灰與釘，古人蓋亦如此。「灰釘已具」，形容病重將死，已預備後事也。

6. 「嘗藥」句：《禮記・曲禮》下：「君有疾飲藥，臣先嘗之。父有疾飲藥，子先嘗之。」按李清照有一弟名迒，見《金石錄後序》。

7. 「膺門」句：「簷」，「應」之俗字。《文選》李密《陳情表》：「內無應門五尺之童。」

8. 造次：《論語・里仁》：「造次必於是。」何晏集解引馬融曰：「造次，急劇也。」

9. 如簧：《詩經・巧言》：「巧言如簧，顏之厚矣。」鄭康成箋：「顏之厚者，出言虛偽，而不知慚於人也。」孔穎達正義：「巧為言語結構書辭，速相待合，如笙中之簧，聲相應和，見人不知慚愧，其顏面之容甚厚矣。」

10. 似錦：《詩經・巷伯》：「萋兮菲兮，成是貝錦。」毛傳：「貝錦，錦文也。」鄭康成箋：「喻讒人集作己過，以成於罪，猶女工之集彩色，以成錦文。」

11. 官文書：韓愈《試大理評事王君墓誌銘》：「妻上谷侯氏，處士高女。……初處士將嫁其女，懲曰：『吾以齟齬窮。女憐之，必以嫁官人，不及與凡子。』君曰：『吾求婦氏久矣。唯此翁可人意，且聞其女賢，不可以失。』即謾謂媒嫗：『吾明經及第，且選，即官人。侯翁女幸嫁，若能令翁許我，請進百金為謝。』嫗諾許，白翁。翁曰：『誠官人耶，取文書來。』君計窮吐實。嫗曰：『無苦。翁大人，不疑人欺。我得一卷書，粗若告身者，我袖以往，翁見，未必取視。幸而聽我行其謀。』翁望見文書銜袖，果信不疑，曰：『足矣！』以女與王氏。」按《續資治通鑑長編》卷二十二：「太平興國六年十二月詔：中外官不得以告身及南曹歷子質錢，違者官為取還，不給元錢。朝廷患官文書落規利之家，故禁絕之。」是告身亦官文書之一，惟《刑統》內未有說明。

12. 玉鏡架：疑即玉鏡臺。《世說新語》卷下之下《假譎》：「溫公喪婦。從姑劉氏家值亂離散，唯有一女，甚有姿慧。姑以屬公覓婚。公有自婚意，答云：『佳婿難得，但如嶠比云何？』姑云：『喪敗之餘，乞粗存活，便足慰吾餘年，何敢希汝比。』卻後少日，公報姑云：『已覓得婚處，門地粗可，壻身名位盡不減嶠。』因下玉鏡臺一枚，姑大喜。既婚交禮，女以手披紗扇，撫掌大笑曰：『我固疑是老奴，果如所卜。』玉鏡臺是公為劉越石長史北征劉聰所得。」官文書及玉鏡架四句，言受張汝舟之欺。

13. 桑榆之晚節：《太平御覽》卷四引《淮南子》：「日西垂景在樹端，謂之桑榆（言其光在桑榆樹上）。」（按傳本《淮南子》未見此條）《世說新語》卷上之上《言語》：「謝太傅語王右軍曰：『中年傷於哀樂，與親友別，輒作數日惡。』王曰：『年在桑榆，自然至此，正賴絲竹陶寫，恆恐兒輩覺，損欣樂之趣。』」

14. 駔儈：見《漢書．貨殖傳》。顏師古注：「儈者，合會二家交易者也。駔者，其首率也。」宋人考據駔儈者不少。實即近世所謂中人、掮客。此兩句言以垂暮之年，適此匪人。駔儈指張汝舟。以上言受欺再嫁張汝舟。

15. 懷臭：《呂氏春秋》卷十四《遇合》：「人有大臭者，其親戚、兄弟、妻妾、知識，無能與居者。」梁玉繩《呂子校補》卷一云：「『大』一本作『犬』，蓋腋病也。《輟耕錄》引唐崔令欽《教坊記》，謂之『愠羝』。今俗云『豬狗臭』。」清照借以喻張汝舟之為人，謂無能與居，人皆欲去之。

16. 抱璧：《左傳》哀十八年：「（衛莊公）曰：『活我，吾與汝璧。』己氏曰：『殺汝，璧其焉往？』」據此句，似清照所有劫餘古器書畫，張汝舟謀欲奪之。

17. 劉伶之肋：《世說新語》卷上之下《文學》注引《竹林七賢論》：「伶處天地間，悠悠蕩蕩，無所用心。嘗與俗士相牾，其人攘袂而起，必欲築之。伶和其色曰：『雞肋豈足以當尊拳？』其人不覺廢然而返。」

18. 石勒之拳：《晉書．石勒載記》：「初勒與李陽鄰居，歲常爭麻地，迭相歐擊。至是謂父老曰：『李陽，壯士也，何以不來？漚麻是布衣之恨，孤方崇信天下，寧讎匹夫乎！』乃使召陽。既至，勒與歡讌，引陽臂笑曰：『孤往日厭卿老拳，卿亦飽孤毒手。』」劉伶、石勒二句言受張汝舟之虐待。

19. 局天：《詩．正月》：「謂天蓋高，不敢不局。」毛傳：「局，曲也。」陸德明釋文：「局，本又作跼。」

20. 談娘：談容娘也。唐崔令欽《教坊記》云：「踏搖娘。北齊有人，姓蘇，齁鼻。實不仕，而自號為郎中。嗜飲酗酒，每醉輒毆其妻。妻銜悲訴於鄰里。時人弄之：丈夫著婦人衣，徐步入場行歌。每一疊，旁人齊聲和之，云『踏謠、和來』，『踏搖苦、和來』以其且步且歌，故謂之踏謠。以其稱冤，故言苦。及其夫至，則作毆鬬之狀，以為笑樂。今則婦人為之，遂不呼郎中，但云：阿叔子。調弄又加典庫，全失舊旨。或呼為談容娘，又非。」唐常非月有《詠談容娘》詩，見芮挺章《國秀集》卷下。

21. 升堂入室：《論語．先進》：「曲也升堂矣，未入於室也。」

22. 李赤：唐柳宗元《李赤傳》，略以赤遇厠鬼，以入厠為升堂，見其妻（乃厠鬼，非其原妻）。後卒入厠而死。

23. 廷尉：《漢書．百官公卿表》：「廷尉，秦官，掌刑法。」後世以稱中央之法官或法院。

24. 桎梏：《周禮》卷九《大司寇》：「凡萬民之有罪過，未麗於法、而害於州里者，桎梏而坐諸嘉石，役諸司空。」鄭玄注：「木在足曰桎，在手曰梏。」桎梏即近世之鐐銬。

25. 「豈惟」句：此易安誤用事，或傳寫錯誤。「賈生」二字應作「淮陰」或「韓信」。《史記．淮陰侯傳》：「居常鞅鞅，羞與絳灌等列。」賈生即賈誼，《史記．屈賈列傳》云：「天子議以賈生任公卿之位，絳、灌、東陽侯、馮敬之屬盡害之。」無羞與絳、灌為伍之事。絳，絳侯周勃，灌，灌嬰也。

26. 「何啻」句：《南史．王敬則傳》：「後與王儉俱即本號開府儀同三司。時徐孝嗣於崇禮門候儉，因嘲之曰：『今日可謂連璧。』儉曰：『不圖老子遂與韓非同傳！』」按《史記．列傳第三》為老子、莊子、申不害、韓非傳。古人重老子道家而輕韓非法家，以為不宜同在一卷之內，故有此說（唐開元中曾升老子、莊子於列傳之首，與韓非不同卷）。

27. 囹圄：《禮記．月令》：「仲春之月……命有司省囹圄，去桎梏，毋肆掠，止獄訟。」鄭玄注：「囹圄所以禁守繫者，若今別獄矣。」按即後代之牢獄。此句言清照繫獄九日。

28. 抵雀捐金：《莊子雜篇．寓言》：「今且有人於此，以隨侯之珠，彈千仞之雀，世必笑之。是何也，則其所用者重，而所要者輕也。」「抵雀捐金」疑即用此事。《鹽鐵論》卷七《崇禮篇》云：「琨山之旁，以玉璞抵烏鵲。」抵，擊也。

29. 將頭碎璧：《史記．廉頗藺相如列傳》：相如奉璧西入秦，視秦王無意償趙城，相如因持璧，卻立倚柱，怒髮上衝冠，謂秦王曰：「大王必欲急臣，臣頭今與璧俱碎於柱矣。」

30. 獄市：《史記．曹相國世家》：「獄市者所以并容也。」集解引《漢書音義》：「獄市兼受善惡。」「分知獄市」言本以為官府不能判明是非曲直，如獄市之善惡兼受。

31. 內翰承旨：翰林學士掌內制，宋稱「內翰」，亦有稱為「內相」者（見高承《事物紀原》卷四）。蘇軾為翰林學士時，宣仁太后稱之曰「內翰」（見宋王鞏《隨手雜錄》）。綦崈禮時為翰林學士，故李清照以此稱之。承旨以學士資深者為之，不常設。此皆宋制。

32. 搢紳：《史記．封禪書》：「搢紳者不道。」裴駰集解：「李奇曰：搢，插也。插笏於紳。紳，大帶也。」「搢紳」指仕宦之人、官員。

33. 望族：有名望之族姓。

34. 冠蓋：《史記．信陵君傳》：「平原君使者冠蓋相屬於魏。」班固《西都賦》：「冠蓋如雲，七相五公。」杜甫《夢李白》詩：「冠蓋滿京華，斯人獨憔悴。」「冠蓋」與「搢紳」義相類，亦指仕宦之人。

35. 日下無雙：《南史．伏挺傳》：「博學有才思，為五言詩，善效謝康樂體。父友樂安任昉深相歎異，常曰：『此子日下無雙。』」「日下」指京城。《世說新語》卷下之下《排調》：「荀鳴鶴與陸士龍二人未相識，俱會張茂先坐。張令其語，以其並有大才，可勿作常語。陸舉手曰：『雲間陸士龍。』荀答曰：『日下荀鳴鶴。』」

36. 「奉天」兩句：奉天，地名，即今陝西省乾縣。唐朱泚之變，李适（唐德宗）避難於此。《唐書．陸贄傳》：「朱泚謀逆，從駕幸奉天。時天下叛亂，機務填委。徵發指蹤，千端萬緒。一日之內，詔書數百。贄揮翰起草，思如泉注。初若不經思慮成之後，莫不曲盡事情，中於機會。胥吏簡札不暇，同舍皆伏其能。」又：「嘗啟德宗曰：『今盜遍天下，輿駕播遷。陛下宜痛自引過，以感動人心。昔成湯以罪己勃興，楚昭以善言復國。陛下誠能不悋改過，以言謝天下，使書詔無忌。臣雖愚陋，可以仰副聖情。庶令反側之徒，革心向化。』德宗然之。故奉天所下詔書，雖武夫悍卒，無不揮涕感激，多贄所為也。」

37. 「淮蔡」兩句：按唐平淮蔡之吳元濟，在元和年間，與會昌相去二十餘年。俞正燮《易安居士事輯》「會昌之詔」四字改作「昌黎之筆」，亦不可通，以韓愈雖為裴度之行軍司馬，並未為唐憲宗撰詔書，淮蔡之平，不能歸功於韓愈。「淮蔡」疑當作「澤潞」。《唐書．李德裕傳》：「自開成五年春迴紇至天德，至會昌四年八月平澤潞，首尾五年。其籌度機宜，選用將帥，軍中書詔，奏請雲合。起草指蹤，皆獨決於德裕，諸相無預焉。」（李德裕所製，見《會昌一品集》）易安用事不免有誤，疑此亦誤用也。以上四句，言綦為翰林學士，撰擬文字稱職。「此蓋伏遇內翰承旨」至此皆清照恭維綦崈禮之語。樓鑰《攻媿集》卷五十《北海先生文集序》：「永嘉南渡之行，公（綦崈禮）在帝側，實代王言。詔旨所至，讀者感動，諸將奔走承命，如陸宣公之在奉天也。尋入翰苑，當羽檄旁午，書詔填委之會，而播告之修，不匿厥指。……蓋公篤意經術，博覽強記，……平時為文，不為崖異之言，而氣格渾然天成。故一旦當書命之任，明白洞達，雖武夫遠人，曉然知上意所在，非規規然取青儷白以為工者比也。」是崈禮實長於內外制代言文字；清照啟內所言，或非過譽。

38. 無告：《孟子．梁惠王》下：「此四者天下之窮民而無告者。」「無告」言困苦無所告訴。

39. 解驂：《晏子春秋》卷五：「晏子之晉，至中牟。睹弊冠反裘、負芻息於塗側者，以為君子也。使人問焉。曰：『子何為者也？』對曰：『我越石父者也。』晏子曰：『何為至此？』曰：『吾為人臣僕於中牟，見使將歸。』晏子曰：『何為之離？』對曰：『不免凍餒之切吾身，是以為僕也。』晏子曰：『為僕幾何？』對曰：『三年矣。』晏子曰：『可得贖乎？』曰：『可。』遂解左驂以贈之。」此句言綦宓禮雖未脫驂贖己，即雖未直接干預其事。

40. 如真出己：《左傳》成三年：「荀罃之在楚也，鄭賈人有將寘諸褚中以出。既謀之，未行，而楚人歸之。賈人如晉，荀罃善視之，如實出己。賈曰：『吾無其功，敢有其實乎！吾小人，不可以厚誣君子。』遂適濟。」此句言感綦之恩，如綦釋之出獄。

41. 丹書：《左傳》襄二十三年：「斐豹，隸也，著於丹書。」注：「蓋犯罪沒為官奴，以丹書其罪。」「得免丹書」言得免於刑罰，無罪也。

42. 南山之竹：祖君彥《為李密數楊廣（隋煬帝）十罪檄》云：「罄南山之竹，書罪無窮。決東海之波，流惡難盡。」古代無紙，書牘以竹為之，此云南山之竹，極言其多也。

43. 多口：《孟子．盡心》下：「貉稽曰：『稽大不理於口。』孟子曰：『無傷也，士憎茲多口。』」

以上四句希望綦為之恢復榮譽。

44. 高鵬尺鷃：《莊子內篇．逍遙遊》：「窮髮之北，有冥海者，天池也。有魚焉，其廣數千里，未有見其脩者，其名為鯤。有鳥焉，其名為鵬，背若泰山，翼若垂天之雲，摶扶搖羊角而上者九萬里，絕雲氣，負青天，然後圖南，且適南溟也。斥鴳笑之曰：彼且奚適也。我騰躍而上，不過數仞而下，翱翔蓬蒿之間，此亦飛之至也，而彼且奚適也。」音義：「斥本亦作尺，鴳字亦作鷃。」

45. 火鼠：《神異經．東方經》：「南荒外有火山，其中生不盡之木，晝夜火燃，得暴風不猛、猛雨不滅。」又云：「不盡木火中有鼠，重千斤，毛長二尺餘。」

46. 冰蠶：《拾遺記》卷十：員嶠山「有冰蠶，長七寸，黑色，有角有鱗。以霜雪覆之，然後作繭。長一尺，其色五彩。織為文錦，入水不濡，以之投火，經宿不燎。」《紺珠集》卷四載《古今詩話》引王貞白《寄鄭公詩》云：「火鼠重燒布，冰蠶獨吐絲。」

47. 溫故知新：《論語．為政》：「子曰：溫故而知新，可以為師矣。」此處作「改過自新」解，與

《論語》原文意義不同。

48. 一瓶一鉢：唐僧貫休《陳情獻蜀皇帝》詩：「一缾一鉢垂垂老，萬水千山得得來。」

49. 三沐三薰：《國語．齊語》：「嚴公將殺管仲，齊使者請曰：『寡君欲親以為戮。若不生得以戮於群臣，猶未得請也。請生之。』於是嚴公使束縛以予齊使。齊使受而以退。比至，三釁三浴之。」韓愈《答呂毉山人書》：「方將坐足下三浴而三薰之。」後人作「三沐三薰」。

50. 葭莩：《漢書．中山靖王勝傳》：建元三年來朝，「天子置酒，勝聞樂聲而泣。問其故，勝對曰：……今群臣非有葭莩之親，鴻毛之重……」師古注：「葭，蘆也。莩者，其筩中白皮，至薄者也。葭莩喻薄，鴻毛喻輕，輕薄甚也。」後世泛言親戚為「葭莩」。李清照與綦崈禮有親戚關係，故云：「忝在葭莩。」

51. 塵瀆：塵，汙也。瀆，慢也。「塵瀆」即今口語中之「麻煩」。

金石錄後序

右金石錄[1]三十卷者何？趙侯德父[2]商務印書館排印抄本說郛卷十九載瑞桂堂暇錄（以下簡稱瑞本）作「夫」。按趙明誠之字，宋人或作德甫，或作德父，或作德夫，蓋三字通用。所著書也。取上自三代，下迄五季[3]，鐘、鼎、甗、鬲、盤、彝、尊、敦之款識[4]，豐碑、大碣，顯人、晦士之事迹，凡見於金石刻者二千卷，皆是正瑞本作「正其」。偽清康熙間謝世箕刻本金石錄（以下簡稱謝本）、雅雨堂本金石錄（以下簡稱雅本。三長物齋叢書本金石錄出自雅本，不另校）、結一廬刊津逮祕書未刻本金石錄（以下簡稱結本）俱作「譌」。「譌」即「訛」字，訛謬較偽謬為常見，疑作「譌」為是。謬，去取褒貶，上足以合聖人之道，下足以訂史氏之失者，皆載「載」瑞本作「具載」。之，可謂多矣。嗚呼，自王播[5]、何義門校：「播當作涯。」（此據四部叢刊續編景印清呂無黨手抄本金石錄所附校勘記過錄。下引顧千里、呂無黨校語同）顧亭林日知錄引作「王涯」，（見下）或顧所見本作「王涯」也。元載[6]之禍，書畫與胡椒無異；長輿7、元凱8之病，錢癖與傳癖何殊。名雖不同，其惑一也。余建中辛巳9，始歸趙氏。時先君作禮（瑞本作「吏」。按李清照之父李格非似未嘗為吏部員外郎，疑涉下趙挺之為吏部侍郎而誤。）部員外郎，丞相時（結本無「時」字。顧千里校（以下簡稱顧校）抹去，注：「時字錢本已衍。」（錢本指明錢叔寶抄本。））作吏部侍郎。侯年二十一，在太學作學生。趙、李族寒，素貧儉。每朔望謁告10，出，質衣，取半千錢，步入相國寺11，市碑文果實。歸，相對展玩咀嚼，自謂葛天氏12之民也。後二年，出仕宦，便有飯蔬13（雅本作「疏」，明會稽鈕氏世學樓鈔說郛本（以下簡稱鈕抄）、瑞桂堂暇錄作「素」。）衣練14，（謝本、雅本、鈕抄「練」。顧校：「練，錢本已譌。」參閱注釋。）窮遐方絕域，盡天下古文奇字15之志。日就月將16，漸益堆積。丞相居政府，親舊或在館閣17，多有亡詩、逸史，魯壁18、汲冢19所未見之書，遂力傳寫，浸覺有味，不能自已。後或見古今名人書畫，一（明謝行甫鈔本金石錄（以下簡稱謝抄）、雅本、結本、瑞本作「三」。）代奇器，亦復脫衣市易。嘗記崇寧20間，有人持徐熙21牡丹圖，求錢二十萬。當時雖貴家子弟，求二十萬錢，豈易得耶。留信宿，計無所出而還之。夫婦相向惋悵者數日。後屏居22鄉里十年，（顧校抹去「十年」二字，注：「錢本亦衍。」結本無此二字，與顧校。）俯仰取捨，（呂無黨校作「給」，謝本亦作「給」。）衣食有餘。連守兩郡，竭取奉入，以事鉛槧23。每獲一書，及同共勘校，整集籤題。得書、畫、彝、鼎，亦摩玩舒卷，指摘疵病，夜盡一燭為率。故能紙（瑞本作「筆」）。札精緻，字畫完整，冠諸收書家。余姓偶（瑞本作「偏」（鈕抄仍作「偶」）。）強記，每飯罷，坐歸來堂24，烹茶，指堆積書史，言某事在某書、某卷、第幾葉、（「葉」，結本作「葉子」。顧校「葉」下增一「子」字，注：「錢本已脫。」）第幾行，以（瑞本作「比」（鈕抄仍作「以」）。）中否角勝負，為飲茶先後。中即舉杯大笑，至茶傾覆懷中，（顧校抹去「中」字，注：「錢本已衍。」）反不得飲而起，甘心25老是鄉矣26。故雖處憂患困窮，而志不屈。（「屈」，瑞本作「少緩」。）收書既成，歸來堂起書庫，大櫥簿甲乙，置書冊。如要講讀，即請鑰上簿，關出（顧校抹去「出」字，注：「錢本有。」（結本無此字，與顧校同））卷帙。或少損汙，必懲（顧校改「徵」。結本亦作「徵」，與顧校合。）責揩完塗改，（「揩完塗改」，雅本、結本「揩」作「楷」。瑞本作「楷塗完整」。）不復向時之坦夷也。是欲求適意，而反取慘慄。余性不耐，始謀食去重肉，衣去重采，首無明珠、翠羽（原作「翡翠」，據瑞本改。）之飾，室（謝抄作「體」。）無塗金、刺繡之具。遇書史百家，字不刓缺，本不訛謬者，輒市之，儲作副本。自來家傳周易、左氏傳，故兩家者流，文字最備。于是几案羅列，枕席枕藉，（「枕席枕藉」，瑞本作「枕籍枕席」。謝抄「枕籍」二字空格，雅本、結本無「枕席」二字。）意會心謀，目往神授，樂在聲色狗馬之上。至靖康丙午27歲，侯守淄州28，聞金寇（「寇」，據瑞本改。按此必清照原文如是。今各本金石錄所載後序俱作「人」，蓋已經竄改。）犯京師，四顧茫然，盈箱溢篋，且戀戀，且悵悵，知其必不為己物矣。建炎丁未29春三月，奔太夫人喪南來。（「奔太夫人喪南來」，鈕抄此下有空格若干。按後序此處文氣不接，意義不明，必有闕文。鈕抄尚留空格，足資考證，最為善本。）既長物不能盡載，乃先去書之重大印本者，又去畫之多幅者，又去古器之無款識者。後又去書之監本30者，畫之平常者，器之重大者。凡屢減去，尚載書十五車。至東海31，連艫渡淮，又（瑞本作「及」。）渡江，至建康32。青州33故第，（原作「地」，據雅本、結本改。）尚鎖書冊什物，用屋十餘間，期明年春再具舟載之。十二月，金人陷青州，凡所謂十餘屋者，已皆（瑞本作「化」。）為煨燼矣。建炎戊申34秋九月，侯起復知建康府。己酉35春三（顧校改「二」，注：「錢本三。」結本亦作「二」。）月罷，（瑞本「罷」字下有「建康」二字。）具舟上蕪湖，入姑孰36，將卜居37贛水38上。夏五月，至池陽39。被旨知湖州，過闕上殿40。遂駐家池陽，獨赴召。六月十三（瑞本作「二」。）日，始負擔，（顧校改「擔」。）捨舟坐岸上，葛衣岸巾41，（「葛衣岸巾」瑞本作「著衣巾」，鈕抄作「著衣岸巾」。）精神如虎，目光爛爛42射人，（瑞本作「目爛爛光射人。」）望舟中告別。余意甚惡，呼曰：「如傳聞（顧校「聞」下增一「或」字，注：「錢本脫。」）城中（結本「城中」下有「或」字。）緩急奈何。」戟手43遙應曰：「從眾。必不得已，先棄輜重，次衣被，次書冊卷軸（瑞本作「次書冊，次卷軸」。）次古器，獨所謂宗（鈕抄作「宋」，宋本容齋四筆亦作「宋」。據謝抄、雅本、結本、瑞本改。）器者，可自負抱，與身俱存亡，勿忘之。」（謝抄、謝本、雅本作「忘也」。顧校「也」改「之」。瑞本作「亡失」。）遂馳馬去。塗中奔馳，冒大暑，感疾。至行在44，病痁45。七月末，書報臥病。余驚怛，念侯性素急，奈何。病痁或熱，必服（「服」字據顧校增，注：「錢本脫。」）寒藥，疾（結本作「復」。）可憂。遂解舟下，一日夜行三百里。比至，果大服柴胡、黃芩藥，瘧且痢，病危在膏肓。余悲泣，倉皇不忍問後事。八月十八（瑞本作「七」。）日，遂不起。取筆作詩，絕筆而終，殊無分香賣履46之意。（結本作「戀」。）葬畢，余無所之。（「余無所之」，瑞本作「顧四維無所之」。）朝廷47已分遣六宮48，又傳江當禁渡。時猶有書二萬卷，金石刻二千卷，器皿、茵褥，可待百客，他長物稱是。余（結本作「且」。顧校改「直」，注：「錢本余。」）又大病，僅存喘息。事勢日迫。念侯有妹壻，任兵部侍郎，從衛在洪州49，遂遣二故吏，先部送行李往投之。冬十二月，金寇（他本作「人」。按宋本容齋四筆引作「虜陷洪州」，瑞桂堂暇錄作「金寇陷洪州」。而通行本容齋四筆與傳本金石錄（明抄本亦然）俱不作「虜」或「寇」，必非清照原文。後人妄改，或出元人、清人之手。今據瑞本改。）陷洪州，遂盡委棄。所謂連艫渡江之書，又散為雲煙矣。獨（「獨」，結本作「獨余」。顧校「獨」下增「余」字，注：「錢本脫。」）餘少輕小卷軸書帖、寫本李、杜、韓、柳集，世說、鹽鐵論，漢唐石刻副本數十軸，三代鼎鼐十數事，南唐寫本書數篋，偶病中把玩，搬在臥內者，巋然獨存50。上江既不可往，又虜勢叵測，有弟迒任（「有弟迒任」謝抄作「有弟迒在」，結本作「有弟近任」，瑞本作「有弟仕」。）勑局刪定官51，遂往依之。到台52，守（謝抄、謝本、雅本、結本「守」上有「台」字。）已遁53。之剡54出陸，（「之剡出陸」瑞本作「之嵊在陸」。鈕抄此句下有空格若干，蓋此處亦有脫文。舊抄本殊可貴也。）又棄衣被走黃岩，雇舟入海，奔行朝，（「奔行朝」瑞本作「奔赴行在」。）時駐蹕55章安56，從御舟海（瑞本作「岸」）。道道（謝抄、謝本、雅本、結本、瑞本「道」字不疊。）之溫57，又之越58。庚戌十二月，放散百官，遂之衢59。紹興辛亥春三月，復赴越，壬子，又（顧校抹去「又」字，注：「錢本衍。」結本無此字。）赴杭。先侯疾亟時，有張飛卿60學士，攜玉壺過，視侯，便攜去，其實珉61也。不知何人傳道，遂妄言有頒（癸巳類稿引作「頌」，未知所據。）金62之語。（瑞本作「詔」（鈕抄仍作「語」）。）或傳亦有密論列63者。余大惶怖，不敢言，遂（雅本、結本作「亦不敢遂已」。）盡將家中所有銅器等物，欲走（雅本、結本作「赴」，瑞本作「去」。）外庭投進。到越，已移幸四明64。不敢留家中，並寫本書寄剡。（「剡」瑞本作「嵊縣」。）後官軍收叛卒取去，聞盡入故李將軍家。所謂巋然獨存者，無慮65十去五六矣。惟有書畫硯墨，可五七簏，（瑞本作「盝」。）更不忍置他所。常在臥榻下，手自開闔。在會稽66，卜居土民鍾氏舍。忽一夕，穴壁負五簏去。余悲慟不已，（「不已」雅本、結本作「不得活」。）重立賞收贖。後二日，鄰人鍾復皓（「鍾復皓」瑞本作「鍾浩」，鈕抄作「鍾皓」。）出十八軸求賞。故知其（瑞本作「真」（鈕抄作「其」）。）盜不遠矣。萬計求之，其餘遂不可出。今知盡為吳（顧校旁注：「吾」。）說67運使賤價得之。所謂巋然獨存者，迺十去其七八。所有一二殘零不成部帙書冊三數種，平平書帖，（謝抄、謝本、雅本、結本、瑞本作「帖」。）猶復愛惜如護頭目，何愚也耶。今日忽閱（雅本、結本作「開」。）此書，如見故人。因憶侯在東萊靜治堂，裝卷（瑞本作「幖」，鈕抄作「標」。）初就，芸籤縹帶，束十卷作一帙。每日晚更（雅本、結本、瑞本作「吏」。）散，輒校勘二卷，跋題一卷。此二千卷，有題跋者五百二卷耳。今手澤68如新，而墓木已拱69，悲夫。昔蕭繹江陵陷沒，不惜國亡，而毀裂書畫70。楊廣江都傾覆，不悲身死，而復取圖書71。豈人性之所著，（瑞本作「嗜」（鈕抄作「著」）。）死生不能忘之歟。或者天意以余菲薄72，不足以享此物73耶。抑亦死者有知，猶斤斤愛惜，不肯留在人間耶。何得之艱而失之易也。嗚呼，余自少陸機作賦[74]之二年，至過蘧瑗（「過蘧瑗」瑞本作「蘧伯玉」，鈕抄作「過蘧伯玉」。）知非[75]之兩歲，三十四年之間，憂患得失，何其多也。然有有必有無，有聚必有散，乃理之常。人亡弓，人得之[76]，又胡足道。所以區區記其終始者，亦欲為後世好古博雅者之戒云。紹興二（瑞本作「四」，與容齋四筆所載合。）年[77]、玄黓[78]歲，壯月[79]朔甲寅，易安室（瑞本作「堂」。三長物齋叢書本金石錄後序此下有「李清照」三字署名。）題。○（金石錄 說郛本瑞桂堂暇錄）

按此後序大要，另見《容齋四筆》卷五。從之出者有《詩女史》卷十一、《彤管遺編》續集卷十七、《古文品外錄》卷二十三、《古今女史》卷三、《詩詞雜俎》本《漱玉詞》等，不另校。又《金石錄》舊抄本頗多，未能多校。此以呂無黨抄本為底本。此序又收入孫星衍所編《續古文苑》卷十二，即錄自雅雨堂本《金石錄》，不另校。

後序所署年月，以及序內所敘述各事之日期，多有問題，請參閱後附《李清照事迹編年》。

【注釋】

1. 金石錄：金石學名著，詳見後附《李清照事迹編年》。
2. 趙侯德父：侯為古代五等封爵之一，亦為統稱（如諸侯），唐宋時泛稱，如唐柳宗元為柳州刺史，韓愈撰《羅池廟碑》，稱之曰「侯」。
3. 五季：即梁、唐、晉、漢、周五代也。《金石錄》所著錄者最古為夏時器，時代最近者為周世宗時之《周宣王廟記》，故曰：「上自三代，下迄五季。」
4. 款識：古代彝器上所刻之文字曰「款識」。出《漢書．郊祀志》，顏師古注：「款，刻也。識，記也；音式志反。」鐘、鼎、甗、鬲、盤、彝、尊、敦俱為古代銅器，多刻有文字。

5. 王播：何義門校：「播當作涯。」以下句「好書畫」之事觀之，此為王涯無疑。王播不聞其好書畫，亦未及禍，非傳寫有錯，即易安使事誤也。《新唐書．王涯傳》：「家書多，與祕府侔。前世名書畫，嘗以厚貨鉤致，或私以官。鑿垣納之，重複閉固，若不可窺者。至是為人破垣剔取奩軸金玉，而棄其書畫於道。」王涯字廣津，官至宰相，死於甘露之變。

6. 元載：《新唐書．元載傳》：「賜載自盡。……籍其家，鍾乳五百兩，詔分賜中書、門下臺省官。胡椒至八百石，它物稱是。」元載亦唐宰相。

7. 長輿：和嶠字長輿。《晉書．和嶠傳》：「嶠家產豐富，擬於王者，然性至吝，以是獲譏於世。杜預以為嶠有錢癖。」

8. 元凱：杜預字元凱。《晉書．杜預傳》：「時王濟解相馬，又甚愛之，而和嶠愛聚斂。預常稱濟有馬癖，嶠有錢癖。武帝聞之，謂預曰：『卿有何癖？』對曰：『臣有《左傳》癖。』」下句所謂「傳癖」，即「《左傳》癖」也。預酷好《左傳》，有《春秋經傳集解》一書傳於世。

9. 建中辛巳：即建中靖國元年，為宋徽宗趙佶年號，時當公元一一〇一年。

10. 謁告：《文昌雜錄》卷五：「急、告、寧，皆休假名。……李斐《漢書》曰『告，請也』，言請休謁也。」「謁告」，即今之請假。

11. 相國寺：相國寺乃北宋汴京最大之廟宇，今開封尚有相國寺。宋人售書在相國寺，屢見記載。孟元老《東京夢華錄》卷三云：「相國寺每月五次開放萬姓交易。庭中設綵幙、露屋，義鋪，賣……時果……之類。殿後資聖門前，皆書籍、玩好、圖畫之類。」宋王得臣《麈史》卷下則以為相國寺每月朔望及三、八日開放，與《後序》所云朔望謁告合。孟元老所載，多為宣和間事，或與建中、崇寧時不同。

12. 葛天氏：陶淵明《五柳先生傳》：「無懷氏之民歟，葛天氏之民歟。」葛天氏，我國古代傳說中大同時代之帝王。

13. 飯蔬：《論語．述而篇》：「飯蔬食飲水。」飯蔬，素食也。

14. 衣練：練，即帛，今謂之綢。此字疑誤，應從別本作「練」，「練」粗布也，方合節省之意。

15. 古文奇字：《漢書．揚雄傳》：「劉棻嘗從雄學作奇字。」顏師古注「奇字」云：「古文之異者。」

16. 日就月將：《詩．敬之》：「日就月將。」鄭箋：「言當習之以即漸也。」即逐漸也。

17. 館閣：宋代修史、藏書、校讐之所，總名曰館閣。館者三館：昭文館、史館、集賢院。閣者祕閣。趙挺之為相，時在元豐改官制之後，三館祕閣已改為祕書省。清照文中所云館閣，蓋沿舊稱，實即指祕書省。

18. 魯壁：孔安國《古文尚書序》：「魯恭王好治宮室，壞孔子舊宅以廣其居，於壁中得先人所藏古文虞、夏、商、周之書，及《傳》、《論語》、《孝經》，皆蝌蚪文字。」

19. 汲冢：《晉書．束晳傳》：「太康二年，汲郡人不準盜發魏襄王墓，或云安釐王冢，得竹書數十車。」杜預《春秋經傳集解．後序》：「會汲郡汲縣有發其界內舊冢者，大得古書，皆簡編蝌蚪文字。」

20. 崇寧：趙佶（宋徽宗）年號，共五年，即公元一一〇二至一一〇六年。

21. 徐熙：南唐人，名畫家。宋郭若虛《圖畫見聞志》卷四云：「徐熙，鍾陵人，世為江南仕族。熙識度閑放，以高雅自任。善畫花木、禽魚、蟬蝶、蔬果。學窮造化，意出古今。」

22. 屏居：言不為官而退居於鄉。《史記．魏其武安侯列傳》：「魏其謝病，屏居藍田南山之下數月。」

23. 鉛槧：《西京雜記》卷三：「揚子雲好事，常懷鉛提槧，從諸計吏，訪殊方絕域四方之語。」鉛為鉛條，槧為木版，古代所用作字之具。

24. 歸來堂：在青州，參閱後附《李清照事迹編年》。

25. 甘心：願意。與《左傳》之「請受而甘心焉」，《史記・封禪書》之「世主莫不甘心焉」，俱不同。

26. 老是鄉矣：《飛燕外傳》：「吾老是鄉矣，不能效武皇帝求白雲鄉也。」此言清照願終老於書史之鄉也。

27. 靖康丙午：靖康，趙桓（朱欽宗）年號。丙午為靖康元年，公元一一二六年。

28. 淄川：又名淄州，今山東惠民專區屬。

29. 建炎丁未：建炎乃趙構（宋高宗）年號，丁未為建炎元年，公元一一二七年，五月前為靖康二年。

30. 監本：宋代國子監所刻之書，稱為監本，公開出售。

31. 東海：今江蘇省東北部與山東省連接一帶。

32. 建康：今南京。

33. 青州：今山東益都。

34. 建炎戊申：建炎二年，公元一一二八年。

35. 己酉：建炎三年，公元一一二九年。

36. 姑孰：今安徽省當塗。

37. 卜居：選擇住所。周成王欲宅洛邑，使召公相宅，周公往營成周，獻卜（周公所卜之吉兆）。（見《尚書・召誥・洛誥》）《史記・魯周公世家》：「周公往營成周、雒邑，卜居焉。」

38. 贛水：即今江西之贛江。

39. 池陽：今安徽省貴池。

40. 過闕上殿：至京見皇帝也。

41. 岸巾：古人巾幘俱覆額。巾不覆額曰岸巾。

42. 目光爛爛：《世說新語》卷下之上《容止》：「裴令公目王安豐目爛爛如巖下電。」爛爛，有光也。

43. 戟手：《左傳》哀二十五年：「公戟其手。」注：「抵徒手屈肘如戟形。」即以手撐於腰間。

44. 行在：蔡邕《獨斷》卷上：「天子自謂曰行在所。」皇帝所在地即謂之行在。此處之行在乃建康，時趙構在其地。

45. 病痁：患瘧疾。《左傳》哀二年：「繁羽御趙羅，宋勇為右。羅無勇，麇之。吏詰之。御對曰：『痁作而伏。』」

46. 分香賣履：《文選》陸機《弔魏武帝文》引《曹操遺令》云：「餘香可分與諸夫人。諸舍中無所為，學作履組賣也。」

47. 朝廷：皇帝，指趙構。

48. 六宮：皇帝後宮之總稱。李白《清平樂》詞：「六宮羅綺三千。」杜牧《酬寄張祜處士見寄長句四韻》詩：「可憐故國三千里，虛唱歌詞滿六宮。」

49. 洪州：今江西南昌。

50. 巋然獨存：參閱前《上樞密韓肖胄詩》「靈光」注釋。

51. 勅局刪定官：官名，即勅所刪定官，《宋史・百官志》云：「掌哀集詔旨，纂類成書。」

52. 台：宋之台州，今浙江省臨海。

53. 守已遁：台守為晁公為。《宋史・高宗紀》，建炎四年正月丁卯，台州守臣晁公為遁。

54. 剡：今浙江省嵊縣。

55. 駐蹕：唐李世民《重幸武功》詩：「駐蹕撫田畯。」「蹕」出《周禮》，皇帝出行清道。「駐蹕」即「駐紮」之意，此言趙構暫駐章安鎮。

56. 章安：鎮名，屬當時之台州。

57. 溫：即溫州。今浙江溫州專區屬。

58. 越：宋之越州，後改名紹興府，即今浙江省紹興。

59. 衢：即衢州。今浙江衢縣。

60. 張飛卿：陽翟人，參閱《李清照事迹編年》。

61. 珉：石之似玉者。

62. 頒金：意義不明。俞正燮作「獻璧」解，或云通敵之意，亦不可解。或原文誤。

63. 論列：宋代言官上書檢舉彈劾曰「論列」。

64. 四明：即今浙江省寧波市。

65. 無慮：《漢書．食貨志》：「天下大氐無慮皆鑄金錢矣。」師古注：「無慮亦謂大率。」即今之「大概」。

66. 會稽：即紹興。

67. 吳說：說字傅朋，錢塘人，以書名。所書自成一體曰：「遊絲書」。詳見宋董史《皇宋書錄》及元陶宗儀《書史會要》。李清照稱之為「運使」。蓋吳說當時為福建路轉運判官。

68. 手澤：《禮記．玉藻》：「父沒而不能讀父之書，手澤存焉耳。」「手澤」謂有「手之遺跡」。

69. 墓木已拱：《左傳》僖三十二年：「蹇叔哭之曰：『孟子！吾見師之出，而不見其入也。』公使謂之曰：『爾何知？中壽，爾墓之木拱矣。』」「墓木已拱」，言墳上之樹已有一拱（合兩手曰拱）之粗。

70. 「蕭繹」三句：蕭繹，史稱梁元帝，都江陵，為周所破，被殺。《隋書．牛弘傳》：「蕭繹據有江陵，遣將破平景，收文德（殿）之書，及公私典籍重本七萬餘卷，悉送荊州。及周師入郢，繹悉焚之。」《資治通鑑》云：「焚古今圖書十四萬卷。」又云：「或問何意焚書？帝曰：『讀書萬卷，猶有今日，故焚之。』」

71. 「楊廣」三句：《太平廣記》卷二百八十夢五引《大業拾遺》：「武德四年東都平後，觀文殿寶廚新書八千許卷將載還京師。上官魏夢見煬帝，大叱云：『何因輒將我書向京師！』於時太府監宋遵貴監運，東都調度，乃於陝下書著大船中，欲載往京師。於河值風覆沒，一卷無遺。上官魏又夢見帝，喜曰：『我已得書。』帝平存之日，愛惜書史，雖積如山丘，然一字不許外出。及崩亡之後，神道猶懷愛悋。按寶廚新書者，並大業所祕之書也。」隋煬帝姓楊名廣。大業十四年，為宇文化及所殺，死於江都。故云：江都傾覆。

72. 菲薄：《後漢書．章帝紀》：「予末小子，質又菲薄。」「菲」亦「薄」也。此「菲薄」乃「命薄」之意，故下云：「不足以享此尤物耶！」

73. 尤物：《左傳二十八年：「夫有尤物足以移人。」杜預注：「尤，異也。」

74. 陸機作賦：杜甫《醉歌行》：「陸機二十作《文賦》。」按《文選》李善注《文賦》及《晉書．陸機傳》俱未言機二十作此賦。杜甫詩中所云當別有據。

75. 蘧瑗知非：《淮南子．原道訓》：「故蘧伯玉年五十而有四十九年之非。」（別本《淮南子》作「知四十九年之非」）注：「伯玉，衛大夫蘧瑗也。今年之行是也，則迴顧去年之所行非也。歲歲悔之，以至於死，故有四十九年非。」

76. 人亡弓、人得之：《孔子家語》卷二：「楚王出遊，亡弓。左右請求之。王曰：『止！楚人失弓，楚人得之，又何求之？』孔子聞之，『惜乎其不大也！不曰：人遺弓，人得之而已，何必楚也。』」

77. 紹興二年：紹興，趙構年號。二年為公元一一三二年。

78. 玄默：《爾雅．釋天．歲陽》：「太歲在壬曰『玄默』。」

79. 壯月：《爾雅．釋天．月陽》：「八月為壯。」壯月，八月也。

【參考資料】

容齋四筆卷五．趙德甫金石錄 東武趙明誠德甫，清憲丞相中子也。著《金石錄》三十篇，上自三代，下訖五季，鼎、鍾、甗、鬲、槃、匜、尊、爵之款識，豐碑大碣，顯人晦士之事蹟，見於石刻者；皆是正偽謬，去取褒貶，凡為卷二千。其妻易安李居士，平生與之同志。趙沒後，愍悼舊物之不存，乃作《後序》，極道遭罹變故本末。今龍舒郡庫刻其書，而此序不見取。比獲見元藁於王順伯，因為撮述大槩，……時紹興四年也，易安年五十二矣。自敘如此，予讀其文而悲之，為識於是書。

按：洪邁所記此序作於紹興四年，清照年五十二，與《後序》不合，殆《後序》傳抄筆誤。《容齋四筆》有宋刊本，當較可據。詳見後附《李清照事迹編年》。各書從《容齋隨筆》錄此序，宋刊本原文有「虜陷洪」句，清人多已竄改。

瑞桂堂暇錄 易安居士李氏，趙丞相挺之子諱明誠字德夫之內子也。才高學博，近代鮮倫。其詩詞行於世甚多。嘗見其為乃夫作《金石錄後序》，使人歎息。以見世間萬事，真如夢幻泡影，而終歸於一空而已。……

按：《滂喜齋藏書記》卷一宋本《金石錄》有一跋，與此同，或即錄自此書。新編《李清照集》以為朱大韶跋，殊誤。

清河書畫舫申幕引才婦錄 易安居士能書、能畫，又能詞，而尤長於文藻。迄今學士每讀《金石錄序》，頓令精神開爽。何物老嫗生此寧馨，大奇，大奇。

按：唐圭璋《宋詞三百首箋注》引作《老學庵筆記》中陸游所引之文，又有人因之逕引作陸游之語者，俱誤。新編《李清照集》亦承其誤，蓋皆未覆案《老樂庵筆記》也。

少室山房筆叢卷四・甲部・經籍會通四　李易安《金石錄後序》（原文簡引，僅四五百字）……李氏夫婦雅尚，具見篇中。始余以明誠所癖，金石而已。讀此乃知其於書無弗聚，而亦無弗讀也。亡軼之餘，尚餘萬卷，則當其盛時，又何如邪！李於文稍愧雅馴，第其好而能專，專而能博，博而能讀，殆有過於歐蘇兩公所謂者。因頗采摭其語，著於篇。胡應麟曰：夫書好而弗力，猶亡好也。故錄廬陵《集古序》。夫書聚而弗讀，猶亡聚也，故錄眉山《藏書記》。夫書好而聚，聚而必散，勢也。曲士諱之，達人齊之，益愈見聚者之弗可亡讀也，故錄易安《金石志》終焉。

譾言長語卷下　李易安，趙丞相挺之之子趙德夫之內也。序德夫《金石錄》，謂：「王播、元載之禍，書畫與胡椒無異；長興、元凱之病，錢癖與傳癖何殊。名雖不同，其惑一也。」又謂：「蕭繹江陵陷沒，不惜國亡而毀裂書畫；楊廣江都傾覆，不悲身死而復取圖書。豈人性之所著，生死不能忘之歟？」又謂：「有有必有無，有聚必有散，乃理之常。人亡弓，人得之，又胡足道？」夫女子微也，有識如此，丈夫獨無所見哉！

古今女史卷三　蕭漢沖曰：敘次詳曲，光景可覩。存亡之感，更悽然言外。　前序乃德甫所作（眉批）。　力不能致此寶物，宜其惋悵（徐熙牡丹圖一段眉批）。　真一時勝消息，不能久耳（賭茶一段眉批）。　先見之明（且戀戀、且悵悵一段眉批）。　計此時又合惋悵數日（既長物不能盡載一段眉批）。　可惜可恨（金人陷青州一段眉批）。　追敘變故次第，段段婉致（必不得已，先去輜重……一段眉批）。　此時可哭（金寇陷洪州一段眉批）。　可賀（獨餘……巋然獨存一段眉批）。　更可慟哭（無慮十去五六一段眉批）。　有愴然之思（今日忽閱此書一段眉批）。

同上　朱素衣曰：聚前無常，盈虛有數。達見者於富貴福澤，亦當作如是觀。

古今文致卷三　祝枝山曰：「有此文才，有此智識，亦閨閣之傑也。」

同上　唐子畏曰：「李易安名清照，濟南人，宋李格非之女，適東武趙抃之子明誠為妻。明誠字德甫。德甫早卒，再適張汝舟，未幾反目，有啟與綦處厚云：『猥以桑榆之晚景，配此駔儈之下才。』聞著無不笑。有《漱玉集》三卷行於世。佳句甚多，茲《金石錄序》，乃其一斑耳。」

按：《古今文致》十卷，乃明劉士鏻選，萬曆壬子（四十年）刻本。《金石錄後序》載於卷三，乃節本，蓋亦出自《容齋四筆》者。此文逐段有評語，並另有蕭漢沖評，與《古今女史》同，此不另錄。

滂喜齋藏書記卷一・宋本金石錄題跋　丙辰秋，偶得古書數帙，中有《金石錄》四冊，然止十卷，後二十卷亡之矣。因勒烏絲，命侍兒錄此序於後，以存當時故事。易安此序，委曲有情致，殊不似婦女口中語。文固可愛。予夙有好古之癖，且因以識戒云。丙辰七夕後再日，前史官華亭文石主人題於欽天舍下學舍味道齋中。

按：華亭文石主人乃明朱大韶也。大韶字象元，華亭人，嘉靖二十六年進士。廣蓄宋板書。此跋題於丙辰，乃嘉靖三十五年。

日知錄集釋卷六　山東人刻《金石錄》，於李易安《後序》：「紹興二年玄黓歲壯月朔」，不知「壯月」之出於《爾雅》，　改為「牡丹」。凡萬曆以來所刻之書，多「牡丹」之類也。

同上卷七　讀李易安題《金石錄》，引王涯、元載之事，以為有聚有散，乃理之常；人亡人得，又胡足道，未嘗不歎其言之達。而元裕之作《故物譜》，獨以為不然。其說曰：「三代鼎鐘，其初出於聖人之制。今其款識故在，不曰「永用享」，則曰「子子孫孫永寶用」。豈聖人者，超然遠覽，而不能忘情於一物耶！自莊周、列禦寇之說出，遂以天地為逆旅，形骸為外物，雖聖哲之能事，有不滿一吷者，況外物之外者乎！然而彼固未能寒而忘衣，饑而忘食也。則聖人之道，所謂備物以致用，守器以為智者，其可非也邪！」《春秋》之於寶玉大弓，竊之書、得之書，知此者，可以得聖人之意耶！

按：亭林先生所引元遺山《故物譜》，較原文稍有省略改動，附識於此。

絳雲樓書目卷四・金石類陳景雲注　趙明誠《金石錄》三十卷，李易安《後序》，明誠之妻，文叔之女也。其文淋漓曲折，筆墨不減乃翁。「中郎有女堪傳業」，文叔之謂耶。

越縵堂讀書記卷九・藝術　閱趙明誠《金石錄》，其首有李易安《後序》一篇，敘致錯綜，筆墨疏秀，蕭然出畦町之外。予向愛誦之，謂宋以後閨閣之文，此為觀止。……

祭趙湖州文

白日正中，歎龐翁（歷城縣志、癸巳類稿作「公」。）之機捷1。（癸巳類稿作「敏」。）堅城自（堯山堂外紀、古今情史類纂作「既」。）墮，憐杞婦之悲深2。○（四六談塵　苕溪漁隱叢話後集卷四十引四六談塵　詩話總龜後集卷四十八引四六談塵　菊坡叢話卷二十五引四六談塵　蓉塘詩話卷八　堯山堂外紀卷五十四　古今詞統卷三　古今情史類纂卷十二　崇禎歷城縣志卷十六　詞苑叢談卷三　宋詩紀事卷八十七　詞林紀事卷十九　癸巳類稿卷十五）

【注釋】

1.「白日」二句：宋釋道原《景德傳燈錄》卷八：襄州居士龐蘊，「將入滅，令女靈照出，視日早晚，及午以報。女遽報曰：『日已中矣，而有蝕也。』居士出戶觀次，靈照即登父坐，合掌坐亡。居士笑曰：『我女鋒捷矣。』於是更延七日。」禪家有「機鋒」之語，清照文中之「機」，即龐居士所云之「鋒」。龐蘊，唐人。

2.「堅城」二句：「墮」與「隳」同，《說文》曰：「收城。」杞婦即杞梁妻。庾信《哀江南賦》：

「城崩杞婦之哭，竹染湘妃之淚。」《古列女傳》卷四《齊杞梁妻傳》：「齊杞梁殖之妻也。莊公襲莒，殖戰而死。莊公歸，遇其妻，使使者弔之於路。杞梁妻曰：『令殖有罪，君何辱命焉。若令殖免於罪，則賤妾有先人之弊廬在，下妾不得與郊弔。』於是莊公乃還車，詣其室，成禮然後去。杞梁之妻無子，內外皆無五屬之親。既無所歸，乃枕其夫之屍於城下而哭。內誠動人，道路過者莫不為之揮涕。十日而城為之崩。」

【參考資料】

四六談麈　趙令人李，號易安，其《祭湖州文》曰：「白日正中，嘆龐翁之機捷。堅城自墮，憐杞婦之悲深。」婦人四六之工者。

苕溪漁隱叢話後集卷四十　《四六談麈》云：祭文，唐人多用四六，韓退之亦然。故李易安《祭趙湖州文》云：「白日正中，歎龐翁之機捷。堅城自墮，憐杞婦之悲深。」婦人四六之工者。

按：《詩話總龜》後集卷四十八、《菊坡叢話》卷二十五引《四六談麈》，俱出自《苕溪漁隱叢話》。

蓉塘詩話卷八　宋趙明誠內子李易安居士，有才致，能詩文，晦庵亦稱之。其《祭湖州文》曰：「白日正中，歎龐翁之機捷。堅城自墮，憐杞婦之悲深。」

按：清照祭趙明誠文當作於建炎三年八月明誠下世之時，非後來所作。「白日正中」事，必卒時所用。

詞論

樂府聲詩並著，最盛於唐。開元天寶間，有李八郎者，能歌擅天下。時新及第進士開宴曲江[1]，榜中一名士先召李，使易服隱姓名，衣冠故敝，神慘慘沮，與同之宴所，曰：「表弟願與坐末。」眾皆不顧。既酒行，樂作，歌者進，時曹元謙、念奴[2]（「曹元廉，念奴」癸巳類稿誤作「曹元念謙」。）為冠。歌罷，眾皆咨嗟稱賞。名士忽指李曰：「請表弟歌。」眾皆哂，或有怒者。及轉喉發聲，歌一曲，眾皆泣下，羅拜曰：「此李八郎[3]也。」自後鄭、衛之聲[4]日熾，流靡之變日煩，已有菩薩蠻、春光好、莎雞子、更漏子、浣溪沙、夢江南、漁父等詞[5]，不可徧舉。五代干戈，四海瓜分豆剖[6]，斯文道熄。獨江南李氏[7]君臣尚文雅，故有「小樓吹徹玉笙寒」、「吹皺一池春水」之詞[8]。語雖奇甚，所謂亡國之音[9]哀以思者也。逮至本朝，禮樂文武大備。又涵養百餘年，始有柳屯田永[10]者，變舊聲作新聲，出樂章集[11]，大得聲稱於世。雖協音律，而詞語塵下。又有張子野[12]、宋子京兄弟[13]、沈唐[14]、元絳[15]，晁次膺[16]（癸巳類稿誤作「鷹」。）輩繼出，雖時時有妙語，而破碎何足名家。至晏元獻[17]，歐陽永叔[18]、蘇子瞻[19]，學際天人，作為小歌詞，直如酌蠡水於大海[20]，然皆句讀不葺之詩爾。又往往不協音律者何耶？蓋詩文分平側，而歌詞分五音[21]，又分五聲[22]，又分六律[23]，又分清濁輕重。且如近世所謂聲聲慢、雨中花、喜遷鶯[24]，既押平聲韻，又押入聲韻。玉樓春[25]本押平聲韻，又押上去聲，又押入聲。本押仄聲韻，如押上聲則協，如押入聲，則不可歌（癸巳類稿作「通」，此句下並注：謂本平可通側，不拘上去入，若本側則上去入不可相通。）矣。王介甫[26]、曾子固[27]文章似西漢，若作一小歌詞，則人必絕倒[28]，不可讀也。乃別是一家，知之者少。後晏叔原[29]、賀方回[30]、秦少游[31]、黃魯直[32]出，始能知之。又晏苦無鋪敘；賀苦少典重；秦即專主情致，而少故實，譬如貧家美女，雖極妍麗豐逸，而終乏富貴態；黃即尚故實，而多疵病，譬如良玉有瑕，價自減半矣。○（苕溪漁隱叢話後集卷三十三 詩人玉屑卷二十一 詞苑叢談卷一）

【注釋】

1. 曲江：在唐京城長安城內（今西安市郊）。杜甫《哀江頭》：「春日潛行曲江曲。」唐李肇《國史補》卷下：「進士既捷，大醵於曲江亭中，謂之曲江宴。」（王定保《摭言》卷三亦載）。康駢《劇談錄》卷下云：「曲江池，本秦世隑州。其東有紫雲樓、芙蓉苑，其南有杏園、慈恩寺。花卉環周，煙水明媚。好事者賞芳辰，翫清景，聯騎攜觴，亹亹不絕。」

2. 曹元謙、念奴：曹元謙未詳。念奴乃當時歌妓。唐元稹《連昌宮詞》云：「力士傳呼覓念奴，念奴潛伴諸郎宿。須臾覓得又連催，特勅街中許燃燭。春嬌滿眼睡紅綃，掠削雲鬟旋妝束，飛上九天歌一聲，二十五郎吹管逐。」自注：「念奴，天寶間名倡，善歌。」王仁裕《開元天寶遺事》卷上云：「念奴者，有姿色，善歌唱。每囀聲歌喉，則聲出於朝霞之上。」

3. 李八郎：按清照所引李八郎事，亦見唐李肇《國史補》卷下，與此微異，未知孰是。《國史補》云：「李衮善歌，初於江外，而名動京師。崔昭入朝，密載而至。乃邀賓客，請第一部樂及京邑之名倡，以為盛會。紿言表弟，請登末座，令衮弊衣以出，合坐嗤笑。頃命酒，昭曰：『欲請表弟歌。』坐中又笑。又囀喉一發，樂人皆大驚，曰：『此必李八郎也。』遂羅拜階下。」

4. 鄭衛之聲：《禮記．樂記》：「鄭、衛之音，亂世之音也。」

5. 「已有」句：按所舉俱為詞調名稱。《菩薩蠻》、《春光好》、《更漏子》、《浣溪沙》、《夢江南》、《漁父》，今俱有唐人詞傳世。《莎雞子》未見有唐詞（宋詞亦無），崔令欽《教坊記》亦未載此曲名。

6. 瓜分豆剖：《戰國策．趙策》：「天下將因秦之怒，乘趙之敝而瓜分之。」《晉書．地理志》：「平王東遷，星離豆剖；當塗馭寓，瓜分鼎立。」

7. 江南李氏：唐（南唐）李璟為周世宗所敗，改號江南國主，故不曰「唐（南唐）李氏」，而曰「江南李氏」。李昪國號唐，歐陽修《五代史》始稱之曰「南唐」，以別於後唐之「唐」。

8. 「小樓」句：宋馬令《南唐書．馮延巳傳》：「元宗樂府辭云：『小樓吹徹玉笙寒』，延巳有『風乍起，吹皺一池春水』之句，皆為警策。元宗嘗戲延巳曰：『吹皺一池春水，干卿何事？』延巳曰：『未如陛下小樓吹徹玉笙寒。』元宗悅。」（「吹皺一池春水」一首，或謂成幼文作，見宋庠編《楊文公談苑》——曾慥《類說》引）

9. 亡國之音：《禮記．樂記》：「亡國之音哀以思，其民困。」

10. 柳屯田永：柳永，初名柳三變，字耆卿，宋崇安人。官至屯田員外郎，北宋早期詞人。

11. 樂章集：柳永詞集名。傳本有《彊村叢書》本（三卷，續添曲子一卷，據毛斧季以宋本校過抄本），汲古閣《宋六十名家詞》本（一卷，其底本為九卷，毛晉合為一卷）。陳振孫《直齋書錄解題》著錄者為九卷本，清末仁和朱氏結一廬所藏本，亦為九卷，今未見其本。

12. 張子野：張先，字子野，烏程人，官至都官郎中。北宋詞人，與柳永齊名。有《張子野詞》三卷，補遺二卷，有《知不足齋叢書》本。所收詞尚未足，近人有補遺。

13. 宋子京兄弟：宋子京名祁，兄庠字公序，安陸人，人稱大小宋。庠官至宰相，祁官至翰林學士承旨，《宋史》並有傳。庠詞隻字未見，宋人載籍亦未言其能詞，清照與宋庠相距不遠，當別有據。祁亦無詞集傳世，趙萬里有輯本《宋景文公詞》，作品不多。

14. 沈唐：唐字公述，北宋人，與韓琦同時，其事迹略見於宋張舜民《畫墁錄》，傳世詞亦無多。劉毓盤《唐五代宋遼金元名家詞》有輯本《沈吏部詞》（劉毓盤誤以劉孝述詞一首為沈公述詞，並以劉之官為沈之集名，實大誤）。周泳先《唐宋金元詞鈎沉》有輯本《沈公述詞》（周亦誤以劉詞一首為沈詞，惟名所輯詞為《沈公述詞》，其誤尚不如劉氏之甚。劉、周二氏所以致誤，以所據之《湘山野錄》未為善本，而又承葉申薌《天籟軒詞譜》卷五之誤），俱未足。

15. 元絳：絳字厚之，錢塘人，官至參知政事，《宋史》有傳。詞傳世甚少，有《減字木蘭花》一首，見《月河所聞集》，《全宋詞》失收。又有《映山紅慢》一首，見《花草粹編》卷十一。

16. 晁次膺：晁端禮，字次膺，宣和間充大晟府協律郎。詞有《閒齋琴趣外篇》六卷。

17. 晏元獻：晏殊，字同叔，臨川人，官至同中書門下平章事兼樞密使，卒謚元獻，《宋史》有傳。詞有《珠玉詞》一卷，以舊抄本為佳。汲古閣《宋六十名家詞》本《珠玉詞》經毛晉改動編次，誤增妄刪，不可據。

18. 歐陽永叔：歐陽修，字永叔，廬陵人，官至參知政事，《宋史》有傳。修善文，詞亦有聲。有《歐陽文忠公近體樂府》三卷（乃自全集中裁篇別出者，修詞集原名《平山集》，今不傳），又另有《醉翁琴趣外篇》六卷（俱有雙照樓刊本），誤入他人之詞甚多。汲古閣本《六一詞》一卷，不佳。

19. 蘇子瞻：蘇軾，字子瞻，眉山人，官至翰林學士兼侍讀，《宋史》有傳。軾詩、文、詞俱有名。詞有曾慥編《東坡詞》二卷、補遺一卷（今無刊本，只有抄本），又有《東坡樂府》二卷（有影元刊本）。另有汲古閣《宋六十名家詞》本《東坡詞》一卷。明人有《東坡先生詩餘》二卷，乃汲古閣本《東坡詞》所從出，《宋詞版本考》失考。

20. 「直如」句：《文選》東方朔《答客難》：「以蠡測海。」李善注引張晏曰：「蠡，瓠瓢也。」此句言晏、歐、蘇三人才大如海，作詞不過在海中取一瓢之水而已，極言其僅以餘力為之。

21. 五音：據張炎《詞源》卷上，詞之五音即宮、商、角、徵、羽。五音加變宮、變徵即今之C. D. E. F. G. A. B.七調也。

22. 五聲：舊有二解，一即五音之宮、商、角、徵、羽（見《周禮》）。此處之五聲非上之五音，應作陰平、陽平、上、去、入五聲解。

23. 六律：張炎《詞源》說聲律云：「聲生於日，律生於辰。辰為十二子，六陽為律，六陰為呂。」六陽即黃鍾、太簇、姑洗、蕤賓、夷則、無射，是謂六律。

24. 喜遷鶯：傳世宋人《喜遷鶯》詞押上、去聲者頗多，蔡絛《鐵圍山叢談》載北宋人江漢一首，黃大輿《梅苑》載無名氏詞多首，即押上、去韻。清照云：既押平聲，又押入聲，而不及上、去聲，疑其說未完備，或有誤。

25. 玉樓春：按《玉樓春》不押平聲韻。《玉樓春》七言八句。凡七一首八句而押平聲韻者，即為《瑞鷓鴣》而非《玉樓春》。疑此處有誤。

26. 王介甫：王安石，字介甫，臨川人，官至同中書門下平章事，《宋史》有傳。有詞在全集中。其裁篇別出者，後人名之曰《臨川先生歌曲》，附有補遺，刊入《彊村叢書》中。介甫之詞亦有佳者。宋周應合《景定建康志》卷三十七引《古今詞話》云：「金陵懷古，寄詞於《桂枝香》，凡三十餘首，獨介甫最為絕唱。」

27. 曾子固：曾鞏，字子固，南豐人，官至中書舍人，《宋史》有傳。鞏文章有名，明人以鞏與唐之韓愈、柳宗元，宋之歐陽修、王安石、蘇洵、蘇軾、蘇轍為唐宋八大家。宋人已恨曾不能詩（見釋惠洪《冷齋夜話》卷九。其實並非不能詩）。詞極少見。只有一首，載黃大輿《梅苑》，殊不見佳。

28. 絕倒：有數義。此文中「絕倒」乃笑倒之義。《新五代史．晉家人傳》：「左右皆失笑，帝亦自絕倒。」

29. 晏叔原：名幾道，晏殊之子，官開封府推官，有《小山詞》（初名《樂府補亡集》）二卷，《彊村叢書》本，又一卷，汲古閣《宋六十名家詞》本。宋人頗重其詞，曾有《和晏叔原小山樂府》，今不傳。

30. 賀方回：名鑄，衛州人，以右班換文職，位不顯。秦觀死後，黃庭堅云：「解道江南腸斷句，只今惟有賀方回。」極為山谷所賞。有《東山詞》、《東山樂府》，俱不全，刊入《彊村叢書》。

31. 秦少游：名觀，高郵人，官至祕書省正字，兼國史編修官，《宋史》有傳。詞有《淮海居士長短句》三卷，有影宋本，《彊村叢書》本。又有《淮海詞》一卷，汲古閣《宋六十名家詞》本（近又有《蘇門四學士詞》排印本。尚有佚詞，《全宋詞》亦投羅未全）。

32. 黃魯直：名庭堅，分寧人，官至祕書丞，《宋史》有傳。當時詞即有名，人稱秦七、黃九（秦七乃秦觀）。有詞在全集中。單行有《山谷琴趣外篇》三卷，《續古逸叢書》本，《彊村叢書》本，武進陶《續影刊宋金元詞》本，《四部叢刊續編》本。又有《山谷詞》一卷，汲古閣《宋六十名家詞》本（近又有排印《蘇門四學士詞本》。尚有佚詞，《全宋詞》所收亦不全）。

【參考資料】

苕溪漁隱叢話後集卷三十三　苕溪漁隱曰：「易安歷評諸公歌詞，皆摘其短，無一免者。此論未公，吾不憑也。其意蓋自謂能擅其長，以樂府名家者。退之詩云：『不知群兒愚，那用故謗傷。蚍蜉撼大樹，可笑不自量。』正為此輩發也。」

按：清照此文，苛求太甚。北宋詞幾無一佳作。清照雖侈談聲律，以聲律為品評準繩，而清照在詞之聲律方面之成就，未必能如北宋早期之柳永，以及北宋末年之大晟府修撰諸人。雖今人或有言其善用雙聲疊韻字及細辨四聲，似亦出偶然，並不每首如此。宋人只言蘇軾詞或不合律，未有言及晏殊、歐陽修者。清照此評不公，故胡仔以「蚍蜉撼大樹」詆之。

詞苑萃編卷九　裴（裴暢）按：易安自恃其才，藐視一切，語本不足存。第以一婦人能開此大口，其妄不待言，其狂亦不可及也。

按：新編《李清照集》以為此則出自《詞苑叢談》，而《詞苑叢談》實未載其語。裴暢時代較後於徐釚，悲暢之言不可能收入徐釚之書也。

香研居詞麈卷三　李易安論詞　易安居士言：詩文分平仄，而歌詞分五音，又分五聲，又分音律，又分清濁輕重。且如近世所謂《聲聲慢》、《雨中花》、《喜遷鶯》，既押平聲韻，又押入聲韻；《玉樓春》本押平聲韻，又押上去聲，又押入聲。本押仄聲韻，如押上聲則協，如押入聲，則不可歌矣。培案：段安節言：商角同用，是押上聲者，入聲亦可押也。與易安說不同。余嘗取柳永《樂章集》按之，其用韻與段說合者半，不合者半。乃知宋人協韻比唐人較寬。宋大樂以平入配重濁，以上去配輕清，亦與段圖不同。大抵宋詞工者，惟取韻之抑揚高下與協律者押之，而不拘拘於四聲，其不知律者，則惟求工於詞句，併置此而不論矣。

按：《詞學集成》卷四云：詒按：後之填詞，韻有上去通押者而無平仄同押者，雖與曲有別，究與律無關也。

漢巴[1]官鐵量銘[2]跋尾注

此盆色類丹砂：魯直[3]石刻云：「其一曰秦刀，巴官三百五十戊，（雅雨堂叢書本金石錄校語云：「魯直誤以斤為戊。」）永平[4]七年第二十七酉。」余紹興庚午[5]歲親見之。今在巫山縣[6]治。韓暉（四部叢刊本金石錄過錄顧千里校語云：「暉旁注：注。」）仲云。○（金石錄卷十四）

按：《金石錄》乃趙明誠所撰，李清照亦筆削其間（見《貴耳集》卷上）。清王士禛《池北偶談》卷十四且云：「趙明誠與某婦李易安撰《金石錄》，其書最傳。」趙明誠死於建炎三年（公元一一二九年），而此注則敘及紹興二十年（公元一一五〇年）事，近人頗以為此注乃清照所作。唯清照未嘗至蜀，無由親見是器。明曹學佺《蜀中廣記》卷六十八引作韓暉仲跋。如為韓暉仲跋語，則頗似後人所附。「余紹興庚午歲親見之」，極似紹興以後之語，或非李清照所加注。

【注釋】

1. 巴：地名，今四川省東部。
2. 鐵量銘：鐵製量器內所刻之銘。
3. 魯直：即黃庭堅。黃字魯直，已見前。
4. 永平：漢明帝年號（據趙明誠考證，見參考資料）。
5. 紹興庚午：即紹興二十年，公元一一五〇年。
6. 巫山縣：即今四川省巫山縣。

【參考資料】

金石錄卷十四・巴官鐵量銘　右漢《巴官鐵量銘》云：「巴官永平七年三百五斤第二十七。」前代以永平紀年者凡五：漢明帝、晉惠帝、後魏宣武、李密、偽蜀王建。惟明帝止十八年，其他皆無及七年者，以此知為明帝物也。此銘王無競見遺。

入蜀記卷六　二十四日（乾道六年十月）早，抵巫峽縣。……縣廨有故鐵盆，底銳似半甕，狀極堅厚。銘在其中。蓋漢永平間物也。缺處鐵色光黑如佳漆，字畫淳質，可愛玩。有石刻魯直作《盆記》，大略言「建中靖國元年，予弟叔向嗣直自涪陵尉攝縣事。予起戎州，來寓縣廨。此盆舊以種蓮。余洗濯，乃見字」云。

賀人孿生啟

無午未二時[1]之分，有伯仲兩楷[2]之似。原作「侶」，古今詞統作「異」，從宋稗類抄、宋詩紀事、癸巳類稿改。「似」或作「侶」，因字形相近而誤作「侶」。**既繫臂而繫足[3]，實難弟而難兄[4]。玉刻雙璋[5]，錦挑對褓[6]。**◯瑯嬛記卷上引文粹拾遺　古今詞統卷三　崇禎歷城縣志卷十六　宋稗類鈔卷二十一　宋詩紀事卷八十　詞林紀事卷十九　癸巳類稿卷十五

按：《詩詞雜俎》本《漱玉詞》云：「《漱玉集》不載，此啟見《文粹拾遺》。」按：《文粹拾遺》世無其書，毛晉亦未必曾見《漱玉集》，所云殆亦本《瑯嬛記》。又按：沈雄《古今詞話詞品》卷下誤引「玉刻雙璋，錦挑對褓」二句，以為李易安詞。

【注釋】

1. 午未二時：見後【參考資料】《瑯嬛記》。

2. 伯仲兩楷：《太平御覽》卷三百九十六引《風俗通》曰：陳國「張伯喈弟仲喈婦炊於竈下，至井上，謂喈曰：『我今日妝好不（否）？』伯喈曰：『我伯喈也。』婦大慙愧。其夕時，伯喈到更衣，婦復遂牽其背曰：『今日一大誤，謂伯喈為卿。』答曰：『我故伯喈也。』蓋親密無過夫婦，然尚如此，況於初未相見，而責先識之乎。」（今本《風俗通義》無此則。清照文作「伯仲二楷」，《錦繡萬花谷》前集卷十六、《古今合璧事類備要》前集卷二十七作「張伯偕仲偕」，疑皆誤。他書亦有作「偕」者）

3. 繫臂繫足：見後引《瑯嬛記》。

4. 難弟難兄：《世說新語》卷上之上《德行》：「陳元方子長文有英才，與季方子孝先各論其父功德，爭之不能決。咨於太丘。太丘曰：『元方難為兄，季方難為弟。』」此言弟兄二人，功德相同，不能上下也。清照此句尚有難以決定，孰為兄，孰是弟之意。《西京雜記》卷三云：「霍將軍妻一產二子，疑所為兄弟。或曰：『前生為兄，後生者為弟。今雖俱日，亦宜以先生為兄。』或曰：『居上者宜為兄，居下宜為弟。居下者前生。今宜以前生為弟。』時霍光聞之，曰：『昔殷王祖甲，一產二子，曰嚚、曰良。以卯日生嚚，以巳日生良，則以嚚為兄，良為弟。若以在上者為兄，嚚亦當為弟。』昔許釐莊公一產二女，曰妖、曰茂；楚大夫唐勒，一產二子，一男一女，男曰貞夫，女曰瓊華，皆以先生為長。近代鄭昌時、文長蒨並生二男，滕公一生二女，李黎生一男一女，並以前生者為長。霍氏亦以前生為兄焉。」清照實用此孿生事也。

5. 玉刻雙璋：璋，玉刀之屬。《說文解字》：「剡上為圭，半圭為璋。」《詩．斯干》：「乃生男子，載寢之牀，載衣之裳，載弄之璋。」後世遂以生子為「弄璋」。此賀人一產二子，故曰雙璋。

6. 錦挑對褓：褓，襁褓，嬰兒之衣或被。此亦言孿生，故曰對褓。

【參考資料】

瑯嬛記卷上引文粹拾遺　李易安《賀人孿生啟》中有云：「無午未二時之分，有伯仲兩楷之侶。既繫臂而繫足，實難弟而難兄。玉刻雙璋，錦挑對褓。」注曰：「任文二子孿生，德卿生於午，道卿生於未。張伯楷、仲楷兄弟，形狀無二。白汲兄弟，母不能辨，以五綵繩一繫於臂，一繫於足。」

按：《瑯嬛記》署元伊世珍撰，實為明人所偽造，全不可據。明人藏書目錄已有將其編入偽書類內者。《瑯嬛記》所引各書，多從無著錄，亦無傳本。所引《誠齋雜記》一種，雖刊入《津逮祕書》，亦偽書也。《文粹拾遺》更不知為何書。宋只有《宋文粹》，見宋《祕書省續四庫書目》，亦即《宋史・藝文志》之《聖宋文粹》，不聞有《文粹拾遺》，俞正燮《易安居士事輯》引作《宋文粹拾遺》，更為無稽。此啟是否清照所作，尚無法斷定。

附錄

李清照事迹編年

李清照，自號易安居士，宋濟南人（即今山東省濟南市）。自幼即有才藻名，善屬文、工詩。

宋王灼《碧雞漫志》卷二云：「自少年即有詩名，才力華贍，逼近前輩。若本朝婦人，當推文采第一。」朱弁《風月堂詩話》卷上云：「善屬文，於詩尤工，晁補之多對士大次稱之。」《朱子語類》卷一百四十云：「本朝婦人能文，只有李易安與魏夫人。」趙彥衛《雲麓漫鈔》卷十四云：「文章落筆，人爭傳之。」舊題朱無惑撰別本《萍洲可談》卷中云：「詩之典贍，無愧於古之作者。」《宋史・李格非傳》云：「女清照，詩文尤有稱於時。」

詞亦有名於時。

《萍洲可談》卷中云：「詞尤婉麗，往往出人意表，近未見其比。」《雲麓漫鈔》卷十四云：「小詞多膾炙人口。」魏仲恭《斷腸詩集序》云：「近時之李易安，尤顯顯著名者。」王灼《碧雞漫志》則深斥之，云：「晚節流蕩無歸，作長短句，能曲折盡人意。輕巧尖新、姿態百出。閭巷荒淫之語，肆意落筆。自古搢紳之家能文婦女，未見如此無顧藉也。」

宋侯寘《孏窟詞》有《效易安體・眼兒媚》詞一首，辛棄疾《稼軒詞》有《博山道中效李易安體・醜奴兒近》一首。

著作多不傳。

宋、明人著錄之詩文集、詞集均佚。明陳第世善堂之《李易安集》十二卷、《漱玉集詞》一卷，趙琦美脈望館之《李易安詞》一本，下至清陸漻佳趣堂之《漱玉集》一卷，俱無可蹤跡。

能書，能畫。

明張丑《清河書畫舫》申集云：「易安詞稿一紙，乃清祕閣故物也，筆勢清真可愛。」同書巳集引《畫系》云：「周文矩畫《蘇若蘭話別會合圖卷》，後有李易安小楷《織錦迴文》詩，並則天《璇璣圖記》，書畫皆精，藏於陳湖陸氏。」明宋濂《芝園續集》卷十《題李易安所書琵琶行後》云：「樂天謫居江州，聞商婦琵琶，抆淚悲歎，可謂不善處危難矣。然其辭之傳，讀者猶愴然，況聞其事者乎。李易安圖而書之，其意蓋有所寓。」明陳繼儒《妮古錄》卷三、《太平清話》卷一云：「莫廷韓云：『曾買易安墨竹一幅。』余惜未見。」《清河書畫舫》申集又稱：「李易安、管道昇之竹石。」清人所編《玉臺書史》、《玉臺畫史》俱有清照之名。

南宋人對於婦女善文詞、書畫者，輙以清照比之。如魏仲恭《斷腸詩集序》、張端義《貴耳集》、周密《齊東野語》等等。

父李格非，字文叔，有文名。

格非，熙寧九年進士（《太平治迹統類》卷二十八），《宋史·文苑》有傳。宋韓淲《澗泉日記》卷下云：「鞏豐仲至言：尹少稷（穡，南宋人，紹興三十二年與陸游同時賜進士）稱：李格非之文，自太史公之後，一人而已。」此過譽之言，不足據。

與廖正一明略、李禧膺仲、董榮武子號後四學士。

見《澗泉日記》卷上。

廖明略乃元豐二年進士，曾入黨籍，有《竹林集》三卷（見晁公武《昭德先生郡齋讀書志》卷四下）、《廖明略集》（見尤袤《遂初堂書目》）、《廖正一集》八卷（見《宋史·藝文志》）。與遂初堂之《廖明略集》未知是否即為一書），俱佚。有詩、文、詞等散見王銍《四六話》、謝伋《四六談麈》、曾慥《樂府雅詞》、張邦基《墨莊漫錄》、王象之《輿地紀勝》等書。李膺仲能畫，有一詩見孫紹遠《聲畫集》卷八（清厲鶚《宋詩紀事》卷三十作李膺仲而不作李禧，蓋其時《四庫》本《澗泉日記》尚未從《永樂大典》輯出，故厲氏不知其名），有斷句見胡偉《宮詞》。董武子文字更少見，只胡仔《苕溪漁隱叢話後集》卷五十九載有詞斷句。武子藏有古器銘，見薛尚功《歷代鐘鼎彝器款識》卷一。按徐光溥《自號錄》載董耘字武子，其姓名見晁補之《雞肋集》。李彖《師友談記》、李心傳《建炎以來繫年要錄》等書。二人時代相同，「榮」、「耘」一聲之轉，疑或即一人也。四人殆於祐間同時為館職，同有文名，故稱「後四學士」，以繼黃庭堅、秦觀、晁補之，張耒四學士。

有《洛陽名園記》傳於世。

格非尚有《濟北集》（見《澗泉日記》卷上）、《李格非集》五十四卷（見《遂初堂書目》及《後村先生大全集》），又有《禮記精義》十六卷、《永洛城記》一卷、《史傳辨志》五卷（俱見《宋史·藝文志》），今俱佚。只有詩、文若干篇，散見宋人載籍。

陳振孫《直齋書錄解題》卷八《洛陽名園記》條云：「格非苦心為文，而集不傳，館中亦無有，惟錫山尤氏有之。《文鑑》僅存此跋，蓋亦未嘗見其全集也。」是格非《文集》在宋時已傳本甚稀。錫山尤氏遂初堂藏書，寶慶元年已燬於火，而劉後村尚見《格非集》，或出尤氏藏本之外也。

母王氏。

清照母王氏。《宋史・李格非傳》云：「王拱辰孫女，善屬文。」宋莊綽《雞肋編》卷中云：「岐國公王珪，元豐中為宰相。父準、祖贄、曾祖景圖皆登進士第。漢國公準子四房，孫壻九人：余中、馬玿、李格非、閻邱籲、鄭居中、許光疑、張燾、高旦、鄧洵仁皆登科。鄧、鄭、許相代為翰林學士。曾孫壻秦檜、孟忠厚同時拜相，開府。」依《雞肋篇》之說，則清照之母，為王準之孫女，非王拱辰孫女，與《宋史》異。莊綽與清照同時，且所云秦檜與孟忠厚為僚壻，與史實合，疑莊綽所言為是。

黃盛璋先生新近修改之《趙明誠李清照夫婦年譜》（即附錄於上海出版之《李清照集》後者，以下簡稱《黃譜》）曾引余上說，並云：「《宋史・李格非傳》多本王稱《東都事略》，王稱為明誠之友，而莊綽亦與清照同時，兩說不同，未詳孰是。」按此處所涉乃李格非妻王氏為王拱辰孫女抑王準孫女一事。王稱《東都事略》卷一百十六《李格非傳》並無一字述及其妻王氏，是《宋史》所云王拱辰孫女，必另有所本，絕不出自《東都事略》。又按王稱父名王賞，崇寧二年進士（見陳騤《中興館閣錄》卷七、彭百川《太平治迹統類》卷二十八），卒於紹興十九年（見李心傳《建炎以來繫年要錄》卷一百六十），後於明誠之卒約二十年。疑王稱之父王賞或為明誠之友，王稱似為後輩。以《雞肋篇》與《宋史》較之，似《雞肋篇》仍較可信也。

公元一〇八四年（元豐七年甲子） 清照生。

清俞正燮《易安居士事輯》（見《癸巳類稿》卷十五）云：「居歷城城西南之上柳絮泉上。」自注云：「《古懽堂集》有《柳絮泉訪李易安故宅》詩。」《山東通志》卷三十四疆域志第三古蹟一亦云：「李清照故宅在柳絮泉。」按清照幼時，當從父母居，其故宅應云「李格非故宅」，不得云「李清照故宅」。嫁後從趙氏，未居濟南。至晚年則濟南已為金統治，清照欲歸不得。濟南不得有李清照故宅。《山東通志》所云，殆亦本清田雯《古懽堂集》，或出後人附會，未必即為實錄。元于欽《齊乘》、明《崇禎歷城縣志》、清《康熙濟南府志》，俱無清照故宅在柳絮泉之說。

公元一一〇一年（建中靖國元年辛巳） 清照十八歲，適東武趙明誠。

俞正燮《易安居士事輯》云：「元符二年，年十八，適太學生諸城趙明誠。」按清照自云：「余建中辛巳，始歸趙氏。」（見《金石錄後序》）非元符二年。俞氏誤。

按：清照是年或年十九歲。《滂喜齋藏書記》卷一宋本《金石錄》所錄清阮劉文如跋云：「序言十九歲歸趙氏，時先君作禮部員外郎，侯年二十一。」又云：「《文選》注引《陸機傳》云：『年二十而吾滅，退居舊里，與弟勤學，積十一年。』是士衡二十歲時，乃歸里之年，不能定為作賦年。或是易安別有所據，或是亂離之時，偶然忘記耳。」（此乃辨明其《後序》中「少陸機作賦之二年」一語之誤）按滂喜齋潘氏所藏宋刻《金石錄》十卷殘本，原無清照《後序》，經明朱文石在嘉靖年間補錄，題跋前並錄有《瑞桂堂暇錄》之文（原未注明出處）。其《後序》全文或亦錄自《瑞桂堂暇錄》（阮劉文如所引「時先君作禮部員外郎，侯年二十一」，無「丞相作吏部侍郎」一句，與明抄《說郛》本《瑞桂堂暇錄》文字相同）。據阮劉文如所引，似序文內明言「十九歲歸趙氏」。今所見明抄《說郛》內引《瑞桂堂暇錄》則無此語。倘朱文石所錄《後序》文確有「十九歲歸趙氏」之語，則清照是年年十九歲，至紹興四年，年五十二歲，與宋洪邁《容齋四筆》所云「時紹興四年也，易安年五十二矣」之語，完全相合（參閱後一一三四年事迹）。惜滂喜齋舊藏宋本《金石錄》無從寓目，（黃盛璋君見告：「此本現在上海圖書館，無明人所抄《後序》。」）明抄本《說郛》南北公私藏書多有之，亦未能遍閱，而《瑞桂堂暇錄》又未聞有其他傳本，只有《說郛》本。倘確云十九歲歸趙氏（清照當生於公元一〇八三年，即元豐六年癸亥），則過去聚訟紛紜之爭論，可以迎刃而解矣。

案《黃譜》最近修正，云滂喜齋舊藏殘宋本《金石錄》附有《後序》，惜未能一比勘之。

時明誠年二十一歲，在太學作學生。

此據《金石錄後序》。

趙明誠，字德甫，宋密州諸城人，趙挺之之季子（此據宋翟耆年《籀史》所載。宋洪邁《容齋四筆》卷五云：「清憲丞相之中子。」按明誠有二兄，一名存誠，字中甫；一名思誠，字道甫，明誠似非中子。《朱子語類》卷一百三十、《宋宰輔編年錄》卷十一所載，俱以明誠為季子。洪氏說疑有誤。趙挺之父名元卿，見《夷堅乙志》卷九）。自幼即好金石刻。《金石錄》三十卷為明誠有名著作。後人常與歐陽修之《集古錄》並舉，或稱二人為歐趙。《金石錄》傳本甚多，以刊本而言，有北京圖書館藏之宋刻本（據張元濟先生考證，此為宋龍舒刊本，有跋，載《涉園序跋集錄》），上海圖書館之宋刻殘本十卷，清代之濟南謝世箕本、雅雨堂本、三長物齋本、結一廬本，此外又有《四部叢刊續編》影印之清呂無黨抄本。舊抄本有明抄本、清抄本多種。

《金石錄》一書，為研究古代金石刻者所必資。昔人頗推重之。宋洪适《隸釋》云：「趙君之書，證據見謂精博。」朱熹以為大略似歐陽修《集古錄》，而詮敘益有條理，考證益為精博。陳振孫云：「《金石錄》三十卷，東武趙明誠德甫撰。其所藏二千卷，蓋倣歐陽《集古》而數則倍之。本朝諸家蓄古器物款式，其考訂詳洽，如劉原父、呂與叔、黃長睿多矣。大抵好附會古人名字，如『丁』字即以為祖丁，『舉』字即以為伍舉，方鼎即以為子產，仲吉匜即以為偪姞之類。邃古以來，人之生世夥矣，而僅見於簡冊者幾何。器物之用於人亦夥矣，而僅存於今世者幾何。迺以其姓氏名物之偶同而實焉。余嘗竊笑之。惟其附會之過，併與其詳洽者皆不足取信矣。惟此書跋尾獨不然，好古之通人也。明誠，宰相挺之子。其妻易安居士為作《後序》，頗可觀。」（《永樂大典》所載《直齋書錄解題》原無此則。清四庫館臣從《永樂大典》輯出時，復據《文獻通考·經籍考》所引陳氏之言補入）（按陳振孫所見《金石錄》已載有《後序》，必非初刻之龍舒本，殆為趙師厚本，或其他刊本或抄本）

《金石錄》所收金石刻，內有明誠父挺之遺物。《金石錄》卷三十《唐遺教經跋尾》云：「余家藏金石刻二千卷，獨此經最為舊物，蓋先公為進士時所蓄爾。」卷二十二《隋化善寺碑跋尾》云：「余元祐間，侍親官彭門，時為兒童，得此碑。今三十餘年矣。」（此跋殆作於宣和年間）

明誠自幼即喜金石刻。《金石錄自敘》云：「余自少小喜從當世學士大夫訪問前代金石刻詞。」《金石錄》卷三十《漢重修高祖廟碑跋尾》云：「余年十七八時，已喜收蓄前代石刻。故正字徐人陳無己為余言，豐縣有此碑。託人訪求，後數年乃得之。」《金石錄》卷三十《唐起居郎劉君碑跋尾》云：「紹聖間，故陳無已學士居彭城，以書抵余曰：『近得柳公權所書《劉君碑》，文字磨滅，獨公權姓名三字煥然。』余因求得之。」時明誠至多不過十七歲也。《金石錄》卷十三《玉璽文跋尾》云：「元符中咸陽所獲傳國璽也。初至京師，執政以示故將作監李誠。誠手自摹印之，凡二本，以其一見遺焉。」（李誡所著《營造法式》，為有名之古代建築學著作）按獲璽事在元符元年春正月（宋人或云在紹聖五年，即元符元年也。紹聖五年六月，始改年號為元符）。其時明誠亦只有十八歲也（《宋史．輿服志六》所載較詳，云得於紹聖三年。四年上之。元符元年三月，蔡京等考定為秦璽。按：蔡京奉詔辨驗玉璽，在元符元年正月乙丑，明誠得玉璽摹本，必在元符元年也）。明誠又有《古器物銘碑》十五卷（見翟耆年《籀史》），《諸道石刻目錄》十卷（見《宋史．藝文志》），今俱佚。《籀史》云：「趙明誠《古器物銘碑》十五卷：商器三卷、周器十卷、秦漢器二卷。河間劉跂序，洛陽王壽卿篆。壽卿得二李用筆意，字畫端勁未易及。明誠字德夫，大丞相挺之季子。讀書贍博。藏書萬卷，悉親是正，鉛槧未嘗去手。酷好書畫。遇名跡，捐千金不少靳。畜三代鼎彝甚富。建炎南渡，悉為盜敓。所存者九牛之一毛，又無子能保其遺餘，每為之歎息也。」《古器物銘碑》與《金石錄》所載《古器物銘》，或以為即一書（清初王士禛即主是說，為《四庫全書總目提要》所斥，而近人尚有如是主張者）。按《金石錄》卷一．目錄一．第一至第二十六，俱為《古器物銘》。又卷十一至十三．跋尾一至三之石本《古器物銘》止，亦俱為古器物銘。據石本《古器物銘跋尾》，摸刻上石者三百餘銘。頗疑此三百餘銘，即編為十五卷，號《古器物銘碑》。《古器物銘碑》今不可復見。此書似不僅錄其款識而已，且有跋尾。薛尚功《歷代鐘鼎彝器款識》所收彝器款識，注明出自《古器物銘》者，或有銘無跋，或有跋而與《金石錄》互有詳略，或出於《金石錄》著錄之外。《金石錄》有跋尾而薛尚功書未載者亦有之。《金石錄》內不載各器款識，與《集古錄》（歐陽修撰）相同，無王壽卿篆。《金石錄》與《古器物銘碑》是否為一書，不問可知（王復齋集《鐘鼎款識》載曾侯鐘所引《古器物銘》，與《金石錄》卷十二之《楚鐘銘》跋尾相同，蓋間有互見者）。

趙明誠與其父異趣。陳師道《後山居士集》卷十四《與魯直書》云：「正夫有幼子明誠，頗好文義。每遇蘇、黃文詩，雖半簡數字必錄藏，以此失好於父，幾如小邢矣。」（小邢指邢恕之子邢居實，早死）

時清照父格非為禮部員外郎，明誠父挺之為吏部侍郎，居京師（宋之汴京、東京，今河南省開封市）。

據《金石錄後序》。

按《宋史・趙挺之傳》：徽宗立，為禮部侍郎，拜御史中丞，為欽聖后陵儀仗使，未云為吏部侍郎。據黃盛璋《李清照事迹考》（見一九五七年《文學研究》第三期），挺之為吏部侍郎，蓋在是年六月至十一月之間。

冬十二月二十九日卒，陳師道卒，年四十九。

見魏衍《彭城陳先生集記》。

《朱子語類》卷一百三十：「陳無己、趙挺之、邢和叔皆郭大夫壻。陳為館職，當侍祠郊丘，非重裘不能禦寒氣，無己只有其一，其內子為於挺之家假以衣之。無己詰所自來，內子以實告。無己曰：汝豈不知我不著渠家衣耶！卻之。既而遂以凍病而死。」

公元一一〇二年（崇寧元年壬午）　清照十九歲。

夏五月庚辰，趙挺之自試吏部尚書、兼侍讀、修國史、編修國朝會要，遷中大夫，除尚書右丞。

據《宋宰輔編年錄》卷十一（《宋史・徽宗紀》同。《宋史・宰輔年表》云：六月丙申）。

秋七月乙酉，三省籍記元祐黨人姓名，不得與在京差遣者十七人。

李格非名在第五。此為第二次籍記之姓名，第一次有五十七人（見《通鑑長編紀事本末》卷一百二十二）。

八月己卯，趙挺之除尚書左丞。

亦據《宋宰輔編年錄》卷十一（《宋史・徽宗紀》、《宰輔年表》同）。

九月己亥，定元祐黨籍，由宋徽宗（趙佶）自書，刻石端禮門。李格非入黨籍。

李格非因不肯與編元祐章奏，入黨籍（見陳振孫《直齋書錄解題》）。編類元祐群臣章疏及更改事條，事在哲宗紹聖年間（見《宋史・哲宗紀》）。

據《通鑑長編紀事本末》卷一百二十一，入黨籍者凡一百一十七人（《宋史・徽宗紀》云一百二十人），格非名在餘官第二十六人。

清照上詩趙挺之救其父。

所謂元祐姦黨，或勒停、或送某地安置、或羈管、或編管。李格非其時當為提點京東刑獄之職，不知如何處理。

清照上挺之詩云：「何況人間父子情。」見《洛陽名園記・張琰序》。定黨籍與清照上詩，當為同時之事。挺之時為執政（尚書左丞），未為相。張揆云「趙相」，乃後來追敘之稱。

有人持徐熙《牡丹圖》求售。

《金石錄後序》云：「嘗記崇寧間，有人持徐熙《牡丹圖》，求錢二十萬。當時雖貴家子弟，求二十萬錢豈易得耶。留數日，計無所出而還之。夫婦相向惋悵者數日。」按此云崇寧間，又云貴家子弟。當為明誠未仕以前之事。下一年明誠即出仕宦。此必崇寧元年事。

明誠得《漢從事武梁碑》。

《金石錄》卷十四《漢從事武梁碑跋尾》云：「余崇寧初，嘗得此碑，愛其完好。後十餘年，再得此本，則缺其最後四字矣。」所云崇寧初，不知何年，姑繫於此。

公元一一〇三年（崇寧二年癸未）　清照二十歲。

夏四月戊寅，趙挺之自中大夫、尚書左丞除中書侍郎。

見《宋宰輔編年錄》卷十一（《宋史·徽宗紀》、《宰輔年表》同）。

秋九月庚寅，責降人子弟不許注在京及府縣差遣。

李格非名在後來續添者之列（《通鑑長編紀事本末》卷一百二十一）。

辛丑，以《元祐黨人碑》端禮門刻石姓名，下外路州軍立石刊記。

見《通鑑長編紀事本末》卷一百二十一。

是歲，趙明誠出仕。

《金石錄後序》云：「後二年，出仕宦。」應為崇寧二年，明誠未有出身，殆以蔭入仕，初仕為何職，不可考。其二兄均中進士，不知在何年。

公元一一〇四年（崇寧三年甲申）　清照二十一歲。

夏六月甲辰，重定黨籍，元祐、元符黨人及上書邪等事者，合為一籍，通三百零九人。刻石朝堂。

李格非名仍在餘官第二十六人。（見《通鑑長編紀事本末》卷一百二十二。馬純《陶朱新錄》、李心傳《道命錄》卷二所載亦同）（世所傳者皆第二次之黨人碑。王昶《金石萃編》所載亦即此次之碑）

戊午，趙佶書而刊之石，置於文德殿門之東壁。

按文德殿乃百官常朝之所，見《司馬溫公詩話》。

壬戌，蔡京奉詔書元祐姦黨姓名進呈。

並見《通鑑長編紀事本末》卷一百二十二。

秋九月乙亥，趙挺之自右光祿大夫、中書侍郎除門下侍郎。

據《宋宰輔編年錄》卷十一（《宋史．徽宗紀》、《宰輔年表》同）。李文裿撰《李清照年譜》，以為是歲以後，清照與明誠屏居鄉里，非也。下一年十月，明誠尚授鴻臚少卿，可知絕未返里。

公元一一〇五年（崇寧四年乙酉）　清照二十二歲。

春三月甲辰，趙挺之自門下侍郎授右銀青光祿大夫、尚書右僕射、兼中書侍郎。

據《宋宰輔編年錄》卷十一（《宋史徽宗紀》、《宰輔年表》同）。

清照獻詩。

詩云：「炙手可熱心可寒。」（見《昭德先生郡齋讀書志》卷四下）

夏六月戊子，趙挺之罷右僕射，授金紫光祿大夫、觀文殿大學士、中太一宮使。

《宋宰輔編年錄》卷十一云：「挺之入相累月，引疾乞罷，而有是命。」（《宋史・徽宗紀》：「六月戊子，趙挺之罷。」）

賜趙挺之第一區。

《宋宰輔編年錄》卷十一載《趙挺之行狀》：「四年六月，挺之乞罷相，上既許之，詔曰：『願俟重來，以熙庶績。聞卿未有第，已令就賜。』」《夷堅甲志》卷十九云：「趙清憲賜第在京師府司巷。」賜第殆即六月內事也。

冬十月乙丑朔，趙明誠授鴻臚少卿。

明誠二兄：存誠為衛尉卿、思誠為祕書少監，挺之辭不敢當，乞收還成命，詔答不允（見《宋宰輔編年錄》卷十一）。

《宋宰輔編年錄》卷十一云：「崇寧三年正月甲午，通直郎鴻臚寺丞蔡攸賜進士出身，為校書郎，仍授金紫。攸，左僕射京子也。以趙存誠、許份例召對，除館職。京言：『攸未始登科，非存誠、份之比。』再辭，不許。」是崇寧二年，趙挺之為中書侍郎時，趙存誠因其父為執政，曾召對，除館職。殆亦為校書郎（許份乃崇寧二年進士，見梁克家《淳熙三山志》卷二十七）。

慕容彥逢《摛文堂集》卷四有《祕書郎趙思誠可著作郎制》，是趙思誠曾為館職。《永樂大典》卷五百三十九容字韻有蔣瑎所撰《慕容彥逢墓誌銘》，言其於崇寧間為中書舍人，則此乃崇寧年間事（中書舍人掌外制。此制必慕容彥逢為中書舍人時所草），當在為祕書少監之前。

公元一一〇六年（崇寧五年丙戌）　清照二十三歲。

春正月乙巳，毀《元祐黨人碑》。

丁未，赦天下，除黨人一切之禁。

並據《宋史·徽宗紀》。

庚戌，敘復元祐黨人。

餘官輕第一等李格非與監廟差遣。現在人並在外任便居住。重者不得至四輔，輕者不得至畿縣（見《通鑑長編紀事本末》卷一百二十四）。

二月丙寅，趙挺之自大學士、太一宮使授特進光祿大夫，尚書右僕射，兼中書侍郎。

據《宋宰輔編年錄》卷十一（《宋史·徽宗紀》、《宰輔年表》並同）。

李文祷所編《李清照年譜》，以此為正月間事，非。

二月二十六日，衛尉卿趙存誠為集賢殿修撰提舉醴泉觀。

《宋會要輯稿》第一二〇冊選舉三十三云：「以其（父）挺之拜相有請故也。」

或以挺之拜相有請為拜相請恩，不知何據。所云有請，疑是請迴避，故存誠自衛尉卿改授宮觀差遣也。宋人有迴避之例。

三月戊戌，元祐黨人第三等許到闕下，餘並不得到闕下。

李格非名在餘官第二等（見《通鑑長編紀事本末》卷一百二十四。元祐黨人出籍者，未見有格非之名（晁補之、張耒、李之儀、趙令時等後俱出籍）。建炎以後，元祐黨人多追復原官、或贈官，亦未見有格非之名，蓋記載闕失之故。

米芾跋蔡襄《進謝御賜詩卷》。

米芾跋云：「芾於舊翰林院曾觀石刻，今四十年，於大丞相天水公府，始覩真蹟。書學博士米芾。」（見明汪砢玉《珊瑚網法書題跋》卷三、清吳升《大觀錄》卷六、卞永譽《式古堂書畫彙考・書考》卷十）按天水乃趙氏郡望，而此卷後又在趙明誠處。挺之相徽宗，而米芾為書學博士亦正在徽宗之世。米芾所云：大丞相天水公，必趙挺之也。挺之自崇寧四年三月拜相，六月罷。五年二月又相，大觀元年三月罷，尋卒。芾觀此卷，必在去今二年之內，姑繫於此。

《金石錄》卷二十二，《隋周羅睺墓志跋尾》云：「無書人姓名。而歐陽率更在大業中所書《姚辨墓志》、《元長壽碑》，與此碑字體正同，蓋率更書也。往時書學博士米芾善書，尤精於鑒裁，亦以余言為然。」明誠與芾相識。米芾所觀蔡襄書卷，當時或即為明誠所藏。

米芾生於公元一〇五一年（皇祐三年辛卯），至是年五十六歲。（據宋程俱《北山小集》卷十六《題米元章墓》）此云「今四十年」，是芾在舊翰林院觀此卷石刻，年只十六七歲，或約舉成數而言，未必恰為四十年也。

公元一一〇七年（大觀元年丁亥） 清照二十四歲。

春，明誠得《漢任伯嗣碑陰》。

《金石錄》卷十五云：「右《漢任伯嗣碑陰》，大觀初，獲此碑。寘於汜水輦運司廨舍壁間。余聞其陰有字，因托人諷邑官破壁出之，遂得此本。」據黃盛璋《李清照事迹考》，此事在是年趙挺之罷相以前。

三月丁酉，趙挺之罷右僕射，授特進、觀文殿大學士、佑神觀使。

《宋宰輔編年錄》卷十二云：「挺之自崇寧五年二月入相，至是年三月罷。再入相凡一年，引疾乞罷，而有是命。」（《宋史・徽宗紀》云：「三月丁酉，趙挺之罷。」《宋史・宰輔年表》云：「致仕。」）

後五日，趙挺之卒，年六十八。贈司徒，官給葬事，謚清憲。

據《宋宰輔編年錄》卷十二（《宋史・徽宗紀》：癸丑，趙挺之卒）。

挺之乃熙寧三年葉祖洽榜進士（《石林燕語》卷三），無文集傳世。有詩一首，見《宋詩紀事》。另一首見宋岳珂《寶真齋法書贊》卷二十一（《永樂大典》本《寶真齋法書贊》輯於厲鶚身後，為厲氏所不及見）。又有一首見《天台集續編》卷一，陸心源《宋詩紀事補遺》卷三十八亦收之。另一首見《紹熙雲間志》卷下。

趙挺之亦善書法。《書史會要》卷六有其名。《中州金石記》卷四載有《韓宗道墓志》，元符二年七月立，曾肇撰，趙挺之正書，在許州。

《黃譜》載趙挺之行實，頗有可以商榷者，聊舉於此：

一、元豐八年，召試館職：譜云：「挺之奉行新法，與（司馬）光為反對黨，召試館職，不得在光執政日。」按李燾《續資治通鑑長編》卷三百八十載：元祐元年六月各宰執舉堪館閣之選者，中書侍郎張璪舉趙挺之。詔：候過明堂，令學士院試。同書卷三百九十三載：同年十二月庚寅，朝奉郎趙挺之為集賢校理。則挺之被舉實在司馬光執政之日。司馬光卒於是年九月丙辰，辛酉大享明堂，挺之由學士院試，當在司馬光卒後，蓋與同時被舉之張舜民、張耒、晁補之等同時召試。《黃譜》以為挺之召試在蔡確執政之時，以之繫於元豐八年，又以為挺之離德州當在蔡確罷相前，殊嫌過早。《黃譜》以為挺之阿附新黨，當不為元祐諸人所薦。實則趙挺之曾被認為元祐宰相劉摯之黨與。元祐六年十月，御史中丞鄭雍、殿中侍御史楊畏開具劉摯黨人姓名，有曾肇、張舜民、趙挺之、孫鍔等三十人（見《續資治通鑑長編》卷四百六十七）。即挺之身後，亦被論身為元祐大臣所薦。蓋趙挺之在元祐時，政治色彩未明，故亦被薦也。

二、元祐元年，為祕閣校理：《黃譜》據王明清《揮麈錄》卷六所載趙正夫、黃魯直俱在館閣，並引《山谷先生年譜》元祐元年，山谷在館中，元祐二年，山谷則在史局，知挺之為祕閣校理在是歲。按挺之於元祐元年十二月為集賢校理（見上引《續資治通鑑長編》，《宋會要輯稿》所載同），二年六月為監察御史（見《續資治通鑑長編》卷四百零二）。山谷則於元豐八年四月已為校書郎，元祐元年十月，充實錄院檢討官，已在史局，元祐二年正月為著作佐郎（俱見《續資治通鑑長編》卷三百五十三、三百八十九、三百九十四）。史局亦在祕書省內（指元豐改官制以後）。趙挺之為集賢校理，即與山谷同在館閣。如山谷在史局即不在館閣，則二人安得於元祐元年同在館閣？趙挺之何時為館職，《續資治通鑑長編》所載已甚明，無煩旁證也。

三、元祐二年，挺之彈劾蘇軾：按挺之論蘇軾，先後兩次，一在元祐二年十一月，一在元祐三年正月，見《續資治通鑑長編》卷四百零七、卷四百零八。譜只載二次。

四、元祐四年，挺之出通判徐州：按挺之出通判徐州，在元祐四年五月，見《續資治通鑑長編》卷四百二十七，似可補充其為何月中事。

五、元祐五年，挺之改知楚州：譜云：「據《宋史·哲宗紀》：二月丁酉，罷諸州軍通判，奏舉改官。挺之由徐州通判改知楚州，即在是時。」按宋制：選人有舉者五人，方得改為京官，部使州守倅俱得奏舉。宋人所謂改官，非自某差遣改任其他差遣，而為自選人改為京官。通判（即州倅）原亦可奏舉選人改官，至是乃罷之。此與趙挺之知楚州無涉。所引《哲宗紀》事，似不能證明挺之知楚州在是年二月也。原文引「罷諸州軍通判，奏舉改官」，似應為「罷諸州軍通判奏舉改官」。斷句似有錯誤，因之誤會。不然，通判一職如於元祐五年二月廢除，乃晁補之即於其年十二月通判揚州（見《續資治通鑑長編》卷四百五十三），豈旋即重設通判一職乎？何以一無記載？疑通判一職從未廢除也（《揮麈後錄》卷二云：熙寧三年，「有旨：今後通判更不舉選人充京官。」未知孰是）。

六、元祐六年七月挺之已入京官國子司業：按趙挺之以左朝散郎、集賢校理為國子司業，事在元祐六年十月，見《續資治通鑑長編》卷四百六十七。似七月間，挺之尚未為國子司業也。挺之殆曾自知楚州入為集賢校理，歸館供職，至六年十月，又自集賢校理除國子司業也。

秋七月，故觀文殿學士、特進、贈司徒趙挺之追所贈司徒，落觀文殿大學士。

《宋宰輔編年錄》卷十二云：「始挺之自密州徙居青州。會蔡京之黨，有為京東監司者，廉挺之私事。其從子為御史，承旨意言挺之交結富人。挺之卒之三日，京遂下其章，命京東路都轉運使王䆳等罫獄於青州鞫治。俾開封府捕親戚使臣之在京師，送制獄窮究，皆無實事。抑令供析，但坐政府日有俸餘錢，止有剩利，至微。具獄進呈。兩省臺諫交章論列，挺之身為元祐大臣所薦，故力庇元祐姦黨，蓋指挺之嘗為故相劉摯援引也。遂追贈官，落職。」

是歲起，明誠與清照屏居鄉里青州。

按挺之卒後，明誠弟兄三人當因父喪去官。至是挺之又追所贈官、落職，明誠當因此而屏居鄉里。近人俱以明誠屏居之鄉里為諸城，蓋據其原籍諸城而言。實則明誠乃屏居青州，非諸城。說見後一一二七年（建炎元年）事迹。

各本《金石錄後序》，或云屏居鄉里十年，或只云屏居鄉里，而不云十年（如清顧廣圻千里校本，繆荃蓀蓺風校汲古閣未刻《津逮祕書》本），不盡相同。按明誠之兄趙存誠，於政和二年二月，以祕書少監上書言事，是趙氏兄弟已有人出而任職。由此年至政和二年，只有五六年，疑無「十年」二字者為是。

《金石錄後序》所云：「每飯罷坐歸來堂。」當為屏居鄉里間事。李文䄎所撰《年譜》以為歸來堂在萊州郡舍。按郡廨中絕不以「歸來」名堂。且守一郡例無多年，《金石錄後序》云「歸來堂起書庫」，絕非守郡時在郡舍所為。李文䄎殆涉萊州之靜治堂而誤。

公元一一〇八年（大觀二年戊子）　清照二十五歲。

春，劉跂登泰山，宿絕頂，訪《秦碑》。

《金石錄》卷十三《秦泰山刻石跋尾》云：「大觀間，汶陽劉跂斯立，親至泰山絕頂，見碑四面有字，乃模以歸。」據劉《泰山秦篆譜序》（見劉跂《學易集》卷六，亦載宋呂祖謙《皇朝文鑑》卷九十二），劉曾親至泰山絕頂訪碑兩次，第一次在大觀二年春，第二次在政和三年秋。第二次登山，始摹本以歸。《金石錄》所記未詳。

劉跂乃元祐宰相劉摯之子，善為文，附見《宋史·劉摯傳》。

公元一一〇九年（大觀三年己丑）　清照二十六歲。

冬十一月，文及甫觀蔡襄《進謝御賜詩卷》。

文及甫乃宋宰相文彥博之子，附見《宋史·文彥博傳》。

文及甫題此卷云：「大觀三年仲冬上休日、青社郡舍之簡政堂觀，河南文及甫。」（見《珊瑚網》、《大觀錄》等書，參閱一一〇六年米芾題）按米芾曾觀是卷於大丞相天水公府，明誠且屢以示謝克家（見後一一三三年），是時當在明誠收藏之中。明誠其時正屏居鄉里，殆攜至郡金簡政堂共賞也。青州確有簡政堂，黃裳《演山先生集》卷一有《簡政堂》詩。黃於崇寧元年守青州，見同書卷十四《青州坊門記》。

又按《金石錄後序》未言明誠曾守青州（《後序》只云連守兩郡，不知係指守萊淄兩州而言，抑指在守淄以前已連守兩郡）。俞正燮以為起知青、萊二州，或即據文及甫此跋，以為明誠時守青州，故文及甫能在青社郡舍簡政觀此卷。此時明誠居鄉只有二三年，似無起知青州可能（俞氏《易安居士事輯》，徵引頗廣，曾否參閱《珊瑚網》等書畫譜錄，不得而知。俞氏引書，或不注所出。故《事輯》云：「《謝枋得集》亦言《繫年要錄》為辛棄疾造韓侂胄壽詞。」實出元吳師道《吳禮部詩話》，吳師道引謝疊山論李氏《繫年錄》、《朝野雜記》之非，而俞氏僅云《繫年要錄》，以實其李心傳《繫年要錄》記載疏舛之誤，不悟《繫年要錄》止於紹興三十二年，焉能下及開禧。宋《謝疊山集》原有六十四卷，原本久佚。傳本只一十六卷，乃明黃溥重編，收拾於叢殘之餘，散失已多。《建炎以來朝野雜記》或云有丙集、丁集，世亦無傳。吳師道所引謝疊山文，原文如何已不可知。俞氏改易引文，沒其所出，不論有意無意，俱非實事求是之道）。

濰州昌樂丹水岸圮，一爵、一觚出土。

爵銘收入《金石錄》卷十三。此事《金石錄》云大觀中，不知何年，姑附於此。

米芾卒，年五十九。

他書俱作五十七歲，卒於大觀元年，此據《北山小集》。

公元一一一〇年（大觀四年庚寅）　清照二十七歲。

晁補之卒，年五十八。

補之嘗對客稱清照之詩（見朱弁《風月堂詩話》）。

公元一一一一年（政和元年辛卯）　清照二十八歲。

春二月晦，王壽卿跋明誠所藏徐鉉《小篆千字文》真跡。

岳珂《寶真齋法書贊》卷九載徐鉉《小篆千字文》真跡，有米芾跋，有政和元年二月晦王壽卿跋（跋文與趙李無關，不轉引於此）。岳珂云：「故藏待制趙明誠家。」岳珂得於嘉定甲申三月。王壽卿，字魯翁，洛陽人（或云陳留人，未知孰是），曾為明誠篆《古器物銘碑》。宋莊綽《雞肋編》卷下云：「東坡葬汝州，其磚甓皆印『東坡』二字，洛人王壽卿所篆。」宋董史《皇宋書錄》卷中：「山谷云：『陳留有王壽卿，得陽冰筆意，非章友直，陳晞、畢仲荀、文勛所能管攝。』」（此出《豫章黃先生文集》卷二十八《跋翟公巽所藏石刻》）翟耆年《籀史》亦稱其「得二李用筆意，字畫端勁未易及」。蓋長於篆書也。壽卿事迹並見陸友仁《硯北雜志》，陶宗儀《書史會要》亦有傳。

夏五月丁亥，詔除落觀文大學士、特進、贈太師趙挺之責降指揮，從挺之妻秦國太夫人郭氏奏乞也。

據《宋宰輔編年錄》卷十二。按前云贈司徒，此云贈太師，必有一誤。《宋史·趙挺之傳》亦云贈司徒，當以贈司徒為是。

秋九月，明誠、清照題名於雲巢石（？）。

王鵬運《四印齋所刻詞》本《漱玉詞》附錄，有諸城王志修絕句三首，末一首云：「詞客爭傳《漱玉詞》，故鄉真恨我生遲。摩挲奇石題名在，應記花前寫照時。」自注云：「石高五尺、玲瓏透豁，上有『雲巢』二篆書，其下小磨崖刻：『辛卯九月，德父、易安同記。』現置敝居仍園竹中。」按明誠家居青州（說見後一一二七年），二人所題之石，何以在諸城。且宋人題記，多署名，極少用字。清王昶《金石萃編》等所載宋人石刻題名，用字者百中一二而已。李清照自號「易安居士」，並非字「易安」。宋歐陽修自號「六一居士」，未見其自稱「六一」。蘇軾自號「東坡居士」，亦未見題名自稱「東坡」。蓋未有自號某某居士，而只稱某某，略去「居士」二字者。清照何以題名「易安」。殆後人以明誠乃密州諸城人，因而偽造此石題記，置於諸城。想必附庸風雅者所為（《蕙風詞話》卷四亦載有此石）。

此石本為偽造，而人多信之。故此事姑依王志修詩自注，編於今年，而附說其偽於此。

明誠至泰山，得《唐登封紀號文》兩碑。

兩碑乃唐高宗自撰并書。其一大字磨崖，刻於山頂。其一字差小，立於山下。《金石錄》卷二十四云：「政和初，余親至泰山，得此二碑入錄焉。」不知為政和何年，姑繫於此。

公元一一一二年（政和二年壬辰）　清照二十九歲。

秋七月十七日，趙存誠言取訪遺書事。

《宋會要輯稿》第五十五冊崇儒四據《永樂大典》卷一千七百四十二引《中興會要》云：「政和二

年七月十七日，祕書少監趙存誠言：『諸州取訪遺書，乞委監官總領，庶天下之書，悉歸祕府。』從之。」

按趙存誠已於崇寧四年為衛尉卿，至此已有七八年之久，而只為祕書少監，蓋已自卿監之長降為貳職。殆於大觀元年因趙挺之喪去官後，復因挺之被論降職，與明誠等同屏居鄉里。上一年，因挺之妻郭氏奏乞，挺之已復所追司徒及所落觀文殿大學士，存誠等當亦出而任職，惟官職未能復舊，故是時存誠僅以祕書少監言事。《黃譜》以為存誠於政和二年復官，未知何據。

《金石錄後序》云：屏居鄉里十年（或無「十年」二字），殆約舉成數而言，未必確為十年。明誠是時或早已以低於原任鴻臚少卿之職出仕，未可知也。

公元一一一三年（政和三年癸巳）　清照三十歲。

秋，劉跂宿泰山，拓《秦泰山刻石》，作《泰山秦篆譜序》。

見《學易集》卷六《泰山秦篆譜序》。《金石錄》所著錄者，即為劉跂所摹之本。劉跂《金石錄後序》云：「余登泰山，觀秦相斯所刻，退而按史廷所記，大凡百四十有六字，而差失者九字。」《金石錄》卷十三亦稱其足以正史氏之誤（宋董逌《廣川書跋》卷四、徐度《卻掃編》卷下、趙彥衛《雲麓漫鈔》卷三俱載有劉跂登泰山訪秦碑事）。

楚公鐘在鄂州嘉魚縣出土，王壽卿以墨本遺明誠。

此器收入《古器物銘》，見薛尚功《歷代鐘鼎彝器款識》卷六及王復齋集《鐘鼎款識》。《金石錄》卷十一云：「右《楚鐘銘》，政和三年，獲於鄂州嘉魚縣以獻，字畫奇怪。友人王壽卿魯翁得其墨本見遺。」是器雖於是年獲於嘉魚（王厚之引石公弼云：「政和三年，武昌太平湖所進。」），壽卿是否於當年以墨本遺明誠，不可知。

公元一一一四年（政和四年甲午） 清照三十一歲。

秋，明誠題《易安居士畫像》（？）。

《四印齋所刻詞》本《漱玉詞》，前有清照畫像，題云：「易安居士三十一歲之照。」有贊云：「清麗其詞，端莊其品。歸去來兮，真堪偕隱。」後題：「政和甲午新秋，德父題於歸來堂。」王鵬運云：「易安居士照，藏諸城某氏。諸城，古東武，明誠鄉里也。王竹吾舍人以摹本見贈，屬劉君炳堂重撫是幀。竹吾云：其家蓄奇石一面，上有明城、易安題字。諸城趙李遺跡，蓋僅此云。光緒庚寅二月，半塘老人識。」又云：「按原本手幽蘭一枝，劉君摹本，取居士詞意，以黃花易之。」按明誠家居青州，而此照又藏於諸城，與雲巢石相類，殊為可疑。此畫既為宋人所作，且有明誠手題，流傳至清光緒年間王鵬運刻《漱玉詞》時，已有七八百年之久，而迄未見諸收藏家著錄。此照尚有明吳寬題七絕一首云：「金石姻緣翰墨芬，文簫夫婦盡能文。西風庭院秋如水，人比黃花瘦幾分。」而遍尋《匏翁家藏集》七十餘卷，不見此詩。《匏翁家藏集》中題畫詩甚多，而獨無此首。原本手幽蘭一枝，而詩則只及黃花而不及幽蘭，詞意亦頗淺薄，殆偽作也。鄧之誠先生曾見告：「世傳清照畫像，所衣非宋人服裝，乃後人所作。」鄧先生所云後人之作，如非四印齋所刻，當即為刊於一九五七年《文學研究》第三期之另一幅。今鄧先生已歸道山，無從請益析疑。沈濤《瑟榭叢談》卷下謂有元人畫易安小照，未知即此本（指諸城本）否。《蕙風詞話》卷四云：「易安別有『荼蘼春去』小影。」按今歷史博物館所陳列之李清照像摹本，即「荼靡春夢」小影。「荼靡春夢」與清照未知何干也。

此與前政和元年所題雲巢石相類，所謂好事者為之，而近人考證清照事迹，群以此為可靠資料。竊以為疑，未敢附和。

公元一一一六年（政和六年丙申）　清照三十三歲。

齊侯槃在安邱出土。

齊侯槃曾收入《古器物銘》，見薛尚功《歷代鐘鼎彝器款識》卷十六，《金石錄》卷十二云：「右《齊侯槃銘》，政和丙申歲，安邱縣民發地得二器，其一此槃，其一匜也。」齊侯匜見《歷代鐘鼎彝器款識》卷十二。

下邳縣民耕地得《漢祝長嚴訢碑》。

此碑收入《金石錄》卷十四，原云：「政和中。」

劉跂以《漢張平子殘碑》墨本寄明誠。

《金石錄》卷十四《漢張平子殘碑跋尾》云：「右《漢張平子殘碑》，政和中，亡友劉斯立以此本見寄。」此二事俱云政和中，不知何年。

公元一一一七年（政和七年丁酉）　清照三十四歲。

秋九月十日，劉跂為《金石錄》作《後序》。

清《武英殿聚珍版叢書》本《學易集》（即《永樂大典》本）卷六、宋呂祖謙《皇朝文鑑》卷九十二載此序，未署作序年月，《金石錄》題「政和七年九月十日」。又《金石錄》以此篇為「後序」，而《學易集》、《皇朝文鑑》、《皇朝文鑑》並作「序」。按劉序篇末云：「竊獲附姓名於篇末，有可喜者。」疑以作《後序》為是。

劉跂卒於政和末，此為其最後一二年所作（《學易集》中尚有政和八年作品）。劉跂屏居東平，政和中被誣編管壽春（見宋王明清《揮麈後錄》卷八），此時未知已否放還，或放令逐便。跂又曾為明誠序《古器物銘碑》。今《金石錄後序》內無一字述及《古器物銘碑》，劉跂序《古器物銘碑》，或在序《金石錄》之後也。今《古器物銘碑》久佚（晁、陳二家書目及《宋史·藝文志》俱未著錄，僅見於翟耆年《籀史》），二十卷本《學易集》（清代尚有人藏有抄本）亦不可復見，《永樂大典》本《學易集》與呂祖謙《皇朝文鑑》又不載《古器物銘碑序》，此序殆永佚矣。

《永樂大典》本《學易集》卷二有《題古器物銘贈得甫兼簡諸友》一首云：「往者李龍眠，監河國城岸。家多古時器，羅列供客玩。爵觚屢飲我，鼎鬲貯肴膳，到今李侯書，一展如對面。邇來三十載，復向趙卿見。收藏又何富，摹寫粲黃卷。沉酣夏商周，餘嗜到兩漢。銘識文字祖，曾玄成籀篆。頗通《蒼》《雅》字，不畏魚魯眩。遂將傳琬琰，索我序且讚。我衰心力薄，游不出里閈。孔懷忘年友，契闊異州縣。深慚千里駕，請畢十日燕。諸賢共留連，更賴三語掾。」詩中言明誠向其索「序」與「讚」。其「讚」未知如何也。劉跂詩題稱「得甫」，疑誤。劉跂《學易集》輯自《永樂大典》，只有《武英殿聚珍版叢書》本（《四庫全書》本及各省翻刻之《聚珍本》，同出一源），無別本可校。

劉跂於是年為《金石錄》作序，其時《金石錄》實尚未成書。《金石錄》有云「余為萊州」、「余為淄州」，皆為此年以後之事；書中且稱跂為亡友劉斯立。《金石錄》既有「余在淄州」之語，其成書殆在離淄以後，即在奔喪南下之後，或起復守江寧之時；或此書終明誠世迄未完成，而由清照續成之，俱未可知。

洪适生。

見《盤洲集》後附許及之撰《行狀》。

适字景伯，鄱陽人。官至尚書右僕射。所著《隸釋》中曾言及趙明誠妻更嫁事。

公元一一一八年（重和元年戊戌）　清照三十五歲。

古器六在安州孝感縣出土。

《金石錄》卷十三云：「右六器銘，重和戊戌歲，安州孝感縣民耕地得之，自言於州，州以獻於朝：凡方鼎三、圜鼎二、甗二，皆形製精妙，款識奇古。」其中圜寶鼎二，亦見薛尚功《歷代鐘鼎彝器款識》卷九，父乙甗見同書卷十六；又其中周南宮方鼎，亦見王復齋集《鐘鼎款識》。

公元一一二一年（宣和三年辛丑）　清照三十八歲。

春三月四日，中書舍人趙思誠言添差兵馬都監事。

見《宋會要輯稿》第九十冊職官四十九引《續國朝會要》。思誠言：「祖宗朝，兵馬都監監押大州，不過三員，小州止一員。今一州之中，至有六七人，職事不修，徭人使臣，係與不係依令來旨揮減罷。兼契勘軍班換授之人，逐時降旨揮，許添差。三路都總管司教押軍隊，即別無正額。及昨蒙旨揮，為李奎冒用階官換武臣。奉御筆許添差都監監押，本院已添差訖。今來即未審依令降旨揮一例減罷，亦来審合依舊存留在任。有此疑惑，未敢擅便施行。」詔並係合添差。

趙明誠守萊州。

明誠自一一〇七年家居，至是已十餘年。何時起復？守萊之前，曾否別有差遣？何時起知萊州？俱不可考。惟趙存誠早已於一一一二年，以祕書少監上書言事，趙思誠已於本年為中書舍人。即依清照《後序》所云「屏居鄉里十年」之說，至是亦早已過十年，明誠蓋早已出而復仕。

清照於是年八月到萊，則明誠守萊，不得晚於今年。清乾隆《萊州府志》職官題名無趙明誠，蓋修志諸人疏漏。

秋八月十日，清照到萊州，作《蝶戀花》詞一首、《感懷》詩一首。

清照自青州赴萊州，途經昌樂，作《蝶戀花》一首，即「淚溼羅衣脂粉滿」闋（在此以前，清照所作之詞，均不知其寫作年歲，不能編年。如《瑯嬛記》所載，又與事實不合，不能依據，只能從闕）。

清照到萊州後，曾作《感懷》詩一首，見明田藝蘅《詩女史》卷十一，前有序云：「宣和辛丑八月十日到萊。平生所見，皆不在目前。几上有《禮韻》，因信手開之，約以所開為韻作詩。偶得『子』

字，因以為韻，作感懷詩。」

李文裿云：「按詩意，甲午至辛丑之間，德甫曾守青州，今無考。」按此詩殊不見有「申午至辛丑間德甫曾守青州」之意。詩中所云「青州從事孔方君」，乃指「酒」與「錢」二物而言，與守青州無涉。李說非是。

得《後魏鄭羲下碑》於萊州、《上碑》於膠水。

《金石錄》卷二十一《後魏鄭贛碑跋尾》云：「碑乃在今萊州南山上，磨崖刻之。余守是州，嘗與僚屬登山，徘徊碑下久之。」又《上碑跋尾》云：「初余為萊州，得羲碑於州之南山，其末有云：『上碑在直南二十里天柱山之陽，此下碑也。』因遣人訪求，在膠水縣界中，遂模得之。」此不知何年之事，亦未必同在一年。姑附於此。

公元一一二三年（宣和五年癸卯）　清照四十歲。

秋八月中秋，《唐富平尉顏喬卿碣》重易裝標。

《金石錄》卷二十八《唐富平尉顏喬卿碣跋尾》云：「右《唐顏喬卿碣》，在長安，世頗罕傳，或云其石今亡矣。有朝士劉繹如者，汶陽人，家藏漢書唐石刻四百卷，以余集闕此碣也，輒以見贈。宣和癸卯中秋，在東萊重易裝標，因為識之。」劉繹如、字成叔，著有《金石苑》一書，凡錄金石刻四百褒，劉跂序之。（見《學易集》卷六）

古器物數十種，在青州臨淄縣出土。

《金石錄》卷十三云：「右《齊鐘銘》，宣和五年，青州臨淄縣民於齊故城耕地，得古器物數十種，其間鐘十枚，有款識，尤奇。最多者幾五百字。今世所見鐘鼎銘文之多，未有踰此者。……今余所藏，乃就鐘上摹拓者，最得其真也。」器於是作出土，趙氏摹拓，殆亦莊今年。

洪邁生。

見錢大昕撰《洪文敏公年譜》。

公元一一二五年（宣和七年乙巳）　清照四十二歲。

陸游生。

游有《老學庵筆記》，載清照以張九成與柳三變作一聯。

公元一一二六年（靖康元年丙午）　清照四十三歲。

趙明誠守淄州。

明誠守萊，至晚在宣和三年。五年八月尚在萊州。至是應早已秩滿。明誠何年到淄，是否由萊移淄，或罷萊守後再起知淄州，或曾任他職，俱不可考。

夏，明誠與清照共賞唐白居易書《楞嚴經》。

近人繆荃蓀《雲自在龕隨筆》卷二云：「唐白居易書《楞嚴經》一百幅，三百九十七行，唐箋楷書，系第九卷後半卷。趙明誠跋云：『淄州邢氏之村，邱地平瀾，水林晶清，牆麓磽确布錯，疑有隱君子居焉。問之，茲一村皆邢姓，而邢君有嘉，故潭長，好禮，遂造其廬，院中繁花正發。主人出接，不厭余為茲州守，而重余有素心之馨也。夏首後相經過，遂出樂天所書《楞嚴經》相示。因上馬疾驅歸，與細君共賞。時已二鼓下矣，酒渴甚，烹小龍團，相對展玩，狂喜不支。兩見燭跋，猶不欲寐，便下筆為之記。趙明誠。』前後有紹興璽，末幅止角上半印，存『御府』二字。後有『寶慶改元花朝後三日重裝寶易樓，遜志』題。此冊想見趙德夫夫婦相賞之樂。自序云『靖康丙午，侯守淄州』，當跋於此時，固俞理初未見者。」繆氏曾否親見樂天真跡，抑自他書轉引，所記未詳。近人或云：白居易書《楞嚴經》，並非真跡，繆氏未考。

遷《唐淄州開元寺碑》於郡廨便坐。

《金石錄》卷二十七云：「右《唐淄州開元寺碑》，李邕撰，并書。碑初建於本寺，後人移置郡廨敗屋下。余為是州，遷於便坐，用木為欄楯以護之云。」

得孟姜匜與平陸戈。

孟姜匜見《歷代鐘鼎彝器款識》卷十二，引《古器物銘》云：「孟姜匜得於淄之淄川。」亦見《金石錄》卷十三。平陸戈亦見《歷代鐘鼎彝器款識》卷十七，亦引《古器物銘》云：「藏淄州民間。」明誠得其器，殆皆為守淄時事，故編於此年。

十二月二日詔：朝散郎權發遣淄州趙明誠職事修舉，可特除直祕閣。

見《宋會要輯稿》第一二〇冊選舉三十三。

周煇生。

煇有《清波雜志》十二卷，載清照詩二首。煇命之八字為丙午己亥壬戌乙巳（見《清波雜志》卷七），蓋生於靖康元年。

馬曰琯以為煇名應作燀，作煇誤（見《宋詩紀事》卷五十八），已為《四庫全書總目》所駁（見《清波雜志提要》）；而《四庫提要》又以煇為周邦彥之子，近人王國維《清真先生遺事》亦已指出其非。今按周邦彥卒於宣和三年，而煇生於靖康元年，煇自非周邦彥之子（煇父名邦，至孝宗時尚在），其名亦確為煇而非燀，有宋本《清波雜志》可證。

趙明誠轉一官。

許景衡《橫塘集》卷七有《趙明誠轉一官制》云：「勅，逋卒狂悖，驚擾東州。爾為守臣，提兵帥屬，斬獲為多。今錄爾功，進官一等，剪除殘孽，拊循兵民，以紓朝廷東顧之憂。惟爾之職，往其懋哉。可。」據《宋史》許傳，許為中書舍人在靖康元年，制詞必其時所行。惟明誠斬獲逋卒，未見史籍記載，其事不詳。姑附於本年之末。

公元一一二七年（建炎元年丁未）　清照四十四歲。

春三月，明誠奔母喪南下。

《金石錄後序》云：「建炎春三月，奔太夫人喪南來。」俞正燮《事輯》以為奔母喪於金陵。按黃公度《知稼翁集》卷十一《代呂守祭趙丞相挺之夫人遷葬文》有云：「殯於他鄉，金陵之墟。子持從櫜，卜居晉水。」是明誠母實殯於江寧，後遷葬於泉州。俞正燮氏所云「奔母喪於金陵」，雖不知所本，殆事實也。

夏五月庚寅朔，趙構（康王）即皇帝位（淳熙年間卒，謚曰高宗）。

時金人已破東京，趙佶（徽宗）、趙桓（欽宗）被俘北去。

秋八月，趙明誠以朝散大夫、祕閣修撰起復知江寧府事、仍兼江南東路經制使。

此據周應合《景定建康志》卷十四所載。李心傳《建炎以來繫年要錄》卷七與之微異。祕閣修撰為直龍圖閣，經制使為經制副使，未知孰是。

清照《金石錄後序》云：「建炎戊申秋九月，侯起復知建康府。」年、月皆與李心傳、周應合所載不合，誤也。俞理初亦以為建炎二年起復，蓋承《後序》之誤。

清照南下，載書十五車，過淮、渡江，之建康。

《金石錄後序》「奔太夫人喪南來」句下，即接「既長物不能盡載」，語意不相連接。明會稽鈕氏世學樓抄《說郛》所收《瑞桂堂暇錄》，亦載有《金石錄後序》，此兩伺間有空格，蓋有闕文（《後序》中不可通處，殆皆如是）。清照未與明誠同奔喪（參閱下一年事迹），且明誠奔喪，勢必輕裝南下，似無載書而行之理。參之趙明誠跋蔡襄帖之語（見下一年），必明誠起復知江寧府後，清照始南來，並載書而行。

冬十二月壬戌，青州兵變，殺郡守曾孝序。明誠家存青州書冊什物十餘屋被焚。

《金石錄後序》云：「十二月，金人陷青州，凡所謂十餘屋者，已皆為煨燼矣。」宋劉時舉《續宋中興編年資治通鑑》卷一亦云：「十二月，寇陷青州。」與《後序》同。按之《建炎以來繫年要錄》卷十一，建炎元年十二月壬戌，青州郡守曾孝序為亂兵所殺（《宋史．高宗紀》同）。建炎二年正月，金人始陷青州（《宋史．高宗紀》亦同）。宋徐夢莘《三朝北盟會編》亦以青州被陷事繫之建炎二年正月，與《建炎以來繫年要錄》同。證以趙明誠跋蔡襄《神妙帖》云：「去年秋西兵之變，余家所資，蕩無遺餘。」（見下二年事迹）青州如為金人所陷，明誠當云「北虜」、「金寇」或「北兵」，不得云「西兵」。是明誠存青書冊什物，實亡於建炎元年十二月兵變，而非亡於建炎二年正月金人陷青州之時（惟明誠云：「去年秋」，非十二月。如非筆誤，則當為另一次兵變，而非金人陷青州）。俞正燮《事輯》亦云：「其年十二月，金人陷青州；火其書十餘屋。」蓋本《金石錄後序》，而未詳考史實也。

趙明誠為諸城人，故近人考證清照事迹，俱以明誠屏居十年之鄉里為諸城。考之事實，恐有未然。趙挺之已由密州諸城移居青州（見《宋宰輔編年錄》卷十二），雖在京為相，其舊居必在青州。崇寧五年，趙挺之且數乞歸青州私第（見《通鑑長編紀事本末》卷一百三十一引《趙挺之行狀》）。明誠屏居時，似不至再由青移居諸城，一也。文及甫觀蔡襄墨跡，在青社郡舍。明誠如家諸城，勢必將帖自諸城攜往青州，供人鑒賞，似非常情。家在青州，則於事為順。二也。《金石錄》卷二十二《北齊隴東王感孝頌跋尾》云：郭巨墓「在今平陰縣東北官道旁小山頂上。……余自青社如京師，往還過之，屢登其上。」依文義似往返不止一次。明誠家青州，故云「自青社如京師」，如家諸城，則當云「自諸城（或東武、或密州）如京師」矣。三也。明誠如家諸城，何以南下之後，剩餘書冊什物十餘屋乃不在諸城，而在青州。四也。所云鄉里，如為青州，頗能與事實相合。如為諸城，則支離百出，難以成說（宋人稱青州為青社，屢見記載，如云「富鄭公守青社」、「歐陽修守青社」、「鄭毅夫移青社」，考之各人本傳，則皆守青州也。《直齋書錄解題》卷五：《青社賑濟錄》云：「丞相富文忠公弼青州救荒施行文廣也。」亦有稱亳州為亳社，洛陽為洛社者。唐康駢《劇談錄》卷上《續坤蹶馬》條前云「青州監軍」，後云「青社監軍」，蓋唐人已稱青州為青社。後人多未注意及之，或強作解釋。《宋史》列傳中有稱為青社人者，蓋修《宋史》之歐陽玄等對青社一辭已不甚了了矣）。

又近人或以為歸來堂在諸城。《四印齋所刻詞》本《漱玉詞》附錄諸城王志修詩，自注云：「歸來堂舊址，乾隆中同邑李氏改名易安園。」歸來堂取義於陶淵明之《歸去來辭》。明誠屏居鄉里時，已每飯後坐歸來堂。其時明誠年只二十餘歲，或三十乍過，似不能以陶淵明「歸去來兮」自擬。此堂殆為趙挺之舊居，且在青州而不在諸城。《後序》明云：「歸來堂起書庫……置書冊。」而其後則存書十餘屋又在青州被焚，足以證明。

由此可以推知：諸城之雲巢石、清照像，雖云「德父題於歸來堂」、「德父、易安同記」，殊不足信。若以此石此像題記或舊址為真實，而證明誠確屏居諸城，似未能推翻前舉各說。古人偽造古蹟者有之（如鎮江甘露寺狠石，見宋陸游《入蜀記》），爭奪古蹟者有之（如清朱彝尊力主蘇小小墓在嘉興），附會者更多（如唐封演《封氏聞見記》所載。宋王象之《輿地紀勝》有時以一詩分屬兩地。周應合《景定建康志》卷十六以唐杜牧《寄揚州韓綽判官》詩「青山隱隱水迢迢」七絕一首為建康二十四航作，並將首句改為「青山綠水遶迢迢」）。清《乾隆諸城縣志》未載有雲巢石及歸來堂遺址，蓋猶為謹嚴，或偽造在乾隆以後也。

趙明誠外家郭氏，住青州，見《夷堅甲志》卷十九。

公元一一二八年（建炎二年戊申）　清照四十五歲。

春，清照抵江寧。

三月十日，趙明誠跋蔡襄書《趙氏神妙帖》。

明誠跋云：「此帖章氏子售之京師，余以二百千得之。去年秋西兵之變，余家所資，蕩無遺餘。老妻獨攜此而逃。未幾，江外之盜再掠鎮江，此帖獨存。信其神工妙翰，有物護持也。建炎二年三月十日」（後闕）。

岳珂跋云：「右蔡忠惠公《趙氏神妙帖》三幅，待制趙明誠字德甫題跋真蹟共一卷。法書之存，付授罕親，此獨有德甫的傳次第。而蔣仲遠猷，晁以道說之，張彥智縝俱書其後。中有彥遠者，未詳其為誰。承平文獻之盛，是蓋蔚然可觀矣。德甫之夫人易安，流離兵革間，負之不釋，篤好又如此。所憾德甫跋語，糜損姓名數字。帖故有石本，當求以足之。嘉定丁亥十月，予在京口，有鬻帖者持以來。叩其所從得，靳不肯言。予既從售；亦不復詰云。」贊曰：「公書在承平盛時，已售錢二十萬，趙氏所寶也。題跋皆中原名士，今又一百年，文獻足考也。易安之鑒裁，蓋與以身存亡之鼎，同此持保也。予得之京口，將與平生所寶之真，俱佚吾老也。」（俱見《寶真齋法書贊》卷九）此帖殆亦為後來易安在會稽被盜之物（參閱一一三一年事迹）。

明誠跋所謂「江外之盜再掠鎮江」，殆指張遇陷鎮江，以及由金山寺進兵揚子橋，縱兵四掠事。事在建炎二年正月（見《建炎以來繫年要錄》卷十二）。明誠之言，與史實合。

據明誠跋語，清照南來，必在明誠奔喪之後。書籍、金石刻、書畫等與清照同行。中途在鎮江遇盜掠。抵江寧時，必在建炎二年正二月之交。

《金石錄後序》敘明誠之語云：「獨所謂宗器（或作宋器）者，可自負抱，與身俱存亡。」據岳珂贊云「與以身存亡之鼎」，則所謂宗器，乃鼎也。《金石錄》所載家藏《古器物銘》，有父乙彝、及田鼎，皆鼎也，未知即是二器否。據此亦可知「宋器」應為「宗器」。

趙明誠收藏之法帖，內有王荊公墨蹟。宋阮閱《詩話總龜》前集卷二十八引《王直方詩話》云：「荊公有絕句云：『可惜昂藏一丈夫，從來不讀一行書。了雲識字終投閣，幸是元無免破除。』趙德甫曰：『明誠得葉濤枝本，此篇是贈一要人者。今集中所題非也。』」

謝伋攜唐閻立本畫《蕭翼賺蘭亭圖》過江寧，明誠借去不歸。

謝伋字景思，上蔡人，謝克家之子（謝克家與趙明誠為中表），著有《四六談塵》。

此事見宋施宿《嘉泰會稽志》卷十六、桑世昌《蘭亭考》卷三所載吳說跋，跋長不錄。據吳跋：此圖乃江南李後主故物。周穀以與其同郡人謝伋。伋攜至建康，為郡守趙明誠所借，因不歸。紹興元年七月望，有攜此軸貨於錢塘者，郡人吳說得之（《蕭翼賺蘭亭》，有畫作書生狀者，董逌《廣川叢跋》以為非是。董逌所見當為另一幅。惟此圖蕭翼亦作書生狀）。近人繆荃孫《雲自在龕隨筆》卷二以為唐閻立本書《蘭亭》一軸，非是。閻立本以畫名，唐人所謂「右相馳譽丹青」是也（見《大唐新語》卷十一），不聞其善書法。施宿、桑世昌俱宋人，距吳說甚近，所據必不誤。恐係《雲自在龕隨筆》排印錯誤，繆氏見聞廣博，非不知閻立本，亦非未見施宿《會稽志》與桑世昌《蘭亭考》者，必不至誤「畫」為「書」也。

施宿《會稽志》云：「今圖亡而跋存。」而明李日華《六硯齋筆記》卷二則載有此圖，云嘉靖中為楊夢羽所得，由文徵明跋之，復歸趙定宇，後又更主。清《石渠寶笈》卷十四亦載之。或當時實未亡也。

清照作兩詩。

詩云：「南渡衣冠少王導，北來消息欠劉琨。」又「南來尚怯吳江冷，北狩應悲易水寒。」《苕溪漁隱叢話》後集卷四十引《詩說雋永》云：「建炎初從祕閣守建康作。」《雞肋編》卷中云：「作詩以詆士大夫。」

宋周煇《清波雜志》卷八云：「頃見易安族人言：明誠在建康日，易安每值天大雪，即頂笠披簑，循城遠覽以尋詩，得句必邀其夫賡和，明誠每苦之也。」當為此年冬或下一年春初之事。《黃譜》以為清照每值大雪，即邀明誠循城遠覽，與《清波雜志》不甚相符，未知何據。

公元一一二九年（建炎三年己酉）　清照四十六歲。

春二月，明誠罷守江寧。

明誠罷守事據《金石錄後序》，他書云：移知湖州。《建炎以來繫年要錄》卷二十：建炎三年二月甲寅：「御營統制官王亦將京軍駐江寧，謀為變，以夜縱火為信。江東轉運副使、直徽猷閣李謨覘知之，馳告守臣祕閣修撰趙明誠。時明誠已被命移湖州，弗聽。謨飭兵將率所部團民兵伏塗巷中，柵其隘。夜半，天慶觀火，諸軍譟而出。亦至，不得入，遂斧南門而去。遲明，訪明誠，則與通判府事朝散郎毋邱絳、觀察推官湯允恭縋城宵遁矣。其後，絳、允恭皆抵罪。」各本《金石錄後序》俱云罷守在三月，仁和朱氏結一廬刊本所載《後序》則作二月。毋邱絳，湯允恭抵罪在二月丁丑，各降二官資，則明誠罷建康守或亦在二月也。

三月，具舟上蕪湖，入姑孰（今當塗），將卜居贛水上。

據《金石錄後序》。

夏四月，趙構至江寧（《宋史・高宗紀》云：五月乙酉至江寧府）。

五月八日改江寧府為建康府。

並據《建炎以來繫年要錄》卷二十三。

五月，至池陽，明誠被旨知湖州。

六月十三日，明誠駐家池陽，獨赴行在（建康）。

並據《金石錄後序》。

秋七月壬寅，隆祐皇太后（哲宗趙煦后孟氏）率六宮往豫章。

此據《建炎以來繫年要錄》卷二十五，即《金石錄後序》所云：「時朝廷已分遣六宮。」（《宋史・高宗紀》：「八月己未，太后發建康。」）

七月末，清照聞明誠病，自池陽解舟赴建康。

八月，張飛卿學士攜玉壺過明誠。

並據《金石錄後序》。張飛卿過明誠時，明誠正疾亟。張飛卿為何人，各家考證俱未及之。按明張丑《清河書畫舫》申集所錄王晉卿《夢遊瀛山圖》，有田亘題詩並跋。詩云：「他日緘勝屬貴遊，詎知遷徙過南州。天涯與汝共淪落，淚溼溢江煙雨秋。」跋云：「王晉卿圖瀛山，筆畫精緻。京師貴遊蓄之，為希代之寶。自圖書棄擲於路（按：此句疑有誤。或「自」字下原有「虜」、「寇」等語，清人刻此書時，將其刪去以避禍），陽翟張飛卿見而得之，以遺友人傅延之。延之出以示余，余悲而賦詩。建炎初元九月廿八日，陽翟田亙元邈。」（按：《瀛奎律髓》卷二十：田亙字元邈，陽翟人，與陳叔易、崔德符善。建炎中，以察官召，卒）此張飛卿，乃陽翟人，喜書畫，其時代亦為建炎，當與攜玉壺過明誠者為同一人。清陸心源《儀顧堂題跋》卷十三《癸巳類稿易安事輯書後》以為此張飛卿即毘陵之張汝舟，名汝舟而字飛卿，不知其一為毘陵，一為陽翟，殆未深考。

按宋制，凡館職（三館職事）皆稱學士（見沈括《夢溪筆談》卷一、費袞《梁谿漫志》卷二）。聚珍本《麟臺故事》卷五云：「館閣官許稱學士，載於天聖令文。」元豐改官制後，祕書省職事稱學士（三館已合併為祕書省）。蘇門四學士：黃庭堅、秦觀、張耒、晁補之俱未嘗實為學士也。據《夷堅志》所載，葉夢得為丹徒尉時，洪邁就試時，人皆呼為學士，則學士幾為泛稱矣。宋人載籍中屢言學士稱謂之濫。《能改齋漫錄》卷二且言：渡江之後，苟有一官，未有不稱學士者，當時曾有旨禁之。張飛卿殆曾為館職，而名位不顯，故雖稱學士，而各書俱未載其人行事。或未為館職而人以學士泛稱之。

八月十八日，趙明誠卒於建康，年四十九歲。清照為文以祭，旋葬之。

據《金石錄後序》。

清照祭文，僅存斷句；見謝伋《四六談麈》。文云：「白日正中，歎龐翁之機捷。堅城自墮，憐杞婦之悲深。」必明誠卒時所作。

明誠卒於何職，不可知。《建炎以來繫年要錄》卷二十七云：「故祕閣修撰趙明誠。」《宋會要》云：「故直龍圖閣。」（見後一一三五年）而周煇《清波雜志》卷八、岳珂《寶真齋法書贊》卷九則俱稱為「待制」。宋時貼職，待制高於祕閣修撰，而祕閣修撰又高於直龍圖閣，三者不同，未知孰是（殆原為修撰，卒後贈待制，或擢待制致仕而卒）。

閏八月壬辰，王繼先以黃金三百兩從趙明誠家市古器。

兵部尚書謝克家言：「恐疏遠聞之，有累盛德，欲望寢罷。」趙構批令三省取問繼先因依（此事見《建炎以來繫年要錄》卷二十七，結局不明）。

王繼先乃醫官，趙構之親信。《宋史》有傳。

壬寅，因金兵南下，趙構自建康逃往浙西。

據《建炎以來繫年要錄》卷二十七，《宋史・高宗紀》同。

明誠遺留之書籍、金石刻並其他長物送洪州。

據《金石錄後序》：明誠有妹壻（按：姓氏不明）任兵部侍郎，從衛（隆祐皇太后）在洪州。清照遣二故吏，部送書二萬卷，金石刻二千卷及其他長物往投之。

清照攜所有古銅器赴越投進。

按《金石錄後序》，先云：「上江既不可往，又虜勢叵測，有弟迒任勅局刪定官，遂往依之。」（「有弟迒任」結一廬本《金石錄後序》作「有弟近任」，明抄《說郛》本《瑞桂堂暇錄》作「有弟仕」，不盡相同。清照弟是否名「迒」，殊未可必。）後又云：「先侯疾亟時，有張飛卿學士攜玉壺過視侯，便攜去，其實珉也。不知何人傳道，遂妄言有頒金之語。或傳亦有密論列者。余大惶怖，不敢言，遂盡將家中所有銅器等物，欲走外庭投進。」此二者頗似同時之事，而原因各異，《後序》必有奪文或錯簡。

《後序》所云「玉壺」、「頒金」二事，文字不明顯，殊不易解，殆亦有訛字、奪文。俞正燮、陸心源、李慈銘以為「頌金」，即「獻璧北朝」，近人或以為「頒金」即「頒賜金人」、「通敵」之意。如確為「通敵」之意，則清照以銅器等投進，亦不能使其事解。《後序》又云「其實珉也」，說明張飛卿之玉壺，實珉而非玉，與「獻璧北朝」或「通敵」又有何干。只能存疑，不必強作解釋。

各本《金石錄後序》俱作「頒金」，未見有作「頌金」者。俞正燮《易安居士事輯》以為「頌金」，不知所據何本。陸心源、李慈銘文中亦俱引作「頌金」，殆即據俞氏《事輯》所引，未檢《後序》原文。黃盛璋先生最近修正之《李清照事迹考辨》有注云：「頒依呂無黨手抄本，他本多作頌。」不知所謂他本為何本也。

俞氏《事輯》所引清照詩文，其文字多與所出原書有出入。傳世版本多者姑不論。如明酈琥《彤管遺編》只有明刊本，宋周密《浩然齋雅談》只有《永樂大典》本（《武英殿聚珍版叢書》及各省翻刻本），而俞氏引此二書，與原文出入頗大，甚至有全句或數句完全不同者，殊不可解。俞氏所引，實不足據。

冬十月壬辰，趙構駐蹕越州。

十一月戊午，金人破洪州（《宋史·高宗紀》同）。

辛未，金人陷建康。癸酉，趙構發越州。

以上據《建炎以來繫年要錄》卷二十八、卷二十九，《宋史·高宗紀》同。

清照抵越州，旋往台州。

《金石錄後序》云：「到越，已移幸四明。」清照到越州，必在十一月癸酉趙構離越之後。《後序》又云：銅器「不敢留家中，并寫本書寄剡。」亦必是時事。清照赴越，原擬將銅器等投進。銅器寄剡後，清照已無須追隨趙構。此後是否與任勅局刪定官之弟同行，亦不可知。

十二月己卯，趙構次明州，己丑發明州。辛卯次定海，癸巳次昌國（《宋史·高宗紀》所紀日期不盡相同）。

戊戌，金人陷越州。庚子，趙構發昌國。

以上據《建炎以來繫年要錄》卷三十。

清照寄洪書卷長物盡失。

見《金石錄後序》。

冬，黃大輿《梅苑》成。

錄有清照詞六首。據此書黃大輿自序，書輯於已酉之冬（即建炎三年），清《四庫全書總目提要》頗以為疑。按《梅苑》所錄清照詞，如《孤雁兒》「吹簫人去玉樓空」、「人間天上，沒箇人堪寄」，顯為明誠死後，清照悼亡之作。《清平樂》：「今年海角天涯，蕭蕭兩鬢生華。」亦似流離時作。明誠卒於八月，清照賦梅花詞至早亦只能在當年冬或第二年春，其時清照在台州一帶，而黃大輿則在山陽，絕不能收入已酉冬所作之《梅苑》，非黃大輿自序有誤，即大輿後來續有增補。

清照是時行踪如何，頗不易考。《後序》先云：「到台，守已遁。」後云：「到越，已移幸四明。」前者無上文，後者無下文。按清照抵越在十一月癸酉以後，到台在第二年一月。金人陷越州在十二月戊戌，清照離越，亦必在其前。清照到台日期，《後序》所云，頗有矛盾。如云「到台，守已遁」，則應在正月丁卯以後，下云「雇舟入海，時駐蹕章安」，則應在正月丙午與辛酉之間。則在黃岩雇舟，反在到達台州以前矣，必無是理。恐所云到台，台守已遁，或有訛傳。正月丙午，朝請郎知台州晁公為會至章安鎮見趙構，或訛以為逃遁也。據此，則清照離越至台，中間日期無多，約為一個月左右。今人黃盛璋《李清照事迹考》云：「清照先至明州，過奉化，再往台州。」并引元袁桷《清容居士集》卷四十六《跋定武褉帖不損本》云：「趙明誠本，前有李龍眠蜀紙畫右軍像，後明誠親跋。明誠之妻李易安夫人避難，寓吾里之奉化。其書畫散落，往往故家多得之。」清照路過奉化，尚有可能。如謂寓居奉化，似中途無多餘時日。袁桷或得之傳聞。

公元一一三〇年（建炎四年庚戌）　清照四十七歲。

春正月乙巳，趙構泊舟台州港口，丙午，次章安。

己未，金人陷明州。

辛酉，趙構發章安，甲子，泊溫州港口。

二月乙亥，趙構駐蹕溫州江心寺。

以上據《建炎以來繫年要錄》卷三十一。

清照至溫州。

《金石錄後序》云：「到台，守已遁。之剡，出陸，又棄衣被走黃岩，雇舟入海，奔行朝，時駐蹕章安，從御舟海道道之溫。」其事俱在正月，絕不能到台以後，復由台之剡，剡至黃岩。《後序》必有錯誤。殆為到台以後，即至黃岩雇舟，由海道之溫。

明會稽鈕氏世學樓抄本《說郛》內收宋無名氏《瑞桂堂暇錄》載有《金石錄後序》，「之剡出陸」

句下，有空格不少。殆宋人所見《後序》已有闕文矣。

丙子，金人自明州引兵回臨安，丙戌，自臨安退兵。

庚寅，趙構入溫州，駐蹕州治。

三月己未，趙構復還浙西。癸未至越州。

以上據《建炎以來繫年要錄》卷三十一、卷三十二。

清照又到越州。

《金石錄後序》只云：「又之越。」日期不明，必在趙構返越之後。

夏六月癸未，朝請郎主管江州太平觀吳說為福建路轉運判官。

見《建炎以來繫年要錄》卷三十四。

吳說為轉運判宜，故清照《金石錄後序》稱之曰吳說運使（參閱下一年事迹）（「運使」與「轉運判官」有別。未知《後序》有誤，抑吳說後為轉運使也）。

秋七月丁巳，申命元祐黨人子孫，經所在自陳，盡還應得恩數。

見《建炎以來繫年要錄》卷三十五。

言者論元祐臣僚官職恩數未盡追復，餘官中程頤……李格非……等等。時方多故，亦未克舉行焉。

李格非曾否盡還應得恩數，未見記載。

冬十一月壬子，放散行在百司。

《金石錄後序》云：「庚戌十二月，放散百官。」相差一月。

此據《建炎以來繫年要錄》卷三十九，當較可據。

十二月，清照往衢州。

據《金石錄後序》。

清照所有銅器和寫本書，前寄剡。《後序》云：「後官軍收叛卒取去，聞盡入故李將軍家。」殆亦今年之事，不知何月。

朱熹生。

朱熹最先引《金石錄》，並言其考證益精博（見後）。

公元一一三一年（紹興元年辛亥）　清照四十八歲。

春三月，清照赴越，卜居土民鍾氏宅。

書畫硯墨五簏被盜。

見《金石錄後序》。按吳說已於是年七月望在錢塘得閻立本畫，被盜事當在三月與七月之間。

夏六月甲戌，命廣東帥臣趙存誠等差有出身人領諸路轉運司類省試。

見《建炎以來繫年要錄》卷四十五。

洪邁《夷堅志》支癸卷三載趙思誠字中甫，紹興初，以待制守廣州卒。按思誠未守廣州，且卒於紹興十七年，其字為道甫而非中甫；守廣州者，乃趙存誠。《夷堅志》之趙思誠，必趙存誠之誤。

據近人吳廷燮《南宋制撫年表》並《夷堅志》，存誠殆卒於紹興二年。

秋七月望，吳說得唐閻立本畫《蕭翼賺蘭亭圖》於錢塘。

參閱前一一二八年事迹。

《金石錄後序》云：「盡為吳說運使賤價得之。」此圖蓋為吳說所得物之一，吳說所得甚多，不僅此一幅。

公元一一三二年（紹興二年壬子）　清照四十九歲。

春，清照赴杭。

《金石錄後序》云：「壬子，又赴杭。」按趙構於正月離越赴杭，丙午至臨安。清照赴杭，當在其後。

三月，清照作一聯嘲張九成。

宋陸游《老學庵筆記》卷三云：「張子韶對策，有『桂子飄香』之語。趙明誠妻李氏嘲之曰：『露花倒影柳三變，桂子飄香張九成。』」張九成字子韶。九成對策，在紹興二年三月甲寅，為進士第一人。此兩句是否是詩，有無全篇，俱不可考。俞正燮《事輯》以為詩，又云：「應舉者服其工對，傳誦而惡之。」俱不知何據，或俞氏杜撰。

夏，清照再適張汝舟。

據《苕溪漁隱叢話》、衢州本《郡齋讀書志》、《建炎以來繫年要錄》。此三書俱有張汝舟之名。據《咸淳毘陵志》卷十一，張汝舟乃毘陵人，崇寧五年進士。據《建炎以來繫年要錄》，張汝舟此時殆為監諸軍審計司。近人李洣謂當時有兩張汝舟，原文未見，未知其說何如。

按紹興元年九月己亥詔：「文臣寄祿官，依元祐法分左右字，贓罪人更不帶，以示區別。」二年二月起，選人亦分左右（見《建炎以來繫年要錄》卷四十七。《宋宰輔編年錄》卷十一亦云：「紹興元年十二月詔，文階繫銜，復分左右。」）。張汝舟為崇寧進士，應帶有「左」字，而此張汝舟則為右承奉郎，乃帶「右」字，顯為無出身人。又另一張汝舟，在建炎三年已為朝奉郎，而此張汝舟，則在紹興二年為右承奉郎，官階相距甚多，必非一人也。

按清照《投綦密禮啟》云：「友凶橫者十旬。」是清照再嫁至離異，為時不過百日。張汝舟以九月屬吏。以此推之，清照再嫁當在四五月間。

明清迄近代，為清照辯誣，主張清照未再嫁者甚多，無一能言之有故，持之成理，俱不取。

秋八月丙辰，直祕閣主管江州太平觀趙思誠守起居郎。

見《建炎以來繫年要錄》卷五十七。

清照與張汝舟離異。

《建炎以來繫年要錄》卷五十八，紹興二年九月戊午朔：「右承奉郎、監諸軍審計司張汝舟屬吏，以汝舟妻李氏訟其妄增舉數入官也。其後有司當汝舟私罪徒，詔除名，柳州編管。十月己酉行遣。李氏、格非女，能為歌詞，自號易安居士。」

離異事各書多未載：《苕溪漁隱叢話》只云：「再適張汝舟，未幾反目。」而王灼《碧雞漫志》則云：「再嫁某氏，訟而離之。」且清照既訟其妄增舉數入官，張汝舟因之除名編管，不能不離異也。

清照作啟謝翰林學士綦崈禮。

綦崈禮，字叔厚，高密人，政和八年進士（《中興館閣錄》卷七），《宋史》有傳。著有《北海集》六十卷，今失傳。《永樂大典》輯出者四十六卷。

清照訟事上聞，綦崈禮必從中援手，故清照以啟謝之。清照啟見《雲麓漫鈔》卷十四。按宋洪遵《翰苑群書》下《翰苑題名》：「綦崈禮，紹興二年二月，以吏部侍郎兼權直院，七月，除兵部侍郎依舊兼權，九月（乙亥），除翰林學士，四年七月，除寶文閣學士，知越州。」（《宋中興百官題名》與此同）清照啟內稱綦為內翰承旨，而「御筆尚書兵部侍郎兼直學士院綦崈禮為翰林學士」在九月乙亥（十八日），清照上此啟必在九月底或稍後。只有翰林學士始稱「內翰」。據《翰苑題名》，綦崈禮未授承旨（承旨不常設，以學士資深者為之）。而清照稱之為「內翰承旨」，殊不可解。且綦於九月中始為翰林學士，似不能遽授承旨。俟另考（綦與趙氏有親聯，而《北海集》內無一字及趙李二氏）。

綦崈禮所援手者為何事，清照啟內未言，各書亦未有記載。惟按之宋竇儀等所編《新詳定刑統》卷二十四《鬬訟律》云：「諸告周親尊長、外祖父母、夫、夫之祖父母，雖得實，徒二年。議曰：『告周親尊長、外祖父母、夫、夫之祖父母，依《名例律》，并相容隱。被告之者，與自首同。告者各徒二年。』」（《刑統》卷六《名例律》中有《互相容隱》一例：有罪相容隱：「諸同居，若大功以上親、及外祖父母、外孫、若孫之婦、夫之兄弟及兄弟妻，有罪相為隱。若犯謀叛以上者，不用此律。」）是李清照訟張汝舟妄增舉數入官，雖按問屬實，清照自身亦應徒二年。又《朱子語類》卷一百二十八云：「律輕而勅重。」又云：「因言律即《刑統》極好，後來勅令格式罪皆太重，不如律。」（宋之勅令格式今多無傳。清照訟張汝舟時所施行者為《紹興勅令格式》，見《宋史．刑法志》一）清照告張汝舟，以妻告夫，張汝舟得以自首論，而清照自身，則依《紹興勅令格式》，或應處徒二年以上刑。清照謝啟云：「故茲白首，得免丹書。」是清照未嘗處罪。今清照未處罪，而有司原當張汝舟私罪徒（徒至多三年，可贖，可以官抵），而竟除名編管，殆綦崈禮曾營救清照，得勿坐「告周親以下罪」，故清照投啟謝之，清照訟張汝舟，汝舟因之除名編管，而清照乃「居囹圄者九日」（啟中語），蓋清照亦有「告周親以下罪」，故亦收繫囹圄也。

俞正燮《易安居士事輯》以清照作啟與綦事繫之建炎三年十一月，以為為張飛卿玉壺事，且以「內翰承旨」為中書舍人之稱。按中書舍人未有稱為「內翰承旨」者，宋人或即稱「舍人」，或稱「紫微」（如唐杜牧稱「杜紫微」，宋呂本中詩話稱《紫微詩話》，張孝祥稱「張紫微」），俞氏未深考。

冬十一月二十三日，洪炎上言徵求書籍。

《宋會要輯稿》云：「紹興二年十一月二十三日，祕書少監洪炎言：福州故相余深家、泉州故相趙挺之家，藏國史實錄善本，……望下逐州諭令來上，優加恩賚。從之。」（見第五十五冊崇儒四，《永樂大典》卷一千七百四十二引《中興會要》）

按是時趙思誠守起居郎，必在臨安。清照與張汝舟離異不久，或亦在臨安，趙存誠殆已卒。所云泉州故相趙挺之家，不知何人。惟在紹興五年，趙明誠家曾繳進《哲宗皇帝實錄》，則此趙挺之家，或即趙明誠家，清照或曾赴閩也（黃盛璋君據余此稿見告云：「泉州當為青州或密州之誤。指其原籍而言，非指其所在地。余深乃福州人，故曰福州余深家。」此說恐有未然。紹興二年時，青州或密州俱已失陷，洪炎所云「望下逐州諭令來上」，當只能下於福州及泉州，不可能下青州或密州也）。

又黃先生曾錄余考入修正之《趙李年譜》，惟云：「此處所云泉州趙挺之家，當指趙存誠家。趙思誠後亦家泉州。但此時趙思誠尚在杭州。此年清照亦在杭州。則此泉州趙家，非趙存誠莫屬。」案趙思誠確家泉州，惟不在紹興二年之後。《福建通志》卷五十二云：「趙思誠，字道夫，高密人。父挺之，崇寧中宰相。思誠與兄存誠，相繼成進士。弟明誠亦有文學。建炎南渡，存誠帥廣東，與思誠謀移家所向。以泉南俗淳，乃自五羊抵泉，因家焉。思誠復以寶文閣待制守泉，明誠亦以集英殿修撰帥金陵。從弟濬、涣，皆第進士。涣任御史，以親黨皆在泉，亦徙居焉。」趙存誠卒於廣州帥任，見《夷堅志》。

公元一一三三年（紹興三年癸丑）　清照五十歲。

春正月壬午，起居郎趙思誠試中書舍人。

見《建炎以來繫年要錄》卷六十二。

張綱《華陽集》卷八有《趙思誠除中書舍人制》。張於紹興三年五月除中書舍人，四年初除給事中

（見《華陽集》卷四十港葳所撰行狀），疑張早已直舍人院，故草有此制。

二月，莊綽作《雞肋編》。

《雞肋編》卷中載清照作詩詆士大夫（參閱一一二八年事迹）。

按此書莊綽序於紹興三年二月九日，而載有其後之事。蓋成書在後。

五月己未，中書舍人趙思誠充徽猷閣待制，提舉江州太平觀。

《建炎以來繫年要錄》卷六十五云：「從所請也。」

張綱《華陽集》卷八有《趙思誠轉一官制》，云：「分符便郡，實資屏翰之良。」蓋思誠必旋守郡，故有此制。

丁卯，尚書吏部侍郎韓肖胄為端明殿學士、同簽書樞密院事充大金軍前奉表通問使，給事中胡松年試工部尚書充副使。

《建炎以來繫年要錄》卷六十六云：「六月丁亥入辭，十一月使還。」

韓肖胄乃韓琦之曾孫。胡松年，海州懷仁人，政和二年上舍，見《宋史》本傳。

清照作詩。

清照作古、律詩各一首，見趙彥衛《雲麓漫鈔》卷十四。厲鶚《宋詩紀事》卷八十七以古詩一首分作兩首，其後各家皆從之，非也。清照詩序明言：「古、律詩各一章。」非古詩兩首，律詩一首。新編《李清照集》以《宋詩紀事》之第一首為第一首，又以《宋詩紀事》第二首與《雲麓漫鈔》之律詩一首合為一首，其題亦與《雲麓漫鈔》不同，未知何據也。

人或以清照詩內自稱「閭閻嫠婦」，遂以為未曾改嫁之證。其說殊難成立。是時趙明誠已死，張汝舟已離異，稱嫠婦有何不可。

秋九月十一日，謝克家跋明誠舊藏蔡襄《進謝御賜詩卷》。

跋云：「姨弟趙德夫，昔年屢以相示。今下世未幾，已不能保有之，覽之悽然。汝南謝克家。癸丑九月十一日，臨安法慧寺。」（此跋見明郁逢慶《續書畫題跋記》卷四、《珊瑚網法書題跋》卷三、《大觀錄》卷六、《式古堂書畫彙考．書考》卷十）此殆亦為清照在紹興被盜物之一。此帖後入清內府，見《石渠寶笈》卷二十九，文及甫一跋尚存（參看前一一〇九年）。《黃譜》亦引此事，惟誤繫於紹興四年九月。

按《建炎以來繫年要錄》卷六十七：「紹興三年秋七月甲寅朔，資政殿學士新知平江府謝克家提舉萬壽觀兼侍讀。」又卷七十：「紹興三年十一月乙亥，資政殿學士提舉萬壽觀兼侍讀謝克家知台州。……尋改衢州。」九月間，謝克家必在臨安。又臨安有法慧寺，紹興四年正月戊午，以法慧寺為祕書省（見《建炎以來繫年要錄》卷七十二），此時當仍為佛寺。其人其地皆合。此跋殊可據。

公元一一三四年（紹興四年甲寅）　清照五十一歲。

夏五月庚戌朔，徽猷閣待制知溫州趙思誠試中書舍人。

《建炎以來繫年要錄》卷七十六：「五月癸亥，殿中侍御史常同守起居郎。時趙思誠新除中書舍人，同言：思誠，挺之子。挺之首陳繼述，實致國禍。且與京、黼同時執政。今公道既開，豈可使其子尚當要路。……思誠亦辭不至。」

七月，謝克家卒。

見《宰輔編年錄》卷十五，《建炎以來繫年要錄》卷七十八。

八月己亥，新除中書舍人趙思誠復為徽猷閣待制，知台州。

《建炎以來繫年要錄》卷七十九云：「思誠既為常同所劾，抗疏力辭，而有是命。」《嘉定赤城志》卷九云：「紹興四年十月十三日左朝散郎，徽猷閣待制趙思誠知台州。十一月四日替。」李處權《崧庵集》卷四有《道夫惠詩為和五首》詩、卷六有《醉後贈道夫》詩，此道夫疑即趙思誠。前詩有「回首人間世，塵埃望赤城」語，蓋其時趙守台州也。

秋八月，清照作《金石錄後序》。

《後序》所署作序年月，各本《金石錄》俱作：「紹興二年，玄黓歲，壯月朔甲寅。」宋洪邁《容齋四筆》卷五則云：「時紹興四年也，易安年五十二矣。」（宋刻本、通行本俱同）俞正燮《易安居士事輯》，以為此序作於紹興二年，易安年五十有一。俞氏曾引《容齋四筆》，而不從其說，蓋不以容齋為是。李文裿云：「按居士撰《金石錄後序》云：『予以建中辛巳，始歸趙氏。』又云：『余自少陸機作賦之二年，至過蘧瑗知非之兩歲，三十四年之間，憂患得失，何其多也。』則易安歸趙氏時年十八。及紹興甲寅（或誤作壬子）作《金石錄序》時，年五十一。其間恰三十四年也。」（此與吳蘅照《蓮子居詞話》之說相同）今人夏承燾、黃盛璋則據《容齋四筆》五十二歲之說，以為此序作於紹興五年。徐益藩之說，則與李文裿同。各家之說，或以紹興四年為據，或以五十二歲為據，蓋俱本《容齋四筆》所記；而各執其一端。反覆觀之，李、徐說為長。以李、徐於《容齋四筆》所云「紹興四年」之外，尚兼顧《金石錄後序》「三十四年」之說，而夏、黃之說，則局限於「五十二歲」一說，與《金石錄後序》牴牾較多也。

欲决定《後序》作於何年，必須顧及（一）《後序》所云「過蘧瑗知非之兩歲」。（二）《後序》所云「三十四年之間」。（三）《容齋四筆》所云「紹興四年」。（四）《容齋四筆》所云：「五十二歲」各說。至於《後序》所署紹興二年則顯有錯誤，不足為憑。所云壯月朔甲寅，亦不足為憑。無論紹興二年，四年或五年，八月朔俱非甲寅日。

（一）「知非」多作「五十」解。《淮南子．原道訓》：「故蘧伯玉年五十而知（或作有）四十九年非。」所知為何，為四十九年之非。徐益藩以為可作「四十九」解，似亦無不可。李、徐說與夏、黃說俱與之無抵觸。

（二）三十四年之間之三十四年，應包含首一年、末一年在內，不計算足年（近人計算年齡，亦尚如此。故常有出生不多日，而即號稱兩歲者）。清照於建中辛巳適趙氏，三十四年應至紹興四年止。此序如作於紹興五年，則首尾共三十五年。此三十四年之「四」字，各本《金石錄後序》、《說郛》本

《瑞桂堂暇錄》、徐𤊹《筆精》俱無異文。

（三）《容齋四筆》云序作於四年。各本《金石錄》所附《後序》雖俱署紹興二年，而明抄本《說郛》所收宋無名氏《瑞桂堂暇錄》（見過兩種明抄本，及商務印書館排印本），載有《後序》全文，亦作紹興四年。《容齋四筆》僅撮述《後序》大概載之，而《瑞桂堂暇錄》所引則為全文，必不出自《容齋四筆》。《瑞桂堂暇錄》（明人抄本題宋人撰）撰人所見《後序》全文，當出自《李易安集》，或舊本《金石錄》，或原稿。而《容齋四筆》有宋刊本，更可據依。夏、黃說與之不合。

（四）五十二歲之說，各本《容齋四筆》（宋刻本與通行本）俱同，李、徐說與之不合。

上面共四點，李、徐說有抵觸者只第四點，而夏、黃說有抵觸者，則有第二點與第三點。

《金石錄後序》多出自抄本，易致謬訛。今雖有宋龍舒刊本，而原無《後序》。即滂喜齋所藏宋刊《金石錄》殘本十卷，其《後序》亦由明人補抄，並非原有（殆抄自《瑞桂堂暇錄》），且今已不存。《容齋四筆》宋刻原本雖不易見，而現有《四部叢刊續編》影印宋本（此本宋刻不全，以明活字本配補，《四筆》刊載《金石錄後序》部分，為宋刊），應較可據。阮劉文如跋滂喜齋藏本《金石錄》所云「序言十九歲歸趙氏」，與《容齋四筆》完全符合，與《後序》所云「過蘧瑗知非之兩歲，三十四年之間」亦無不合。只與《後序》所云「少陸機作賦之二年」一句有牴牾。如滂喜齋所藏宋本《金石錄》抄補之《後序》確云十九歲（惜此本現已無明人抄補之《後序》），或南北公私所藏明抄本《說郛》所載《瑞桂堂暇錄》有任何一本確有此語，必可置信（《後序》所云「少陸機作賦之二年」，可能為「少陸機作賦之一年」，誤「一」為「二」）。倘果如是，則與容齋所紀毫無矛盾）。

不得已而求其次，則寧從李、徐二氏之說，以清照作《後序》事繫之今年。

至各家引以為據之清照畫像，則只能證明清照生於元豐七年，而不能證明《金石錄後序》作於何年，實無足輕重。且其本身真偽，尚頗堪疑，難以為據。

冬十月，清照避地金華，卜居陳氏第。

此據《打馬圖經序》（《宋史·高宗紀》：九月庚午，金齊合兵，分道來犯）。序云：「涉嚴灘之險。」清照過釣臺時，曾有七絕一首，載明劉伯潮輯本《釣臺集》卷下（吳希孟輯八卷本《釣臺集》未載）。此首亦可能為自金華還臨安時作，姑繫於此。

十一月二十四日，《打馬圖經》成。

據原序。

公元一一三五年（紹興五年乙卯） 清照五十二歲。

春，賦《武陵春》詞，又作《八詠樓》詩。

詞見明葉盛《水東日記》，詩見宋祝穆《方輿勝覽》。詞有「聞說雙溪春尚好」句必是年春作。《八詠樓》詩不知何月作。雙溪與八詠樓俱在金華。

夏五月三日，趙構令婺州取索趙明誠家藏《哲宗實錄》。

《宋會要輯稿》第五十五冊崇儒四引《中興會要》（《永樂大典》卷一千七百四十二）云：「五年五月三日，詔令婺州取索故直龍圖閣趙明誠家藏《哲宗皇帝實錄》繳進。」李心傳《建炎以來朝野雜記》甲集卷四亦載此事，云是蔡京所修《哲宗實錄》，得於故相趙挺之家。是清照確藏有是書，且已繳進。按《哲宗前實錄》一百卷、《後實錄》九十四卷，蔡京所修，晁公武《郡齋讀書志》著錄，蓋井憲孟家有是書。東南兵火，典籍淪亡，此書館閣無之，遍求始於紹興五年得之趙氏。紹興二年，洪炎所言泉州故相趙挺之家藏實錄善本，殆即此書也。

洪炎所云泉州故相趙挺之家，以實錄繳進事觀之，即明誠家，亦即清照也。據此，似清照平生行蹤，或曾至福建。倘確曾駐家泉州，則《臨江仙》詞所云「人客建安城」（趙萬里輯本《漱玉詞》作「人老建康城」），殆為入閩或出閩時過建安作。上句「春歸秣陵樹」，或為追憶趙明誠而作，以明誠葬建康也。其時當在紹興二年與張汝舟離異之後（洪炎上書在二年冬十一月）。無可證實，姑識於此（趙挺之夫人遷葬晉水，蓋亦即泉州。惟其時或趙思誠守泉州或退居泉州，與清照未必有關，據黃公度代作之祭文可知）。《後序》云：「所有一二殘零不成部帙書冊三數種。」乃《哲宗實錄》有一百九十四卷之多，仍藏其家，完整無缺。所言或不免過甚其辭，未可盡信。

案《黃譜》曾引余所考，惟云：趙挺之曾兼實錄修撰，故家有其書。案《慶元條法事類》卷十七云：「諸雕印御書本朝會要及言時政邊機文書者，杖捌拾，並許人告訐。即傳寫國史、實錄者，罪亦如之。」馬端臨《文獻通考》卷三十二選舉五載：嘉泰元年，起居舍人章良能陳主司三弊，云：「國朝正史、實錄等書，人間私藏，具有法禁。惟公卿子弟因父兄得以竊窺；有力之家，冒禁傳寫。」實錄亦例不刊版。趙挺之家有《哲宗實錄》，殆是冒禁傳寫者，與其他官書因修撰刊版而被賜者，或有不同也。

清照回臨安。

清照是年五月間仍在金華。其後何時還臨安，無可考。但劉豫入寇早已兵退，清照或在是年內離金華。

公元一一三七年（紹興七年丁巳）　清照五十四歲。

秋八月乙未，徽猷閣待制、提舉江州太平觀趙思誠為中書舍人。

《建炎以來繫年要錄》卷一百十三云：「思誠嘗除舍人，坐其父挺之直陳紹述，為言者所論，至是張浚復用之。」

李彌遜《筠溪集》卷四《趙思誠中書舍人制》有云：「茲賜環於祠館，歸持橐於禁林。」蓋此次制詞也。

冬十月丁未，中書舍人趙思誠充寶文閣待制，知南劍州。

《建炎以來繫年要錄》卷一百十五云：「從所請也。」

公元一一三八年（紹興八年戊午）　清照五十五歲。

春三月十五日，張琰序李格非《洛陽名園記》。

序內述清照上詩救父（見一一〇二年事迹）。

公元一一四〇年（紹興十年庚申）　清照五十七歲。

夏五月十一日，辛棄疾生。

見辛啟泰編《稼軒先生年譜》。

《稼軒詞》甲集有《博山道中效李易安體，醜奴兒近》一首。

朱弁作《風月堂詩話》。

此朱弁在金所作，載有清照詩。朱弁於建炎元年奉使至金，羈留十餘年始歸。所載清照詩，必清照在建炎以前所作。

公元一一四一年（紹興十一年辛酉）　清照五十八歲。

夏五月十三日，謝伋作《四六談麈》。

此書載有清照《祭趙明誠文》斷句。

公元一一四二年（紹興十二年壬戌）　清照五十九歲。

綦崈禮卒。

見《攻媿集》卷五十一《北海先生文集序》，《建炎以來繫年要錄》卷一百四十六。綦卒時年六十（見《宋史》本傳）。

公元一一四三年（紹興十三年癸亥）　清照六十歲。

夏，清照撰《端午帖子詞》。

宋周密《浩然齋雅談》卷上云：「李易安紹興癸亥在行都，有親聯為內命婦者，因端午進帖子。……時秦楚材在翰苑，惡之，止賜金帛而罷。」按進帖子詞原為學士院之事。陳元靚《歲時廣記》引《皇朝歲朝雜記》云：立春及端午，「學士院前一月，撰皇帝、皇后、夫人閤門帖子。送後苑作院，用羅帛製造，及期進入」。代作帖子，宋人有之。秦楚材與清照稍有親故（秦楚材即秦梓，乃秦檜之兄。檜妻王氏與清照為中表——此據《雞肋編》卷中）。周密所云秦楚材惡之，殆惡其不代己作，而因內命婦進也。又周密所云「止賜金帛而罷」，乃易安未得他賞，只有金帛之賜而已。俞正燮《易安居士事輯》云「於是翰林止金帛之賜」，以為以後翰林學士停賜金帛，非是。且撰擬文字原為學士之職，雖草后、妃、太子、宰相麻賞賜甚厚（見周必大《玉堂雜記》卷下），未必每次撰擬，俱有所賜，俞氏以為帖子詞每次有金帛之賜，未知所本。

又俞正燮以此事繫之紹興三年，李文裿繫之紹興十一年，俱非。《翰苑題名》：「秦梓，紹興十二年九月，以敷文閣直學士兼權直院，十月，除兼直院，十三年閏四月，除翰林學士，六月，除龍圖閣學士知宜州。」十三年端午，清照進帖子，秦梓正為翰林學士。若為紹興三年或十一年，則秦梓並不在翰苑。又建炎以後，進帖子詞事久廢，至紹興十三年立春，學士院始進帖子詞（見《建炎以來繫年要錄》卷一百四十八），必非紹興三年或十一年間事。不僅紹興癸亥應為十三年而已。《黃譜》以為帖子詞撰於是年五月，與《皇朝歲時能記》所云前一月撰不符，疑有誤。《詩女史》等尚載有皇帝閣、貴妃閣帖子，內多用「春」字，不似端午節者，殆為春帖子。疑清照進帖子詞不止一次，當在紹興十三年或以後。其貴妃閣帖子必作於紹興十三年，說見前。

公元一一四四年（紹興十四年甲子） 清照六十一歲。

朱弁卒，年六十。時為右宣教郎、直祕閣、主管佑神觀。

見《建炎以來繫年要錄》卷一百五十二、《宋史》本傳及《朱文公文集》卷九十八《奉使直祕閣朱公行狀》。

弁字少章，婺源人。所著《風月堂詩話》載有清照詩斷句二則。其他著作傳世者，有《曲消舊聞》及《續骫骳說》（僅有《說郛》中刪節不全本）。

公元一一四六年（紹興十六年丙寅） 清照六十三歲。

春正月十五日上元，曾慥《樂府雅詞》成。

此書錄清照詞二十三首。

春二月癸丑，端明殿學士知宣州秦梓移知湖州，未上，卒於建康。

見《建炎以來繫年要錄》卷一百五十五（洪邁《夷堅丁志》卷十以為梓死於宣州）。

秦梓乃宣和六年進士，見《景定建康志》卷三十二。

冬十月甲寅、端明殿學士提舉臨安府洞霄宮胡松年卒，年六十。

見《建炎以來繫年要錄》卷一百五十五及《宋史》本傳。

公元一一四七年（紹興十七年丁卯）　清照六十四歲。

五月辛卯，寶文閣待制、提舉江州太平觀趙思誠卒。

據《建炎以來繫年要錄》卷一百五十六。

李彌遜有《宮使待制舍人趙公挽詩》三首（見《筠溪集》卷二十），又有《祭趙道夫待制文》（見《筠溪集》卷二十三），皆為趙思誠作。

《天台續集》別集卷一有《建炎丞相成國呂忠穆公退老堂詩》，計七律二首，署「左朝散郎充徽猷閣待制提舉江州太平觀趙思誠」撰，蓋趙曾登第，故階官朝散郎上帶有「左」字（亦收入《宋詩紀事補遺》卷四十一）。

周紫芝《太倉稊米集》卷四有《次韻趙思誠沈彥述春日和答》七律；李彌遜《筠溪集》卷十七有《次韻道夫待制萬象亭》、《次韻趙道夫待制放魚之作》，今趙原作皆未見。

李彌遜祭文云：「公之生也，有德有年，有子而賢，有經可遺，有業可傳。」按趙挺之孫可知者有二人：一名恬（見《夷堅乙志》卷九）、一名誼（見樓鑰《攻媿集》卷七十《跋趙清憲公遺事》一文，乃黃盛璋君見告者），未知此二人為存誠子抑思誠之子也。

朱熹《朱文公文集》卷八十三《題趙清憲（原誤獻）事實後》一文云：「熹少時從趙公之孫惠州使君遊。……今復從惠州之子得此。」是朱熹曾見趙挺之之曾孫。所云惠州使君，不知為恬、為誼，抑另一人也。趙思誠另有一女，見《朱文公文集》卷八十二《朝請大夫李公墓碣銘》。

李彌遜《筠溪集》卷五又有《趙思誠守泉州制》。據制詞，乃思誠寓泉州時起知泉州者，亦未知為何年事也。

公元一一四八年（紹興十八年戊辰）　清照六十五歲。

秋八月十五日，胡仔為《苕溪漁隱叢話》前集作序。

書內載有清照詞，並載清照再嫁反目，作啟與綦崈禮事。

按此書前集雖序於隱戊辰，書實成於序後約十年左右。書中曾有若干處引洪邁《夷堅志》，皆《夷堅甲志》之文。傳本《夷堅甲志》原序已佚，惟書中所載之事，有下至紹興二十九年者；即胡仔所引，亦有紹興二十一年之事。《叢話》前集成於紹興十八年以後，無可疑也。余前以為成於紹興十八年，實為失考。以此推之，後集雖序於陳三年，書是否成於是年，亦未可知也。

公元一一四九年（紹興十九年己巳）　清照六十六歲。

春三月十六日，王灼《碧雞漫志》成。

《碧雞漫志》對清照詞深致不滿。易安詞集久佚，存世各詞，多自《樂府雅詞》、《梅苑》、《全芳備祖》、《唐宋諸賢絕妙詞選》等輯出，不足以窺全豹。王灼所指摘之詞，各選本未必收入。王灼所評是否恰當，亦不得而知。惟王灼乃以道學面貌立說，未必與實全符。

公元一一五〇年（紹興二十年庚午）　清照六十七歲。

秋八月甲子，資政殿學士提舉臨安府洞霄宮韓肖胄卒於紹興。

見《建炎以來繫年要錄》卷一百六十一、《宋宰輔編年錄》卷十五。

清照訪米友仁為米芾帖求跋。

岳珂《寶真齋法書贊》卷十九載米元章《靈峰行記帖》米友仁跋云：「易安局士一日攜前人墨蹟臨顧，中有先子留題，拜觀不勝感泣。先子尋常為字，但乘興而為之。今之數字，可比黃金千兩耳。呵呵。」同書卷二十載米又一跋（岳珂時米元章帖已佚，僅存米友仁一跋）云：「先子真蹟也。昔唐李義府出門下典儀，宰相屢薦之。太宗召試講武殿，賜坐，而殿側有烏數枚集之，上令作詩詠之。先子因暇日偶寫，今不見四十年矣。易安居士求跋，謹以書之。」二跋俱題：「敷文閣直學士、右朝議大夫、提舉佑神觀友仁謹跋。」按《建炎以來繫年要錄》卷一百五十九、卷一百六十二：「紹興十九年四月癸酉，敷文閣待制、提舉佑神觀米友仁陞直學士。」又：「二十一年正月庚子，敷文閣直學士、提舉佑神觀米友仁卒。」（唐圭璋先生《兩宋詞人時代先後考》以為友仁卒於乾道元年。此說未見於宋人記載，未知所據）二跋俱署敷文閣直學士，是易安訪米友仁求跋，必在紹興十九年四月以後，二十一年正月以前。此二跋是否同時所作，亦無可考。姑編於今年。米友仁壽至八十有餘，作是二跋時，年在八十上下。（按米芾卒於大觀四年庚寅，至是為四十年，故友仁跋云：「今不見四十年矣。」）

米友仁父米芾家京口，友仁已於紹興十五年提舉佑神觀奉朝請，此時當在臨安。清照能訪友仁求跋，當亦在臨安。若友仁在京口，或清照不在臨安，則清照似無以六十七歲之高齡赴異地求跋之理。清照是年既仍在臨安，則俞正燮云「老於金華」，今人有云：「晚節或終老越土。」殊無佐證，恐難成說。

岳珂跋《米元章帖》云：「右寶晉米公《靈峰行記》真蹟一卷。天下未嘗無勝遊，惟人與境稱，而後傳久。其次以文，其次以字畫。致乎此亦可觀矣。寶慶丙戌秋得之京口。故藏易安室，有元暉跋語繫焉。」據此跋可見「易安室」乃一室名，與宋人之遂初堂、雪浪齋、日涉園等無異，非別有用意也。近人吳庠云：「古人臨文率稱名，不稱字。婦人對其夫自稱為『室』，固屬罕見。而又置『室』字於『易安』下，甚不安。」（所云指《金石錄後序》而言）夏承燾先生亦據此三字內有「室」字，以為易安確為趙家之一嫠（二說俱見《唐宋詞論叢》），殆俱未見岳珂此跋也。

又按易安詩文內用「易安室」三字者凡三處：一為《金石錄後序》，一為《打馬圖經序》，一為《上樞密韓肖胄詩序》。三者俱以「易安室」三字代替自稱。此些「室」字絕非「妻室」之「室」。不然，《金石錄後序》或可云對夫而言，《打馬圖經序》與《上韓肖胄詩》焉有自稱為妻室之理。此三字殆為通常泛泛自稱，並不專對何人。即所謂《上樞密韓肖胄》詩，實亦未曾投韓。詩序云：「見此大號令，不能忘言，作古、律詩各一章，以寄區區之意，以待採詩者云。」可見也。清照《上綦崈禮啟》尚稱名。對於位為執政而父祖皆出其先人門下之韓肖胄，絕無不稱名而自稱「易安室」之理。

公元一一五一年至一一五五年（紹興二十一年辛未至二十五年乙亥）　清照年六十八至七十三歲。

清照表上《金石錄》於朝。

宋洪适《隸釋》云：「紹興中，其妻易安居士李清照表上之。」不知何年。

朱熹《朱文公文集》卷七十五《家藏石刻序》云：「……來泉南，又得東武趙氏《金石錄》，大略如歐陽子書（指《集古錄》），然詮敘益條理，考證益精博。」此序撰於紹興二十六年八月二十二日，是《金石錄》板行於世，當在紹興二十六年（公元一一五六年）或以前。清照表進於朝，當更在其前。黃盛璋君謂進書在紹興十三年間，雖出諸推測，或有可能也（朱熹對《金石錄》頗為推重。《朱子語類》卷一百三十云：「明誠，李易安之夫也。文筆最高，《金石錄》煞做得好。」）。

朱熹所述，為引用《金石錄》最早之記載。洪适《隸釋》、胡仔《苕溪漁隱叢話》後集皆在其後。

清照欲以所學傳孫氏女，孫氏女謝不可。

宋陸游《渭南文集》卷三十五《夫人孫氏墓誌銘》云：「夫人幼有淑質。故趙建康明誠之配李氏，以文辭名家，欲以其學傳夫人。時夫人始十餘歲，謝不可，曰：『才藻非女子事也。』」（清王士禛《池北偶談》已引及此資料）

孫氏卒於紹熙四年，年五十三，實生於紹興十一年。謝絕清照時，其年至少必在十五左右。若以為十一二歲，似尚不能深諳封建禮教，而認為才藻非女子事。即在清照似亦無從以所學傳於十一二歲之幼女。此事最早亦在一一五五年（紹興二十五年）左右。

宋（？）羅曄《新編醉翁談錄》乙集卷二、明鄺琥《彤管遺編》後集卷十一、明趙世杰《古今女史》卷三載有女子韓玉父題詩漢口鋪，自序云：「幼時易安居士教以學詩。」《醉翁談錄》多出依託，未知果有其人否。清陸昶《歷朝名媛詩詞》則誤作「韓玉」，並以曾與辛棄疾唱和，撰有《東浦詞》一卷、官為將作少監之韓玉為易安女弟子，大誤。馮金伯《詞苑萃編》卷二十四亦承其誤。

李清照卒。

卒年不明，不能早於紹興二十五年（公元一一五五年），享年至少七十三歲。

今人或據衢州本《郡齋讀書志自序》，定清照卒年為一一五一年（紹興二十一年），非也（見黃盛璋《李清照事迹考》，而唐圭璋《兩宋詞人時代先後考》從之）。晁公武云：「《李易安集》十二卷：右皇朝李氏，格非之女。先嫁趙誠之，有才藻名（此從袁州本。衢州本作：「幼有才藻名，先嫁趙誠之。」）。其舅正夫相徽宗朝，李氏嘗獻詩曰：『炙手可熱心可寒。』然無檢操（衢州本此下有「後適張汝舟，不終」七字）。晚節流落江湖間以卒。」晁書之成，必在清照身後，此無可疑者。衢州本《郡齋讀書志》晁公武《自序》署紹興二十一年，如無有錯誤，原可據以斷定清照卒年必在紹興二十一年以前，或至晚在紹興二十一年。實則此序所署年月，全不可據。

按晁公武《郡齋讀書志》在宋代至少有三種刊本：一為蜀本，四卷，杜鵬舉所刻，《宋史·藝文志》著錄，今傳世袁州本所載首四卷是也。二為衢州本，二十卷，淳祐己酉刻於信安郡齋，乃姚應績所改編（原亦刻於蜀），陳振孫《直齋書錄解題》著錄，清汪士鍾、王先謙所刻本是也。三為袁州本，淳祐庚戌刻於宜春，由趙希弁就蜀本四卷，加以希弁自藏為《附志》，再就衢本所有而蜀本所無者為《後志》。清初陳師曾刻之。近又有影印宋刻原本。蜀本今不可見，衢、袁二刻則均有傳本。宋刻袁州本載公武《自序》，出自蜀本，無作序年月。衢州本所載公武《自序》始署紹興二十一年吉日（據汪閬源所刻衢州本、王先謙本及商務印書館影印宋刻袁州本，他本未檢）。趙希弁已以衢州本《自序》前後抵牾為疑，而未疑及所署年月。衢州本《自序》所署紹興二十一年可疑之處頗多：

蜀四卷本刊行最早，自序並無歲月，經姚應績重編、信安重刊，乃所載《自序》忽署紹興二十一年，其序文且前後牴牾，如趙希弁所已及。可疑者一也。據清照行事，紹興二十一年必尚在世。縱使卒於是年，清照乃一閭閻嫠婦，姓名不挂朝籍，乃「去天萬里」，僻處三榮之晁公武何以遽能筆之於當年所著之書，可疑者二也。公武此書屢言「紹興中」，如袁本卷二下刑法類之《紹興勅令格式》（衢本卷八）同卷譜牒類之《闕里世系》（衢本卷九）、卷四下之《藝圃折衷》，明為紹興年以後追敘之語。此書如成於紹興二十一年，似不得云紹興中。可疑者三也。袁本《讀書志》卷二上實錄類載有《哲宗新實錄》。晁氏云：「紹興四年三月壬子，太上皇帝顧謂宰臣朱勝非等曰……」（衢州本卷六同）。又卷二上雜史類載《建炎日歷》，晁氏云：「右皇朝汪伯彥撰，記太上皇帝登極事。」（衢本卷六亦同）。最為可疑。此二語明為趙構禪位以後之語，絕非紹興年間所記。且袁本（從蜀本出）、衢本文字俱同，必無錯誤。此書如成於紹興二十一年，晁公武焉能預知十一二年後，趙構將禪位於趙眘（孝宗），而預稱之為太上皇。此書必成於紹興三十二年以後，即此可以完全證明。衢本《自序》所署紹興二十一年，必為姚應績改編時所妄加。如謂此序稱作於紹興二十一年，而成書則在以後，則袁本《自序》（即蜀本原序）何以無歲月。陳振孫未見蜀四卷本與袁本，僅著錄衢州刊二十卷本（或其祖本），深信其為紹興二十一年所作而載之《書錄解題》。陳振孫而外，宋人亦有信此書成於紹興二十一年者，皆未深考。衢州本《郡齋讀書志・晁公武自序》所署歲月既全不可據，清照卒年自不能據以推定為紹興二十一年。

據杜鵬舉序，此書成時，晁公武正在蜀。晁在蜀時間頗久。清陸心源《儀顧堂題跋》卷五《衢本郡齋讀書志跋》考證晁之行事，大致為：晁先為四川轉運使井度屬官。曾通判潼川府；先後知恭州、榮州、合州；轉潼川路轉運判官；以金安節薦為侍御史；乾道四年，為四川安撫制置使；五年，知興元府；七年，為臨安少尹，明年罷；謂嘉定之符文鎮，山川風物近似洛陽，因家焉（陸氏原跋具載其出處，今不贅引）。惟徐松之《宋會要輯稿》其時尚未出，晁之行事尚有為陸氏所未及者，如：隆興二年，為殿中侍御史（李心傳《建炎以來朝野雜記》甲集卷九），又為右正言（見《宋會要輯稿》第一百三十一冊食貨二十一）；乾道二年，自尚書戶部侍郎除集英殿修撰知瀘州（見同上書第一百二十冊選舉三十四）（晁會為戶部侍郎，故費袞《梁谿漫志》卷四、陳振孫《直齋書錄解題》卷二十俱稱之為晁侍郎）；乾道六年，淮南東路安撫使（《宋會要輯稿》第一百七十二冊兵二）、知揚州（見同上書第一五五冊食貨六十三）；七年，自揚州移守潭州府（見《南宋制撫年表》卷下）。杜鵬舉序云：「作邑峨下，望先生滄洲之居，雞犬相聞。暇即問奇字於古松流水之間。」絕似隱居生涯，不似郡齋；蓋其時已退老於符文鎮，書亦成於是時：已在乾道七年之後矣。此書名為《郡齋讀書志》，實非成於晁守郡之日。《郡齋讀書志》著錄之《李易安集》十二卷，是否刊於清照生前，亦難以確定，只能闕疑。

《黃譜》以為蜀本《郡齋讀書志》刊於隆興二年晁公武未離蜀以前，似不然。據杜鵬舉序，書必刊於晁退老之時也。

昔人頗以為衢本《郡齋讀書志》優於袁本，張元濟先生跋宋刻袁州本，獨以為袁本優於衢本（見《涉園序跋集錄》），其說精闢。現衢州本《自序》所署年月既知其確經竄改，亦可為張先生之說添一佐證。

公元一一五五年（紹興二十五年乙亥）

春二月甲申，右文殿修撰曾慥卒。

見《建炎以來繫年要錄》卷一百六十八。

慥字端伯，溫陵人。著有《樂府雅詞》、《類說》等書。

公元一一五九年（紹興二十九年己卯）

正月甲申，左朝奉郎致仕朱敦儒卒於秀州。

見《建炎以來繫年要錄》卷一百八十一，趙與時《賓退錄》卷六。

朱敦儒字希真，洛陽人。其詞集《樵歌》卷上有《和李易安金魚池蓮・鵲橋仙》一首。易安原作未見。二人同時，或有交往。

朱敦儒生於何年？得年若干？尚未有人考定過。據《建炎以來繫年要錄》紹興二十九年載：「左朝奉郎致仕朱敦儒卒於秀州。」是其卒年已可確定；惟生年則無明文記載，以朱跋唐太宗賜韓王元嘉《蘭亭帖》自云紹興十六年時年六十六推之，當生於元豐四年（公元一〇八一年），至紹興二十九年（一一五九年）卒，享年當為七十九歲。有人謂朱生於元豐間，淳熙初卒，年九十餘，不知何據？

公元一一六二年（紹興三十二年十月）

陸游賜進士出身。

見《建炎以來繫年要錄》卷二百。世多誤以陸游為隆興元年進士。

公元一一六六年（乾道二年丙戌）

洪适《隸釋》成，明年，序而刊之。

此書輯錄《金石錄》漢碑題跋為第二十四、二十五、二十六卷，計三卷，並跋其後云：「右趙氏《金石錄》三卷。趙君名明誠，字德夫，故相挺之之子也。所藏三代彝器、及漢唐前後石刻，為目錄十卷、辨證二十卷。其稱漢碑者一百七十有七，其陰四十。今出其篆書者十四、非東漢者二。《隸釋》所闕者，蓋未判也，掇其說載之。趙君之書，證據見謂精博。然以『衛彈』為『街彈』，以『綿竹令』為『縣令』之類，亦時有誤者。紹興中，其妻易安居士李清照表上之。趙君無嗣，妻又更嫁，其書行於世，而碑亡矣。」

李心傳生。

心傳字微之，井研人。

公元一一六七年（乾道三年丁亥）

春三月上巳，胡仔為《苕溪漁隱叢話》後集作序。

此書引有《金石錄》，並引《詩說雋永》及《四六談塵》所載清照詩文。或以為《詩說雋永》成於清照生前，尚不易證明。清照之卒迄胡仔此書後集之成（乾道三年或其後），相距至少有十年左右，無論如何，不似在同一年，則《詩說雋永》在清照下世以後成書，並非不可能也。

乾道年間

侯寘卒。

寘字彥周，東武人。有《嬾窟詞》一卷，刊入汲古閣《宋名家詞》中。有《效易安體・眼兒媚》詞一首，前已述及。

寘曾為耒陽令（見《永樂大典》卷八千六百四十七衡字韻），居長沙，卒於乾道年間（卒年不明，略見大概於楊萬里《誠齋集》卷七十二《怡齋記》）。稱之為知縣，蓋已自選人改官。《詞綜》卷十二云：「紹興中，以直學士知建康。」蓋誤讀《直齋書錄解題》，以侯寘之母舅晁謙之之官職為侯之官職。《直齋書錄解題》卷二十一：「《嬾窟詞》一卷，東武侯寘彥周撰。其曰母舅晁留守者，謙之也。紹興中，以直學士知建康。」文義甚明。按之《景定建康志》，建康行宮留守或郡守題名只有晁而無侯寘，亦可證《詞綜》之非。

公元一一八四年（淳熙十一年甲辰）

洪适卒，年六十八。

據許及之撰行狀。

公元一一九二年（紹熙三年壬子）

夏六月，周煇《清波雜志》成。

據《清波雜志》自序。

公元一一九七年（慶元三年丁巳）

秋九月二十四日，洪邁《容齋四筆》成。

時《金石錄後序》未刊行，洪邁見其原稿於王厚之處，為撮拾其大概，載於此書。

公元一二〇〇年（慶元六年庚申）

春三月九日，朱熹卒，年七十一。

見黃幹撰行狀，又見李心傳《道命錄》卷七下。

公元一二〇二年（嘉泰二年壬戌）

洪邁卒，年八十。

公元一二〇五年（開禧元年乙丑）

春三月上巳，趙不譾刻《金石錄後序》，附於龍舒本《金石錄》之後。

龍舒本《金石錄》未附清照《後序》，此本始載之。趙不讜跋云：「趙德夫所著《金石錄》，鋟版於龍舒郡齋久矣，尚多脫落。茲因假守，獲覩其所親抄於邦人張懷祖知縣，既得郡文學山陰王君玉是正。且惜夫易安之跋不附焉，因刻以殿之。用慰德夫之望，亦以遂易安之志云。開禧改元上巳日，浚儀趙不讜師厚父。」

近人或稱此本為浚儀本，或云重刻於浚儀，俱非（清江藩已誤云浚儀重刊，見《滂喜齋藏書記》所載宋本《金石錄》題跋）。浚儀見《漢書・地理志》，即大梁。在北宋為祥符（據歐陽忞《輿地廣記》卷一），即今之開封，宋南渡以後，已不在宋版圖之內。趙不讜乃宋之宗室，故自稱為浚儀人，非刊於浚儀也。此本原刊於龍舒，趙跋甚明。

《宋史・藝文志》載《金石錄》三十卷，又載別本三十卷，未知此二本為何本也。

公元一二〇六年（開禧二年丙寅）

秋九月九日，趙彥衛《擁鑪閒紀》易名《雲麓漫鈔》，重刊於信安郡齋。

《擁鑪閒紀》原刊於漢東學宮，見趙彥衛自序。此書載有清照詩文。

公元一二〇七年（開禧三年丁卯）

秋九月初十日，辛棄疾卒。

見辛啟泰輯《稼軒先生年譜》。

公元一二一〇年（嘉定三年庚午）

陸游卒，年八十六。

最近有人據陸氏家譜，以為放翁卒於嘉定二年，惟此譜所載是否確實無誤，尚待證明，茲仍從錢大昕《十駕齋養新錄》卷十六據《直齋書錄解題》所考，究卒何年，仍待專家指示。

公元一二四一年（淳祐元年辛丑）

冬十二月，張端義《貴耳集》上卷脫稿。

此卷載清照晚年詞作《元宵・永遇樂》、《秋詞・聲聲慢》。

張端義字正夫，自號荃翁，鄭州人，居姑蘇。生於淳熙六年（公元一一七九年），其自著《貴耳集》卷上已明言之。近年有人考證兩宋詞人時代先後，於張不注生年，蓋未細讀《貴耳集》耳。

公元一二四三年（淳祐三年癸卯）

李心傳卒，年七十八。

見《宋史》本傳。

心傳《建炎以來繫年要錄》載有清照訟張汝舟事。

李清照事迹編年附錄

易安居士事輯

俞正燮

易安居士李清照，宋濟南人。父格非，母王狀元拱辰孫女，皆工文章。（《宋史·文苑傳》）居歷城城西南之柳絮泉上。（《古懽堂集》有《柳絮泉訪李易安故宅》詩。據《齊乘》：柳絮泉在金線泉東）易安幼有才藻。元符二年，年十八，適太學生諸城趙明誠。明誠父挺之，時為吏部侍郎，格非為禮部員外郎。（俱《宋史》）明誠幼夢誦一書曰：「言與司合，安上已脫，芝芙草拔。」挺之曰：「此離合字，詞女之夫也。」結縭未久，明誠出遊，易安意殊不忍別，書《一剪梅》於錦帕送之曰：「紅藕香殘玉簟秋。輕解羅裳，獨上蘭舟。雲中誰寄錦書來，雁字迴時月滿樓。花自飄零水自流，一種相思，兩處閑愁。此情無計可消除，才下眉頭，卻上心頭。」（《瑯嬛記》、《草堂詩餘》俱如此。《詩餘圖譜》前段「秋」字句「輕解羅裳」作一句，「月滿」下有「西」字）易安有小令云：「昨夜風疎雨驟，濃睡不消殘酒。試問卷簾人，卻道海棠依舊。知否、知否？應是綠肥紅瘦。」（《苕溪漁隱叢話》）《壺中天慢》云：「寵柳嬌花寒食近，種種惱人天氣。」（黃暘評）其《秋詞·聲聲慢》云：「守定窗兒，獨自怎生得黑。」「黑」字真不許第二人押也。詞云：「尋尋覓覓，冷冷清清，悽悽慘慘寂寂。」一下十四疊字。後又云：「梧桐更兼細雨，到黃昏，點點滴滴。」（《貴耳集》云：「是晚年作。」非也。）又嘗以《重陽・醉花陰》詞，函致明誠。明誠思勝之。一切謝客，廢寢忘食者三日夜，得五十餘闋，雜易安作以示友人陸德夫，德夫玩誦再三，曰：「有三句乃絕佳。」明誠詰之，曰：「莫道不消魂，簾卷西風，人比黃花瘦。」政易安作也。易安之論曰：「唐開元天寶間……」（以上皆《漁隱叢話》）易安譏彈前輩，既中其病（《老學庵筆記》），而詞日益工。李趙宦族，然素貧儉。每朔望，明誠太學謁告出，質衣，取半千錢，步入相國寺，市碑文果實歸，夫妻相對展玩咀嚼，嘗自謂葛天氏之民也。後二年，明誠出仕宦，挺之為宰相，居政府。親舊在館閣者，多有亡詩逸史、汲冢魯壁所未見之書，盡力傳寫，或古今名人書畫，三代奇器，質衣物市之。崇寧時，有人持徐熙《牡丹圖》求錢二十萬。留信宿，計無所出，卷還之。夫婦相對惋悵者數日。（《金石錄後序》）挺之在徽宗時，易安進詩曰：「炙手可熱心可寒。」挺之排元祐黨人甚力，格非以黨籍罷，易安上詩挺之曰：「何況人間父子情。」讀者哀之（《郡齋讀書志》）。嘗和張文潛《浯溪中興頌碑》詩曰：「五十年功如電掃……」又和曰：「君不見驚人廢興唐天寶……」（《清波雜志》、《寒夜錄》。「春薺長安作斤賣」，乃高力士詩。）易安自少年兼有詩名；才力華贍，逼近前輩。（《碧雞漫志》）傳誦者：「詩情如夜鵲，三繞未能安。」「少陵也是可憐人，更待明年試春草。」（《風月堂詩話》）世又傳「兩漢本繼紹，新室如贅疣。所以嵇中散，至死薄殷周。」以為佳境（朱子《遊藝論》引評）。

又《春殘》詩云：「春殘何事苦思鄉？病裡梳頭恨髮長。梁燕語多終日在，薔薇風細一簾香。」（《彤管遺編》）明誠後屏居鄉里十年，衣食有餘。及起知青萊二州，皆政簡，日事鉛槧。易安與共校勘，作《金石錄》，考證精鑿，多足正史書之失。每獲一書，即校勘，整集籤題；得書畫彝鼎，摩玩舒卷，指摘疵病，夜盡一燭為率。所藏紙札精緻，字畫完整，冠諸收書家。易安性強記，每飯罷，與明誠坐歸來堂，烹茶，指堆積書史，言某事在某書幾卷、幾頁、幾行，以中否決勝負，為飲茶先後。中即舉杯，往往大笑，茶傾覆懷中，反不得飲而起。其收藏既富，起書庫，大櫥簿甲乙，置書冊。當講讀，即請鑰上簿，關出卷帙。或少損汙，必懲責揩完塗改。又置副本，便繙討。書史百家，字不刓、本不誤謬者，常兼三四本，皆精絕。家傳《周易》、《左氏春秋》，兩家文籍尤備。几案羅列枕藉，意會心謀，目注神授，樂在聲色狗馬之上。靖康二年春（《金石錄後序》作「建炎丁未」，是年五月，始為建炎，今改之），明誠奔母喪於金陵（《金石錄後序》作建康，其名建炎三年始改，今從其初），半棄所藏。其年十二月，金人陷青州，火其書十餘屋。建炎二年，明誠起復知江寧府（以上皆《金石錄後序》。《後序》亦作「建康」，蓋追稱之，今改）。易安自南渡以後，常懷京洛舊事，元宵賦《永遇樂》詞曰：「落日鎔金，暮雲合璧。」又曰：「染柳煙輕，吹梅笛怨，春意知幾許？」後疊曰：「於今憔悴，風鬟霜髮，怕向花間重去。」（《貴耳集》）在江寧日，每值天大雪，即頂笠披蓑，循城遠覽，得句必邀賡和，明誠每苦之（《清波雜志》）。三年，明誠罷，將家於贛水（《金石錄後序》）。四月，高宗如江寧，五月，改為建康府（《宋史》紀。《後序》云「至行在」，又言葬事，故依史實其地）。詔明誠知湖州。明誠赴行在，感暑痁發。易安自明誠赴召時，暫住池陽。得病信，解纜急東下。至建康，病已危。八月，明誠卒（《金石錄後序》）。易安為文祭之，有曰：「白日正中，歎龐公之機敏。堅城自墮，憐杞婦之悲深。」（《四六談塵》）祭文，唐人俱用駢體，官祭文亦不用韻也。閏八月，高宗如臨安（《宋史》紀）。易安既葬明誠，乃遣送書籍於洪州。易安欲往洪。初學士張飛卿者，於明誠至行在時，以玉壺示明誠，語久之，仍攜壺去。時建康置防秋安撫使。擾攘之際，或疑其饋璧北朝也。言者列以上聞，或言趙張皆當置獄。易安方大病，僅存喘息，欲往洪不能。聞玉壺事，大懼（《金石錄後序》）。十一月，盡以其家所有赴越州行在投進，而高宗已奔明州（《宋史》、《金石錄後序》）。時中書舍人綦崈禮左右之（《宋史》。按《雲麓漫鈔》云：「徽猷閣直學士。」沈該《翰苑題名壁記》云：「綦崈禮，建炎四年五月以吏部侍郎兼權直院，十一月除徽猷閣直學士知漳州。」則學士在明年十月。且啟云「內翰承旨」，故從《宋史》本傳稱「中書舍人」）。事解，清照以與綦親舊，作啟謝之曰：「清照素習義方，粗明詩禮。近因疾病，欲至膏肓。牛蟻不分，灰釘已具。豈期末事，乃得上聞，取自宸衷，付之廷尉。」序欲投進家器，曰：「抵雀捐金，利當安往。將頭碎璧，失固可知。實自繆愚，分知獄市。」序綦為解釋曰：

「內翰承旨，搢紳望族，冠蓋清流。日下無雙，人間第一。奉天收復，本緣陸贄之詞；淮蔡底平，共傳昌黎之筆。哀憐無告，義同解驂（越石父事）。戴慼洪恩，事真出己（知瑩事）。故茲白首，得免丹書。」序頌金事無形跡曰：「雖南山之竹，豈能窮多口之談；惟智者之言，可以止無根之謗。」（據《雲麓漫鈔》）綦字叔（一作存）厚，高密人也（《宋史》）。十二月，金人破洪州，易安所寄輜重盡失，遂往台州，依其弟敕局刪定李迒，泛海，由章安輾轉至越州。四年，放散百官，遂偕迒至衢（《金石錄後序》）。時綦崈禮以徽猷閣直學士知漳州（《翰苑題名壁記》、《建炎以來繫年要錄》）。紹興元年，易安之越。二年，之杭，年五十有一矣。作《金石錄後序》曰：「右《金石錄》三十卷，趙侯德甫所著書也。取上自三代，下迄五季，鐘、鼎、甗、鬲、盤、匜、尊、敦之款識，豐碑大碣，顯人晦士之事跡，凡見於金石刻者二千卷，皆是正譌謬，去取褒貶，上足以合聖人之道，下足以訂史氏之失者，皆載之，可謂多矣。嗚呼，自王播、元載之禍，書畫與胡椒無異；長輿、元凱之病，錢癖與傳癖何殊。名雖不同，其為惑則一也。」（本書）又自序遭離變故本末甚悉，（《容齋四筆》）曰：「靖康丙午歲，侯守淄川。聞金人犯京師，四顧茫然。書畫溢箱篋，且戀戀、且悵悵，知必不為己物矣。建炎丁未春三月（五月始為建炎，此追溯之號），奔太夫人喪南來（謂江寧）。既長物不能盡載，乃先去書之重大印本者，又去畫之多幅者，又去古器之無款識者，後又去書之有監板者，畫之平常者，器之重大者，凡屢減去，尚載書十五車，至東海，連艫渡淮，至建康（亦追稱）。時青州故第，尚鎖書冊什物用屋十餘間，期明年春具舟載之。十二月，金人陷青州，遂為灰燼。戊申九月，侯起復知建康，己酉三月罷，具舟上蕪湖，入姑孰，將卜居於贛水上。五月至池陽，被旨知湖州，過闕上殿（建康為行在），遂駐家池陽，獨赴召。六月十三日，負擔舍舟坐岸上，葛衣岸巾，精神如虎，目光爛爛射人。望舟中告別，余意甚惡，呼曰：「忽傳聞城中緩急奈何？」戟手遙應曰：「從眾。必不得已，先去輜重，次衣服，次書冊、卷軸，次古器。獨所謂宗器者，自抱負，與身存亡，勿忘也。」遂馳馬去，途中奔馳，冒大暑，感疾。至行在，病痁。七月末，書報臥病。余驚怛，念侯性素急，奈何。病痁或熱，必服寒藥，疾可憂。遂解舟下，一日夜行三百里。比至，果大服茈胡黃芩，瘧且痢，危在膏肓。余悲泣倉皇，不忍問後事。八月十八日遂不起，取筆作詩，絕筆而逝，殊無分香賣履之態。葬畢，余無所之。時朝廷已分遣六宮（《宋史》言：七月，隆祐太后如洪州，宮人從之）。又傳江當禁渡（《宋史》言：閏八月，杜充守建康，韓世忠守鎮江，劉光世守池州。後光世移屯江州）。猶有書二萬餘卷，金石刻二千卷，器皿裀褥可待百客，他長物稱是。余又大病，僅存喘息，事勢日迫。念侯有妹壻任兵部侍郎，從衛在洪州（從衛六宮），遂遣二故吏先部送行李往投之。十二月，金人陷洪州，遂盡委棄。獨余少輕小卷軸，書帖，寫本李、杜、韓、柳集、《世說》、《鹽鐵論》、漢唐石刻副本數十軸，三代鼎彝十數事，又唐寫本書十數冊，偶病中把玩在臥內者獨存。上江既不可往，又虜勢叵測，有弟迒任敕局刪定官，遂往依之。到台，台守已遁（此建炎四年事）。之剡出陸，棄衣被走黃巖，雇舟入海奔行朝，時駐蹕章安（台州府治西南章安市。謂舟次於此，自此之溫）。從御舟之溫，又之越。庚戌（四年）十二月，放散百官（百官自便，不扈從。謂自郎官以下），遂之衢（以上建炎四年以前事）。紹興辛亥（元年）三月，復赴越，壬子（二年）又赴杭（以上紹興二年事，作《後序》年也。此下復記建炎三年事）。先侯病亟時（建炎三年八月），有張飛卿學士攜玉壺過示侯，復攜去，其實珉也。不知何人傳道，妄言有頒金之語，或言有密諭列者。余大惶怖，不敢言，亦不敢遂已。盡將家中所有銅器等物，欲赴外廷投進。到越已幸四明（建炎三年十一月），不敢留家中，並寫本書寄剡（此建炎四年事）。後官軍收叛軍取去，聞盡入李將軍家。惟有書畫硯墨六七簏，常在臥榻下，手自開合。在會稽卜居土民鍾氏宅，忽一夕穿壁負五簏去（此紹興元年時）。余悲痛不欲活，立重賞收贖。後二日，鄰人鍾復皓出十八軸求賞，故知其盜不遠。萬計求之，其餘遂牢不可出。今盡為吳說運使賤價得之。所餘一二殘零不成部帙書冊三數種，平平書帖，猶復愛惜，如護頭目，何愚也耶。今開此書，如見故人。因憶侯在東萊靜治堂裝卷初就，芸籤縹帶，束十卷作一帙。每日晚吏散，輒校勘二卷、題跋一卷。此二千卷，有題跋者五百二卷耳。今手澤如新，而墓木已拱，悲夫。昔蕭繹江陵陷沒，不惜國亡而毀裂書畫；楊廣江都傾覆，不悲身死，而復取圖書。豈以性之所著，生死不能忘歟？或者天意以其菲薄，不足以享此尤物耶！抑死者有知，猶斤斤愛惜，不宜留人間耶！何得之難而失之易也！噫！余自少陸機作賦之二年，至過蘧瑗知非之兩歲，三十四年之間，憂患得失，何其多也。然有有必有無，有得必有失，乃理之常。人亡弓，人得之，又何足道。所以區區記此者，亦欲為後世博雅好古者之戒云爾。紹興二年元黓歲壯月甲寅朔易安室題。」（本書）三年，行都端午，易安親聯有為內夫人者，代進帖子。《皇帝閤》曰：「日月堯天大，璇璣舜歷長。側聞行殿帳，多集上書囊。」《皇后閤》曰：「意帖初宜夏，金駒已過蠶。至尊千萬壽，行見百斯男。」（「意帖」用上官昭容事）《夫人閤》曰：「三宮催解糉，團箭綵絲縈。便面天題字，歌頭御賜名。」（團箭用唐開元內宮小角弓射糉事）於是翰林止金帛之賜（《浩然齋雅談》），咸以為由易安也。時直翰林者秦楚材忌之。五月，命簽（應作僉，押也。諸書皆從竹。）書樞密院事韓肖胄（字似夫）、工部尚書胡松年（字茂老，海州懷仁人，二人以七月行）。充奉表通問使副使金，通兩宮也（劉時舉《續通鑑》。又案《宋朝事實》，其事在七月，其後八年十二月，韓又使金）。易安上韓詩曰：「……將命公所宜（肖胄韓琦曾孫）……」上胡詩曰：「……憤王墓下馬猶倚（史言項羽葬魯，在今穀城），寒號城邊雞未鳴（《水經注》韓侯城在金地）……」其序云：「以上二公，亦欲以俟採詩者。」（《雲麓漫鈔》）易安又有句云：「南來猶怯吳江冷，北狩應知易水寒。」又云：「南渡衣冠思王導，北來消息少劉琨。」

（《漁隱叢話》、《詩說雋永》）忠憤激發，意悲語明，所非刺者眾。又為詩誚應舉進士曰：「露花倒影柳三變，桂子飄香張九成。」（《老學庵筆記》：九成，紹興二年進士）應舉者服其工對，傳誦而惡之。其感懷詩曰：「寒窗敗几無書史……」（《彤管遺編》。此詩上去兩押，所謂詩止分平仄）四年，避亂西上，過嚴子陵釣臺。有「巨艦因利」、「扁舟為名」之歎（《打馬圖》、《釣臺集》。或以其二十字韻語為惡詩，蓋口占聊成之。非詩也，不復錄）。至金華卜居焉（《打為圖》）。有《曉夢》詩曰：「曉夢隨疏鐘……」（《彤管遺編》）詩秀朗有仙骨也。又作《打馬圖》曰：「慧則通……」其《打馬賦》曰：「歲令聿徂……」（本書）時易安年五十三矣。居金華，有《武陵春》詞曰：「風住塵香花已盡……」流寓有故鄉之思（《水東日記》云：「玩其詞意，作於序《金石錄》之後。」），其事非閨閫文筆自記者莫能知。或曰：依弟迒老於金華。後人集其所著為文七卷，詞六卷，行於世（《宋史・藝文志》）。其《金石錄後序》稿在王厚之（順伯）家，洪邁見之，為述其大概（《容齋四筆》）。朱文公言本朝婦人能文章者，曾相布妻魏及李易安二人而已。（《詞綜》）後人於閩漢口鋪見女子韓玉父題壁詩序，幼在錢塘師事易安。（《彤管遺編》）易安能詩詞、文、四六，又能畫，明人陳傳良藏有易安畫《琵琶行圖》（宋濂《學士集》）。莫廷韓買得易安畫墨竹一幅（《太平清話》）。張居正在政府日，見部吏鍾姓浙音者，問曰：「汝會稽人耶？」曰：「然。」居正色變久之。吏曰：「新自湖廣遷往耳。」然卒黜之（《玉茗瑣談》。文忠蓋以鍾復皓故，時不悉其意，以為乖暴）。而其時無學者不堪易安譏誚，改易安與綦學士啟，以張飛卿為張汝舟，以玉壺為玉臺，謂官文書使易安嫁汝舟。後結訟，又詔離之，有文案（詳趙彥衛《雲麓漫鈔》、胡仔《苕溪漁隱叢話》、李心傳《建炎以來繫年要錄》）。宋方擾離，不糾言妖也。

述曰：《宋史·李格非傳》云：「女清照，詩文尤有稱於時，嫁趙挺之之子明誠，自號易安居士。」無他說也。《藝文志》有《易安詞》六卷，《通考·經籍考》引《直齋書錄解題》，止《漱玉集》一卷。《解題》云：「別本分五卷。」詞今存。《書錄》：「《打馬賦》一卷。」《解題》云：「用二十馬。今世打馬，大約與摴蒲相類。」《藝文志》言文集七卷，明焦竑《國史經籍志》云十二卷，則并詞五卷，惜其文未見。《瑯嬛記》、《四六談塵》、《宋文粹拾遺》並載易安《賀孿生啟》云：「無午未二時之分，有伯仲兩楷之似。既繫臂而繫足，實難弟而難兄。玉刻雙璋，錦挑對褓。」注言：「任文二子孿生，德卿生於午，道卿生於未。張伯楷、仲楷兄弟相似，形狀無二。白伋兄弟，母不能辨，以五色采繩，一繫於臂，一繫於足。」其用事明當如此。讀《雲麓漫鈔》所載《謝綦密禮啟》，文筆劣下中雜有佳語，定是竄改本。又夫婦訐訟，必自證之，啟何以云無根之謗？余素惡易安改嫁張汝舟之說。雅雨堂刻《金石錄》序，以情度易安，不當有此事。及見李心傳《建炎以來繫年要錄》，采鄙惡小說，比其事為文案，尤惡之。後讀《齊東野語》論韓忠繆事云：「李心傳在蜀，去天萬里，輕信記載。」疎舛固宜。又謝枋得集亦言《繫年要錄》為辛棄疾造韓侂冑壽詞，則所言易安文案謝啟事可知，是非天下之公，非望易安以不嫁也。不甘小人言語，使才人下配駔儈，故以年分考之。凡詩文見類部、小說、詩話者考合排次，至紹興四年，易安年五十三。又紹興十一年五月十三日，綦崈禮壻陽夏謝彼，寓家台州，自序《四六談麈》時，易安年已六十，伋稱為趙令人李。若崈禮為處張汝舟婚事，伋其親壻，不容不知。又下至淳祐元年，時及百年，張端義作《貴耳集》，亦稱易安居士、趙明誠妻。易安為嫠，行迹章章可據。趙彥衛、胡仔、李心傳等不明是非。至後人貌為正論：《碧雞漫志》謂易安詞於婦人中為最無顧藉，《水東日記》謂易安詞為不祥之具。此何異謂直不疑盜嫂亂倫，狄仁傑謀反當誅滅也。且啟言：「牛蟻不分，灰釘已具。弟既可欺，持官文書來輒信。身幾欲死，非玉鏡架亦安知。呻吟未定，強以同歸。猥以桑榆之末影，配茲駔儈之下才。」易安，老命婦也，何以改嫁復與官告？又言：「視聽才分，實難共處，惟求脫去，決欲殺之，遂肆欺凌，日加毆擊，豈期末事，乃得上聞，取自宸衷，付之廷尉。」是又閨房鄙論，竟達闕廷，帝察隱私，詔之離異。夫南渡倉皇，海山奔竄，乃舟車戎馬相接之時，為一駔儈之婦，從容再降玉音。宋之不君，未應若是。審視《金石錄後序》，始知頌金事白，綦有湔洗之力。小人改易安謝啟，以飛卿玉壺為汝舟玉臺，用輕薄之詞，作善謔之報。而不悟牽連君父，誣釁廟堂，則小人之不善於立言也。劉時舉《續通鑑》云：「紹興四年八月，趙鼎疏言：『草澤行伍求張浚不遂者，人人投牒，醜詆及其母妻。』」《四朝聞見錄》有劾朱文公閨閫中穢事疏及朱《謝罪表》，蓋其時風氣如此。《齊東野語》又云：「黃尚書由妻胡夫人惠齋居士，時人比之易安。嘗指摘趙師羼《放生池文》誤。惠齋已卒，趙為臨安府，誘其逃婢證惠齋前與棋客鄭日新通，遂黥配日新，而尚書以帷薄不修罷。」按《白獺髓》云：師羼初居吳郡，及尹天府日，延喬木為門客。喬教師羼子希蒼制古禮器，於家釋菜。黃尚書欲發遣之，師羼乃毀器而逐喬。是師羼與由以黥配門客相報，又值惠齋有摘文之事，乃並誣惠齋，其事與易安同。夫小人何足深責，吾獨惜易安與惠齋，以美秀之才，好論文以中時忌也。易安《打馬圖》言使兒輩圖之，合之《上胡尚書詩》，蓋易安無所出，兒輩乃格非子孫，故其事散落。今於詞之經批隙及好事傳述者亦輯之。於事實有益，可備好古明理着觀覽。其僅見《漱玉集》者，此不載也。

按：俞正燮氏為清照辨誣，多方證其未改嫁，可謂不遺餘力者矣。乃所舉理由，非與事實不合，即難以成說：（一）「讀《雲麓漫鈔》所載《謝綦崈禮啟》，文筆劣下中雜以佳語，定是竄改本。」毫無證據。趙彥衛《雲麓漫鈔》序於開禧二年，距清照之卒約四十年，與清照無恩怨可言，絕無竄改其謝啟之理；且趙彥衛對清照非特毫無貶詞，並極稱其文章，更無厚誣清照可能。（二）「又夫婦訐訟，必自證之，啟何以云『無根之謗』？」清照訟張汝舟事，當時有何流言。現不可知，安知其無「無根之謗」？（三）「李心傳《建炎以來繫年要錄》采鄙惡小說，比其事為文案。」《四庫全書總目提要》稱

《建炎以來繫年要錄》「最足以資考證」，所采以國史、日曆為主，參之以稗史、野史、家乘、誌狀、案牘、奏議等等。核之全書，《提要》之說可信；俞氏所云，實無所據。（四）俞氏信《繫年要錄》為辛棄疾造韓侂冑壽詞之說，而《繫年要錄》紀事至紹興三十二年為止，並不下及開禧時，何來為辛棄疾造韓侂冑壽詞之事？李心傳所記韓侂冑事，在《建炎以來朝野雜記》而非《建炎以來繫年要錄》。《建炎以來朝野雜記》亦未載有辛棄疾壽詞。（五）俞氏又引謝伋《四六談塵》稱清照為趙令人李、張端義《貴耳集》稱趙明誠妻，證明清照未曾再嫁（夏承燾先生《易安居士事輯後語二》引陸游《夫人孫氏墓誌銘》稱為「故趙建康明誠之配」，證其未再嫁，其理由與俞氏相同。）。則清照雖再嫁離異，與趙明誠之夫婦關係並不因之而消滅；如不稱之為「趙明誠妻」，將稱之為「張汝舟之離異婦」乎？非深惡清照之人，必不出此。洪适《隸釋》明言趙明誠妻更嫁，而其文仍云：其妻易安居士。陳振孫《直齋書錄解題》說清照「晚歲頗失節」，而仍稱為趙明誠妻。足以說明，凡稱之曰趙明誠妻者，並非即為未改嫁之證據也。（六）「趙彥衛、胡仔、李心傳等不明是非。」不知謂清照再嫁者，尚有晁公武、洪适等；豈皆不明是非乎？（七）「何以改嫁復與官告？」啟言「持官文書來輒信」，乃在改嫁之前，官文書何以知其即為官告？在未改嫁以前，何以能得張氏方面之官告？據宋竇儀等所編《新詳定刑統》卷五：「官文書謂公案。」卷九：「官文書謂在曹常行非制敕奏抄者」（騰制敕符移之類名曰制書，不曰官文書）；又卷二十五：「官文書指文案、符移、解牒、鈔券之類。」官告似不能謂為官文書。韓愈《試大理評事王君墓誌銘》中所云「文書」、「告身」，係指男方是否官人，與「改嫁與官告」無涉（官文書見余嘉錫先生《論學雜著》考證）（又李燾《續資治通鑑長編》卷二十二載：太平興國六年十二月壬辰詔：中外官不得以告身及南曹歷子質錢，違者官為取還，不給元錢。朝廷患官文書落規利之家，故禁絕之。是俞正燮以官文書為告身，在《刑統》以外，原無不可，惟在此則殊出附會）。（八）「為一駔儈之婦，從容再降玉音，宋之不君，未應若是！」清照訟張汝舟，有司當汝舟私罪徒。徒至多三年，可贖，或可以官抵徒。五品以上，一官抵二年，九品以上，一官抵一年，乃汝舟竟因之除名編管，並非細事，何以能云「為一駔儈之婦」？清照雖所告屬實，依律至少應徒二年（見前《李清照事迹編年》），乃竟免刑，亦非細故。「再降玉音」，不知俞氏何指？所云官文書，殊難謂為玉音。（九）以「飛卿玉壺」改作「汝舟玉臺」，全出俞氏想像，毫無佐證；且玉壺事在建炎三年，而張汝舟事則在紹興二年，不能混為一談。（十）所舉劉時舉《續通鑑》、《四朝聞見錄》等等，云「蓋其時風氣如此」，其意殆以為朱熹《謝罪表》亦出他人揑造，實則此表別亦見於李心傳《道命錄》卷七下。李心傳推崇道學備至，故為是書，焉有揑造朱熹謝表之理。沈繼祖所劾自非事實，全為羅織，朱之謝表則確有之，且此表（《落祕閣修撰依前官謝表》）實見《朱文公文集》卷八十五，更非揑造。俞氏不引《朱文公文集》或《道命錄》而引《四朝聞見錄》，蓋未詳考也。俞氏所舉張浚、朱熹、胡惠齋等被誣之事，並不足以證明清照亦被誣再嫁；宋人本不以再嫁為非，何必以此誣之？

俞正燮《易安居士事輯》，搜羅李清照事迹頗詳，雖其排比編次，間不免稍有謬誤，而力辯清照未曾再嫁，未能令人信服，徒勞無功，尤為可惜。但其倡始搜羅事迹之功，殊不可沒，其文固為研究李清照者所必資也。

俞氏文內所云：「《瑯嬛記》、《四六談塵》、《宋文粹拾遺》並載易安《賀孌生啟》」，與事實不合。《四六談塵》內並無此啟，《宋文粹拾遺》則世無其書，想是俞氏因《瑯嬛記》偽構之《文粹拾遺》而誤（《宋文粹》則尚有其書，即《聖宋文粹》，見宋《祕書省續四庫書目》及《宋史・藝文志》）。

癸巳類稿易安事輯書後

陸心源

李易安改嫁，千古厚誣。歙人俞理初為《易安事輯》以辨之，詳矣、備矣。惟張汝舟崇寧五年進士，毘陵人，見《咸淳毘陵志》。欽宗時知紹興府，見《會稽志》。建炎三年，以朝奉郎直祕閣，知明州。十二月，召為中書門下檢正諸房文字。四年，兼管安撫使，復以直顯謨閣知明州，見《四明圖經》。五月，上過明州，歷奉儉簡，遷一官。六月，乞祠，主管江州太平觀。紹興元年三月，往池州措置軍務，尋為監諸軍審計司。二年九月，以妻李氏訟其妄增舉數入官，有司當汝舟私罪徒，詔除名、柳州編管，見《建炎以來要錄》。則汝舟既確有其人，以李氏訟編管，亦確有其事。理初僅以怨家改啟，證易安無改嫁事。幾若汝舟亦屬子虛，不足以釋千古之疑，而折服李心傳之心。愚按汝舟即飛卿之名，妻上當脫趙明誠三字耳。高宗性好古玩，與徽宗同。汝舟必以進奉得官，因進奉而徵及玉壺，因玉壺之失而有獻璧北朝之誣。因獻璧北朝之誣，而易安有妄增舉數之報復。不然，妄增舉數與妻何害。既不應興訟，朝廷亦豈為准理耶？惟李氏被獻璧北朝之誣，人人代抱不平。故李氏一控，而汝舟即奪職編管。汝舟無可洩忿，改其謝啟，誣為改嫁，認為伊妻，其啟即汝舟所改，非別有怨家也。請列五證以明之。汝舟先官祕閣直學士，復官顯謨直學士，故曰飛卿學士。其證一也。頒金之謗，宻禮為之左右得解，事在建炎三年，是時宻禮官中書舍人，故曰「內翰承旨」。汝舟之貶，事在紹興二年，則崈禮已為侍郎翰林學士，當曰「學士侍郎」，不得曰「內翰承旨」矣。其證二也。若《要錄》原本無趙明誠三字，注文既敘明李格非女矣，何不敘趙明誠妻改嫁汝舟乎？其證三也。男女婚嫁，世間常事，朝廷不須問，官吏豈有文書。啟云：「弟既可欺，持官文書來即信。」當指蜚語上聞置獄而言。改嫁不必由官，有何官文書之有？其證四也。獻璧北朝，可稱不根之言。若改嫁確有其事，何得云不根之言？其證五也。心傳誤據傳聞之辭，未免疏謬。若謂採鄙惡小說，比附文案，豈張汝舟亦無其人乎，必不然矣。

按：陸心源此跋多誤，所舉五證，多難成立：（一）張汝舟之貼職為直祕閣、直顯謨閣，非祕閣直學士（宋無此職）及顯謨閣直學士。直某閣至直學士，中間尚有修撰及待制，職位高低大不相同，待制以上為侍從，以下者不在侍從之列。陸氏混為一談，以此證其得稱學士，殊無根據。宋代實授學士者俱不稱學士，如翰林學士稱內翰、觀文殿大學士稱大觀文、資政殿學士稱資政，龍圖閣學士稱老龍等等，陸氏亦未考。（二）陸氏以為中書舍人應稱為「內翰承旨」，非（說已見前）。（三）李心傳《繫年要錄》多根據日曆及實錄，案牘如未載趙明誠妻，李心傳自不煩添注；且《要錄》已明言：「能為歌詞，自號易安居士」，斷不能移之他人。（四）清照《謝綦崈禮》一啟所云：「弟既可欺，持官文書來即信。」雖不知其事實，但事在未改嫁之前。陸氏以為「當指蜚語上聞置獄而言」，亦毫無根據。（五）謝啟云：「唯智者之言，可以止無根之謗」，陸氏以為「獻璧北朝，可稱不根之言。若改嫁確有其事，何得云不根之言？」安知清照所云「無根之謗」不指當時對清照訟張汝舟事種種流言乎？又陸氏強調：心傳誤據傳聞之辭。如細讀《建炎以來繫年要錄》，可以證明李心傳所錄，往往多方考證，務得其實，並無率爾操觚之弊。陸氏所指摘，亦不能認為恰當。陸氏所得結論，如謂：「張汝舟誣告清照獻璧北朝，故清照控其妄增舉數，作為報復；張汝舟乃改其謝啟，誣為改嫁，認為伊妻。」則全出杜撰，毫無事實根據。即使所舉五證得以成立，亦難以自圓其說。至張汝舟除名編管，而陸氏則以為奪職編管，以除名為奪職，又其錯誤之小小者耳。

書陸剛甫觀察儀顧堂題跋後

李慈銘

陸氏心源《儀顧堂題跋》十六卷，其中可取者甚多。其《書癸巳類稿易安事輯後》，謂張汝舟毘陵人，崇寧五年進士，見《咸淳毗陵志》。又引《建炎以來繫年要錄》：紹興二年九月，張汝舟為監諸軍審計司，以妻李氏訟其妄增舉數入官，詔除名柳州編管。則汝舟既碻有其人，以李氏訟編管，亦確有其事。汝舟即飛卿之名，妻字上當脫趙明誠三字。高宗性好古玩，汝舟必以進奉得官，因進奉而徵及玉壺，因玉壺失而有獻璧北朝之誣。因獻璧之誣，而易安有妄增舉數之報。蓋獻璧之誣，人人代抱不平，故李氏一控，而汝舟即奪職編管。汝舟無可洩憤，改其謝啟誣為改嫁，認為伊妻，其啟即汝舟所改，非別有怨家也。則殊臆決不近理。案《嘉泰會稽志》載：宣和五年，張汝舟以降授宣教郎直祕閣知越州。越為望郡，是汝舟在徽宗時已通顯。《乾道四明圖經》載：建炎四年，張汝舟以直顯謨閣知明州兼管內安撫使，數月即罷（《圖經》載是年汝舟之前，已有劉洪道、向子忞二人。汝舟之後為吳懋，以建炎四年八月到任。是汝舟在州不過一二月）。《繫年要錄》載紹興二年九月汝舟除名時，官止右承奉郎，則仕宦頗極沉滯，安見其以進奉進官。高宗頗好書畫，未聞其好器玩。易安《金石錄後序》言：聞張飛卿玉壺事發在建炎三年九、十月間，時明誠甫於八月卒，高宗方為金人所迫，流離奔竄，即甚荒闇之主，尚安得留心玩好，令人以進奉博官。汝舟之名與飛卿之字，亦不相配合。且序言飛卿所示玉壺，實珉也，旋即攜去，則壺並不在德甫所，安得妄告朝廷，徵之趙氏。且《要錄》言：時建康置防秋安撫使，擾攘之際，或疑其饋璧北朝，言者列以上聞。或言趙張皆當置獄，是明謂言官所發，飛卿方有對獄之懼，豈有自發而自誣之理。易安《後序》亦謂何人傳道，妄言頒金，是並無怨飛卿之事，安得謂人人代抱不平，易安故訟其妄增舉數，以為報復。至謂其啟即汝舟所改，尤非情理。汝舟以進士歷官已顯，豈肯自謂駔儈下才，及視聽才分，實難共處。且人即無良，豈有冒認嫠婦以為己妻。趙李皆名人貴家，易安婦人之傑，海內眾著，又將誰欺。雖喪心下愚，亦不至此。《要錄》大書右承奉郎監諸軍審計司張汝舟屬吏，以汝舟妻李氏訟其妄增舉數入官也。其文甚明，安得謂妻上趙明誠三字。陸氏謂妄增舉數，何與妻事，朝廷亦豈為准理。則閨房之內，事有難言，增舉入官，欺罔朝廷，安得置之不理。此等事惟家人得知之，故發即得實。若它人之婦，何從知之。惟易安必無再嫁之事，理初排比歲月證之甚明。今即《要錄》所載此一節，屢其年月，更可瞭然。易安《金石錄後序》，自題紹興二年元黓歲壯月甲寅朔易安室題。《要錄》繫訟增舉事於紹興二年九月戊午朔，相去一月，豈有三十日內，忽在趙氏為嫠婦，忽在張氏訟其夫，此不待辨者也。又易安於紹興三年五月上使金工甑尚書胡松年詩，有「嫠家祖父生齊魯」之句，則易安以老寡婦終，已無疑義。《要錄》又載紹興二年八月丙辰（是二十九日。是月戊子朔。《後序》題甲寅朔，蓋筆誤。甲寅是二十七日，或是戊子朔甲寅，脫戊子二字，又朔甲寅誤倒。古人題月日，多有此例。易安好古，觀其用歲陽紀歲，月名紀月，可知。），直祕閣主管江州太平觀趙思誠守起居郎，思誠，明誠兄也，則是時趙氏尚盛，尤不容有此事；《要錄》又載建炎三年閏八月，和安大夫開州團練使致仕王繼先嘗以黃金三百兩，從故祕閣修撰趙明誠家市古器。兵部尚書謝克家言；恐疏遠聞之，有纍盛德，欲望寢罷。上批令三省取問繼先。則所云徵及玉壺，傳問置獄，當在此時。王繼先本姦黠小人，時方得幸，必有恫喝趙氏之事，而綦崈禮為左右之得白，故易安作啟以謝。至張汝舟妻李氏，或本易安一家，與夫不咸，訟訐離異。當時忌易安之才，如學士秦楚材者（秦檜之兄，名梓），及被易安誚刺如張九成等者，因將此事迻之易安（張九成為紹興二年進士第一人，其對策有「桂子飄香」之語，易安因有「桂子飄香張九成」之謔。亦足證其嫠居無事。若方與後夫爭訟仳離，豈尚有此暇力弄狡獪乎）。或汝舟之妻，亦嫺文字，作文自述被夫欺淩毆擊之事，其訟妄增舉數時，亦必牽及閨門乖忤，自求離絕。及置獄根勘得實，并遂其請。後人因其適皆李姓，遂牽合之。李微之亦不察而誤采之。俗語不實，流為丹青。遂以漱玉之清才，古今罕儷，且為文叔之女，德甫之妻，横被惡名，致為千載胥人口實。余故申而辨之，補俞氏之闕；正陸氏之誤，可為不易之定論矣。

况周儀按：易安如有改嫁之事，當在建炎三年明誠卒後，紹興二年汝舟編管以前。今據俞、陸二家所引：建炎三年七月，易安至建康。八月，明誠卒。四年，易安往台州之越州，十二月至衢州。紹興元年，復之越。二年之杭。汝舟建炎三年，知明州，四年復知明州，六月主管江州太平觀。紹興二年，往池州措置軍務，尋為監諸軍審計司。二年九月，以增舉入官，除名編管。此四年中，兩人蹤跡判然，何得有嫁娶之事，舊說寃謬，不辨而明矣。

按：李慈銘所舉清照未改嫁各證，亦難以成立。（一）李慈銘以為紹興二年八月，清照撰《金石錄後序》，題「易安室題」，乃同年九月間又訟張汝舟，豈有三十日之內，忽在趙氏為嫠婦，忽在張氏訟其夫？按清照撰《金石錄後序》在紹興四年，非二年：「易安室」三字亦非「嫠婦」之證（說俱見前）。夏承燾《易安居士事輯後語》亦據《後序》題名，以為「汝舟紹興二年與妻李氏涉訟之時，易安確猶為趙家之一嫠」，其對「易安室」之解釋為「嫠婦」之證與李慈銘同。（二）李慈銘舉清照詩中有「嫠家祖父生齊魯」句，以為「以老寡婦終」之證。依李氏之意，詩中將自稱為「改嫁離異」，方能承認其再嫁乎？其時趙明誠已死，改嫁離異後仍自稱曰嫠，亦情理之常，不能證其未改嫁。（三）李慈銘又以為紹興二年八月間，趙思誠為起居郎，趙氏尚盛，不容有此事。按清照改嫁張汝舟，當在紹興二年四五月間，趙思誠尚未為起居郎；且宋人並不以改嫁為非（如王安石改嫁其子王雱之婦、魏了翁之女改適劉震孫等，見魏泰《東軒筆錄》卷七、周密《癸辛雜識》別集卷下），無所謂「趙氏尚盛，尤不容有此事」。（四）至謂清照謝啟為秦梓或張九成以張汝舟妻李氏事移之清照，則全為猜測杜撰，毫無根據。且張九成素性剛正，絕無此事；清照「桂子飄香」之語，並無譏刺之意，亦不至於招人怨恨。秦梓縱因端陽帖子詞事惡清照，亦不須以此誣之。至謂清照正嫠居無事，則尚不誤，蓋清照作此文字遊戲時，尚未改嫁也。夏承燾先生《易安居士事輯後語二》以清照敢於作詩誚張九成，證其未改嫁，亦與李慈銘相同，不能證其二月後未改嫁也。（五）至於所謂：「後人因其適皆李姓，遂牽合之，李微之亦不察而誤采之。」則李心傳所載非僅據傳聞而多據官方案牘、史官記載，無牽合之理。李慈銘氏自以其說為不易之定論，殊不然。況周儀按語謂「兩人蹤跡判然，何得有嫁娶之事」，蓋未考清照再嫁在何時。

依況氏所排比之二人蹤跡，二人在紹興二年四五月間嫁娶，有何不可能之有？

按力辯清照未改嫁者，雖多方為清照開脫，並力駁宋人記載，終難令人信服，尚未能完全言之有故，持之成理。黃盛璋君之《李清照事迹考》言之綦詳。本人所考李清照事迹及所持清照再嫁之說，凡與黃君之《李清照事迹考》及舊譜相同者，俱為黃君之說，即有黃君所未及者，亦多自黃君之說啟發引伸而得。未能在所引各處一一加注（其由黃君私人告知，未經公開發表者，另注明之）。特在此聲明。

最近上海出版《李清照集》附有黃先生一九六二年修正之《趙明誠李清照夫婦年譜》、《李清照事迹考辨》二種，考據精博，且采及鄙陋之說（余之《李清照事迹編年》底稿曾舉以贈黃先生，求其印可），兼有舉正。惜此書早已發排，只得仍以黃先生未修正之《趙明誠李清照年譜》（發表於山東省某刊物者）及《李清照事迹考》為據，另就新譜中若干新問題提出商榷。

李清照著作考

一、詩文集

晁公武郡齋讀書志卷四下　《李易安集》十二卷　右皇朝李氏格非之女，先嫁趙誠之，有才藻名（衢州本作「幼有才藻名，先嫁趙誠之」）。其舅正夫相徽宗朝，李氏嘗獻詩曰：「炙手可熱心可寒。」然無檢操，晚節流落江期間以卒（衢州本此句上有「後適張汝舟不終」七字）。

張端義貴耳集卷上　有《易安文集》

宋史藝文志　《易安居士文集》七卷　宋李格非女撰

焦竑國史經籍志　《李易安集》十三卷

陳第世善堂藏書目錄　《李易安集》十二卷

《知不足齋叢書》本《世善堂藏書目錄》鮑廷博跋云：「藏弆二百餘年，後嗣不能復守，乾隆初年，錢塘趙谷林先生齎多金往購，則已散佚無遺矣。斷種祕冊約三百餘種。予按其目求之，積四十年，一無所得。」近人因之，群以為世善堂藏書散於乾隆初年，陳氏所藏祕笈孤本或尚有發現之望。按朱彝尊《靜志居詩話》卷十四云：「一齋（即陳第）儲書最富。余嘗游閩，臨發，林秀才侗持其後人所輯《世善堂書目》求售。燈下閱之，見唐五代遺書，琳琅滿目，如披靈威、唐述之藏，多平生所未見，不覺狂喜。秀才許至連江代購。逾年得報書，則已散佚，徒有歎惋而已。」是陳氏之藏，當佚於清初康熙年間（或散於明末清初兵火之際），非乾隆年間也。趙氏小山堂，鮑氏知不足齋竝以藏書著名，乃於世善堂所儲散佚不明，殊可異也。又世善堂藏書多祕本足本，是否實有其書，不無問題，有待版本目錄學專家之考證。

晁公武《郡齋讀書志》著錄之《李易安集》十二卷，或以為書成於易安生前，殊難證實。易安卒於紹興年間，而《郡齋讀書志》則成於乾隆年間，相距或有十年左右。《李易安集》亦可能編於易安身後，只能闕疑。

十二卷本《李易安集》係詩、文集，抑詞亦在內，不得而知。《萍洲可談》卷中云是文集。或以為其中七卷為詩文，五卷為詞（據《宋史·藝文志》及《直齋書錄解題》），但《宋史·藝文志》已明云《易安詞》六卷，如詩文為七卷，則共為十三卷，非十二卷矣。至焦竑《國史經籍志》所載，則焦氏多未見原書，不可據。宋人詞多於集外單行。陳振孫無《李易安集》，而云「別本《漱玉集》分五卷」。頗疑《李易安集》十二卷，俱為詩文，無詞。

近人李文裿輯《漱玉集》，引書雖不多，已頗完備，可以補充者祇寥寥數篇。可惜貪多務得，《梅苑》及《花草粹編》所載之詞，未注易安作者，竟誤收十餘首。對於所收詩、詞真僞，無甚說明，尚不如王鵬運所刻四印齋本《漱玉詞》。

附全集敘錄

山東通志卷一百四十一藝文志第十集部

《李易安集》十二卷，李清照撰。清照有《打馬圖經》，見子部藝術類。其集《宋志》作《易安居士》文集七卷，茲依《讀書志》標題。朱子《游藝論》云：「本朝婦人能文，只有李易安與魏夫人。李有詩，大略云：『兩漢本繼紹，新室如贅疣。所以嵇中散，至死薄殷周。』中散非湯武得國，引之以比王莽，如此等語，豈婦人所能？」《四六談塵》云：「李易安《祭趙湖州文》曰：『白日正中，歎龐公之機捷；堅城自墮，憐杞婦之悲深。』婦人四六之工者。」吳連周《繡水詩鈔·清照小傳》云：「其詞超絕古今，詩不多見。其舅挺之相徽宗，清照獻詩，有云：『炙手可熱心可寒。』格非以黨籍罷，清照上詩救格非，有云：『何況人間父子情。』識者哀之。建炎初，從祕閣守建康，作詩云：『南來尚怯吳江冷，北狩應悲易水寒。』王西樵撰《然脂集》，只得其詩二句，云：『少陵亦是可憐人，更待明年試春草。』《風月堂詩話》載二句云：『詩情如夜鵲，三繞未能安。』」又按語云：「易安多以文字中人忌。如《建康》詩：『南渡衣冠少王導，北來消息欠劉琨。』譏刺甚眾。張子韶對策有『桂子飄香』之語，易安嘲之曰：『露花倒影柳三變，桂子飄香張九成。』應舉者服其工而心忌之。紹興三年端午，易安親聯有為內夫人者，代進帖子，於是翰林止金帛之賜，咸以為由易安也。時直翰林秦楚材尤忌之。嗚呼，此改嫁穢說所由來也。」案清照詩，《宋詩紀事》載八首，《繡水詩鈔》所載較《紀事》多八首而無《紀事》所采《釣臺集．夜發嚴灘》一首。

李文裿輯本漱玉集序

壬戌歲暮，李君冷衷以所編易安居士《漱玉集》屬余校定，乃取半塘老人刻本《漱玉詞》，為籤其同異多寡之數而歸之。閱數月，冷衷蒐集益富，成書五卷，復屬序於予。案四庫著錄《漱玉詞》一卷，即毛汲張古閣本，為詞僅十七首，附以《金石錄序》一篇而已。半塘所刻，為詞凡五十首，於毛氏本（此非毛刻《詩詞雜俎》本，乃汲古閣未刻本《漱玉詞》）《鷓鴣天》「枝上流鶯」一闋，《青玉案》「一年春事」一闋，證其為少游、永叔作，概置弗錄，則已較毛本增三十五首矣。冷衷此編所集，文凡五篇、詩凡十八首，詞凡七十八首。詩文為半塘刻本所未采者。以詞相校，則復增二十八首矣（李文裿輯本多於四印齋本者，多為誤收之作）。半塘所集，據《梅苑》、《樂府雅詞》、《花草粹編》、《全芳備祖》、《詞統》諸書，而冷衷得自《梅苑》、《花草粹編》、《詞統》者，又多為半塘所未采，

（李文裿從《梅苑》輯入者，有十七首為無名氏作品，從《花草粹編》輯入者，有一首原題《雅詞》〔《樂府雅詞》無名氏作品〕，非王半塘所未采，實不應收入也。此外只有《柳梢青》（出《七修類稿》）、《品令》（出《詞譜》）各一首，為王本所未收，皆非清照作。黃節序殊未細考），意半塘所據諸書，尚非全本也。陳直齋《書錄解題》：《漱玉詞》別本五卷，黃叔暘《花庵詞選》，亦稱《漱玉詞》（直齋、花庵俱云《漱玉集》，非《漱玉詞》）三卷。然則以視今所存者，其詞散佚，蓋已多矣。冷衷引據諸書，凡六十餘種，而所得僅此七十八首，非不見博而力劬，無如佚者不可復存也。雖然，易安遺事於詞中可箸見，尚有《武陵春》一闋。葉與中《水東日記》云是南渡後易安居金華作。時年已五十三矣。即所云「物是人非」者也，冷衷異時讀書續有所得，當作補遺，豈其遂已耶。癸亥八月，順德黃節序。

李文裿輯本漱玉集跋

《漱玉集》五卷，宋女史李清照撰，冷衷先生所輯者也。案《漱玉集》原本久佚。陳直齋《書錄解題》：《漱玉詞》（原書作《漱玉集》），下引《花庵詞選》亦原作《漱玉集》）一卷，又云：別本五卷。黃叔暘《花菴詞選》亦稱：《漱玉詞》三卷。《宋史·藝文志》：《易安居士文集》七卷（宋李格非女撰），又《易安詞》六卷。蓋自宋元時，已不能見其完本矣（明陳第世善堂藏書尚有清照集完本）。逮清乾隆間，編纂《四庫全書》，著錄《漱玉詞》一卷，乃采自毛氏汲古閣本，為詞僅十七首，附以節文《金石錄序》一篇。光緒間，半塘老人四印齋本，增輯至五十首，與朱淑真《斷腸詞》合刊，為近今所流傳者。徒以據書較少，尚覺遺漏。冷衷先生銳意蒐輯，歷時數月，引書至六七十種。易安居士之詩文詞，以及遺聞斷句，靡不備於是編。且根據諸書，詳加校勘，注其異同，用備考嚴。並編年譜，冠之卷首。蓋為五卷，仍題名為《漱玉集》。雖不能盡復舊觀，然欲探討易安之詩、文、詞及遺事者，得此亦可知其梗概矣。癸亥重陽，薩雪如識。

李文裿輯漱玉集再版弁言

歲癸亥，余輯易安居士《漱玉集》既成，順德黃晦聞校閱而序之。越三年丁卯，始付鉛槧。此三年中，雖日沉湎於舊籍，然易安居士之詩交詞及遺事，竟無所獲。戊辰以還，國立北平圖書館採訪珍籍，罕見之求售者不知凡幾。因得旁搜群籍，於寫本《全芳備祖》中得《鷓鴣天》一首，《歲時廣記》中得逸句若干，均為前此所未見者。其他遺事及詩詞文評亦數十則，遂重為詮次，再付鉛槧，亦片羽足珍之意也。或謂：易安居士之詩文詞久佚，不可復得。子之所輯為數頗富，得勿以他人之作濫入以實篇幅乎？曰：凡所徵引，俱已詳其本源。為是言者，則余弗與之辨，亦不屑與之辨也。庚午冬十二月，大興李文裿序於北平中海居仁堂。

按：李文裿再版之《漱玉集》，余未見，此從上海新編之《李清照集》迻錄。李文裿輯《漱玉集》，用力頗勤，惟誤收無名氏詞太多，未能考出；所注出處，多不可信，其影響所及，直至現在尚有人承襲其誤，而不知其所注出處實與原書所載不符，如《行香子》詞注出《花草粹編》，又有十餘首注出《梅苑》，而按之二書，則未有注李清照作者。他如所引《才婦錄》一條，今無此書，蓋自《清河書畫舫》錄出，而沒其來源，一似曾見其書者。今人注李清照詞者，竟以為出自宋陸放翁之《老學庵筆記》，且有人以訛傳訛，互相承襲，貽誤不淺。又所云自寫本《全芳備祖》及《歲時廣記》得《鷓鴣天》一首、逸句若干，實則其時趙萬里先生輯《漱玉詞》已出，而《歲時廣記》早有刊本，《全芳備祖》亦向來只有寫本，趙氏所據即北京圖書館藏本也。李氏所云顯與實際有所出入。

二、詞集

陳振孫直齋書錄解題卷二十一　《漱玉集》一卷，易安居士李氏清照撰。元祐名士格非文叔之女，嫁東武趙明誠德甫。晚歲頗失節。別本分五卷。

黃昇唐宋諸賢絕妙詞選卷十　趙明誠之妻，善為詞，有《漱玉集》三卷。

宋史藝文志　《易安詞》六卷

陳第世善堂藏書目錄　《漱玉集》詞一卷李易安

趙琦美脈望館書目　《李易安詞》一本

按：清常道人（趙琦美）藏書，先歸錢牧齋，後歸錢遵王。今傳本《也是園書目》並無《李易安詞》，此書殆已佚於清常或牧齋之手矣。絳雲樓之災，清常舊藏並未波及，未必當時被焚。又錢遵王藏書多歸秦興季氏，而《季滄葦藏書目》亦無此書。

清常藏本名《李易安詞》，或出自《宋史·藝文志》所著錄之《易安詞》。

朱彝尊詞綜發凡　李清照《漱玉集》一卷

陸漻佳趣堂書目　李清照《漱玉集》一卷

按：李清照詞集，原不見有《漱玉詞》之名，各家著錄或稱《漱玉集》、或稱《易安詞》。毛晉得洪武三年抄本，刊入《詩詞雜俎》，始稱《漱玉詞》（《汲古閣未刻詞》亦收有《漱玉詞》），雖云洪武三年抄本，其流傳來歷不明（或以為毛晉所刻《漱玉詞》有二種，一名汲古閣本，一名《詩詞雜俎》本，非）。朱彝尊所見《漱玉集》是否朱氏自藏；不可知。佳趣堂藏本必從舊本出而非毛刻《漱玉詞》。意或出自長沙劉氏書坊之《百家詞》本。陸氏書集於康熙十四年至雍正八年間，今已不可蹤跡。此殆為舊本清照詞集之最晚著錄。朱竹垞常從陸其清處通假書籍，朱所見《漱玉集》或即出自陸氏，亦未可知。

以上各家著錄，殆俱為舊本李清照詞集。此後所見《漱玉詞》，俱出自毛本，無有作《漱玉集》者矣。毛本《漱玉詞》收詞甚少。光緒間，王鵬運重輯、況周儀補遺，收入《四印齋所刻詞》，為近代李清照詞輯本之祖（清光緒辛丑吳氏石蓮庵刻《山左人詞》所收，亦即此本。毛刻本，及《未刻詞》本雖亦似輯本，收詞太少）。近人趙萬里重輯，較王本多二首（一首輯自《全芳備祖》，王、況二氏漏收，或所見《全芳備祖》非足本。一首出自《詞譜》，非易安作，入附錄）。其後趙氏又自《截江網》發現一首，轉與唐圭璋先生編入《全宋詞》。李文裿輯《漱玉集》，誤收之詞太多，幾占所錄詞全部四分之一。實際李氏所輯並不比王輯為多（除去顯為李氏錯誤者計算），只多明清人誤以為清照作之詞一二首。

近人或以為清沈辰垣等輯《歷代詩餘》所收清照詞頗多，必曾見清照全集。或以為康熙時另有內府藏本清照詞集，此說尚難得到佐證。沈辰垣等輯《歷代詩餘》，所見之詞籍並不甚多，所收李清照詞，無一首不能知其出處，未必即出自舊本李清照集也。

各藏書家著錄之《漱玉詞》，未必為毛本以前之舊本，此俱未轉錄。

附詞集敘錄

詩詞雜俎本漱玉詞

黃叔暘云：《漱玉集》三卷。馬端臨云：別本分五卷，今一卷。攷諸宋元雜記，大都合詩詞雜著為《漱玉集》，則釐全集為三卷無疑矣。第國朝博雅如用修先生，尚慨未見其全，湮沒不幾久耶。庚午仲秋，余從選卿覓得宋詞廿餘種，乃洪武三年鈔本，訂正已閱數名家。中有《漱玉》、《斷腸》二冊。雖卷帙無多，參諸《花菴》、《草堂》、《彤管》諸書，已浮其半，真鴻寶也，急合梓之，以公同好。末載《金石錄後序》，略見易安居士文妙，非止雄於一代才媛，直脫南渡後諸儒腐氣，上返魏晉矣。後附遺事數則，亦罕傳者。

四庫全書總目提要詞曲類一

《漱玉詞》一卷，宋李清照撰。清照號易安居士，濟南人，禮部郎提點京東刑獄格非之女，湖州守趙明誠之妻也。清照工詩文，尤以詞擅名。《苕溪漁隱叢話》稱其再適張汝舟，未幾反目，有啟事上綦處厚云：「猥以桑榆之晚景，配茲駔儈之下材。」傳者無不笑之。今其啟具載趙彥衛《雲麓漫鈔》中。李心傳《建炎以來繫年要錄》載其與後夫構訟事尤詳。此本為毛晉汲古閣所刊。卷末備載其軼事逸文，而不錄此篇，蓋諱之也。案陳振孫《直齋書錄解題》載清照《漱玉詞》一卷，又云：「別本作五卷。」黃昇《花菴詞選》則稱《漱玉詞》三卷（按《直齋書錄解題》、《唐宋諸賢絕妙詞選》俱作《漱玉集》，《提要》誤作《漱玉詞》），今皆不傳。此本僅詞十七闋，附以《金石錄序》一篇，蓋後人裒輯為之，已非其舊。其《金石錄後序》，與刻本所載，詳略迥殊，蓋從《容齋五筆》（應為「容齋四筆」，非「五筆」，或《提要》統稱《隨筆》至《五筆》為《五筆》，亦未可知）中鈔出，亦非完篇也。清照以一婦人，而詞格乃抗軼周柳。張端義《貴耳集》極推其《元宵詞·永遇樂》、《秋詞·聲聲慢》，以為閨閣中有此文筆，殆為間氣，良非虛美。雖篇帙無多，固不能不寶而存之，為詞家一大宗矣。

山東通志卷一百四十六藝文志第十集部詞曲類

《漱玉詞》一卷，李清照撰，文淵閣著錄。清照見子部藝術類。（下引《四庫全書總目提要》）

四印齋重刊漱玉詞序

蛾眉見嫉，謠諑謂以善淫。驥足籋雲，駑駘誣其惡駕。有宋以降，無稽競鳴。燈籠織錦，潞國蒙讒。屏角簸錢，歐公受謗。青蠅玷璧，赤舌燒天。越在偏安，益煽騰說。禮法如朱子，而有帷薄汙穢之聞；忠勇如岳王，而有受詔逗遛之譖。矧茲閨闥，詎免讆言。易安以筆飛鸞聳之才，際紫色蛙聲之會。將杭作汴，賸水殘山。公卿容頭而過身，世事跋胡而疐尾。而乃踦洋文史，跌宕詞華。頌舜歷之靈長，仰堯天之巍蕩。思渡淮水，志殲佛貍。風塵懷京洛之思，已增時忌；金帛止翰林之賜，益怒朝紳。宜乎飛短流長，變白為黑。誣義方之閨彥，為潦倒之夫娘。壺可為臺，有類鹿馬之指；啟將作訟，何殊薏珠之冤。此義士之所拊心，貞媛之所扼腕者也。聖朝章志貞教，發潛闡幽，掃撼樹之蚍蜉，蕩含沙之虺蜮。凡在佔畢濡毫之彥，咸以彰善癉惡為心。是以黟山俞理初先生著《癸巳類稿》，既為昭雪於前；吾鄉金偉軍先生主戊申詞壇，復用參稽於後。皆援志乘，尚論古人，事有據依，語殊鑿空。吾友幼霞閣讀，家擅學林，人游藝圃，汲華劉井，擢秀謝庭。偶繙《漱玉》之詞，深惘爍金之謬。將刊專集，藉雪厚誣，以僕同心，屬為弁首。嗚呼！察詞于差，論古貴識。三至讒亟，終啟投杼之疑；《十香詞》淫，竟種焚椒之禍。所期哲士，力掃妄言。如吾子之用心，恨古人之不見。苕華琢玉，允光淑女之名；漆室鉅幽，齊下貞姬之拜。光緒七年正月，古黎陽端木埰子疇序。

按：此序全從「辨誣雪冤」立論，實無意義。所舉理由，全本俞正燮《癸巳類稿》之說，而出於俞理初《事輯》之外者，又多無稽。如所云：「風塵懷京洛之思，已增時忌。」蓋本《貴耳集》卷上云：「南渡以來，常懷京洛舊事，晚年賦《元宵．永遇樂》詞……」此詞實無一字觸及時忌，端木埰序文所云，毫無據依。「金帛止翰林之賜」，又襲俞理初之誤，未閱《浩然齋雅談》原書。實為《癸巳類稿》之推波助瀾者，與陸心源、李慈銘等同出一轍也。

四印齋所刻詞本漱玉詞跋

右易安居士《漱玉詞》一卷。按此詞雖見於《宋史·藝文志》、《直齋書錄解題》，世已久無傳本。古虞毛氏刻之《唐宋婦人集》者，僅詞十七首，《四庫》所收，即是本也。此刻以宋曾端伯《樂府雅詞》所錄二十三首為主，復旁搜宋人選本說部，又得二十七首，都為一集，而以俞理初孝廉《易安居士事輯》附焉。易安晚節，世多訾議，甚至目其詞為不祥。得理初作，發潛闡幽，并是集亦為增重。獨是聞見無多，搜羅恐尚未備。然即此五十首中，假託汙衊之作，亦已屢見。昔端伯錄六一翁詞，凡屬偽造者，皆從刊削，為六一存真。此則金沙雜揉，使人自得於披揀之下，固理初之心，亦猶之端伯之心云。光緒辛巳燕九日，臨桂王鵬運誌於都門半截胡同寓齋。

四印齋所刻詞本漱玉詞補遺題記　易安詞輯於辛巳之春，所據之書無多，疏漏久知不免。己丑夏日，況夔笙舍人校刻《斷腸詞》，因以此集屬為校補。計得詞七首，間有互見他人之作，悉行附入。吉光片羽，雖界在疑似，亦足珍也。半塘老人記。

按：補遺共收詞八首，半塘老人誤書為七首。　又按：四印齋本《漱玉詞》，初刻於光緒辛巳，收詞五十首。己丑補遺，又得詞八首。共收詞五十八首。黃節、薩雪如、趙萬里俱以為四印齋本《漱玉詞》只收詞五十首，殆所見之四印齋刻《漱玉詞》為初印本，未見補遺之故。

四印齋所刻詞本漱玉詞補遺跋

案毛鈔本尚有《鷓鴣天》「枝上流鶯」一闋，《青玉案》「一年春事」一闋，注云：「《草堂》作少游、永叔、而秦、歐集無。」今案此二闋，別本無作李詞者，當是秦、歐之作，且膾炙人口，故未附錄。

按：《鷓鴣天》、《青玉案》二闋，是否李作，固不可知，然實非秦少游、歐陽永叔之詞。說已見卷一《鷓鴣天》「枝上流鶯和淚聞」一闋。

宋金元人詞輯本漱玉詞序

《漱玉詞》舊本分卷多寡頗不一：《直齋書錄解》作一卷（又云「別本五卷」），《花庵詞選》作三卷，《宋史·藝文志》作六卷。然元以後無一存者。今所見虞山毛氏《詩詞雜俎》本，臨桂王氏四印齋本，俱非宋世之舊。毛本自云：據洪武三年抄本入錄，然如《浣溪沙》「繡面芙蓉一笑開」一闋，雖又引見《古今詞統》、《草堂詩餘續集》諸書，顧詞意儇薄，不似女子作，與易安他詞尤不類，疑所云非實。其本後錄入《四庫全書》。光緒間，臨桂王氏校刻宋元人詞，始以《樂府雅詞》所載二十三首為主，旁搜宋明選本說部，又得二十七首，都為一集，視毛本加詳。然真贋雜出，亦與毛本若。且於《古今詞統》、《歷代詩餘》所引，亦深信不疑。又不注所出，讀之令人如墜五里霧中。歲在己巳，余草《兩宋樂府考》，因繙《漱玉詞》，遇有他書引李詞者，輒條舉所出，校其異同。始稍稍知毛王二本俱不足取，而王本所載，亦未為備也。爰於暇日，詳加斠正，錄為定本。凡前人誤收誤引諸作，悉入附錄。雖不敢謂為一無舛誤，然視毛王二本，似較勝一籌矣。萬里記。

按：趙本較王本實只增多一首（另一首入附錄者，非李清照作），趙氏或亦未見四印齋刻《漱玉詞補遺》乎？

三、雜著

陳振孫直齋書錄解題卷十四 《打馬賦》一卷，易安李氏撰，用二十馬。以上三者各不同。今世打馬大約與古之摴蒲相類。（按其他兩種，一為《打馬格局》一卷，無名氏撰。一為《打馬圖式》一卷，鄭寅子敬撰，用五十馬）

焦竑國史經籍志 《打馬錄》一卷

陳第世善堂藏書目錄 《打馬賦》一卷李易安。（另有《打馬圖經》一卷，不著撰人姓氏）

此為博戲之書。清照他作俱佚，而獨此有傳本，有幸有不幸也。此書傳本甚多。有元陶宗儀《說郛》本、伍崇曜《粵雅堂叢書》本、葉德輝《麗廔叢書》本，俱題作《打馬圖經》。明沈津《欣賞編》本二種（一茅一相刊本，一王祺重校本）、無名氏《綠窗女史》本，俱作《打馬圖》。明周履靖《夷門廣牘》本名《馬戲圖譜》，內容較《打馬圖經》或《打馬圖》為多。清光緒間觀自得齋本亦名《馬戲圖譜》，云明王蘭芳重編，實即出自《夷門廣牘》本。惟此本所載李清照序與賦，前後重出，有一本文字多與俞正燮《癸巳類稿》相同，而與《夷門廣牘》本不類，蓋已為人竄入，非明人原本矣。各本互勘，以粵雅堂本為最劣。

清代藏書家著錄者，如李清照《打馬圖》一卷，見於《也是園書目》等等，今俱未見。清江都秦氏石研齋有鈔本《打馬圖》，乃從宋刊本半部抄出，並以《說郛》補足者有跋。

《四庫全書總目提要》以為《欣賞編》所收各書，出陶宗儀《說郛》者十之八九，皆移易其名。今按清照《打馬圖經》，較之《說郛》，並不全同，其中《打馬》一圖，為《說郛》所無，石研齋從宋刻本鈔出者亦有圖，是《欣賞編》中《打馬圖經》並不出自《說郛》。按之元刊本《事林廣記》續集卷六，其圖出入亦並不多，《提要》之說，未必可信。黃盛璋先生最近修正之《趙明誠李清照夫婦年譜》云：「沈潤卿得其書，鋟本行世，其傳遂廣，諸本皆自沈出。」除《麗廔叢書》本以外，其他各本是否皆從《欣賞編》本出，似未有充分之證據。傳世之《說郛》本，即早於《欣賞編》本也。《北京圖書館善本書目》中各本《打馬圖》，俱署「題李清照撰」，蓋以此為他人託名清照所作，必有所本，惜未得其說也。

附打馬圖經敍錄

直齋書錄解題

已見前。

茅一相刊欣賞編本打馬圖跋

打馬為戲，其來久矣。宋易安李氏以為閨房雅戲。相傳有格一卷，不著作者名氏，復有鄭寅子敬撰圖式一卷，用馬三十。李氏《圖經》用馬二十。蓋三者互有不同，大率與古摴蒲相似。今雖不行，而《圖經》間存。李氏乃元祐文人格非之女，有才藝，適趙丞相挺之之子明誠。明誠著《金石錄》，乃共相考究而成。繇是名重一時。此特其為戲耳。吾甥沈潤卿氏得而鋟木行之，以資好事者之多聞，豈欲人為博奕者乎。弘治乙丑二月之望，長洲朱凱跋。

王祺重校欣賞編本打馬圖經

打馬世有二種：一種一將十馬者，謂之關西馬。一種無將二十馬者，謂之依經馬。流行既久，各有圖經凡例可考。行移賞罰，互有異同。李易安獨取為閨門雅戲，乃因依經馬，取其賞罰互度，每事作數語。精妍工麗，世罕其疇。不僅施之博徒，實足貽諸同好。韻人奇事，兩垂不朽矣。

夷門廣牘本馬戲圖譜跋

《打馬圖》始自易安，號稱雅戲。義誠有取，法久無傳。良由則例未明，遵行罔措。近編《欣賞》，亦復廢弛。日者，客從陪都來，手挾一圖，指授諸法，頗為詳具，多有紛更。用意牛毛，貽譏蛇足，固宜不終局而令人厭心生也。茲以游息餘閒，特加參訂，凡則例起自易安，見於《欣賞》者，疏其牴牾，補其略闕，付之剞手，藏之齋頭。爰集友朋，以代博弈。閑我逸志，耗彼雄心，固匪徒為之為賢，抑微獨貽諸好事已也。

按：觀自得齋本《馬戲圖譜》亦有此跋，蓋即出自《夷門廣牘》本。

清江都秦氏石研齋鈔本打馬圖跋

此書與《漢官儀》相類。余得宋槧半部，比之《說郛》所載，微有不同。因命鈔手錄出，續以《說郛》補之，遂成完書。易安著作甚少，可與《金石錄》並傳矣。丁丑除夕前二日伯敦父呵凍書。

粵雅堂叢書本打馬圖經跋

右《打馬圖經》一卷，宋李清照撰。按清照，濟南人，號易安居士，禮部郎格非之女，湖州守趙明誠妻也。《苕溪漁隱叢話》稱其再適張汝舟反目，有啟上綦處厚，具載《雲麓漫鈔》。李心傳《建炎以來繫年要錄》載其搆訟事尤詳。毛子晉刊其詞集，備載其軼事，而不錄此段，蓋諱之也。易安為詞家一大宗。張端義《貴耳錄》稱其閨閣有此詞筆，殆為間氣。然《雲麓漫鈔》又錄其上樞密韓公、工部尚書胡公兩詩並序。《詩說雋永》又稱其從祕閣守建康，作詩云：「南來尚怯吳江冷，北狩應悲易水寒。」又云：「南渡衣冠少王導，北來消息欠劉琨。」則固工於詩矣。《四六談麈》又記其《祭趙湖州文》「白日正中，嘆龐公之機捷；堅城自墮，憐杞婦之悲深」云云。《宋稗類鈔》又記其《賀人孿生啟》「玉刻雙璋，錦挑對褓」云云，則又工於儷體文矣。又《四朝詩集》：閨秀韓玉父，秦人，家於杭，李易安教以詩。又《太平清話》：莫廷韓云：「向曾置李易安墨竹一幅。」亦奇女子矣。而《老學庵筆記》又稱張子韶對策，有「桂子飄香」語，易安以詩嘲之曰：「露花倒影柳三變，桂子飄香張九成。」《宋稗類鈔》又稱：「明誠在建康日，易安每值天大雪，必戴笠披蓑，循城遠覽，以尋詩為事。」亦風流放誕人矣。打馬戲今不傳。周櫟園《書影》稱「予友虎林陸驤武近刻李易安之譜於閩，以犀象蜜蠟為馬，盛行。近淮上人頗好此戲」云云。而今實未見，殆失傳矣。此為亡友黃石溪明經手寫本。序稱撰於紹興四年，固《貴耳錄》所稱：南渡來常懷京洛舊事，晚年賦詞，有「於今憔悴，風鬟霧鬢」時也。時咸豐辛亥春盡日，南海伍崇曜跋。

重刊宋李易安打馬圖經序（麗廔叢書）

宋李易安《打馬圖經賦》一卷，《宋史・藝文志》不載。陳振孫《直齋書錄解題》有之。明陶宗儀刻入《說郛》，今尠傳本。南海伍氏曜刻《粵雅堂叢書》內有此書。據其後跋，乃以其友人黃石谿明經手寫本付刊。又引周櫟園《書影》云：虎林陸驤武近刻之於閩。今陸刻世未之見，僅此伍刻，又在叢書中，未必人人共讀也。余獲明正德中沈津所編《欣賞編》十集，其癸集即此書。因影寫刊成，隨取伍刻校之，乃知此本勝於伍本倍蓰。伍本脫去《打馬圖》一葉，此本有之。伍本色樣例分直行，又多錯簡奪誤，此本列作橫表，猶是原書款式。昔吳門黃蕘圃主事丕烈嘗謂「書舊一日好一日」，真見聞有得之言。即如此書，非伍氏傳刻，世已莫知其存亡。又孰知更有古本流傳人間，俾世之好古者，得覩廬山真面也耶。光緒三十二年丙午八月秋分，長沙葉德輝。

山東通志卷一百三十八藝文志第十子部

《打馬圖經》一卷，李清照撰。清照，格非女，自號易安居士，諸城趙明誠妻。是編有清照自序，略云：「按打馬世有二種：一種一將十馬，謂之關西馬。一種無將二十馬者，謂之依經馬。流傳既久，各有圖經凡例可考。行移賞罰，互有同異。又宣和間，人取二種馬參雜加減，大約交加徼幸，古意盡矣，所謂宣和馬者是已。予獨愛依經馬，因取其賞罰互度，每事作數語，隨事附見。使兒輩圖之。不獨施之博徒，實足貽諸好事。使千萬世後，知命辭打馬，始自易安居士也。」《歷城志》云：按清照自序，本名《打馬圖》，而《通考》載《打馬賦》一卷，本一書也。或因圖中有賦而訛耳。圖載今俗刻《說郛》中，然亦非全本。按伍崇曜粵雅堂刊本作《打馬圖經》，今依以標目。崇曜跋云：「打馬戲今不傳。周櫟園《書影》稱：予友虎林陸驤武近刻李易安之譜於閩，以犀象蜜蠟為馬，盛行。近淮上人頗好是戲云云，而今實未見，殆失傳矣。此為亡友黃石溪明經手寫本。序稱撰於紹興四年，固《貴耳錄》所稱南渡來常懷京洛舊事，晚年賦詞，有『於今憔悴，風鬟霧鬢』時也。」

馬戲圖譜序

易安居士《打馬圖經》，世尠傳本。《四庫書》亦未著錄。咸豐辛亥，南海伍氏始以所得抄本刊入

《粵雅堂叢書》中。顧譌脫失次，莫可是正，覽者弗善也。歲丙戌，與吾友徐君子靜同客海上。子靜蓄舊槧甚富，一日出所藏《馬戲圖譜》見示。其譜乃明人手輯，前有《打馬圖》，則易安所賦之九十一路在焉。後有總論，卷末有跋，備述局戲及作書之大恉。至所圖各采，朗若列眉，尤足勘正粵雅堂本踳駮。執此以求古人馬戲之制，即未能銖絫悉合，而當日行移賞罰之意，固已十得八九矣。蓋明人所見，猶是舊本，故可據以推衍成書。惜舊本經作譜者竄易，不復可辨。不知所謂疏其抵牾，補其闕略者安在。且中間敘次淩雜，恐尚有如《水經》之經注溷淆者。安得好古之士，更取易安之書，一一訂正之也。適子靜彙刻觀自得齋各書，謀以此譜付梓，命為之序。因摭其書之得失，弁諸簡端，以諗觀者。光緒十二年四月，仁和葉維幹。

參考資料

一、傳記

昭德先生郡齋讀書志卷四

已見前《李清照著作考》，不重錄。

直齋書錄解題卷二十一

已見前《李清照著作考》。

萍洲可談卷中

本朝女婦之有文者，李易安為首稱。易安名清照，元祐名人李格非之女。詩之典贍，無愧於古之作者。詞尤婉麗，往往出人意表，近未見其比。所著有文集十二卷、《漱玉集》一卷。然不終晚節，流落以死。天獨厚其才而嗇其遇，惜哉。

此據抄本《萍洲可談》。此本從明抄本影抄，雖同為三卷，而內容與《守山閣叢書》等刊本大異，蓋另一書也。此本前有九夷清隱朱無惑序（朱彧字無惑），內有「嘉祐五年辭紹倅歸」等語，而所敘之事下至寶祐年間，殊有可疑。且朱彧時代上不能至嘉祐，下亦不能及寶祐。惟所引多見於唐、宋人他書，此條稱「本朝」，恐亦出諸宋人也。序不甚可靠而所載不偽，故錄之。

唐宋諸賢絕妙詞選

已見前《李清照著作考》。

詩女史卷十一

清照姓李氏，號易安居士，濟南人，李格非之女，趙明誠之妻，幼有才藻，能文辭。明誠者，東武人，清獻丞相（趙挺之謚清憲，非清獻。趙抃字清獻，未為宰相，不態稱為丞相也）中子（趙明誠有二兄存誠、思誠，明誠非挺之中子）也。德甫著《金石錄》，其妻與之同志。乃共相考究而成，繇是名重一時。趙沒後，愍悼舊物之不存，乃作後序云……（所引《金石錄後序》，非全文，蓋出自《容齋四筆》）時紹興四年也。其舅正夫相徽宗朝，獻詩曰：「炙手可熱心可寒。」且達於古今治體，其咏史云：「兩漢本繼紹，新室如贅疣。」又云：「所以嵇中散，至死薄殷周。」非婦人所能道者。然無檢操，再適張汝舟，未幾反目，有啟事與綦處厚云：「猥及桑榆之晚景，配茲駔儈之下材。」傳者笑之。晚節流落江湖間以卒。有文集十二卷。

彤管遺編續集卷十七

清照李氏，號易安居士，濟南人，李格非之女。適東武趙抃（應作「趙挺之」）之子明誠為妻。明誠故，再適張汝舟，未幾反目，有啟與綦處厚云：「猥以桑榆之暮景，配茲駔儈之下材。」傳者無不笑。有《漱玉集》三卷行於世，頗多佳句。朱晦翁《語錄》云：「本朝婦人能文，只有李易安與魏夫人。李有詩大略云：『兩漢本繼紹，新室如贅疣。所以嵇中散，至死薄殷周。』中散非湯武得國，引之以比王莽。如此等語，豈女子所能也。」

按：《古今女史姓氏》、《古今女史》卷一引陳眉公、《林下詞選》卷一，俱有清照小傳，詳略不等，核其文字，蓋皆出自《彤管遺編》。

七修類藁卷十七

趙明誠，字德甫，清獻公中子也（非清獻，亦非中子，已見前）。著《金石錄》一千卷（《金石錄》只三十卷。所收金石刻則為二千卷，俱非一千卷）。其妻李易安，又文婦中傑出者。亦能博古窮奇。文詞清婉，有《漱玉集》行世。諸書皆曰與夫同志，故相親相愛之極。予觀其敘《金石錄》後，誠然也。但不知何為有再醮張汝舟一事。嗚呼，去蔡琰幾何哉！此色之移人，雖中郎不免。

碧里雜存卷上

自漢以下女子能詩文者，若唐山夫人、曹大家，立言垂訓，詞古學正，不可尚已。蔡文姬、李易安失節可議。薛濤倚門之流，又無足言。朱淑貞者傷於悲怨，亦非良婦。竇滔之婦亦篤於情者耳。此外不多見矣。……

徐氏筆精卷七

李易安，趙明誠之妻也。《漁隱叢話》云：「趙無嗣，李又更嫁非類。」（傳本《苕溪漁隱叢話》無此語）且云：「其啟曰：『猥以桑榆之晚景，配此駔儈之下材。』」殊謬妄不足信。蓋易安自撰《金石錄後序》，言「明誠兩為郡守，建炎己酉八月十八日疾卒」。曾云：「余自少陸機作賦之二年，至過蘧瑗知非之兩歲，三十四年之間，憂患得失，何其多也。」作序在紹興二年，李五十有二，老矣。清獻公（「清獻」應為「清憲」。按「獻」、「憲」常易誤。宋晏殊謚元獻，亦有誤作元憲者）之婦，郡守之妻，必無更嫁之理。今各書所載《金石錄序》，皆非全文，惟余家所藏舊本，序語全載。更嫁之說，不知起於何人，太誣賢媛也。《容齋隨筆》及《筆叢》、《古文品外錄》俱非全文。

古今女史卷一

江道行曰：「自古夫婦擅朋友之勝，從來未有如李易安與趙德甫者，佳人才子、千古絕唱。迨德甫逝而歸張汝舟，屬何意耶？文君忍恥，猶可以具眼相憐。易安更適，真逐水桃花之不若矣。」

崇禎歷城縣志卷十

李清照，格非女，晚號易安居士，嫁趙挺之子明誠。明誠著《金石錄》三十卷，易安為《後序》。明誠守淄，清照積書數萬卷，金人南下，清照倉皇渡江，嘗漸散失。有《漱玉集》行世。

同上卷十六

趙明誠守淄，清照積書數十萬卷。金人南下，清照倉皇渡江，書漸散失。惟《漱玉集》行世。王季木《齊音》云：「京朝名跡此中稀，剷山隳水感異時。惟有女郎風雅在，又隨兵舫泣江蘺。」

同上

趙明誠幼時晝寢，夢誦一書，覺來惟憶三句云：「言與司合，安上已脫，芝芙草拔。」以告其父。父曰：「言與司合是『詞』字，安上已脫是『女』字，芝芙草拔是『之夫』字，非謂汝為詞女之夫乎。」後得李格非女易安，果有文章。其《祭明誠文》曰：「白日正中，歎龐翁之機捷。堅城自墮，憐杞婦之悲深。」文亦慘黯。又《賀孿生啟》云：「無午未二時之分，有伯仲兩偕之異。既繫臂而繫足，實難弟而難兄。玉刻雙璋，錦挑對褓。」乃其警句也。按明誠字德甫，乃丞相趙挺之子。嘗著《金石錄》三十卷，易安為《後序》。蓋倣歐陽修《集古錄》而數倍之。考訂詳洽，多所發明。

按：《乾隆濟南府志》卷五十四與此同。

香祖筆記卷九

宋李易安，名清照，濟南李格非文叔之女，詞中大家。其母，王狀元拱辰女，亦工文章。

據《宋史》，清照母乃王拱辰孫女，《香祖筆記》誤。

同上

《閒中今古錄》論李易安晚節改適云：翁則清獻，為時名臣。又引瞿佑《詩話》：「清獻名家厄運乖，羞將晚景對非才」云云。以挺之為抃，謬矣。蓋以閱道謚清獻，而挺之謚清憲，故致此舛誤耳。

按：瞿佑《詩話》，即《歸田詩話》或《存齋詩話》，無一字涉及清照。《閒中今古錄》所引，未知何據。近人考證易安事迹，亦引瞿佑《詩話》，未知所見何本。至瞿佑《香臺集》，實不得謂之詩話也。

池北偶談卷十四

陸務觀作《孫夫人誌》云：「夫人幼有淑質。故建康趙明誠之配李氏，以文詞名家，欲以其學傳夫人。時夫人方十餘歲，謝曰：才藻非婦人事也。」夫人，威敏公沔四世孫，李氏即易安也。

古今詞話詞評卷上

李別號易安居士，適趙明誠。明誠在太學，朔望出，質衣，取半千錢，市碑文果實歸，相對玩味吟和過日。李有《漱玉集》。

柳亭詩話卷二十七

伉儷之篤者，莫如徐淑、秦嘉，往還贈答，何其悱惻纏綿耶！《白頭吟》可以卻茂陵之聘，《織錦詩》可以息陽臺之妒。吾獨怪夫王子敬之於郗，李易安之於趙，非所謂士女中之錚錚者，而何以迷謬至此耶！「一別懷萬恨，起坐為不寧」、「憂來如循環，匪席不可卷」，不能不三復於此言。

堅瓠庚集卷一

《漁隱叢話》：趙明誠，清獻公閱道抃子。妻清照，號易安居士，濟南李格非之女，工詩詞，有《漱玉集》三卷行世。明誠卒，再適張汝舟，未幾反目。易安與綦處厚啟有「猥以桑榆之暮景，配茲駔儈之下才」，傳者笑之。按《氏族大全》亦以明誠為清獻子。觀東坡《清獻公神道碑》載二子曰岏，曰屺，並無明誠。葉文莊盛《水東日記》：明誠，趙挺之子。曹以寧安《讕言長語》：易安，趙挺之子德夫之內。《堯山堂》：抃謚清獻，挺之亦謚清憲，故有此誤傳。挺之附媚蔡京，致位權要，或有此失節之婦。若為清獻子婦，豈宜以桑榆晚景，再適非類，為天下笑耶？

按：諸人獲所引《漁隱叢話》，與原書不同，蓋為褚氏所增改。《堅瓠集》所引如是者尚有之，殊不可恃也。

重刊金石錄序（雅雨堂本）

趙德夫《金石錄》三十卷，匪獨考訂之精覈也，其議論卓越，時有足發人意思者，顧世鮮善本。濟南謝世箕嘗梓以行，今其本亦不可得見。獨見有從謝氏本影抄者，并何義門手校吳郡葉文莊公本。此二本庶幾稱善。其他鈔本猥多，目錄率被刪削，字句訛脫，不足觀。學者未得見謝葉二家本，得世俗所傳，猶不惜捐多金購求繕寫，珍弆為枕中祕，蓋其書之可貴若此。余患其久而失真也，因刊此以正之。德夫之室李清照，字易安，婦人之能文者。相傳以為德夫之歿，易安更嫁。至有「桑榆晚景，駔儈下材」之言，貽世譏笑。余以是書所作跋語考之，而知其決無是也。德夫歿時，易安年四十六矣。遭時多難，流離往來，具有蹤蹟。又六年始為是書作跋，是時年已五十有二。匪夏姬之三少，等季隗之就木。以如是之年而猶嫁，嫁而猶望其才地之美，和好之情，亦如德夫昔日，至大失所望而後悔，悔之又不肯飲恨自悼，輒諜諜然形諸簡牘。此常人所不肯為，而謂易安之明達為之乎。觀其洊經喪亂，猶復愛惜一二不全卷軸，如護頭目，如見故人。其惓惓德夫不忘若是，安有一旦忍相背負之理。此子輿氏所謂好事者為之，或造謗如《碧雲騢》之類，其又可信乎。易安父李文叔，即撰《洛陽名園記》者。文叔之妻，王拱辰孫女，亦善文。其家世若此，尤不應爾。余因刊是書，而竝為正之。毋令後千載下，易安猶蒙惡聲也。乾隆壬午，德州盧見曾序。

歷朝名媛詩詞卷七

李清照，李格非女，有才學，自號易安居士。適趙明誠。明誠故，再適張汝舟，常常反目。嘗與綦處厚書曰：「猥以桑榆之晚景，配茲駔儈之下材」，良可恨矣。有《漱玉集》三卷，朱晦庵《語類》云：本朝婦人能文，只有李易安與魏夫人耳。

瑟榭叢談卷下

次雲（長白普俊）出所藏元人李易安小像索題，余為賦二絕句云：「漱玉聲疑響珮環。春殘幽恨苦相關。（易安有《春殘》詩）傷心柳絮泉頭水，種出蘼蕪綠遍山。」「月上新詞最斷腸。纏綿兒女意堪傷。不應人比黃花瘦，卻道全無晚節香。」嘗謂朱淑真《菊花》詩：「寧可抱香枝上老，不隨黃葉舞秋風。」實鄭所南《自題畫菊》：「寧可枝頭抱香死，何曾吹落北風中。」二語所本。志節皦然，即此可見。《斷腸》一集，特以兒女纏綿寫其幽怨。「月上柳梢」詞見《歐陽公集》，明人選本嫁名淑真，致蒙不潔之名，亟應昭雪。易安何等女子，況末亡時年已垂暮，汝舟之適，亦恐近誣。

同上

《老學庵筆記》：張子韶對策，有「桂子飄香」之語，趙明誠妻李氏嘲之曰：「露花倒影柳三變，桂子飄香張九成。」放翁不曰「張汝舟妻」而曰「趙明誠妻」，可見易安無改適之事。

問花樓詞話・傳聞須慎

歐陽公宋代大儒，詩文外喜為長短調，凡小詞多同時人作，公手輯以存者，與公無涉。一時忌公者藉口以興大獄。司馬溫公，兒童走卒咸共尊仰，輕薄子揑造豔詞及為公作，轉相傳誦，小人之無忌憚如此。至乃趙明誠妻易安居士、黃尚書妻惠齋居士，皆及人才藻蒙汙。易安文詞具在其全集中。雅雨堂《金石錄序》曾為之辨。近世俞君理初就易安全集考證年月，引據舊聞，力為昭雪。易安被謗之由，始白於世。惠齋居士胡氏始以尚書與趙師睪有隙，繼以指摘碑文。師睪守臨安，惠齋前卒，遂坐罪其門客，斥罷尚書。先廣文云：南渡風氣，每借端閨闈，陷人於罪，流傳至今，耳食者引為故實，可慨之尤甚者也。

按：此條考證多誤：歐陽被誣，並不因豔詞；易安全集久已散佚。

繡水詩鈔卷一

李清照，格非女，適諸城趙明誠，自號易安居士。合詩詞雜著為《漱玉集》三卷。其詞超絕古今，詩不多見。其舅挺之相徽宗，清照獻詩，有云：「炙手可熱心可寒。」格非以黨籍罷，清照上詩救格非，有云：「何況人間父子情。」識者哀之。建炎初，從祕閣守建康，作詩云：「南來尚怯吳江冷，北狩應悲易水寒。」王西樵撰《然脂集》，只得其詩二句云：「少陵亦是可憐人，更待明年試春草。」《風月堂詩話》載二句云：「詩情如夜鵲，三繞未能安。」愚按易安多以文字中人忌。如《建安》詩：「南渡衣冠少王導，北來消息欠劉琨。」譏刺甚眾。張子韶對策，有「桂子飄香」之語，易安嘲之曰：「露花倒影柳三變，桂子飄香張九成。」應舉者服其工而心忌之。紹興三年丙午，易安親聯有為內夫人者，代進帖子，於是翰林止金帛之賜，咸以為由易安也。時直翰林秦楚材尤忌之。嗚呼，此改嫁穢說之所由來也。

兩般秋雨庵隨筆卷三

《漱玉》、《斷腸》二詞，獨有千古。而一以「桑榆晚景」一書致誚，一以「柳梢月上」一詞貽譏。後人力辨易安無此事，淑真無此詞。此不過為才人開脫。其實改嫁本非聖賢所禁。《生查子》一闋未見定是淫奔之詞。此與歐公簸錢一事，今古嘵嘵辨論，殊可不必。不若竹垞翁之直截痛快，吾寧不食兩廡豚，不刪《風懷》二百韻也。

蓮子居詞話卷二

妃子沼吳，重歸少伯。美人亡息，再醮荊王。簡帙工訛，殊難理遣。世傳易安居士再適張汝舟，卒至對簿，有與綦處厚啟云云，為時訕笑。今以《金石錄後序》考之。易安之歸德甫，在建中辛巳，時年一十有八。後二年癸未，德甫出仕宦。越二十三年靖康丙午，德甫守淄川。其明年建炎丁未，奔母喪。又明年戊申，德甫起復知建康府。又明年己酉春，罷職。夏，被旨知湖州。秋，德甫遂病不起，時易安年四十有六矣。越五年紹興甲寅，作《金石錄後序》，時年五十有一。其明年乙卯，有《上韓、胡二公》詩，猶自稱閭閻嫠婦。豈有就木之齡已過，隳城之淚方深，顧為此不得已之為，如漢文姬故事。意必當時嫉元祐君子者，攻之不已，而及其後。而文叔之女多才，尤適供謠諑之喙。致使世家帷薄，百世而下，蒙詬抱誣，可慨也已。

同上

易安居士再適張汝舟，卒至對簿，有與綦處厚啟云云，宋人說部多載其事。大抵彼此衍襲，未可盡信。《宋史·李文叔傳》附見易安居士，不著此語。而容齋去德甫未遠，其載於《四筆》中，無微詞也。且失節之婦，子朱子又何以稱乎。反復推之，易安當不其然。

冷廬雜識卷四·李易安朱淑真

德州盧雅雨鹺見曾作《金石錄序》，力辨李易安再適之誣，謂：德夫歿時，易安年四十六矣，又六年，始為是書作跋，是時年已五十有二。非夏姬之三少，等季隗之就木。以如是之年而猶嫁，嫁而猶望其才地之美，和好之情，亦如德夫昔日。至大失所望，而後悔之。又不肯飲恨自悼，輒諜諜然形諸簡牘。此常人所不肯為，而謂易安之明達為之乎？觀其涔經喪亂，猶復愛惜一二不全卷軸，如護頭目，如見故人。甚惓惓德夫，不忘若是，安有一旦忍相背負之理。此子輿氏所謂好事者為之，或造謗如《碧雲騢》之類，其又可信乎？陳雲伯大令亦云：宋人小說往往汙衊賢者，如《四朝聞見錄》之於朱子、《東軒筆錄》之於歐陽公，比比皆是。又謂「去年元夜」一詞本歐陽公作，後人誤編入《斷腸集》（漁洋山人亦嘗辨之），遂疑朱淑真為泆女，皆不可不辨。按「去年元夜時」詞非朱淑真作，信矣。李易安再適趙汝舟，事詳趙彥衛《雲麓漫鈔》，諸家皆沿其說。盧氏力為辨雪，其意良厚，特錄之以俟論世者取裁焉。

山東通志卷一百七十八人物志第十一歷代列女

趙明誠妻李氏，名清照，歷城人，禮部員外郎格非女。文學得其家傳。建中辛巳歸明誠。自號易安居士。明誠連守兩郡，竭其俸入，以事鉛槧。每獲一書，即與易安同共校勘，整集籤題。得書畫彝鼎，亦摩玩舒卷，指摘疵病，夜盡一燭為率。易安性強記，每飯罷，烹茶，與明誠指堆積書史，言某事在某書、某卷、第幾頁、幾行，以中否角勝負為飲茶先後。中即舉杯大笑。明誠著《金石錄》三十卷，卒後，易安表上之。為《後序》千餘言，述其家藏書散佚，又遭難流離事甚悉。所著有《漱玉集》傳於世。岳《通志》參《金石錄後序》。

歲寒居詞話

南北宋之際，有趙明誠妻李清照。所作《漱玉詞》，抗軼周、柳。張端義《貴耳錄》：《元宵詞·永遇樂》、《聲聲慢》，以為閨閣有此文筆，良非虛語。明誠，宋宗室，父為宰輔。易安自記：在汴京與夫共撰《金石錄》。典釵釧，得一碑版，互相搜校。家藏舊書畫極夥。亂離買舟南下，擇其精本攜之在西湖，尤相樂。夫死，戚友謀奪不得者，李心傳、趙彥衛，造為蜚謗，誣其再適駔儈。《雲麓漫鈔》、《建炎以來繫年要錄》，即彥衛、心傳之筆。小人不樂成人之美如此。況明誠守湖州，已中年。夫卒、年六旬。安有再適之理，矧在駔儈耶。

按：為易安辨誣之文多矣，此篇最為荒謬。所敘多非事實，其誤處如下：

（一）宋時宗室，例授環衛（參閱《宋史·職官志》），至宣和間始有官侍從者（見張邦基《墨莊漫錄》卷一），宗室拜相者，南宋趙汝愚為第一人。趙挺之、趙明誠從無人言其為宋宗室。如為宗室，趙挺之焉能在北宋時拜相。

（二）《金石錄》作於何地，未有記載，但絕不撰於汴京。易安《金石錄後序》內並無此語。

（三）易安《金石錄後序》內並無「典釵釧」之語。

（四）《金石錄後序》內無「攜之在西湖」之說。明誠卒於建康，未至臨安。

（五）李心傳、趙彥衛後於易安多年，既非其戚友，亦無從謀奪其書畫。且明誠舊藏，已蕩無遺餘，何來有人謀奪。

（六）易安再嫁之張汝舟，並非以駔儈為業。駔儈乃易安與綦崈禮啟中斥之之辭。《歲寒居詞話》竟以為真為駔儈，對歷史事實完全不明。

（七）趙明誠卒時，易安年四十六，非六十。

雲韶集・詞壇叢話

易安名清照，格非之女，嫁趙明誠。趙彥衛《雲麓漫鈔》謂：易安再適趙汝舟（《漁磯漫鈔》中又作張汝舟），諸家皆沿其說。又偽撰易安投內翰綦公崈禮啟云……《漁磯漫鈔》中謂：易安再適張汝舟，竟至對簿，啟在臨安時作。案易安並無再適事。啟乃好事者偽作無疑。考《金石錄》語，辨之於後。德州盧雅雨鹺使作《金石錄序》，力辨李易安再適之誣，謂：「德父沒時……其又可信乎？」案盧氏此辨，可謂精當，好古者慎勿隨波逐流，重誣古人也。余因錄易安詞而附論之於此。

憩園詞話卷四

秦澹如觀察緗業，字應華，江蘇無錫人。……《高陽臺・張荔門山人取易安居士醉花陰詞意圖其小象於扇屬題》云：「碎玉無聲，凌波有影，分明靜治堂中。識盡淒涼，紗厨寶枕都空。黃花依舊如人瘦，悄無言、秋上眉峯。問緣何，鬬茗熏香，一例疏慵。　新詞自向烏闌譜，紀錄成金石，夫婦同功。散後雲煙，怕聽雨滴梧桐。風鬟霜鬢添憔悴，怎琴心、老去偏工。莫憑他，野史荒唐，試認驚鴻。」

蕙風詞話卷四

易安居士三十一歲小像立軸，藏諸城某氏。諸城，古東武，明誠鄉里也。余與半塘各得摹本。易安手幽蘭一枝（半塘所藏改畫菊花），右方政和甲午德父題辭（清麗其詞，端莊其品。歸去來兮，真堪偕隱），左方吳寬、李澄中各題七絕一首。按沈匏廬先生濤《瑟榭叢談》：長白普次雲太守俊出所藏元人畫李易安小照索題，余為賦二絕句云云，未知即此本否？（易安別有「荼蘼春去」小影）

同上

易安照初臨本，諸城王竹吾前輩志修舊藏。竹吾又蓄一奇石，高五尺，瓏瓏透豁，上有「雲巢」二字分書，下刻「辛卯九月，德父、易安同記」，現寘王氏仍園竹中。辛卯，政和改元。是年，易安二十八歲。

按：易安小像及雲巢石，藏於諸城者，殆皆後人贋造，說見《李清照事迹編年》。

二、詩詞評論

碧雞漫志卷二

易安居士，京東路提刑李格非文叔之女，建康守趙明誠德夫之妻。自少年便有詩名，才力華贍，逼近前輩。在士大夫中已不多得。若本朝婦人，當推文采第一。趙死，再嫁某氏，訟而離之。晚節流蕩無歸。作長短句，能曲折盡人意，輕巧尖新，姿態百出。閭巷荒淫之語，肆意落筆。自古搢紳之家能文婦女，未見如此無顧籍也。陳後主游宴，使女學士、狎客賦詩相贈答，采其尤豔麗者，被以新聲，不過「璧月夜夜滿，瓊樹朝朝新」等語。李戡嘗痛元白詩纖豔不逞，非莊士雅人，多為其破壞。流於民間，子父女母，交口教授，淫言媟語，冬寒夏熱，入人肌骨，不可除去。二公集尚存，可考也。元與白書，自謂近世婦人，暈淡眉目，綰約頭鬟，衣服修廣之度，匀配色澤，尤劇怪豔，因為豔詩百餘首，今集中不載。元《會真》詩、白《游春》詩，所謂纖豔不逞，淫言媟語，止此耳。溫飛卿號多作側詞豔曲，其甚者：「合歡桃核終堪恨，裡許元來別有人。」「玲瓏骰子安紅豆，入骨相思知不知。」亦止此耳。今之士大夫，學曹組諸人鄙穢歌詞，則為豔麗如陳之女學士、狎客，為纖豔不逞、淫言媟語如元、白，為側詞、豔曲如溫飛卿，皆不敢也。其風至閨房婦女，夸張筆墨，無所羞畏，殆不可使李戡見也。（此則收入清馮金伯《詞苑萃編》卷九）

金囦集

《讀李易安文》：「綠肥紅瘦有新詞，畫扇文窗遣興時。象管鼠鬚書草帖，就中幾字勝羲之。」

按：清人詩詞，此書多未收。此為元人作，極少見，故錄之。此乃傅璇同志見告者，識此致謝。

東維子集卷七・曹氏雪齋絃歌集序

女子誦書屬文者，史稱東漢曹大家氏。近代易安、淑真之流，宣徽詞翰，一詩一簡，類有動於人。然出於小聽挾慧，拘於氣習之陋，而未適乎情性之正。比大家氏之才之行，足以師表六宮，一時文學而光父兄者，不得並議矣。……

香臺集卷下・易安樂府

趙明誠，清獻公之子。妻李氏，能文辭，號易安居士。有樂府詞三卷，名《漱玉集》。明誠卒，易安再適非類，既而反目，有啟與綦處厚學士：「猥以桑榆之暮景，配茲駔儈之下才。」見者笑之；然其詞頗多佳句。《如夢令》云：「應是綠肥紅瘦。」語甚新。又《九日》詞：「簾捲西風，人似黃花瘦。」亦婦人所難到也。「清獻名家厄運乖，羞將晚景對非才。西風簾捲黃花瘦，誰與賡歌共一杯。」

黃盛璋最近修正之《李清照事迹考辨》云：「明徐𤍠《筆精》首先提出清照改嫁的不可信。……徐氏以後，不斷有人為清照改嫁辨誣，例如黃溥《閒中今古錄》、瞿佑《香臺集》……」按徐𤍠乃明萬曆間人，瞿佑乃明初人，黃溥至晚為景泰間人。三人時代，實以瞿佑為最早，黃溥次之，徐𤍠為最晚。又黃溥《閒中今古錄》對清照改嫁僅致慨歎之詞；瞿佑《香臺集》亦僅引胡仔《苕溪漁隱叢話》等書之語而綴以詩。二書實無一字為清照改嫁辨誣。

閒中今古錄

予嘗讀《檀弓》，至子思之母死，子思哭於廟，門人至，曰：「庶氏之母死，何為哭於孔氏之廟乎？」子思曰：「吾過矣。」遂哭於他室。註曰：「伯魚卒，其妻嫁於衛之庶氏。」以予論之：伯魚先孔子卒，時年五十，其妻之年，必與之相似。且上有聖人為之翁，下有大賢為之子，況年已及艾矣，何得再嫁庶氏？此予之疑已久。茲觀瞿宗吉所著《香臺集》，有《易安樂府》之目，引《漁隱叢話》云：「趙明誠，清獻公之子。妻李氏，能文詞，號易安居士，有樂府詞三卷，名《漱玉集》。明誠卒，易安再適非類，既而反目。有啟與綦處厚學士：『猥以桑榆之暮景，配此狙儈之下才。』見者笑之。」此宗吉所以有「清獻名家阨運乖，羞將晚景對非才」之句。予歎易安翁則清獻，為世名臣；夫則明誠，官至郡守。亦景薄桑榆，何為而再適耶？事類《檀弓》所記，故錄之。

按：予囿於見聞，迄未能獲覩《閒中今古錄》原書，此從《續說郛》中錄出。

蟫精雋卷十四·女人詠史

宋朱淑真，錢塘民家女也。偶非其類，而悒悒不得志，往往形諸語言文字間。有詩云：「鷗鷺鴛鴦作一池，誰知羽翼不相宜。東君不與花為主，何事休生連理枝。」所著有《斷腸詩》十卷傳於世。王唐佐為作傳。後村劉克莊嘗選其詩，若「竹播清影罩紗窗，兩兩時禽噪夕陽。謝卻海棠飛盡絮，困人天氣日初長」之句，為世膾炙。嘗賦《咏史》詩云：「筆頭去取萬千端，後世從他恣意瞞。王伯謾分心與跡，到成功處一般難。」非婦人可造。當時趙明誠妻李氏，號易安居士，詩詞尤獨步，縉紳咸推之。其「綠肥紅瘦」之句暨「人與黃花俱瘦」之語傳播古今；又「寵柳嬌花」之言，為詞話所賞識。晦庵朱子云：今時婦人能文，只有李易安與魏夫人。李有《詠史》詩曰：「兩漢本繼紹，新室如贅疣。所以嵇中散，至死薄殷周。」中散非湯武得國，引之以比王莽，如此等語，豈女子所能。以是方之，淑真似不及也。然易安晚年失節汝舟，而為其反目，至與綦處厚手劄言：「猥以桑榆之晚景，配此駔儈之下才。」

而淑真怨形流蕩，至云：「欲作一篭傷心淚，寄與南樓薄倖人。」雖有才致，令德寡矣。

弇州山人詞評

《花間》以小語致巧，《世說》靡也。《草堂》以麗字取妍，六朝媮也。即詞號稱詩餘，然而詩人不為也。何者。其婉孌而近情也，足以移情而奪嗜。其柔靡而近俗也，詩嘽緩而就之，而不知其下也。之詩而詞，非詞也。之詞而詩，非詩也。言其業，李氏、晏氏父子、耆卿、子野、美成、少游、易安至也，詞之正宗也。溫韋豔而促，黃九精而險，長公麗而壯，幼安辨而奇。又其次也，詞之變體也。詞興而樂府亡矣。曲興而詞亡矣。非樂府與詞之亡，其調亡也。

按：《詞苑叢談》卷一、《西圃詞說》均引此則中一段，不另錄。

太平清話卷三

孟淑卿，蘇州人，訓導澄之女。工詩，號荊山居士。嘗論朱淑真詩曰：「作詩貴脫胎化質。僧詩無香火氣乃佳，鉛粉亦然。朱生故有俗病，李易安可與語耳。」

崇禎歷城縣志卷十六

歷下山川清秀，李家一女郎，猶能駕秦軼黃，陵蘇轢柳，而況稼軒老子哉。蒐漁廢簏，附於詩文之後，亦以見歷人負有奇情，即樂府小道，亦足擅絕宇內云。

花草蒙拾

張南湖論詞派有二：一曰婉約，一曰豪放。僕謂婉約以易安為宗，豪放惟幼安稱首，皆吾濟南人，難乎為繼矣。

倚聲前集王士禎序

詩之為功既窮，而聲音之道，勢不可以中廢，於是溫和生而《花間》作，李晏出而《草堂》興，此詩之餘而樂府之變也。詩餘者，古詩之苗裔也。語其正，則景、煜為之祖，至漱玉、淮海而極盛，高、史其大成也；語其變，則眉山導其源，至稼軒、放翁而盡變，陳劉其餘波也。有詩人之詞，唐、蜀、五代諸君子是也；有文人之詞，晏、歐、秦、李諸君子是也；有詞人之詞，柳永、周美成、康與之之屬是也；有英雄之詞，蘇、陸、辛、劉之屬是也。

分甘餘話卷二

凡為詩文，貴有節制；即詞曲亦然。正調至秦少游、李易安為極致，若柳耆卿則靡矣。變調至東坡為極致，辛稼軒豪於東坡而不免稍過。若劉改之則惡道矣。學者不可以不辨。

按：詞有正、變之說，創自明王世貞，《分甘餘話》亦襲其說。至陳廷焯《白雨齋詞話》而動言正變。王世貞以溫庭筠、韋莊為變體，而陳廷焯則以溫、韋為正宗，蓋本周止庵《詞辨》之說。

花草蒙拾

弇州謂蘇黃稼軒為詞之變體，是也；謂溫韋為詞之變體，非也。夫溫韋視晏李秦周，譬賦有《高唐》、《神女》而後有《長門》、《洛神》；詩有古詩錄別而後有建安、黃初、三唐也，謂之正始則可，謂之變體則不可。

詞苑萃編卷二引漁洋山人

詞以少游、易安為宗，固也。然竹屋、梅溪、白石諸公極妍盡致處，反有秦李所未到者。譬如絕句，至劉賓客、杜京兆、時出青蓮，龍標一頭地。

按：王漁洋《花草蒙拾》文字與此略同，然無首二句，《詞苑叢談》卷四所引亦同，不知馮金伯何所據也。

遠志齋詞衷

楊用修云：詩聖如子美，而集內填詞無聞。少游、易安，詞極工矣，而詩殊不強人意。揆之通論，夫豈盡然。

填詞雜說

男中李後主，女中李易安，極是當行本色。

按：《詞苑叢談》卷一亦引此則。

古今詞論引沈去矜

男中李後主，女中李易安，極是當行本色。前此太白，故稱詞家三李。

古今詞話詞評卷上

朱晦庵曰：本朝婦人能詞者，惟李易安、魏夫人二人而已。

按：《朱子語類》卷一百四十云：「本朝婦人能文，只有李易安與魏夫人。」沈雄改「能文」二字為「能詞」，無所根據，誤也。

同上

黃玉林曰：李易安、魏夫人，使在衣冠之列，當與秦七、黃九爭雄，不徒擅名於閨閣也。

按：黃昇《唐宋諸賢絕妙詞選》並無此語，實出楊慎《詞品》卷二。沈雄《古今詞話》所載類多如此，殊不可據。有人以為此條出《花庵詞選》，蓋未深考。

雨村詞話卷三

易安在宋諸媛中，自卓然一家，不在秦七、黃九之下。詞無一首不工。其鍊處可奪夢窗之席，其麗處直參片玉之班。蓋不徒俯視巾幗，直欲壓倒鬚眉。

雲韶集·詞壇叢話

李易安詞風神氣格，冠絕一時，直欲與白石老仙相鼓吹。婦人能詞者，代有其人，未有如易安之空絕前後者。朱淑真詞風致之佳，情詞之妙，真可亞於易安。宋婦人能詩詞者不少，易安為冠，次則朱淑真，次則魏夫人也。

雲韶集卷十

易安格律絕高，不獨為婦人之冠，幾欲與竹屋、梅溪分庭抗禮。又易安詞騷情詩意，高者入方回之室，次亦不減叔原、耆卿。兩宋詞人能詞者不少，無出其右矣。

詞學集成卷一

按比詞於詩，原可以初、盛、中、晚論，而不可以時代後先分。如南唐二主似唐之初，秦、柳之瑣屑，周、張之纖靡，已近於晚。北宋惟李易安差強人意。

白雨齋詞話卷二

李易安詞獨闢門徑，居然可觀。其源自從淮海、大晟來。而鑄語則多生造。婦人有此，可謂奇矣。

按：此所云「大晟」指周邦彥也。大晟府知音律之詞作家甚多，周邦彥、晁端禮、田為、万俟詠、曹棐等俱見宋人記載。實不能以「大晟」專稱周邦彥也。

同上卷五

閨秀工為詞者，前則李易安，後則徐湘蘋。明末葉小鸞，較勝於朱淑真，可為李、徐之亞。

同上卷六

兩宋詞家各有獨至處，流派雖分，本原則一；惟方外之葛長庚，閨中之李易安，別於周、秦、姜、史、蘇、辛外獨樹一幟，而亦無害其為佳，可謂難矣。然畢竟不及諸賢之深厚，終是托根淺也。

同上

葛長庚詞脫盡方外氣，李易安詞卻未能脫盡閨閣氣。然以兩家較之，仍是易安為勝。

同上

宋閨秀詞自以易安為冠。朱子以魏夫人與之並稱。魏夫人只堪出朱淑真之右，去易安尚遠。

同上卷八

詞有表裡俱佳，文質適中者，溫飛卿、秦少游、周美成、黃公度、姜白石、史梅溪、吳夢窗、陳西麓、王碧山、張玉田、莊中白是也，詞中之上乘也；有質過於文者，韋端己、馮正中、張子野、蘇東坡、賀方回、辛稼軒、張皋文是也，亦詞中之上乘也；有文過於質者，李後主、牛松卿、晏元獻、歐陽永叔、晏小山、柳耆卿、陳子高、高竹屋、周草窗、汪叔耕、李易安、張仲舉、曹珂雪、陳其年、朱竹垞、厲太鴻、過湘雲、史位存、趙璞函、蔣鹿潭是也，詞中之次乘也；有有文無質者，劉改之、施浪仙、楊升庵、彭羨門、尤西堂、王漁洋、丁飛濤、毛會侯、吳蘭次、徐電發、嚴藕漁、毛西河、董蒼水、錢葆馚、汪晉賢、董文友、王小山、王香雪、吳竹嶼、吳穀人諸人是也，詞中之下乘也；有質亡而並無文者，則馬浩瀾、周冰持、蔣心餘、楊荔裳、郭頻伽、袁蘭邨輩是也，並不得謂之詞也。論詞者本此類推，高下自見。

菌閣瑣談

弇州云：「溫飛卿詞曰《金荃》，唐人詞有集曰《蘭畹》，蓋取其香而弱也。然則雄壯者固次之矣。」此弇州妙語。自明季、國初諸公，瓣香《花間》者，人人意中擬似一境，而莫可名之者。公以「香」、「弱」二字攝之，可謂善於侔色揣稱者矣。《皺水》勝諦，大都演此。余少時亦醉心此境者。當其沉酣，至妄謂《午夢》風神，遠在易安以上。又且謂易安倜儻，有丈夫氣，乃閨閣中之蘇、辛，非秦、柳也。

按：《蘭畹集》乃宋孔方平所編，非唐人詞集。王世貞（弇州）說誤。

同上

易安跌宕昭影，氣調極類少游，刻摯且兼山谷。篇章惜少，不過窺豹一斑。閨房之秀，固文士之豪也。才鋒大露，被謗殆亦因此。自明以來，墮情者醉其芬馨，飛想者賞其神駿。易安有靈，後者當許為知已。漁洋稱易安、幼安為濟南二安，難乎為繼。易安為婉約主，幼安為豪放主。此論非明代諸公所及。

論詞隨筆

詞之蘊藉，宜學少游、美成，然不可入於淫靡。綿婉宜學耆卿、易安，然不可失於纖巧。雄爽宜學東坡、稼軒，然不可近於粗厲。流暢宜學白石、玉田，然不可流於淺易。此當就氣韻、趣味上辨之。

聽秋聲館詞話卷八

宋時詞學盛行，然夫婦均有詞傳，僅曾布、方喬、陸游、易祓、戴復古五家，方戴易姓氏且無考；戴陸更係怨耦，易妻詞亦甚怨抑，惟子宣與魏夫人克稱良匹。他如趙明誠妻李易安盛以詞名，而明誠詞無傳；趙德麟詞甚工，其妻王夫人祇傳「白藕作花風已秋，不堪殘醉更回頭。晚雲帶雨歸飛急，去作西窗一夜愁」一詩而已。琴鳴瑟應，天固若是靳惜耶？……

按：方喬、紫竹詞出元伊世珍《瑯嬛記》，明人偽託，未可信。宋人夫婦能詞者至少尚有王安石，魏泰《臨漢隱居詩話》載其妻吳國夫人詞「待得明年重把酒，攜手，那知無雨又無風」。（蓋《定風波》詞）雖無全篇，亦不能不及之也。

詞苑叢談卷四

華亭宋尚木徵璧曰：「吾於宋詞，得七人焉：曰永叔，其詞秀逸，曰子瞻，其詞放誕，曰少游，其詞清華，曰子野，其詞娟潔，曰方回，其詞鮮清，曰小山，其詞聰俊，曰易安，其詞妍婉。」

按：《西圃詞說》、《詞學集成》卷五並引宋尚木徵璧之語，而文字稍有改變。

越縵堂讀書記卷八．文學四

余於詞非當家，所作者真詩餘耳，然於此中頗有微悟。蓋必若近若遠，忽去忽來，如蛺蝶穿花，深深款款；又須於無情無緒中，令人十步九迴，如佛言食蜜，中邊皆甜。古來得此旨者，南唐二主、六一、安陸、淮海、小山及李易安《漱玉詞》耳。屯田近俗，稼軒近霸，而兩家佳處，均處淵微。……

蕙風詞話卷四

朱淑真詞，自來選家列之南宋，謂是文公姪女，或且以為元人，其誤甚矣。淑真與曾布妻魏氏為詞友。曾布貴盛，丁元祐以後，崇寧以前，以大觀元年卒。淑真為布妻之友，則是北宋人無疑。李易安時代猶稍後於淑真。即以詞格論，淑真清空婉約，純乎北宋；易安筆情近濃至，意境較沉博，下開南宋風氣。非所詣不相若，則時會為之也。《池北偶談》謂淑真《璿璣圖詔》作於紹定三年，紹定當是紹聖之誤。紹定理宗改元，已近南宋末季，浙地隸輦轂久矣。記云：「家君宦游浙西。」臨安亦浙西，詎容有此稱耶？

按：淑真乃淳熙以前人，據魏仲恭《斷腸詩集序》可知，有為北宋人可能。惟《斷腸詩集》中之魏夫人，是否即曾布妻魏氏，尚待證實。又南宋都臨安，雖不思恢復中原、而臨安始終稱為行在，不云都城。《都城紀勝》之都城，乃民間所呼，官方無此稱也。浙江東路、浙江西路，或浙東、浙西之稱，與宋相終始。況氏未深考。

選卷叢談卷二

儀徵王僧保《論詞絕句》：「易安才調美無倫，百代才人拜後塵。比似禪宗參實意，文殊女子定中身。」

詞家三李之稱，昉自清人。余嘗見某元人詩以李白、李後主、李清照三人並稱，蓋即清人所本。今忘其集名，不能舉以充實此書資料，實為憾事。

三、其他

魏仲恭斷腸詩集序

嘗聞摛藻麗句，固非女子之事。間有天姿秀發，性靈鍾慧，出言吐句，有奇男子之所不如。雖欲掩其名，不可得耳。如蜀之花蕊夫人，近時之李易安，尤顯顯著名者。各有宮詞、樂府行於世。然所謂膾炙者，可一二數，豈能皆佳也。……

渚山堂詞話卷二

聞之前輩，朱淑真才色冠一時，然所適非偶，故形之篇章，往往多怨恨之詞。世因題其稿曰《斷腸集》。大抵佳人命薄，自古而然，斷腸獨斯人哉！古婦人之能詞章者，如李易安、孫夫人輩，皆有集行世。淑真繼其後，所謂代不乏人。……

白雨齋詞話卷二

朱晦庵謂宋代婦人能文者，惟李易安及魏夫人二人而已。魏夫人詞筆頗有超邁處，雖非易安之敵，亦未易才也。朱淑真詞不逮易安，然規模唐五代不失分寸。如「年年玉鏡臺」，及「春已半」諸篇，殊不讓和凝、李珣輩，惟骨韻不高，可稱小品。

題李易安所書琵琶行後（宋濂芝園續集卷十）

樂天謫居江州，聞商婦琵琶，抆淚悲歎，可謂不善處患難矣。然其事之傳，讀者猶愴然，況聞其事者乎。李易安圖而書之，其意蓋有所寓。而永嘉陳傅良題識其言，則有可異者。余戲作一詩，止之於禮義，亦古詩人之遺音歟。其辭曰：「佳人薄命紛無數，豈獨潯陽老商婦。青衫司馬太多情，一曲琵琶淚如雨。此身已失將怨誰，世間哀樂常相隨。易安寫此別有意，字字似訴中心悲。永嘉陳侯好奇士，夢裡謬為兒女語。花顏國色草上塵，朽骨何堪汙脣齒。生男當如魯男子，生女當如夏侯女。千年穢跡吾欲洗，安得潯陽半江水。」

《玉臺畫史》卷二引云：「《宋學士集》：樂天《琵琶行》，李易安嘗圖而書之。」按《詩序》所云永嘉陳傅良題識，傳本《止齋先生文集》未載。又止齋乃宋人，俞理初《易安居士事輯》誤以為明人。

妮古錄卷三　太平清話卷一

李易安，趙清獻之子婦。趙挺之亦謚清獻。莫廷韓云：「曾買易安墨竹一幅。」余惜未見。

按：《玉臺畫史》卷二引此則作：「陳繼儒《太平清話》：『莫廷韓云：向曾置李易安墨竹一幅。』」

清河書畫舫巳集（引畫系）

周文矩畫《蘇若蘭話別會合圖卷》，後有李易安小楷《織錦回文》詩，并則天《璇璣圖記》，書畫皆精，藏於陳湖陸氏。

清河書畫舫申集

古來閨秀工丹青者，例乏丰姿。若李易安、管道昇之竹石，豔豔、阿環之山水，無忝於士氣也。

貴耳集卷下

淳熙間，有二婦人能繼李易安之後：清菴鮑氏，秀齋方氏。方即夷吾之女弟。皆能文，筆端極有可觀。清菴即鮑守之妻。秀齋即陳日華之室。秀齋能識人。有兩館客，一陳勉之丞相，一陳景南內相。

齊東野語卷十

黃子由尚書夫人胡氏，與可元功尚書之女也。俊敏強記，經史諸書，略能成誦。善筆札。時作詩文，亦可觀。於琴、弈、寫竹等藝尤精。自號惠齋居士，時人比之李易安云。

按：或云「與可」乃惠齋之名，未知是否。此未從。

圖繪寶鑑卷四

胡夫人，平江胡元功尚書女，黃尚書由之妻，自號惠齋居士。精於琴、書，畫梅、竹、小景俱不凡。時比李易安夫人。

凡不能附於各作品後面之參若資料。俱編於此。一為傳記，二為詩詞評，三為其他。

（一）傳記資料有未編入《李清照事迹編年》者，或已編入，而只一鱗半爪，未覩其全者，故另載之。大抵宋人記載比較可據。後人則頗多以訛傳訛，甚至任意杜撰。因在若干則後，加「附注」說明。

（二）各種詩詞話，大致在性質上可分評論、本事及考據訓詁三類。附入此編者皆評論也。過去研究詩詞者，多有其癖好，喜愛某人作品，即以為幾乎盡善盡美，一無缺點。昔人中肯之貶詞，有時且認為有意妄詆。或則高談寄托，牽強附會。宋人如鮦陽居士（見《唐宋諸賢絕妙詞選》卷二）及俞文豹（見《吹劍錄》）論蘇軾《卜算子》詞已開其端。清人則變本加厲。張惠言《詞選》實首屈一指，如所載無名氏《綠意》一首，張氏云：「此傷君子負枉而死，蓋似李綱、趙鼎之流。」實則《紅情》、《綠意》兩首，乃張炎自詠荷花。又姜夔《暗香》一首，張氏云：「首章言己嘗有用世之志，今老無能，但望之石湖也。」而范石湖（成大）實長於姜夔幾三十歲。《詞選》所評，昔人多推重之，殊不可解。詩詞話中之考據訓詁，亦有穿鑿附會者。如卷一《醉花陰》詞之「濃雲」，楊慎考為「濃雰」，小詞不比古賦，罕用僻字，楊慎之言必不然。亦有阿其所好，而歸功於所喜愛之作者，如有以昔人常用詞調認為其人首創者。所有詩詞話，客觀者未必甚多，參考時必須注意。

（三）其他資料較少，多為清照所作書、畫之記載。今清照真蹟無存，只能據以略知其藝術成就而已。其泛詠清照之詩篇，如《四印齋所刻詞》本《漱玉詞》、李文裿輯《漱玉集》所附錄者，以及見於《歷代名媛雜詠》卷三之《鬬茗》一首云：「摩挲金石讀殘碑。對案爭填絕妙詞。一自桑榆歎垂暮，風光愁煞鬬茶時。」等等，清人別集中尚有之，此俱不錄。

誤題李清照撰之作品

玉燭新

溪源新臘後。見幾朶江梅，裁剪初就。暈酥砌玉，芳英嫩，故把春心輕漏。前村昨夜，想弄月、黃昏時候。孤岸悄，疏影橫斜，濃香暗沾襟袖。　尊前賦與多才，問嶺外風光，故人知否？壽陽謾鬭。終不似，照水一枝清瘦。風嬌雨秀。好插繁華盈首。須信羌笛無情，看看又奏。（梅苑卷三）

按：此首乃周邦彥作，見宋本《詳注周美成詞片玉集》卷七。《梅苑》誤作李清照詞。

品令

零落殘紅，似臙脂顏色。一年春事，柳飛輕絮，筍添新竹。寂寞，幽對小園嫩綠。登臨未足。悵遊子、歸期促。他年清夢，千里猶到，城際溪曲。應有凌波，時為故人凝目。（京本通俗小說卷十二西山窟鬼　花草粹編卷七　警世通言第十四卷一窟鬼癩道人除怪　汲古閣未刻本漱玉詞）

按：此首乃曾紆詞，見《樂府雅詞》卷下。《京本通俗小說》所引多附會之說，不足據。

春光好

看看臘盡春回。消息到、江南早梅。昨夜前村深雪裡，一朵先開。　盈盈玉蕊如裁。更風清、細香暗來。空使行人腸欲斷，駐馬徘徊。永樂大典卷二千八百零八梅字韻

河傳 梅影

香苞素質。天賦與、傾城標格。應是曉來，暗傳東君消息。把孤芳，回暖律。　壽陽粉面增妝飾。說與高樓，休更吹羌笛。花下醉賞，留取時倚闌干，鬬清香，添酒力。永樂大典卷二千八百十梅字韻

七娘子

清香浮動到黃昏，向水邊疏影梅開粉。溪邊伴，輕蕊有如淺杏。一枝兒、喜得東君信。　風吹只怕霜侵損。更欲折來，插在多情鬢。壽陽妝面、雪肌玉瑩。嶺頭別後微添粉。永樂大典卷二千八百十梅字韻

憶少年

疏疏整整，斜烈淡淡，盈盈脈脈。徒憐暗香句，笑梨花顏色。　羈馬蕭蕭行又急。空回首、水寒沙白。天涯倦牢落，忍一聲羌笛。永樂大典卷二千八百十梅字韻

上海新編《李清照集》云：「此闋《梅苑》作易安詞。」下《搗練子》、《喜團圓》、《清平樂》、《二色宮桃》、《泛蘭舟》、《遠朝歸》、《十月梅》、《真珠髻》、《擊梧桐》、《沁園春》等闋俱同。按傳本《梅苑》，各首實俱作無名氏詞，不知所據何本。

玉樓春 臘梅

蠟梅先報東風信。清似龍涎香得潤。黃輕不肯整齊開，比著江梅仍更韻。　纖枝瘦綠天生嫩。可惜輕寒摧損橫。劉郎只解誤桃花，惆悵今年春又盡。永樂大典卷二千八百十一梅字韻

按：以上五首，俱見《梅苑》卷九，無撰人姓氏，蓋無名氏作品，《永樂大典》誤題李清照作。《永樂大典》中誤題撰人之詞殊不少，《梅苑》無名氏詞，《永樂大典》往往以為前一人所作，誤題作者姓名者，有三十餘首之多。如認為可信，未免失考。

又按：唐圭璋《全宋詞》，《玉樓春》一首失收。又《全宋詞》所錄《永樂大典》各詞，先後次序未依原書，文字亦與原書不盡相同，如改從別本，又無任何注明，一似《永樂大典》原文如是者，不知何故？

柳梢青 春晚

子規啼血。可憐又是，春歸時節。滿院東風，海棠鋪繡，梨花飛雪。　丁香露泣殘枝，誚未比、愁腸寸結。自是休文，多情多感，不干風月。詞學筌蹄卷五　七修類藁卷三十四

按：此首乃蔡伸作，見《友古居士詞》。洪武本《草堂詩餘》前集卷上、荊聚本《草堂詩餘》前集卷上、陳鍾秀本《草堂詩餘》卷上、楊金本《草堂詩餘》後集卷上俱誤作無名氏詞。《詞學筌蹄》誤為李清照詞，《七修類藁》殆承其誤。《類編草堂詩餘》卷一、《詩餘圖譜補遺》卷一、《增正詩餘圖譜》卷上、楊慎批點《本草堂詩餘》卷一、韓俞臣本《草堂詩餘》卷一、《題評名賢詞話草堂詩餘》卷三、《便讀草堂詩餘》卷三、《草堂詩餘評林》春集卷三、《草堂詩餘雋》卷二、崑石山人本《草堂詩餘》卷一、錢允治本《草堂詩餘》卷一、沈際飛本《草堂詩餘》正集卷一、《彙選歷代名賢詞府全集》卷二、《文體明辨．附錄》卷十、《花草粹編》卷四、《嘯餘譜》卷四、《詞的》卷一、《詞菁》卷一、《古今詩餘醉》卷二、《詩餘畫譜》、《詞譜》卷七、《同情集詞選》卷七等又俱誤作賀鑄詞。

上海新編《李清照集》云：「《草堂詩餘》作易安詞。」余所見各本《草堂詩餘》未有以此詞為李易安作者。（除以上所引者外，尚有元至正本、明成化本、胡桂芳本、鍾人傑本、汲古閣本、清康熙刻韓俞臣本、四卷本《草堂詩餘評林》、《荊川先生點註草堂詩餘》等俱不作李易安詞）不知以此首為李易安作之《草堂詩餘》究為何本也。

點絳脣 春晚

紅杏飄香，柳含煙翠拖金縷。水邊朱戶。門掩黃昏雨。　燭影搖紅，一枕傷春緒。歸不去。鳳樓何處。芳草迷歸路。（詞學筌蹄卷五）

按：此首乃蘇軾作，見曾慥本《東坡詞拾遺》。洪武本《草堂詩餘》前集卷上誤作無名氏詞。《類編草堂詩餘》卷一又誤作賀鑄詞，其後各選本俱誤從之。

青玉案 春晚

凌波不過橫塘路，但目送、芳塵去。錦瑟年華誰與度。月樓花院，綺牕朱戶。惟有春知處。　碧雲冉冉蘅皋暮。綵筆空題斷腸句。試問閒愁知幾許。一川煙草，滿城風絮，梅子黃時雨。（詞學筌蹄卷五）

按：此首乃賀鑄作，見《東山詞》卷上、《樂府雅詞》卷上、《中吳記聞》卷三、《詩人玉屑》卷二十一等書。黃山谷有《寄賀方回》詩云：「少游醉臥古藤下，誰與愁眉唱一杯。解作江南斷腸句，只今惟有賀方回。」見《山谷內集詩注》卷十八。宋人和方回此詞韻者甚多。此詞非賀鑄作莫屬。洪武本《草堂詩餘前集》卷上又誤作無名氏詞。

如夢令 閨怨

誰伴明窗獨坐？和我影兒兩箇。燈盡欲眠時，影也把人拋彈。無那。無那。好箇悽惶的我。續草堂詩餘卷上　古今詞統卷三　詞菁卷二　花鏡雋聲卷七　林下詞選卷一　見山亭古今詞選卷一

按：此首乃向鎬作，見《樂齋詞》。《續草堂詩餘》誤作李清照詞。《林下詞選》注：「一本誤作向豐之。」非是。上海新出《李清照集》云：「《樂府雅詞》作向鎬《樂齋詞》。」而傳本《樂府雅詞》並無此詞，亦無向鎬詞，不知何據，疑有錯誤。

菩薩蠻 閨情

綠雲鬢上飛金雀。愁眉翠斂春煙薄。香閣掩芙蓉。畫屏山幾重。　窗寒天欲曙。猶結同心苣。啼粉汙羅衣。問郎歸幾時？續草堂詩餘卷上　古今詞統卷五　林下詞選卷一

按：此首乃五代時牛嶠所作，見《花間集》卷四。《續草堂詩餘》等誤。《林下詞選》注：「一本誤牛嶠。」非。

生查子 元夕有懷

去年元夜時，花市燈如晝。月在柳梢頭，人約黃昏後。　今年元夜時，月與燈依舊。不見去年人，淚滿春衫袖。（詞的卷一）

按：此首乃歐陽修詞，見《歐陽文忠公近体樂府》卷一，《詞的》誤作李清照詞。又《彙選歷代名賢詞府全集》卷一、《續草堂詩餘》卷上誤以此首為秦觀詞，《詞品》卷二誤以此首為朱淑真詞。《堯山堂外紀》卷五十四、《續草堂詩餘》卷上、《古今詞統》卷三、《古今詩餘醉》卷一、《詞鵠初編》卷一、《同情集詞選》卷三等俱誤從之。《見山亭古今詞選》卷一又誤作無名氏詞。

《瀛奎律髓》卷十六譚《觀燈》詩，方回注云：「如李易安『月上柳梢頭』，則邪僻矣。」是宋人已誤以此詞為清照作矣。

浣溪沙 春暮

樓上晴天碧四垂。樓前芳草接天涯。勸君莫上最高梯。　新筍看成堂下竹，落花都上燕巢泥。忍聽林表杜鵑啼。（便讀草堂詩餘卷三　題評名賢詞話草堂詩餘卷三　草堂詩餘評林春集卷三　草堂詩餘雋卷二　沈際飛本草堂詩餘正集卷一　古今詞統卷四　古今詩餘醉卷二　崇禎歷城縣志卷十五　林下詞選卷一　見山亭古今詞選卷一　詞綜卷二十五　歷代詩餘卷七　古今詞選卷一　歷朝名媛詩詞卷十一　天籟軒詞選卷五　雲韶集卷十　復堂詞錄卷八　三李詞）

按：此首乃周邦彥詞，見《詳注周美成詞片玉集》卷三。《便讀草堂詩餘》等誤作李清照詞。《林下詞選》注：「一本誤刻周美成。」非。

孤鸞 早梅

天然標格，是小萼堆紅，芳姿凝白。淡竚新妝，淺點壽陽宮額。東君想留厚意，倩年年、與傳消息。昨夜前村雪裡，有一枝先拆。　念故人何處水雲隔。縱驛使相逢，難寄春色。試問丹青手，是怎生描得。曉來一番雨過，更那堪、數聲羌笛。歸去和羹未晚，勸行人休摘。

按：此首見《草堂詩餘正集》卷四：題朱希真撰，注：「誤刻李。」蓋當時或以此首為李清照詞也。此首實無名氏作，見《草堂詩餘》後集卷下、楊金本《草堂詩餘》後集卷下。陳鍾秀本《草堂詩餘》卷下、《類編草堂詩餘》卷三誤作朱敦儒詞，其後各選本多承其誤。

品令

急雨驚秋曉。今歲較、秋風早。一觴一詠，更須莫負，晚風殘照。可惜蓮花已謝，蓮房尚小。　汀蘋岸草。怎稱得、人情好。有些言語，也待醉折，荷花向道。道與荷花，人比去年總老。詞譜卷九

按：此首見《花草粹編》，卷七，無撰人姓名，與前《品令》「零落殘紅」一首相銜接。《詞譜》誤作李清照詞。

搗練子

欺萬木，怯寒時。倚欄初認月宮姬。拭新妝，披素衣。　孤標韻，暗香奇。冰容玉豔綴瓊枝。借陽和，天付伊。

喜團圓

輕攢碎玉，玲瓏竹外，脫去繁華。□殢東君，□先點破，□壓群花。　瘦影生香，黃昏月館，清淺溪沙。仙標淡竚，偏宜么鳳，肯帶棲鴉。

按：此二首俱無名氏詞，見《梅苑》卷八。第二首又誤作晏幾道詞，見朱之赤舊藏抱經齋鈔本《小山詞》補遺引《花草粹編》。李文裿輯《漱玉集》卷三此二首俱誤作李清照詞。

清平樂

寒溪過雪。梅蕊春前發。照影臨姿香苒苒，臨水一枝風月。　夢遊彷彿仙鄉。綠窗曾見幽芳。事往無人共說，愁聞玉笛聲長。

二色宮桃

鏤玉香苞酥點萼。正萬木、園林蕭索。惟有一枝雪裡開，江南有信憑誰托。前年記賞登高閣。歎年來、舊歡如昨。聽取樂天一句云，花開處、且須行樂。

按：此二首俱無名氏作，見《梅苑》卷九。李文奇輯《漱玉集》卷三誤作李清照詞。

小桃紅

後園春早。殘臘蒙煙草。數樹寒梅，欲綻香英。小妹無端、折盡釵頭朵，滿把金尊細細傾。　憶得往年同伴，沉吟無限情。惱亂東風、莫便吹零落，惜取芳菲眼下時。

按：此首乃晏殊《玉堂春》詞，見《珠玉詞》。《梅苑》卷八誤作無名氏詞。李文奇輯《漱玉集》又誤作李清照詞。

行香子

天與秋光，轉轉情傷。探金英、知近重陽。薄衣初試，綠蟻初嘗。漸一番風、一番雨、一番涼。　黃昏院落。悽悽惶惶。酒醒時、往事愁腸。那堪永夜，明月空牀。聞砧聲搗、蛩聲細、漏聲長。

按：此首無名氏作，見《樂府雅詞拾遺》卷下（《全宋詞》失收）。李文裿輯《漱玉集》卷四誤作李清照詞。

上海《李清照集》云：「此詞見《花草粹編》，除冷雪盦本《漱玉詞》（指李文裿輯《漱玉集》）外，各本俱未收。」按傳世《花草粹編》兩種：一為明萬曆原刊十二卷本（有影印本）、一為清金繩武活字印二十四卷本，此二本俱不作李清照詞。

泛蘭舟

霜月亭亭時節，野溪開冰灼。故人信付，江南歸也仗誰托。寒影低橫，輕香暗度，疏籬幽院何在，秦樓朱閣。稱簾幙。　攜酒共看，依依承醉更堪作。雅淡一種天然，如雪綴煙薄。腸斷相逢，手撚嫩枝追思？渾似那人，淺妝梳掠。

按：此首無名氏詞，見《梅苑》卷一。李文裿輯《漱玉集》誤作李清照詞。

遠朝歸

金谷先春，見乍開江梅，晶明玉膩。珠簾院落，人靜雨疏煙細。橫斜帶月，又別是、一般風味。金尊裡。任遺英亂點，殘粉低墜。　惆悵杜隴當年，念水遠天長，故人難寄。山城倦眼，無緒更看桃李。當時醉魄，算依舊、徘徊花底，斜陽外。謾回首、畫樓十二。

按：此首趙耆孫詞，見《花草粹編》卷八。《梅苑》卷一作無名氏詞。李文裿輯《漱玉集》卷四誤作李清照詞。

又

新律纔交，早舊梢南枝，朱汗粉膩。煙籠淡妝，恰值雨膏初細。而今看了，記他日、酸甜滋味。多應是。伴玉簪鳳釵，抵掗斜墜。　迤邐，對酒當歌，眷戀得芳心，竟日何際。春光付與，尤是見欺桃李。叮嚀寄語，且莫負、尊前花底。拚沉醉。儘銅壺、漏傳三二。

按：此首乃《梅苑》卷八無名氏詞，《花草粹編》卷八作趙耆孫詞。李文裿輯《漱玉集》卷四誤作李清照詞。

十月梅

千林凋盡，一陽未報，已綻南枝。獨對霜天，冒寒先占花期。清香映月浮動，臨淺水、疏影斜欹。孤標不似，綠李夭桃，取次成蹊。　縱壽陽、妝臉偏宜。應未笑、天然雅態冰肌。寄語高樓，凭欄羌管休吹。東君自是為主，調鼎鼐、終付他時。從今點綴，百草千花，須待春歸。

按：此首無名氏詞，見《梅苑》卷一。李文裿輯《漱玉集》卷四誤作李清照詞。

真珠髻 紅梅

重重山外，苒苒流光，又是殘冬時節。小園幽徑，池邊樓畔，翠木嫩條春別。纖蕊輕苞，粉萼汙、猩猩鮮血。乍幾日，好景和風，次第一齊催發。　天然香豔殊絕，比雙成，皎皎倍增芳潔。去年因遇東歸使，指遠恨、意曾攀折。豈謂浮雲，終不放、滿枝明月。但歎息、時飲金鍾，更遶叢叢繁雪。

按：此首無名氏詞，見《梅苑》卷一。《歷代詩餘》卷八十七誤作晏幾道詞。李文裿輯《漱玉集》卷四誤作李清照詞。

擊梧桐

雪葉紅凋，煙林翠減，獨有寒梅難竝。瑞雪香肥，碎玉奇姿，迥得佳人風韻。清標暗折芳心，又是輕洩，江南春信。最好山前水畔，幽閒自有，橫斜疏影。　盡日凭闌，尋思無語，可惜飄瓊飛粉。但悵望、王孫未賞，空使清香成陣。怎得移根帝苑，開時不許眾芳近。免教向、深巖暗谷，結成千萬恨。

沁園春

山驛蕭疏，水亭清楚，仙姿太幽。望一枝穎脫，寒流林外，為傳春信，風定香浮。斷送光陰，還同昨夜，葉落從知天下秋。憑闌處，對冰肌玉骨，姑射來遊。　無端品笛悠悠。似怨感長門人淚流。奈微酸已寄，青青□杪，助當年太液，調鼎和鹺。樵嶺漁橋，依稀精彩，又何藉紛紛俗士求。孤標在，想繁紅鬧紫，應與包羞。

按：此二首俱無名氏作，見《梅苑》卷一。李文裿輯《漱玉集》卷一並誤作李清照詞。

失調名

凝眸。兩點春山滿鏡愁。花鏡韻語

按：此乃周邦彥《南鄉子》詞句，見陳元龍《詳注周美成詞片玉集》卷三。《花鏡雋聲》所附《花鏡韻語》以為李清照作，誤。

又

幾日不來樓上望，粉紅香白已爭妍。蕙風詞話卷二

按：此二句乃清初顧貞立（顧貞觀之姊）《浣溪沙》詞句，全篇云：「百嗽嬌鶯喚獨眠。起來慵自整花鈿。浣衣風日試衣天。　幾日不曾樓上望，粉紅香白已爭妍。柳條金嫩滯春煙。」題作《和王仲英夫人韻》，見《眾香詞》禮集（亦見清初人其他選本，茲不贅引）。《蕙風詞話》以為李清照詞句，失考。

《蕙風詞話》原文云：「梅宛陵詩：『不上樓來今幾日，滿城多少柳絲黃。』《晁氏客語》記歐公云：『非聖俞不能到。』（見宋葉□《愛日齋叢鈔》）按李易安詞：『幾日不來樓上望，粉紅香白已爭妍。』由此脫胎，卻自是詞筆。」

以上詞全篇二十七首、斷句二則，皆各本誤題李清照撰，而可以斷言非李作者也。此等詞本可不必作為附錄，惟為便利讀者，他日瀏覽所及，見此數首，可立知其非，不煩旁證，故仍錄此備考。尤以《蕙風詞話》所誤引之「幾日不來樓上望，粉紅香白已爭妍」二句，人多未注意及之，趙萬里輯《漱玉詞》、唐圭璋輯《全宋詞》俱未徵引。且況氏素有詞名，尤易使人誤信其可恃，必須在此特別指出。

趙萬里先生《校輯宋金元人詞．引用書目．類編草堂詩餘四卷》有題識云：「……古樂府及元明劇曲之佳者，其撰人多不能確知，宋詞亦然。故分類本於詞之撰人不能詳者，輒空缺不注。黃大輿《梅苑》、曾慥《樂府雅詞拾遺》亦如之。而分調時不明斯例，悉以前一闋所記撰人當之，於是宋世名家詞憑空又添作贋作若干首，而明以後人無摘其謬者。以訛傳訛，實此書作之始。如分類本前集上《浣溪紗》『水漲魚天拍柳橋』一闋，與周邦彥《渡江雲》銜接，分調時以為周作，毛子晉補輯《片玉詞》據以錄入，即其例矣。……」其說精闢。以之解釋各誤題撰人之詞作品，往往迎刃而解。不特《類編草堂詩餘》如此，他書如是者亦多有之。以明周瑛所撰之《詞學筌蹄》為例，所有誤題撰人之作品，約有百首左右，其致誤原因，亦大抵如是。如分類本《草堂詩餘》前集卷上李易安《如夢令》「昨夜雨疏風驟」一首後有無撰人姓名詞五首：（一）《武陵春》「風住塵香花已盡」闋、（二）《怨王孫》「夢斷漏悄」闋、（三）《青玉案》「凌波不過橫塘路」闋、（四）《點絳脣》「紅杏飄香」闋、（五）《柳梢青》「子規啼血」闋，《詞學筌蹄》悉以為李易安詞。《詞學筌蹄》流傳未廣，故後人承其誤者，只有郎瑛《七修類稿》卷三十四亦以《柳梢青》為易安詞，李文裿則又承郎瑛之誤。至《類編草堂詩餘》則後之各種刊本《草堂詩餘》號稱李廷機、唐順之、李攀龍、董其昌、楊慎等批評點注者無一不從之出，流傳愈廣則承誤者愈多，相沿以訛傳訛者約有五、六十首。《翰墨大全》中無撰人姓名詞而《花草粹編》署有撰人，《花草粹編》中無撰人姓名詞而《歷代詩餘》署有撰人者，其致誤之由亦俱與《類編草堂詩餘》相同。秦恩復刻《樂府雅詞》，拾遺兩卷中無撰人詞添注撰人姓名者不少，其中如梁寅《侍香金童》、趙與仁《醉春風》等則又承《歷代詩餘》之誤。

趙先生之說發表於一九三一年，而後之研究詞學者，或未注意。李文裿輯《漱玉集》，不明此理，竟誤收黃大輿《梅苑》中無名氏詞多首以為李清照作，黃節、薩雪如等從而推波助瀾，為之揄揚。其後李文裿且云：「或謂：易安居士之詩文詞久佚，不可復得。子之所輯，為數頗富，得勿以他人之作濫入以實篇幅乎？曰：凡所徵引，俱已詳其本源。為是言者，則余弗與之辨，亦不屑與之辨也。」自信太深，故其錯誤迄未改正。如能注意趙萬里先生之說，其誤收之弊，當可避免。

第一卷中存疑各詞，頗有可以附錄於此者，惟為避免武斷，暫時不作太大更動，以待專家之研究鑒定。附錄各詞不附校記；其實為某人撰者，僅少加說明，不詳注其出處。

引用書目

歲時廣記四十一卷　宋陳元靚撰　十萬卷樓叢書本
方輿勝覽七十卷　宋祝穆撰　文津閣四庫全書本
崇禎歷城縣志十六卷　明宋祖法修　明刊本
洛陽名園記一卷　宋李格非撰　顧氏文房小說本
昭德先生郡齋讀書志四卷附志二卷後志二卷　宋晁公武撰　後志趙希弁撰　四部叢刊三編本
又二十卷　宋晁公武撰　清汪士鍾刊本
又二十卷　宋晁公武撰　王先謙刊本
金石錄三十卷　宋趙明誠撰　明謝行甫鈔本
又清謝世箕刊本
又雅雨堂刊本
又三長物齋叢書本
又結一廬賸餘叢書本
又四部叢刊續編本
朱子語類一百四十卷　宋朱熹撰黎靖德編　清刊本
清河書畫舫十二卷　明張丑撰　清巾箱本
詩餘畫譜不分卷　明刊本
打馬圖　宋李清照撰　清江都秦氏石研齋鈔本
又宋李清照撰　明刊欣賞編本

又明刊重編欣賞編本

打馬圖經一卷　麗廔叢書本

馬戲圖譜一卷　宋李清照撰　夷門廣牘本

又宋李清照撰明王蘭芳重編　觀自得齋叢書本

陽關三疊一卷　明田藝蘅編　欣賞編本

全芳備祖前集二十七卷後集三十一卷　宋陳景沂撰　鈔本

二如亭群芳譜三十卷　明王象晉撰　清刊本

廣群芳譜一百卷　清汪灝等撰　清佩文齋刊本

雲麓漫鈔十五卷　宋趙彥衛撰　涉聞梓舊本

老學庵筆記十卷　宋陸游撰　津逮祕書本

瑯嬛記三卷　題元伊世珍撰　津逮祕書本

七修類藁五十一卷　明郎瑛撰　排印本

堯山堂外紀一百卷　明蔣一葵撰　明刊本

說郛一百卷　元陶宗儀編　明鈔本

又明會稽鈕氏世學樓鈔本

又排印本

綠窗女史十五卷　題秦淮寓客輯　明刊本

新編通用啟劄截江網六卷　不著撰人　元刊本

新編事文類聚翰墨大全二百零四卷　元劉應李撰　元刊本

新編事文類聚翰墨大全一百四十三卷　元劉應李撰　明刊本

永樂大典七百三十卷　明解縉等編　影印本

清波雜志十二卷　宋周煇撰　四部叢刊續編本

雞肋編三卷　宋莊綽撰　涵芬樓排印本

水東日記四十卷　明葉盛撰　清刊本

留青日札四十卷　明田藝蘅撰　明刊本

寒夜錄二卷　明陳宏緒撰　豫章叢書本

古今情史類纂二十四卷　江南詹詹外史撰　清刊本

繡谷春容十二卷　起北赤心子輯　明刊本

警世通言四十卷　明馮夢龍編　排印本

漱玉集一卷　近人李文裿輯　排印本

宮詞一卷　宋胡邁集句　汝古閣景宋鈔本

梅花衲一卷　宋李龔集句　景南宋六十家小集本

癸巳類稿十五卷　清俞正燮撰　清道光刊本

瀛奎律髓四十九卷　元方回編　清刻本

詩女史十四卷　明田藝蘅編　明刊本

彤管遺編二十卷　明酈琥編　明刊本

文體明辨附錄十四卷　明徐師曾撰　明刊本

名媛詩歸三十六卷　明鍾惺編　明刊本

彤管摘奇二卷　明胡文煥編　明刻本

古今文致十卷　明劉士鏻輯　萬曆刻本

古今名媛彙詩　明鄭文昂輯　明刊本

鐫列朝歷世詩選名媛璣囊　池上客選　明刊本

古今女史十二卷詩集六卷　明趙世杰編　明刊本

釣臺集二卷　明劉伯潮編　明刊本

花鏡雋聲十六卷　明馬嘉松選　明刊本

風韻情書情詞情詩□卷　殘存四、五、六卷　竹溪主人選　明刊本

浯溪考二卷　清王士禛編　清刊本

歷代賦彙一百八十四卷　闕名編　清刊本

歷朝閨雅十二卷　清揆敘編　清刊本

歷朝名媛詩詞十二卷　清陸昶編　清刊本

繡水詩鈔八卷　清吳連周編　清刊本

漱玉詞一卷　宋李清照撰　詩詞雜俎本

漱玉詞一卷補遺一卷附錄一卷　宋李清照撰清王鵬運輯　四印齋刊本

漱玉詞一卷　宋李清照撰今人趙萬里輯　宋金元人詞排印本

梅苑十卷　宋黃大輿編　楝亭十二種本

樂府雅詞三卷拾遺二卷　宋曾慥編　四部叢刊本

又詞學叢書本

又文津閣四庫全書本

唐宋諸賢絕妙詞選十卷　宋黃昇編　四部叢刊本

陽春白雪八卷外集一卷　宋趙聞禮編　詞學叢書本

又清吟閣刊本

妙選群英草堂詩餘前後集四卷　宋闕名編　雙照樓刊本

草堂詩餘前後集四卷　明嘉靖三十三年楊金刊本

精選名賢詞話草堂詩餘二卷　明陳鍾秀校　明嘉靖刊本

又四印齋刊本

草堂詩餘五卷　明楊慎批點　明刊朱墨套印本

類編草堂詩餘三卷　明胡桂芳編　明刊本

新刻荊川先生點注草堂詩餘四卷　明唐順之解註　明刊本

草堂詩餘評林四卷　明李廷機評　明刊本

草堂詩餘評林六卷　明李廷機評　明刊本

題評名賢詞話草堂詩餘六卷　明書林余文杰刊本

新刻便讀草堂詩餘六卷　明董其昌評訂　明刊本

新刻批評註釋草堂詩餘雋四卷　明吳從先編　明刊本

類編草堂詩餘四卷　武陵逸史編　明刊本

又明刊崑石山人本

又明刊韓俞臣本

類選箋釋草堂詩餘六卷　明錢允治釋　明刊本

草堂詩餘正集六卷　明沈際飛本

續草堂詩餘二卷　明長湖外史編　明刊本

類選箋釋續選草堂詩餘二卷　明錢允治釋　明刊本

草堂詩餘續集二卷　明長湖外史編　明沈際飛本
詞林萬選四卷　明楊慎編　汲古閣刊本
彙選歷代名賢詞府全集九卷　明汪□□選　明刊本
花草新編五卷　殘存三、四、五卷　明吳承恩編　鈔本
花草粹編十二卷　明陳耀文編　景印明刊本
又二十四卷　清金繩武活字本
詞的四卷　明茅暎編　詞壇合璧本
草堂詩餘別集四卷　明沈際飛編　明刻本
詞壇豔逸品四卷　明楊肇祉編　明刊本
古今詞統十六卷　明卓人月編　明刊本
詞菁二卷　明陸雲龍評選　明翠娛閣評選行笈必攜刊本
古今詩餘醉十五卷　明潘遊龍編　明刊本
林下詞選十四卷　清周銘編　清刊本
見山亭古今詞選三卷　清陸次雲、章昞選　清刊本
詞綜三十六卷　清朱彝尊編　清刊本
詞匯初編十二卷　清卓爾堪編　清刊本
記紅集四卷　清吳綺、程洪編　清刊本
古今別腸詞選四卷　清趙式選　清刊本
詞潔六卷　清先著、程洪編　清刊本
歷代詩餘一百二十卷　清沈辰垣等編　景印清內府刊本

豐草齋選抄詩餘神髓一卷　越州雲山臥客選　清鈔木

古今詞選十二卷　清沈時棟選　清刻本

晚香室詞錄八卷　清周之琦輯　鈔本

清綺軒詞選十三卷　清夏秉衡選　清刊本

自怡軒詞選八卷　清許寶善選　清刊本

閩詞鈔四卷　清葉申薌輯　清刊本

天籟軒詞選五卷　清葉申薌選　清刊本

同情集詞選十二卷　清陳鼎選　鈔本

雲韶集二十六卷　清陳世焜輯　鈔本

宋四家詞選一卷　清周濟選　清刊本

詞軌八卷補錄五卷　清楊希閔選　鈔本

復堂詞錄十一卷殘存一至八卷　清譚獻輯　鈔本

三李詞不分卷　清楊希閔編　清刻本

湘綺樓詞選三編　近人王闓運選　光緒刊本

藝蘅館詞選五卷　近人梁啟超選　排印本

詩話總龜前集五十卷後集五十卷　宋阮閱撰　鈔本

詩話總龜前集四十八卷後集五十卷　宋阮閱撰　四部叢刊本

王公四六話一卷　宋王銍撰　景明刊百川學海本

風月堂詩話二卷　宋朱弁撰　寶顏堂祕笈本

四六談塵一卷　宋謝伋撰　景明刊百川學海本

苕溪漁隱叢話前集六十卷後集四十卷 宋胡仔撰 清耘經樓本

朱文公游藝至論二卷 宋朱熹撰 明刊本

詩人玉屑二十一卷 宋魏慶之撰 朝鮮刻本

浩然齋雅談三卷 宋周密撰 武英殿聚珍版本

宋詩紀事一百卷 清厲鶚撰 清刊本

宋詩紀事補遺一百卷 清陸心源撰 清刊本

草堂詩餘別錄一卷 明張綖撰 鈔本

詞品六卷 明楊慎撰 圖書集成本

詞苑叢談十二卷 清徐釚撰 清康熙刊本

古今詞話八卷 清沈雄撰 清刊本

詞林紀事二十二卷 清張宗橚撰 景印清道光刊本

蕙風詞話五卷 近人況周儀撰 惜陰堂刊本

詞學筌蹄八卷 明周瑛撰 明鈔本

詩餘圖譜三卷 明張綖撰 明刊本

詩餘圖譜補遺十二卷 明謝天瑞撰 明刊本

增正詩餘圖譜三卷 明衛元涇壇增 明刊本

詞律二十卷 清萬樹撰 清康熙刊本

選聲集不分卷 清吳綺撰 清刊本

詞譜四十卷 清王奕清等撰 清內府刊本

詞鵠初編十五卷 清孫致彌輯 清刻本

詩餘譜式二卷　清郭鞏撰　清刊本

自怡軒詞譜六卷　清許寶善撰　清刊本

天籟軒詞譜五卷　清葉申薌撰　清刊本

碎金詞譜十四卷續譜六卷　清謝元淮撰　清刊本

嘯餘譜十一卷　明程明善撰　明刊本

後記

一

在我國漫長的封建社會時期，婦女在各方面都受到壓迫和歧視。在文藝領域中，當然也不可能有例外。由於封建禮教的束縛和限制，她們在文藝方面原來與男子同樣具有的光芒，就很不容易透過層層的障礙而放射出來。

在這種不合理的社會制度之下，婦女作家是少得可憐的。梁鍾嶸《詩品》介紹了從漢到梁的詩人一百二十二人，其中女詩人只有四人，比數不到百分之四，這已經是很少的了。梁昭明太子蕭統的《文選》三十卷，只選了曹大家《東征賦》一篇、班婕妤《怨歌行》一首，那就更不成此例了。到後來，《全唐詩》九百卷，其中婦女作品，只有九卷，才合百分之一。《宋詩紀事》一百卷，婦女作品只有一卷，比數也是百分之一。明、清人所編的《詩女史》、《彤管遺編》、《彤管新編》、《古今女史》、《林下詞選》《眾香詞》、《歷朝名媛詩詞》以及或云托名明鍾惺編的《名媛詩歸》等等，為婦女作品專集，且不限於一個時代，然而數量俱不甚多。

婦女作品還受到另一歧視。一般選本，大都是按作家年代先後編次的，獨獨對於婦女則不然，往往把她們的作品，另闢一欄，編在書末，似乎她們在文學上也不能與男子享有同等地位。這個惡例，開自唐末韋莊編的《又玄集》，五代韋縠編《才調集》繼承他的衣鉢，後世的編輯和選家，更是變本加厲，竟把婦女作品放在無名氏和神仙鬼怪之後。這一歧視婦女的惡例，一直沿襲下來，直到民國以後，才與其他封建制度一起消滅淨盡。

宋代程朱理學派興起，大力提倡封建禮教，婦女們所受到的束縛和限制更加深密，因而雖為詞的全盛時代，女詞人仍是寥寥無幾。在今天知名的約一千二百的宋代詞人中，有作品流傳下來的女詞人則不過五六十人左右，而且大都只有單詞流傳，沒有一個有完整的詞集。今天還有較多的作品流傳，在我國文學史上佔據着重要地位的，只有李清照一人。

二

李清照，自號易安居士，宋代山東歷城縣（今山東省濟南市）人。生於公元一零八四年（宋神宗元豐七年），死於公元一一五五年（紹興二十五年）以後，究竟得年多少，還沒有能夠考證明白，但可以說，至少活了七十多歲。她父親李格非，與廖正一、李禧、董榮，人稱後四學士。她母親王氏，也善於寫文章。在家庭影響之下，李清照很早就有詩名，為晁補之所賞識。她在十八歲時，與趙明誠結婚。趙明誠青年時候就對金石研究有興趣，後來成為有名的金石學家，對金石有深刻研究、淵博知識。他除了收藏金石，以外，還喜歡收藏書籍、法書、名畫。李清照與他志同道合，節衣縮食，幫助他從事收藏和研究。應該說趙明誠的成就得力於清照者不少。張端義就說：《金石錄》一書，清照亦曾筆削其間。李清照四十六歲的時候，趙明誠死了。接著金兵侵入浙東、浙西，清照避難奔走，所有收藏的東西幾乎全部喪失。紹興二年（公元一一三二年），清照再嫁張汝舟，沒有多少時候，就離異了（明清到現在，有不少人考證過，說她沒有再嫁。都是沒有充分論據的）。她沒有兒子，大概以後就孤獨地度過了她的晚年。她的平生事迹見於載籍的並不多，前面已有《李清照事迹編年》引述了一些有關記載，這裡就不多介紹了。

李清照是宋朝最負盛名的女詞人。一生從事學術研究及寫作活動。她丈夫趙明誠的名著《金石錄》，生前大概沒有完成，李清照不但曾參加該書的編撰工作，最後還是經過她的手成書、流傳的。直到暮年，她還有學術方面的活動（公元一一五零年，即紹興二十年左右，她六十六、七歲的時候，曾經兩度拜訪當時年約八十歲的大書畫家米友仁，請他為她所收藏的米芾墨跡題字。米友仁是米芾的兒子）。她的才能是多方面的。她能寫散文、駢文、詩、詞，能作畫，能考證金石刻，書法也很好。她的字、畫，明朝還有人見過，到清朝就失傳了。她的詩文集、詞集，宋朝人都有記載；刊刻的版本，亦不止一種。可是，這些本子都沒有流傳下來，大概在清初或者更早一些時候就消失了。現在我們所能看到的李清照著作，除了一部不是文學作品的《打馬圖經》是完整的以外，其餘都是前人從各種古書中東鱗西爪地搜集起來的。其中還有不少是偽作或可疑之作，可以確認為李清照作品的，就把所有斷篇殘句都當做整篇全首來計算，總共也不過七、八十篇。大凡祇見於偽書元伊世珍《瑯嬛記》，祇見於明、清人選本如楊慎《詞林萬選》、長湖外史《續草堂詩餘》、茅暎《詞的》、趙世杰《古今女史》、卓人月《古今詞統》、周銘《林下詞選》、沈辰垣等《歷代詩餘》的，都不一定靠得住是清照作品；就是見於明陳耀文《花草粹編》、清朱彝尊《詞綜》的，也不能說都沒有問題。

流傳下來的李清照作品中既有偽作，有可疑者，我們進行研究，恐怕只能就那些可以確認是她所寫的篇什著手；那些有問題的，似乎應當暫時放在一邊，等到有人能夠考證確定後再說（偽作更不必研究）。如其把那些偽作或可疑之作當作李清照作品，與其他沒有問題的作品來一起研究，來評價李清照在文學史上的地位，這樣得出來的結論，它的正確性，恐怕是難以保證的。在最近幾十年各報刊上所發表的討論李清照作品的論文裡面，把有問題的詞當作李清照真作而分析評論的情況，就不能說沒有。就是到目前為止某些已經出版的《中國文學史》裡，還引了靠不住的《點絳脣》「蹴罷秋千，起來閒整纖纖手」一闋，予以肯定；我曾看過的《文學評論》第四期發表的夏承燾先生《李清照詞附藝術特色》一文裡所說：「敢於寫少女愛情：『眼波纔動被人猜』，敢於寫夫婦的幽情：『今夜紗廚枕簟涼』。」等詞，也不見得都是李清照的作品。作品真偽，必須首先辨別清楚；否則，結論的科學性，免不了要減低，對於讀者，免不了要造成誤會。

根據當時的歷史情況，和李清照一生的經歷，她個人的歷史，可以分作兩個時期：上一時期，是在北宋的時期，是生活安定、專心研究金石、從事創作活動的時期；下一時期是在南宋的時期，國家民族瀕於危亡，本人則失去了丈夫、失去了所有的書物和生活依據，顛沛流離，孤獨無依的時期。

她的作品，也可以依照她一生的經歷，分作兩個時期：上一個時期，是在中原的時期、北宋的時期；下一個時期是在江南的時期、南宋的時期。大致以建炎元年（公元一一二七年）為分界線。她的作品，在不同時期，有不同反映。下面就依照這樣的時期劃分，對李清照的作品，試圖做一個分析。

在分析之前還得說明一點：李清照的作品，過去最有名的是詞。她的詩、文，流傳下來的比較少，也不被大家注意。為了對李清照的作品有個比較全面的認識，她的詩、文，必須和詞同時研究。像過去那樣只談她的詞而不談她的詩、文，也免不了有些片面之弊。因之，也恐怕不容易得到正確、公允、全面的結論。

三

北宋自從結束了五代的分裂狀況，統一了中原以後，人民生活，比較安定。對於遼和西夏，當政者采取了屈辱求和的政策，每年送去很多的歲幣，暫時維持著相安無事的局面。衝突暫時緩和，生產力也就得到了一定的發展。工業方面如印刷、建築、製瓷、製茶、製糖等技術，達到了新的高峯；與此相應，各種舊的學術部門發展了，新的部門創立了。出現了沈括的《夢溪筆談》、李誡的《營造法式》，劉敞、李公麟、歐陽修、曾鞏創立了金石考古之學。名書家、名畫家大批湧現。繼歐陽修文學革新運動之後，出現了曾鞏、王安石、二蘇、黃庭堅等大散文家、大詩人。詞則於花間、南唐一派之外，蘇軾開創了新的豪放一派，一新耳目，晏幾道、秦觀、賀鑄、周邦彥等也分道揚鑣，各成一家。清照生在這個文藝和學術上極為昌盛的時期，得以飽吸文藝與學術空氣，她的父母又是能文的人，在他們的薰陶之下，所以她具有高度的文學修養和學術研究的才能，是一點也沒有什麼奇怪的。因此，她在文藝上有多方面的發展；與她丈夫共同進行的金石學方面的研究，也取得了相當的成就。但由於那時婦女們社會地位的限制，清照所能接觸的世界，畢竟是不夠寬廣的。因而反映在李清照作品裡面的，多數是安閒的生活，與夫婦、姊妹等離別之情，也就不難理解了。

李清照第一個時期的作品，流傳下來的較少。其中要算詞最多，詩很少，文大概只有一篇詞論。

反映她生活安定的，如《如夢令》「昨夜雨疏風驟」，《浣溪沙》「淡蕩春光寒食天」等，這些詞與晏殊、歐陽修、秦觀、周邦彥的作品相比，是絲毫沒有遜色的。描寫離別之情的《蝶戀花》

「淚溼羅衣脂粉滿」一詞，是她宣和三年（公元一一二一年）從青州到萊州，路過昌樂寄宿館驛中所作，寄給在青州的姊妹的。此詞所表達的姊妹間感情，是深厚的、誠摯的，不是尋常泛泛應酬的作品。

還有幾首向來有名的詞，如《一翦梅》「紅藕香殘玉簟秋」，《鳳凰臺上憶吹簫》「香冷金猊、被翻紅浪」等首，有人說是清照寄給趙明誠的。如果不錯的話，那末，她是把他們二人志同道合，甘心老於學術之鄉的深厚感情很真實很細緻地表達出來了。

李清照在這個時期的詩作的題材較詞要寬廣。趙明誠的父親趙挺之做到了尚書右僕射（宰相之一，當時除了尚書左僕射蔡京是首相以外，趙挺之的官職最高），李清照獻給他一首詩，可惜現在只賸一句了：「炙手可熱心可寒。」她對趙挺之的升官似是不以為賀而以為懼。又如《浯溪中興碑》，自黃庭堅、張耒兩大篇之後，宋人多認為絕唱難繼的了，李清照這時卻和了張耒二首，表示了自己對於歷史事實的看法。此外如：

少陵也是可憐人，更待來年試春草。

兩漢本繼紹，新室如贅疣。……所以嵇中散，至死薄殷周。

在這些詩中，作者跳出了君權時代婦女生活的狹窄天地，發表了對社會、政治的一些見解。莫怪後來理學家朱熹也說：「豈尋常婦人所能！」（朱熹指的「兩漢本繼紹」一首而言。此詩作於何時，不可知，姑且在此提及）

她還有一篇評詞的論文，全面而系統地批評了北宋的詞人。宋朝人評詞的，較早的晁補之只評了幾個人，也沒有什麼系統（晁評見於《能改齋漫錄》，恐怕就是《骫骳說》的一部分）。李之儀也評過詞，所評雖比晁補之有系統，仍不如李清照的全面（李評見《姑溪居士文集》前集卷四十《跋吳思道小詞》）。晁、李二人是李清照的前輩。後來只有王灼《碧雞漫志》所評的範圍較廣，但就系統性、理論性來講，也仍不如李清照。雖然李清照所評，不免或有偏見。對於北宋詞人，她沒有一個是滿意的。但這一篇論文，仍舊不失為研究宋詞的重要參考資料。

四

在李清照的第二個時期裡面，由於朝廷當局對外政策的軟弱，北方的女真族乘機進迫，淮水以北的廣大區域淪陷。當時廣大民眾紛紛起義，抗擊金人，宗澤一聲號召，就有幾十萬人在黃河以北響應。終以朝廷的昏庸無能，起義民眾得不到支援，最後還是被金人殘酷的鎮壓了下去。宋朝人所記載的當時慘狀，是這樣的：

自靖康丙午歲金狄亂華，六、七年間，山東、京西、淮南等路，荊榛千里，斗米數十千，且不易得。盜賊、官兵以至……更互相食。人肉之價，賤於犬豕。（宋莊綽《雞肋編》卷中）

不但上面所說的淪陷了的地方（現在的山東、河南、蘇北、皖北）如此，所有金人到過的地方，如揚州（即現在的揚州市）、明州（現在的寧波市）、平江（現在的蘇州市），也都遭到了極大破壞，遇難的人民，不知道有多少。北宋朝廷當局中的成員，除了大部分在東京（現在的開封市）被金人俘擄北去，少數成了民族敗類，甘心做賣國賊以外，賸餘下來的紛紛逃亡到長江以南，有的繼續堅決抗敵，甚至為抗戰而貢獻出了自己的生命；有的卻不顧國家的險危，繼續他們的驕奢淫逸生活。宋徐夢莘《三朝北盟會編》、李心傳《建炎以來繫年要錄》等書，對當時史實有詳細記載。

東晉時候，中原完全淪陷，偏安江左，與南宋情況相類似。《世說新語》裡面有這樣的一段記載：

過江諸人，每至美日，輒相邀新亭，藉卉飲宴。周侯中坐而歎曰：「風景不殊，舉目有山河之異。」皆相視流淚，唯王丞相愀然變色曰：「當共戮力王室，克復神州，何至作楚囚相對邪！」（此處文字據《晉書．王導傳》略改數字）

王導要克復神州，當然有非常積極的意義。就是周顗中坐而歎，不忘國家民族，為此驚心，也是愛國的心理。李清照後期的作品有表達了中坐而歎的思想的，也有表達了克復神州的願望的。它們反映了作者對國家民族危亡的關切，如：

南渡衣冠少王導，北來消息欠劉琨。

當時正是主張抗敵的宰相李綱被免職了，昏庸低能的黃潛善、汪伯彥當了宰相，他們雖然掌握了大權，一無禦敵之計；留守東京的愛國抗敵英雄宗澤死了，繼任的是後來投降敵人的杜充。李清照這兩句詩譴責了這些投降金奴，說他們既不是要戮力王室、克復神州的王導，也不是隔閡華戎、志在本朝的劉琨，也就是說，南宋那時的將相大多都不以興復為念。

如果說，上面那兩句詩，筆觸還沒有碰到最高統治者趙構，那末，下面那兩句詩，就不是這樣的了：

南來尚怯吳江冷，北狩應悲易水寒。

說南來的人，不應當忘記被俘北去的趙佶、趙桓，就直接譴責了趙構的害怕父兄回來，自己做不了皇帝，而把國家民族的大讐，置之度外。

清照在另一首詩中說：

至今思項羽，不肯過江東。

當時的趙構節節南逃，正是一日蹙地千里。年已七十的宗澤，留守東京，不斷的請趙構回到東京去號召抗戰，前後上疏二十八次，而年輕的趙構終置之不理。太學生陳東上書，說主張抗敵的宰相李綱不應當免職，並請趙構回到東京去練兵殺敵。趙構不但沒有考慮他的倉見，反而把這個熱愛國族的人殺了。這大大的違反了全國百姓的意願，激起了愛國人士填膺的憤怒。在作者看來，寧肯一死以謝江東父老的項羽還是可敬的，辱國害民的趙構卻是可恥的。所以對項羽的頌揚，也就是對趙構的譴責。這譴責雖意在言外，卻是很容易體會到的。

公元一一三三年（紹興三年），趙構派韓肖胄、胡松年二人到金國去，李清照做了兩首詩，一首中說：

夷狄由來性虎狼，不虞預備庸何傷。衷甲昔時聞楚幕，乘城前日記平涼。

指斥金人的反覆無常。

另首結尾說：

長亂何須在屢盟。

用《詩經》裡的「君子屢盟，亂是用長。」批評了趙構的屈辱外交政策。她還說：

想見皇華過二涼，壺漿夾道萬人迎。

這不僅歌頌了百姓永遠不會對敵人屈服的愛國犧牲精神，清照殷切希望恢復失地、拯民水火的熱烈感情，也充分流露出來了。

在一篇遊戲的文章《打馬賦》裡，她說：

今日豈無元子，明時不乏安石。

希望南宋能夠像東晉那樣偏安江左的時候，還有桓溫、謝安這樣的人，或者能夠出擊，收復部分失地；或者敵人前來進犯，能夠擊潰他們。她又說：

佛貍定見卯年死。

可見她對抗敵前途也是抱着樂觀態度，有勝利信心的（那時金人正在向南宋發動進攻，李清照自己也從杭州逃到了金華）。在這篇文章最後，她還說：

老矣誰能致千里，但願相將過淮水。

當時淮水以北，土地全部淪陷，她說自己老了，沒有什麼遠大的志向，只希望大家一起回到淮水以北去，也就是趕走金人，恢復河山。我們不能不承認：它們代表了當時愛國者的強烈的呼聲，表示了愛國精神。

有的本子載這一篇《打馬賦》，末段還有「木蘭橫戈好女子」一句，這一句的來源不很清楚，不一定是清照的原文。如果確實是她寫的，那更可以說明她直欲拿起武器來馳赴保衛祖國的前線了。

在封建制度之下，婦女們不能夠參加任何政治活動，沒有任何政治權利，李清照的作品，能夠表示了強烈的民族意識，愛國精神，實在是難能可貴，值得特別提出的。

岳飛有一首《小重山》詞，末兩句說：「知音少，絃斷有誰聽？」其實岳飛的知音，是很多的；李清照即是其中的一個。岳飛所說的知音少，當然指的是趙構、秦檜這一些人。

五

宋亡以後，遺民詞人劉辰翁曾填了一首《永遇樂》詞，前面的序說：

余自乙亥上元誦李易安《永遇樂》，為之涕下。今三年矣。每聞此詞，輒不自堪。遂依其聲，又托之易安自喻。雖情詞不及，而悲苦過之。

劉辰翁另有一首《永遇樂》詞，用的是李清照原詞的韻，前面也有序，說：

余方痛海上元夕之習（此指厓山宋亡之事，惟「習」字不可解，疑有誤），鄧中甫適和易安詞至，遂以弔之。

鄧中甫名剡，字光薦，又號中齋，一直抗拒金人，到厓山覆滅時被俘，與文天祥一起被押到金陵，後來才被釋放的。他與劉辰翁一樣，也是時刻不忘宋朝，痛恨金人的遺民。他們都賞識李清照這一首《永遇樂》詞。不言而喻，這一首詞在思想內容上，必然和他們有着共鳴的地方，說出了他們的思想感情。

李清照的《永遇樂》「落日鎔金」，據宋朝張端義《貴耳集》說，是她在南渡以後，每懷京洛舊事時寫的。詞中所記得的中州盛日，就是宋劉昌時《盧浦筆記》裡所載《鷓鴣天》十五首所說的太平年月，也就是孟元老《幽蘭居士東京夢華錄》裡所載的宣和年間汴京繁華景象。這種太平繁華景象，本來是當道權貴及時行樂、及所謂與民同樂的描寫。但是，在南宋時候回溯這些景象，具有另外的意義。宋陳振孫跋《洛陽名園記》云：

昔王右軍聞成都有漢時講堂、秦時城池，門屋樓觀，慨然遠想，欲一游目。其與周益州帖，蓋數致意焉。近時呂太史有感於宗少文臥游之語，凡昔人記載人境之勝，錄為一篇。其奉祠亳社也，自以為譙、沛、真源，恍然在目。而究之太極、嵩之崇福、華之雲臺，皆將臥游之。噫嘻！弧矢四方之志，高士達人之懷，古今一也。顧南北分裂，蜀在境內，雖遠，患不往爾，往則至矣。亳、兗、嵩、華，視蜀猶邇封也，欲往，其可得乎？然則太史之情，其可悲也已！余近得此記，手寫一通，與《東京記》、《長安》、《河南志》《夢華錄》諸書並藏，而時自覽焉，是亦臥遊之意云爾。

陳振孫所說的時自覽《夢華錄》諸書，就是時時提醒自己不要忘記淪陷了的中原土地。如其說他「惆悵舊游，流傳佳話」，那就看得太淺了。清《四庫全書總目提要》評宋遺民周密的《武林舊事》也說：「興亡之隱，曲寄於言外。」李清照這一首《永遇樂》詞的絃外之音，不能不是對舊都的懷念。所以劉辰翁等「每聞此詞，輒不自堪」，誦之而涕下了。

李清照追憶過去的作品，此外還有一些，如詩裡面的：「安得情懷似昔時」、「心知不可見，念念猶咨嗟」，詞裡面的：「舊時天氣舊時衣。只有情懷、不似舊家時」、「如今也，不成懷抱，得似舊時那」，這些句子裡的「舊時」、「舊家時」，主要是回首她自己的過去，但也並不排斥某一些同時回憶國家民族繁榮景象的成分。

李清照這些作品，假使是在北宋時期寫的，那就沒有多大意義，必須又作別論了。可是，現在還沒有理由和根據來懷疑它們不是寫於南宋時期的。

這裡也必須指出，李清照的作品並不是全都值得肯定。且不說那些抒寫離情別恨的篇什充滿了「淚」和「愁」，正是「不無危苦之詞，惟以悲哀為主」；便是描述懷念鄉國像《永遇樂》一類的作品，調子也往往十分低沉，不能給人以積極健康的激勵。當然，我們也要看到李清照是那樣一個時代的婦女，而且國破家亡，流離顛沛的遭遇又折磨着她的下半生，在作品中傾吐她的「危苦」、「悲哀」，是可以理解的，但是不能因此便以為她的作品都是優秀遺產，可以無分辨地繼承下來。

六

為什麼李清照的後期作品政治性較強呢？為什麼她的愛國族的思想表達在詞裡面的很少，而在詩、文裡面較多呢？

第一個問題，似可分兩方面來解答：

第一，一個人的思想認識，不能不隨著時間、地點、條件為轉移。在北宋的時期，她生活安定，埋頭學術研究（詳見她所寫的《金石錄後序》），銳意文學寫作，所以她只在寫作技巧上用工夫，其他都不措意。到了南宋，情況完全改變，敵人異常強大，而朝廷當局的主政派只知道屈辱求和、投降賣國，這不能不激起每一個關心民族安危的人的愛國熱忱。對政治有一定敏感性的李清照不再像過去一樣，寫作的題材範圍隨之拓展開來，這是極自然而可信的。

第二，更重要的，恐怕是：她原來出身於仕宦的文人家庭，丈夫又是宰相之子，官至郡守，與廣大的低階層不會有很多的接觸，她的眼界和思想自然要受到種種局限。後來顛沛流離，東奔西走，所謂「飄流遂與流人伍」（清照《上韓肖胄》詩句），和社會一般民眾經常有所接觸，擴大了自己的眼界。

關於第二個問題，恐怕是體裁問題。是詞的形式或多或少的影響了它的內容。北宋人的詞，一般都繼承著花間、南唐的衣鉢。早期的晏殊、都沒有能夠脫離這個窠臼。蘇軾獨創一派，超越前人，在他門下的陳師道還批評他，說他「以詩為詞。……雖極天下之工，要非本色」。李清照自己論詞，多著重於聲律，把晏殊、歐陽修、蘇軾的詞說成是「句讀不葺之詩」。囿於花間、南唐詞派的傳統，再加以聲律上的清規戒律，不可避免地束縛了詞的題材和內容，使它不能發展。偉大的愛國詩人陸游，詞也寫得很好，但是表現愛國思想的詞，沒有能夠寫得像詩那樣的好。民族英雄文天祥的一部《指南錄》，完全是表現他的愛國思想的作品，但絕大部分是詩，詞只有寥寥的幾篇；像他的《正氣歌》，也不是以詞的形式寫成的。能夠突破詞的限制的人不是沒有，但畢竟不多，李清照也沒有能夠跳出這個狹小的圈子。

但李清照在詞的方面，她的創作技巧確是達到了相當的高度，藝術性很強，開闢了不少技巧上的法門，不僅蜚聲當時詞壇；對後來的詞人，也起着不小的影響。

她的創作技巧，昔人有不同的說法，或說她新，或說她奇俊，如胡仔《苕溪漁隱叢話》前集卷六十云：「『綠肥紅瘦』此語甚新。」黃昇《唐宋諸賢絕妙詞選》卷十云：「『寵柳嬌花』之句，亦甚奇俊，前此未有能道之者。」所謂「新」、所謂「奇俊」，宋代詞人，頗多擅長，清照雖然工於造語，還不能算做個人獨有的特色。《貴耳集》卷上說她「以尋常語度入音律，鍊句精巧則易，平淡入調者難」。倒可以說明清照的特點。張端義引了她的《永遇樂》詞中「於今憔悴，風鬟霜鬢，怕見夜間出去」，作為例子。我們細看清照的詞，當然可以發現不少這類的句子，如「三杯兩盞淡酒，怎敵他、晚來風急」、「人間天上，沒個人堪寄」、「生怕離懷別苦，多少事、欲說還休」等等，都是用的白描手法。

李清照本來很會用花間、南唐派的筆法，所謂「蹙金結繡、而無痕跡」，像「紅藕香殘玉簟秋」、「夢回山枕隱花鈿」、「香冷金猊、被翻紅浪」等，都是這一類的句子。她的白描寫法，就是古人所說的「絢爛之極，歸於平淡」，可以說是繼承並發展了李後主的筆法，在北宋詞壇中，是難能可貴的。這似乎可以說是李清照的藝術特點。如果說，她是喜歡並善於使用雙聲疊韻字、嚴格分別陰陽平四聲，那就成為藝術上的束縛，而不是特色了。

她的有名的句子，如「載不動、許多愁」、「簾卷西風、人似黃花瘦」、「綠肥紅瘦」、「才下眉頭、卻上心頭」等等，或者辭自己出，新穎獨造，或者融會舊句，更出新意。後來有不少人摹倣她的句法，方面很廣。影響所及，且超出詞的領域，如董解元《西廂》、王實甫《西廂》都有學習李清照的痕迹。

後人摹倣的句法，像楊纘《八六子》的「蜂淒蝶慘」、湯恢《八聲甘州》的「柳腴花瘦」，過於字雕句琢，流於纖仄。這樣的學習，就墮入了魔道，顯然違失了李清照的本意，是清照所不能負責的。

清照運用方言，也是很成功的，這裡不舉例。

明張綖詞人為婉約、豪放兩派。清王士禛又本張綖的話，說：「婉約以清照為宗。」北宋婉約詞派，主導了整個時期的詞壇，本來是繼承著唐、五代的花間、南唐詞派的；主要詞人有晏殊、歐陽修、晏幾道、秦觀等等。王士禛推李清照為婉約的宗主。我以為在婉約詞派中間，李清照實在是後起之秀。婉約派的手法，在於「語盡而意不盡，意盡而情不盡」，如晏殊的《浣溪沙》第二句「去年天氣舊亭臺」，用唐人鄭谷詩句（「池」字換了「亭」字）、沒有說追憶去年，而回憶去年的意思已經在於言外；末句「小園香徑獨徘徊」，又描寫了一個人獨自遊覽、沒有伴侶的寂寞無聊情況，但也不明白說明，含蓄蘊藉，留下了有餘不盡的感覺。李清照繼承了這種風格，並加以變化和發展（夏承燾先生說：清照變化、發展了婉約派），使婉約派發展到了最高峰，從此也沒有人能夠繼續下去。

比清照時代稍後的侯寘，有《效易安體．眼兒媚》一首（見《孏窟詞》）；更後的辛棄疾，也有《博山道上效李易安體．醜奴兒近》一首（見《稼軒詞》甲集）。這兩個人詞的風格，並不像清照；而且豪放派以辛棄疾為宗（也是王士禛的話），尤其和婉約派相反。可是他們都有學李易安體的詞。

清王士祺《衍波詞》中和清照原韻詞不少，計有十七首，蓋《詩詞雜俎》本《漱玉詞》中各首，王士禛全部和韻。王士禛為當時詞壇主盟，對清照推崇備至。沈謙更以李白、李煜、李清照為詞家三李，光緒年間，曾有《三李詞》刊本。清末沈曾植評李清照詞曾說：「墮情者醉其芬馨，飛想者賞其神駿。」清照詞影響所及，竟下至本世紀初。所以夏承燾先生說她是北宋婉約詞派最適當的代表人。

婉約詞派，有他們的缺點。在所謂「花間尊前、詩酒流連、點綴太平」的時候，也能夠寫出描摹景物，像「堤上遊人逐畫船。拍堤春水四垂天。綠楊樓外出秋千」（歐陽修《浣溪沙》詞）那樣的「絕妙好詞」。但是，到了南宋，國家民族危急存亡之秋，重大歷史事件，人民愛國意識，很不容易通過婉約派的寫作手法，充分地在詞裡面反映出來。儘管李清照變化並發展了婉約詞派，但在時代的激流當中，婉約派不得不退出傳統的主導地位，而讓位給辛棄疾、陳亮、劉過、劉克莊這一派。這是歷史發展的必然結果，李清照是無能為力的。

李清照的作品流傳下來的雖不多，這些作品中也存在着消極成分，但仍不妨礙她在文學史上佔有一定的地位，她較之柳永、周邦彥固然遠在他們的上面，就比較南北宋其他大詞人，也不見得有多少遜色。我以為這樣來評價李清照似乎才是公平允當的。

七

李清照詩文集和詞集的失傳，對於我國古典文學遺產來說，不能不說是一個損失。清《四庫全書》所收，乃是毛晉刻《詩詞雜俎》本《漱玉詞》衹有詞十七首。《四庫全書總目提要》說：「雖篇帙無多，不得不寶而存之，為詞家一大宗。」那時《永樂大典》散失的不過二千多卷，基本上還差不多是完整的。《永樂大典》裡面有多少李清照作品，固然不得而知。但就現在賸餘的《永樂大典·詩字韻》中發現的一首詩來推測，可以肯定的說：不會一首都沒有的。當時的四庫館臣沒有從《永樂大典》裡面搜集李清照的作品，把它們保存下來。到了清末，開始有人從事李清照詞的輯佚工作。最後李清照的全集有李文裿先生輯的《漱玉集》詞集有趙萬里先生輯的《漱玉詞》。這兩種雖然都是排印的本子，現在已經不容易得到（李輯是單行本；趙輯在《校輯宋金元人詞》中，沒有單行的）。較早的王鵬運輯、況周儀補遺的《四印齋所刻詞》本《漱玉詞》，原刻本已很稀少，就是的中國書店的石印本也不多見。

為了給古典文學研究工作者提供參考資料，現在據各種載籍輯成此本，計分三卷：第一卷為詞、第二卷詩、第三卷文，另附《李清照事迹編年》並各種參考資料。編次方法與宋朝人的慣例稍有不同：由於清照的詞最有名，所以把詞移到最前的地位，賦不在詩前面。詞、詩依所出之書時代先後為次，但因《梅苑》中詞都是詠梅作品，意義不很大，所以編在《樂府雅詞》的後面。不全的和可疑的作品都編在每卷的末尾（編在前面的也不完全可以斷定是清照的作品）。《引用書目》裡面，有幾種沒有見過原書，只見過照片或膠捲，沒有一一注明。

自王鵬運以來，各家繼續輯得之李清照詞只有二首：即趙萬里先生從《全芳備祖》發現的《南歌子》一首（亦見於王象晉的《二如亭群芳譜》及清汪灝等《廣群芳譜》）、又從《截江網》發現的《長壽樂》一首。詩則只有黃盛璋先生從《永樂大典》中發現的《偶成》詩一首而已。《永樂大典．梅字韻》有清照梅詞五首，都是《梅苑》中無名氏作品，不是清照所作。黃盛璋先生《李清照事迹考》對《永樂大典》寄與極大希望，乃此次翻閱世界書局影印的殘存《永樂大典》七百三十卷，竟一無所得，很是失望。明抄本《詩淵》、載有宋元人詩很多，妄想其中或者也有李清照的作品，不料翻遍了雙行小字的殘本九大冊，仍舊一無所得。此次所增添者，只有宋胡偉《宮詞》裡面的斷句七句而已（其中一句也見於宋李龏《梅花衲》）。

詞、詩、文三卷各附校記並注釋，另附各作品寫作年月及真偽考證。校勘以各舊本為據，清代後期的選本、排印的本子如趙輯《漱玉詞》、李輯《漱玉集》俱不入校。清照作品未見有過注釋的本子。這一本的注釋，沒有舊的可以因襲參考，而且為水平所限制，有些詞彙如「轉調」、「分茶」、「熟水」、「鋪翠」等等，很難得到恰當的解釋（編者對於宋朝的風俗習慣，文物制度都沒有研究過，所以這方面的知識，非常缺乏）。其他考證並《李清照事迹編年》，很多地方與昔人和今人的意見有所分歧，免不了由於見聞太少、徵引孤陋、主觀臆斷、穿鑿附會的毛病。各種參考資料更免不了有徵引失當或遺漏。書中錯誤或缺點，希望能得到讀者們嚴格的批評。

《李清照集》得以成書，首先應當感謝過去曾經對李清照作品做過搜輯工作各家，以及對李清照事迹做過考證工作各家。各家搜輯或考證結果，不論精密或粗疏、不論完備或不完備、不論正確與否，都是可供參考的資料。沒有這些資料作為根據，這一本書是編不成的。

在編製此書時，得到了各方面的幫助：承友人慨借以所抄存的《宋詩紀事》、《宋詩紀事補遺》中李清照詩、趙輯《漱玉詞》、《說郛》本《打馬圖經》等資料見贈；黃盛璋先生以其研究所得，撰文發表於某刊物之新著《趙明誠李清照年譜》見示，並另供給若干資料。此書的編就，和各方面的幫助，是分不開的。謹在此表示深切的謝意。

鄧之誠先生曾代假善本參考書籍，並告知清照畫像中衣飾有問題。他沒有能夠看到此書，就與世長辭了，很覺遺憾。

王仲聞

此書未印就前，已有新編《李清照集》出版，內中可以增補此書之資料不少，不克收入，僅就其中若干問題提出商確，散見書內。謹附筆向新書編者致謝，並向讀者表示歉意。

國家圖書館出版品預行編目資料

李清照集/[宋]李清照著；王仲聞校注. -- 初版. -- 臺北市 ：
商周出版, 城邦文化出版：家庭傳媒城邦分公司發行；109.02
面： 公分.（中文可以更好；52）

ISBN 978-986-477-271-1（精裝）

845.21　　108021662

李清照集

作　　者／李清照
校　　注／王仲聞
企畫選書／林宏濤
責任編輯／陳名珉

版　　權／黃淑敏、翁靜如
行銷業務／莊英傑、李衍逸、黃崇華
總 編 輯／楊如玉
總 經 理／彭之琬
事業群總經理／黃淑貞
發 行 人／何飛鵬
法律顧問／元禾法律事務所　王子文律師
出　　版／商周出版
城邦文化事業股份有限公司
台北市中山區民生東路二段141號9樓
電話：(02) 2500-7008 傳眞：(02) 2500-7759
E-mail：bwp.service@cite.com.tw
Blog：http://bwp25007008.pixnet.net/blog
發　　行／英屬蓋曼群島商家庭傳媒股份有限公司城邦分公司
台北市中山區民生東路二段141號2樓
書虫客服服務專線：(02) 2500-7718・(02) 2500-7719
24小時傳眞服務：(02) 2500-1990・(02) 2500-1991
服務時間：週一至週五09:30-12:00・13:30-17:00
劃撥帳號：19863813　戶名：書虫股份有限公司
讀者服務信箱E-mail：service@readingclub.com.tw
歡迎光臨城邦讀書花園 網址：www.cite.com.tw
香港發行所／城邦（香港）出版集團有限公司
香港灣仔駱克道193號東超商業中心1樓
電話：(852) 2508-6231　傳眞：(852) 2578-9337
馬新發行所／城邦(馬新)出版集團【Cité (M) Sdn. Bhd. (458372U)】
41, Jalan Radin Anum, Bandar Baru Sri Petaling,
57000 Kuala Lumpur, Malaysia
電話：(603) 9057-8822　傳眞：(603) 9057-6622
Email：cite@cite.com.my

封面設計／周家瑤
版型設計／鍾瑩芳
排　　版／新鑫電腦排版工作室
印　　刷／韋懋實業有限公司
總 經 銷／聯合發行股份有限公司
電話：(02) 2917-8022　傳眞：(02) 2911-0053
地址：新北市231新店區寶橋路235巷6弄6號2樓

■2020年（民109）02月06日初版
■2023年（民112）03月24日初版1.7刷
Printed in Taiwan

定價 500元

ISBN 978-986-477-271-1

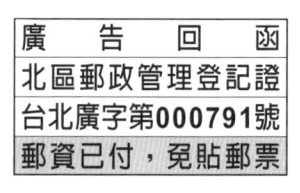

請於此處用膠水黏貼

商周出版

讀者回函卡

感謝您購買我們出版的書籍！請費心填寫此回函卡，我們將不定期寄上城邦集團最新的出版訊息。

不定期好禮相贈！
立即加入：商周出版
Facebook 粉絲團

姓名：＿＿＿＿＿＿＿＿ 性別：☐男 ☐女

生日：西元＿＿＿＿年＿＿＿＿月＿＿＿＿日

地址：＿＿＿＿＿＿＿＿

聯絡電話：＿＿＿＿＿＿ 傳真：＿＿＿＿＿＿

E-mail ：

學歷：☐ 1. 小學 ☐ 2. 國中 ☐ 3. 高中 ☐ 4. 大學 ☐ 5. 研究所以上

職業：☐ 1. 學生 ☐ 2. 軍公教 ☐ 3. 服務 ☐ 4. 金融 ☐ 5. 製造 ☐ 6. 資訊
☐ 7. 傳播 ☐ 8. 自由業 ☐ 9. 農漁牧 ☐ 10. 家管 ☐ 11. 退休
☐ 12. 其他＿＿＿＿

您從何種方式得知本書消息？

☐ 1. 書店 ☐ 2. 網路 ☐ 3. 報紙 ☐ 4. 雜誌 ☐ 5. 廣播 ☐ 6. 電視
☐ 7. 親友推薦 ☐ 8. 其他＿＿＿＿

您通常以何種方式購書？

☐ 1. 書店 ☐ 2. 網路 ☐ 3. 傳真訂購 ☐ 4. 郵局劃撥 ☐ 5. 其他＿＿＿＿

您喜歡閱讀那些類別的書籍？

☐ 1. 財經商業 ☐ 2. 自然科學 ☐ 3. 歷史 ☐ 4. 法律 ☐ 5. 文學
☐ 6. 休閒旅遊 ☐ 7. 小說 ☐ 8. 人物傳記 ☐ 9. 生活、勵志 ☐ 10. 其他

對我們的建議：＿＿＿＿＿＿＿＿

請於此處用膠水黏貼